DENIZ UTLU

DIE UNGEHALTENEN

ROMAN

GRAF

MIX
Papier aus verantwortungsvollen Quellen
FSC® C014496

Der Graf Verlag München ist ein Unternehmen der Ullstein Buchverlage.

ISBN 978-3-86220-049-8

Gesetzt aus der Berthold-Caslon und der Folio
Satz: Uwe Steffen, München
Druck und Bindung: GGP Media GmbH, Pößneck
Printed in Germany
www.graf-verlag.de

ERSTER TEIL

Eins

1

Meine Stadt bestand aus zwei Straßen. Die eine führte ins Hühnerhaus, die andere zu Onkel Cemal.

Ich schob die schwere Eingangstür auf und ließ die Hand über das zerkratzte Holzgeländer gleiten. Im Treppenhaus roch es nach Keller und Essen. Onkel Cemals Wohnungstür mit dem absplitternden Lack und dem geschwärzten Guckloch öffnete sich. Der lange, schmale Flur mit hoher Decke und rotbraun überstrichenen Dielen führte ins Wohnzimmer. Auf dem Sofa lag ein eingedrücktes Kissen. Ein Überwurf war aufgeschlagen. Cemo stellte zwei Teegläser auf den Tisch und knüllte sich das Kissen ins Kreuz.

»Elyas, Junge, lass dich nicht hängen.«

Onkel Cemals Haar, der Rest, der über den Ohren anfing und bis zum Hinterkopf reichte, war zerzaust. Graue und weiße Stoppeln stachen aus seinem Gesicht, die faltigen Augenlider hingen.

In letzter Zeit erzählte Cemo mir häufig – ohne

dass ich ihn gefragt hätte –, wie es hier in den Siebzigern war.

»Da, wo du jetzt sitzt, saß dein Vater. Er war nicht viel älter als du heute«, sagte er, »gerade aus Köln hierhergezogen, deine Mutter wohnte noch dort. Damals war hier vieles anders. Zwei Straßen weiter stand die Mauer. Sie war nicht schön, aber es war ruhiger mit ihr. Wir haben sie niedergerissen. Kaum war sie weg, wollte man, dass auch wir weggingen. Das ganze Land feierte die Einheit, aber niemand fragte uns. Dabei waren wir am meisten betroffen. Wir hatten unsere Jahre an dieser Mauer verbracht. Dein Vater ist ein guter Mann. Sein Herz ist rein.«

Ich nahm das heiße Glas in die Hand und atmete den scharfen Geruch schwarzen Tees ein.

Onkel Cemal stellte sich vor mir auf und richtete seinen Finger auf mich. »Junge, du bist jung. Wie alt? Dreiundzwanzig? Vierundzwanzig? Was ihr durchmacht, du und deine Mutter, ist nicht einfach.«

Ich hörte den Teekessel in der Küche scheppern. Onkel Cemal legte die Hand auf meinen Kopf, und ich bemerkte, dass ich mir die Augen rieb.

»Wenn du so weitermachst, hängen dir die Lider bis zu den Knien, bevor du dreißig bist.«

Ich vergaß oft zu essen und ernährte mich hauptsächlich von Leitungswasser oder stopfte mir Socken in den Mund und spuckte sie wieder aus, sobald ich mich an den Flusen verschluckte. Wenn ich mich an meinen Hunger erinnerte, zog ich eine Jogginghose und einen Kapuzenpullover an, lief die Straße runter zum

Hühnerhaus und bestellte ein halbes Hähnchen mit Pommes.

Ich hatte mir die Kapuze tief ins Gesicht gezogen und eben ein fettes Stück von einer Keule gerissen, da hörte ich Veits Stimme: »Alter«, sagte er, »Kreuzberg ist tot.«

Ich sah ihn zwischen Kapuzenzipfel und Hähnchenkeule. Ich hatte seine Stimme lange nicht mehr gehört. Sie war rau vom vielen Rauchen, aber sie war auch sanft. Vielleicht weil er langsam sprach oder immer gerade so laut, dass man ihn hörte.

Ich sagte: »Du bist tot, Alter.«

Wir grinsten uns an, er warf sich ein paar Pommes zwischen die Zähne. »Aber du machst auch nicht grad einen lebendigen Eindruck.«

»Warte, bis ich aufgegessen habe.«

Nach der Trennung von Fiona und der Nachricht, Vater habe Krebs, hatte ich mich zwei Monate lang nirgends blicken lassen. Erst hatte ich mich weniger blicken lassen, weil ich mit Fiona mein Gefühl für Zeit verlor, und dann gar nicht mehr, weil ich mich selber verlor.

Fiona und ich hatten uns auf einer Vernissage in Mitte kennengelernt. Ich kannte den Fotografen. Veit hatte ihn mir vorgestellt, weil ich damals nach einem Künstler suchte: Ich hatte Mao Tse-tungs *Theorie des Guerillakrieges* zwischen der *Brigitte* und dem *Focus* in einem Asia-Imbiss in der Lausitzer Straße entdeckt und sie in der Form eines interaktiven Fotoromans auf Berlin übertragen.

Einige Bilder aus dem Fotoroman wurden ausgestellt, und ich war so etwas wie ein Ehrengast. Ich hatte vorher fünf Wodka-Shots gekippt, um Berlin-Mitte mit der nötigen Gelassenheit zu begegnen.

Fiona und ich waren die einzigen Betrunkenen auf der Vernissage. Ich sagte zu ihr: »Man sieht vom anderen Ende des Raumes, dass es dich viel Kraft kostet, nicht zu taumeln.«

Sie sagte: »Und ich frage mich die ganze Zeit, warum du eine Hornbrille trägst, wenn du dich dafür schämst.«

Ich sagte: »Weil ich kleinen Mädchen wie dir damit imponieren möchte.«

Sie: »Du näherst dich deiner Kastration.«

Ich: »Super, das ging schneller, als ich dachte.«

Ich war einundzwanzig Jahre alt, Fiona war drei Jahre älter. Ich wollte ihr die Kleider vom Leib reißen, ihre engen Jeans, ihre Lederbluse. Alles. Vorher würde ich nicht nach Hause fahren. Und ich blieb.

Wir hatten tagelang Sex. Und tagelang Krieg. Wir liefen erschöpft vom Ficken durch Kreuzberg und blätterten in alten Büchern, die wir in Antiquariaten fanden. Wenn ich krank war, band sie mir einen Schal um den Hals. Wenn sie krank war, durfte ich sie nicht sehen.

Es hätte immer so weitergehen können. Aber eines Tages rief Mutter an, Vater habe Krebs. Fiona fand, dass es ein guter Zeitpunkt sei, mir zu sagen, dass sie mir in Zukunft keinen Schal um den Hals binden werde, wenn ich krank sein sollte, und verpisste sich, bevor es ernst wurde. Ich schlug die Seitenspiegel von fünf Autos ab und sprach in den nächsten Wochen lieber mit Figuren, die ich aus Büroklammern bog, und nicht mit Menschen.

»Machst du eigentlich immer noch so kreative Geschichten?«, fragte Veit.

»Kannst du das irgendwie anders formulieren, mir wird schlecht.«

»Wenn ich einen Laden aufmache, brauche ich jemanden, der das Ding designt, die Homepage macht, Flyer und so.«

Veit hatte gesagt: Hier ist die Kohle. Lass dir Zeit. Mein Laden ist dein Laden.

Tagelang stand ich alleine in der ehemaligen Schlachterei und haute Kacheln von den Wänden. Ich hatte keinen Bock aufs Studium.

Ich kaufte Vogelkäfige in den Prinzessinnengärten und hängte sie unter die Lampen. Ich bohrte ein Pissoir an die Wand und schrieb mit Edding Whiskysorten drauf: Talisker, Lagavulin, Caol Ila. Veit sagte: cool. Ich griff nach einem Hammer und schlug faustgroße Löcher in den Putz. Veit sagte: cool. Ich sprühte mit einer Spraydose »Your Own Personal Jesus« an die Wand. Er sagte: cool. Veit fing eine Ratte und nagelte sie an die Wand. Mir wurde übel.

Zur Eröffnung gab es eine riesige Party. Mein Platz an der Bar war in der Ecke des Raumes, wo der Tresen einen Bogen machte. Mit dem Rücken zur Tür.

Am Geräuschpegel, an der Intensität des Zigarettenqualms, der wie ein Nebel aufstieg, an Bier- und Weinpfützen auf dem lackierten Tresenholz, an Veits beschleunigten Bewegungen, wenn er Kronkorken von Bierflaschen abklopfte und über die Schulter in eine Vase warf, an den immer glasigeren Augen der Partygäste, wenn sie neben mir auf den Tresen fielen und unbeirrt weiter Gin Tonic oder Wodka Redbull tranken, erriet ich die Uhrzeit. Gegen fünf lagen zwei Typen auf dem Ledersofa neben dem Pissoir und aßen sich auf. Eine Frau rauchte schweigend an der Bar, ihre Freundin tanzte alleine und beinah bewegungslos davor. Ich lehnte mich gegen den Tresen, mir fielen die Augen zu. Ich öffnete sie wieder, aber das Mädchen war verschwunden. Auf dem Sofa lag niemand mehr. Die Frau an der Bar schlief.

Ich fläzte mich aufs Sofa und ließ den Finger am Pissoir die Whiskynamen entlanggleiten, bis Veit mir ein Zeichen gab: Caol Ila. Er drückte mir ein Glas in die Hand und blieb vor mir stehen. Er grinste, seine Zähne waren lang und gelb und schief. Trotzdem hatte sein Lächeln etwas Inniges. Jedenfalls für mich. Er hob das Glas, wir stießen an, dann brannte der Caol Ila rauchig auf der Zunge. Veit setzte sich neben mich. Unsere Köpfe fielen auf die Lehne, und wir versuchten im Käfig, den ich an die Decke über dem Sofa gehängt hatte, die Zukunft zu lesen.

Manchmal dachte ich, Veit hatte mich die Bar designen lassen, weil er glaubte, eine Ergotherapie würde mir bekommen.

»Du bist ein guter Junge!«, murmelte ich.

Er grinste mich an und sagte: »Falsch. Meine Seele ist so rein wie die Pisse eines Säufers.«

Ich sagte: »Wenigstens hast du eine.«

»Du nicht?«

»Kermit der Frosch hat sie gegessen.«

»Meine hätte ihm nicht geschmeckt.«

»Meine hat er wieder ausgekotzt.«

Er riss die Wodkaflasche aus dem Regal, wir grölten Trinksprüche. Bis die Frau, die am Tresen eingeschlafen war, aufwachte.

Veit strich ihr mit der Hand übers Gesicht – zum ersten Mal fiel mir auf, wie groß seine Hände waren, die Fingernägel.

Sie setzte sich mit einem Glas Wodka-Kirsch zu mir, sagte sie heiße Lara. Sie hatte große, runde braune Augen. Unter dem rechten Lid tropfte ihr ein schwarzes Muttermal über die Haut wie eine Träne.

»Veit ist so cool«, sagte sie.

»Der Beste«, sagte ich.

Wir taumelten zu dritt durch Kreuzberg. Kurz vor Tagesanbruch war wenig geblieben von den Touristen und Zugezogenen mit engen Hosen, Jacketts, Seitenscheiteln und Schnauzbärten. Von den Punks, den Transvestiten, den türkischen Jugendlichen, die ihre neuesten Verse rappten, den Familienvätern, die Sonnenblumenkerne mit den Schneidezähnen aufbissen und die leeren Hülsen auf den Boden schnippten, von den Frauen mit Lederstiefeln, die bis über die Knie reichten. Der Blumenladen hatte noch geöffnet, aber niemand kaufte hier Blumen.

Ich deutete auf die rechteckigen schwarzen Flecken auf dem Kopfsteinpflaster am Ende der Waldemarstraße, wo früher die Mauer stand.

Ich war zu jung gewesen. Ich hatte von dieser ganzen Ost-West-Geschichte nur David Hasselhoff mitbekommen, der beim Mauerfall *Looking for Freedom* gesungen hatte. Die Tore der Türken- und Junkyviertel wurden für die Ostler geöffnet.

Mein Vater und Onkel Cemal und viele andere hatten gefeiert und gejubelt beim Mauerfall und die Neuen mit offenen Armen empfangen. Von älteren Brüdern von Freunden wusste ich, dass sie damals mit nichts als der Faust in den Taschen am Kottbusser Tor und am Mehringdamm gestanden und die Ostler beobachtet hatten, die grußlos an ihnen vorbei zu den Bänken gingen, um ihr Begrüßungsgeld abzuholen.

»Ich will euch was zeigen«, sagte ich.

Wir liefen zur Markthalle. Ich fand die Tür, die zum Aufgang aufs Dach führte. Im Treppenhaus war es dunkel, das Licht ging nicht. Es stank.

»Wo bringst du uns hin?«, fragte Lara mit gespielter Ängstlichkeit.

»Tja, das hättest du dir vorher überlegen sollen«, sagte Veit.

Wir tasteten uns vor und stiegen Stufe für Stufe die Treppen hinauf. Die Tür der Dachgeschosswohnung war einmal aufgebrochen und seitdem nicht repariert worden. Die Wohnung stand leer, die Fenster waren mit Brettern zugenagelt. Kein Licht, kein Wasser, keine Klos, nichts. Fast nichts.

Ich zippte ein Feuerzeug. Die Flamme erhellte die Dielen vor uns, eine Maus huschte aus dem Licht. Ich leuchtete die Wände ab.

»Was suchst du?«, fragte Veit.

»Ich hab's gleich.«

Die rosafarbene Tapete mit Blumenmustern war an vielen Stellen eingerissen, und der Putz dahinter schimmerte hervor. Hier und da steckten Nägel. Endlich fand ich, was ich suchte. Ein beschriftetes Rechteck aus Butterbrotpapier.

»Was steht da?«, fragte Lara.

»Das ist Türkisch«, sagte ich. »Sie, die glauben, dass Tyrannei und Rohheit den Glauben und die Würde des Menschen ausradieren können. Werden sie dem unbestechlichen Fluss der Zeit standhalten? Nein, werden sie nicht. Diese Tyrannei, dieses Blut wird besiegt. Eines Tages.«

»Wer hat das geschrieben?«

»Der Regisseur Yılmaz Güney. Hier haben in den Siebzigerjahren Arbeiter aus der Türkei gewohnt. Freunde meines Vaters. Von ihnen ist nichts geblieben außer diesem bisschen Butterbrotpapier an der Wand.«

»Wo sind sie hin?«

»Weg.«

»Und dein Vater?«

Auf der anderen Seite fand ich einen weiteren Zettel an der Wand.

»Hier«, sagte ich, »hier ist ein Gedicht von Hikmet. Einer der Arbeiter hat es über sein Bett gehängt. Die Wände waren voll mit Betten, die haben zu zehnt in so einem kleinen Raum gewohnt.«

»Lasst uns die Welt den Kindern geben. Wenigstens für einen Tag. Wie einen großen, bunten Luftballon zum Spielen. Wie einen riesigen Apfel oder wie einen Laib warmen Brots. Damit sie sich satt essen, wenigstens für einen Tag. Und wenn es nur für einen Tag ist, soll die Welt lernen, was Freundschaft heißt.«

»Schön«, sagte Lara.

»Ich hasse Kinder«, sagte Veit.

Lara kicherte. Er packte sie am Schopf, sie sagte: »au«, er drückte sein Gesicht auf ihres. Ich ließ die Flamme erlöschen und hörte die beiden im Dunkeln schnaufen.

Wir liefen durch die Straßen. Wir hielten in den Kneipen, in denen noch Musik gespielt wurde, wir tranken. Wir setzten uns an den Kanal und beobachteten den Schlaf der Schwäne, wir warfen Steine ins Wasser, wir brachen Tannenäste ab und stellten sie in die leeren Bierflaschen, die jemand auf der Kaimauer aufgestellt hatte – Blumen für die Flaschenjäger.

2

Mutter versuchte sich nichts anmerken zu lassen, aber ihre Augen waren verquollen. Wir klirrten mit den Löffeln in unseren Teegläsern.

Ich fragte sie: »Wie geht es ihm?«

»Wie soll es ihm gehen!«

»Kann ich rein?«

»Das musst du nicht.«

»Ich weiß.«

»Er schläft ohnehin die meiste Zeit. Er ist kaum noch bei Bewusstsein.«

»Ich geh rein.«

Ich betrat das Schlafzimmer. Mutter lehnte mit verschränkten Armen im Türrahmen und schaute zu mir. Ich setzte mich zu ihm ans Bett. Auf der anderen Seite standen zwei große Metallflaschen, aus denen Schläuche abgingen. An einem Gestell hing eine Infusionsflasche, ein Katheter verband sie mit seiner Armbeuge. Vater sah friedlich aus. Die Haut glänzte, sie war wie aus Wachs. Die dünnen und lichten Haare hatte Mutter ihm nach hinten gekämmt. Die Deckenbeleuchtung spiegelte sich auf seiner Stirn.

»Papa, ich dachte, ich schau mal vorbei«, sagte ich.

…

»Wir haben lange nicht mehr geredet«, sagte ich.

…

»Ich weiß, du kannst nicht reden, aber hörst du mich?«

…

»Wahrscheinlich nicht.«

…

Ich kam mir blöd dabei vor, mit einem Bewusstlosen zu sprechen.

Im Zimmer roch es nach den verschiedenen Salben. Vater wurde regelmäßig eingecremt, damit er sich nicht wund legte. Ein süßlicher, aber penetranter Geruch, der mir Kopfschmerzen bereitete.

Ich nahm eine der Cremedosen in die Hand: ein weißer Plastikzylinder mit rotem Verschluss, auf einem Klebeschildchen stand handgeschrieben: Arnika.

Mutter war in die Küche gegangen, ich war allein mit meinem Vater. Ich versuchte es noch einmal: »Alter Mann«, sagte ich, »hörst du mich? Hier spricht dein Sohn.«

Auf seinen Lippen: keine Regung. In dieser Sekunde, vor ihm, wusste ich nicht mehr: Waren diese Lippen immer schon so dünn gewesen, oder verschwanden sie allmählich? Ich öffnete die Salbendose, der Geruch verstärkte sich. Ich malte Vater Lippen mit Arnika.

Dann schmierte ich mir selber Arnika auf die Lippen.

Ich lief mit dem Döschen durch den Raum, der einmal das Schlafzimmer meiner Eltern gewesen war. Der alte Kleiderschrank, in dem ich mich als Kind manchmal versteckt hatte, unverändert. Jetzt hing darin aber nur noch Kleidung, die nicht mehr getragen wurde, ein paar Hemden, ein paar alte Jacketts. Auf der Innenseite der Schranktür klebte der Rest eines Kaugummis, den ich da vor fast zwanzig Jahren hingedrückt hatte.

In der Lücke zwischen Schrank und Wand steckten alte Reisekoffer, groß genug für Geschenke, für Toaster und Kaffeemaschinen – für Instantkaffee und Schokolade, die sie jahrelang in die Türkei geschleppt hatten. Ganz oben Vaters bordeauxrote Tasche aus Kunstleder, das an einigen Stellen abblätterte.

An den Wänden hingen keine Fotos, nur ein eingerahmtes Kalenderblatt mit Monets Seerosen. Ich malte mit der Salbe an meinen Fingern Augen und Mund eines Gesichts auf die Tapete.

Ich hielt Vater meine Finger unter die Nase. Er schniefte.

Er öffnete die Augen und sah mich an.

Ich erschrak: »Papa?«, sagte ich. Aber er hatte die Augen schon wieder geschlossen.

»Was machst du denn?«, fragte Mutter.

Sie küsste mich zum Abschied und sagte, was sie immer sagte: »Viel Erfolg, mein Junge.« Sie meinte damit meine Prüfungen.

Ich traf Lara im Park. Zufällig. Sie stupste mich von der Seite an. Ich freute mich, sie zu sehen, zumal es schon einige Wochen her war, dass wir durch die Nacht gezogen waren. Wir setzten uns auf die Felsen im Görlitzer Park – laut Onkel Cemal waren sie aus der Türkei bestellt worden und nach dem ersten Regen zerbröselt.

Nach einer Weile fiel mir etwas auf: Lara hatte einen blauen Fleck im Gesicht. Über der linken Wange, auf dem Jochbein, fast symmetrisch zum Tränenmal, violett, groß wie zwei Daumen. Erst glaubte ich, es sei Dreck. Ich wollte es mir genauer ansehen, da riss sie ihr Gesicht zurück und drückte den Kopf in die Schulter.

Wir setzten uns in das Café im Park. Sie strich das Haar hinters Ohr und entblößte damit einen zweiten, viel größeren blauen Fleck auf ihrem Unterkiefer. An einigen Stellen wurde das Blau zu einem dunklen Violett.

Die Bedienung stand vor uns und zückte Notizblock und Bleistift. Lara bestellte Fencheltee.

Ich sagte: »Lara.«

Sie: »Der Zucker fehlt.«

Ich besorgte Zucker vom Nachbartisch. Sie verrührte ihn mit dem Löffel. Sie atmete den Dampf des Tees ein.

Sie sagte: »Ich liebe Fencheltee.«

Ich sagte: »Was ist passiert?«

Sie: »Ich will nicht darüber reden.«

3

Ich mochte es, dass die Untertassen bei Onkel Cemal immer dreckig waren. Bei Mutter wäre das undenkbar gewesen. Er hatte diese alten Teegläser mit blütenblattförmigen Plastikuntertassen, die Blüten abwechselnd rot und weiß. Das Weiß war schon grau, das Rot zerkratzt.

»Die Zeit vergeht so schnell«, sagte er, »es ist fast zehn Jahre her, dass Ayşe gestorben ist.«

»Wie lange warst du allein?«

»Ein Jahr. Dann kam Hatice, mein Jugendfeuer aus Ankara. Sie tauchte auf wie aus dem Nichts. Aber die wollte nur mein Geld. Zwei Monate …«

»… nach der Hochzeit hat sie sich scheiden lassen, ich weiß, und das Geld …«

»… das ist futsch!« Onkel Cemal lachte laut. Die Oberfläche seiner Backenzähne war braun vom vielen Teetrinken.

»Du kannst darüber lachen!«

»Was soll ich machen: weinen?«

Er stellte das Glas auf dem Tisch ab und fing an,

Geheul zu imitieren: »Ühühühühü, das Schicksal, ühühühühü, das Leben, so ungerecht, ühühühüh – los, mach mit!«

Wir liefen im Raum umher, die Fäuste in den Augen, und ahmten Klageschreie nach, wie ich sie einmal in einem alten türkischen Arabesque-Film gesehen hatte: »Ühühühü, alles Lüge, nur der Tod wahr, ühühühü, das Schicksal hat mich ausgepeitscht, ühühühü, achachach, wachwachwach, der Schmerz, unerträglich.«

Wir heulten und heulten, und dann lachten wir und lachten immer weiter. Onkel Cemal nahm mich in die Arme, mein Körper bog sich über seine Plauze.

»Lohnt sich all das überhaupt?«, fragte ich ihn.

»Es lohnt sich immer, mein Junge, immer. Dein Vater ist ein glücklicher Mann, weil er einen Sohn wie dich hat.«

Onkel Cemals Telefon klingelte. Er nahm ab, sagte »Alo?«, hörte eine Weile zu, sagte »Hm« und »Aha« und legte dann auf und sagte nichts mehr.

»Alles okay?«, fragte ich.

»Unser Verein sitzt seit fünfunddreißig Jahren in diesem Haus.«

»Ist es jetzt sicher?«

»Ja. Zum 1. Oktober müssen wir raus.«

»Scheiße.«

»Nach und nach verschwinden alle. Nichts wird bleiben in dieser Straße. Vierzig Jahre«, er pustete in die Handfläche, »weg. Wir haben diese Häuser mit eigenen Händen wieder aufgebaut. Die Hälfte des Vereins hat Rheuma bekommen, weil die kleinen Öfen nicht gereicht haben, um vor dem Berliner Winter zu schützen. Diese Wände erzählen eine Geschichte.« Er pustete noch einmal in die Hand: »Pff…« Er sagte: »Der Mauerfall hat uns fertiggemacht.«

Veit hatte die Bar schon geschlossen. Es war ein Wochentag, Mitternacht, die Straßen waren fast leer.

»Kennst du Car-Jumping?«, sagte Veit.

»Ich kenn nur Bungee-Jumping«, sagte ich.

»Das ist besser.«

Er zählte bis drei, dann rannten wir los – Lara und er auf der einen Straßenseite und ich auf der anderen. Wir sprangen auf die parkenden Autos.

»Wer als Erstes auf der anderen Seite ankommt, darf die Bar leer saufen!«, schrie Veit.

Wir sprangen von Wagen zu Wagen, sämtliche Alarmanlagen gingen an. Bei den Sprüngen auf die Motorhauben spürte ich, wie das Blech nachgab.

Ich war der Erste: »Gewonnen, würde ich sagen.«

»Das ist unfair«, sagte Lara, »wir waren zu zweit auf einer Seite, wir mussten aufpassen, uns nicht auf die Füße zu treten.«

Die gelben Lichter sämtlicher Autos blinkten in die Dunkelheit der Straße, die unterschiedlichen Alarmsounds schmerzten in den Ohren.

»Da können wir nichts machen«, sagte Veit, »hat gewonnen, der Penner.«

In dem Moment mischten sich Polizeisirenen in das Alarmgehupe. Mehrere Streifenwagen mit Blaulicht bogen in die Straße.

»Du bist doch Jurist«, sagte Veit, »was kriegen wir dafür? Lebenslänglich?«

»Todesstrafe!«, rief ich.

»Sehr gut«, sagte er.

Dann rannten wir los, alle in verschiedene Richtungen. Nach einer Stunde klopfte ich an die Fenster der Bar, und Veit öffnete.

»Na dann: Die Bar gehört dir«, sagte er.

Wir machten eine Whiskyschlacht und lagen am Ende zu dritt auf dem Sofa – besoffen und nass.

»Das waren mindestens dreihundert Euro«, sagte Veit.

»Das nächste Mal rennst du schneller«, sagte ich, und dann tranken wir, bis wir einschliefen.

Am nächsten Tag wirkte Veit wie eh und je, als ich ihn in der Bar besuchte. Ich hatte immer noch Schwierigkeiten, geradeaus zu laufen.

»Wo ist Lara?«, fragte ich.

»Die verträgt fast so wenig wie du«, sagte er, »ist zu Hause geblieben.«

4

Vor der Tür von Veits Bar sprang mir eine junge Frau entgegen und schubste mich zur Seite.

»Ey!«, rief ich.

Sie blieb stehen: »Bist du nicht der Kumpel von Veit?«

»Ja.«

»Wichser!«

»Was willst du?«, sagte ich. Wir setzten uns vor den nächsten Spätkauf.

»Jetzt halt die Schnauze und hör zu«, sagte sie, »ich musste Lara ins Krankenhaus fahren. Mitten in der Nacht.«

»Warum war sie im Krankenhaus?«

»Ich hab ihr gesagt, sie soll ihn anzeigen. Sie hat sich dagegen entschieden.«

Ich kannte Lara kaum. Veit war ein guter Junge. Ein Mann, mit dem man reden konnte.

»Was hat das alles mit mir zu tun?«, fragte ich.

»Immer schön wegsehen!«, sagte sie. »Ekelhaft.«

Ich schlug mit der flachen Hand auf den Tisch, eine leere Bierflasche, die man vergessen hatte abzuräumen, geriet ins Wanken.

»Du kennst mich nicht«, rief ich, »wenn ich was mitbekäme …!«

Sie beugte sich ein Stück vor zu mir und sprach jedes Wort einzeln und deutlich aus: »Dann – bekomm – es – mit!«

In meinem Kopf rückten Erinnerungen hin und her wie Möbel in einer Warenausgabe. Alles vermischte sich. Ich dachte an Veits Hände und seine breiten Fingernägel. Wie er Lara gepackt und sein fettes Gesicht auf ihres gedrückt hatte. Wie sie geschnauft hatten in dem Raum über der Markthalle. Der blaue Fleck in ihrem Gesicht, als ich sie im Park traf.

»Was erwartest du von mir?«

»Ey, weißte was, Mann, fick dich!«, sagte sie und verließ die Terrasse des Spätkaufs ohne ein weiteres Wort.

Ich sah ihr hinterher, bis sie in eine Seitenstraße einbog.

Mein Handy klingelte, es war Mutter: »Du musst morgen den Einkauf erledigen, kannst du bitte Bohnen, Reis, Wasser …«

»Nein, kann ich nicht.«

»Junge, der Einkauf muss gemacht werden. Dein Vater hat Fieber bekommen. Der Arzt ist auch gleich da. Aber«, fuhr sie fort, »wenn du zur Universität musst oder lernen, sicher könnte unser Nachbar …«

»Nein, nein. Warte«, sagte ich, nahm das Handy kurz vom Ohr und drückte es mir für einige Sekunden zwischen die Augen. Dann sagte ich: »Ich komme.«

Ein beißender Gestank stieß mir in die Nase, eine Mischung aus intensivem Kräuterduft und Fäkaliengeruch. Im Zimmer meines Vaters war Betrieb. Ein Pfleger hängte eine Infusionsflasche an den Ständer, ein anderer salbte Vaters Rücken ein. Mutter zog mich in die Küche, wo ich den Einkauf abstellte.

»Danke«, sagte sie.

»Alles in Ordnung mit ihm?«

»Sie haben das Fieber im Griff. Du gehst besser. Hier ist zu viel los.«

Ich lief durch die Straßen, wusste nicht, wohin mit mir. Ich hätte gerne mit Veit gesessen und Trinksprüche erfunden. Ich lief und lief und fand mich schließlich doch vor seiner Bar wieder. Ich setzte mich auf meinen Platz am Tresen und schob das Whiskyglas zwischen meinen Händen hin und her.

Veit beeilte sich gerade, ein paar Drinks fertig zu machen, und schien unzufrieden zu sein mit der jungen Frau, die hinter der Bar half. Sie wurde nervös und goss etwas Wein daneben. Veit riss ihr die Flasche aus der Hand. Er schenkte den Wein selber in die Gläser ein und brachte sie an einen Tisch, wo zwei Jungs saßen. Dann kam er zu mir.

»Weißt du, was ich grad zu den beiden Typen da vorne gesagt habe? Die haben mich gefragt, wie es mir geht«, sagte er, in einer Hand ein Küchentuch, in der anderen ein nasses Bierglas. »Besser als meinem Kumpel da.«

Er lachte und trocknete weiter Gläser ab. »Alter, es ist Sommer, und du läufst mit einem Kapuzenpullover rum.«

Er hatte die langen Haare straff nach hinten gekämmt und zusammengebunden.

Ich sagte: »Was macht eigentlich Lara?«

Veit hörte auf, das Glas zu polieren. »Wieso?«, fragte er.

»Hab sie 'ne Weile nicht gesehen.«

»Ja, die ist irgendwie eingeschnappt. Ich würde ihr nicht genug Beachtung schenken oder so ein Quatsch.« Veit lachte und polierte weiter. »Ich mache mir Sorgen um dich«, sagte er.

Ich sah nach einer Weile von meinem Whiskyglas auf und bemerkte, wie er mich anstarrte.

»Alles klar?«, fragte er.

»Es ist gut, dich zu haben«, sagte ich.

Er schenkte mir Talisker nach. »Worauf stoßen wir heute an?«

»Darauf, dass du mich mit ins Boot geholt hast«, sagte ich.

Veit legte heute Abend etwas früher den Rausschmeißer-Tune ein.

»Komm«, sagte er, »wir gehen noch ins Roses.«

Wir bestellten Bier und sanken tief in die Sitzkissen. Wir starrten zum Plüsch und zu den Spaceshuttles aus Pappe an der Decke. Schwebten hoch und flogen durch ein rosafarbenes Plüschall. Die Bierflaschen hielten wir auf der Brust wie den Steuerknüppel eines Raumschiffs und manövrierten uns um die Spaceshuttles mit ihren Fenstern aus Nagellack herum. Ab und zu drehten wir uns einander zu und grinsten.

Ich wachte spät auf und schlurfte in meinen Boxern in die Küche, um Kaffee zu kochen. Ich warf einen Blick in den Kühlschrank, er war, wie immer, leer. Ich lehnte den Kopf gegen die Kante des offenen Kühlschranks. Ich wäre gerne hineingeklettert, hätte mich ins Gemüsefach gelegt, Tür zu, Licht aus. Jeder Haushalt sollte eine eigene Morgue zwischen Waschmaschine und Ofen stehen haben. Hier war es ruhig, der Kopf kühlte ab. Ich knallte die Kühlschranktür zu.

Mutter rief an und sagte, dass sie Vater für die Untersuchungen ins Krankenhaus verlegen mussten. Nur für ein, zwei Tage. Ich stellte den Einkauf bei ihr in der Küche ab und fuhr ins Krankenhaus. In der Mitte des dunklen Foyers standen Tische und Stühle. Patienten saßen dort mit ihren Besuchern. In der Vitrine der kleinen Buchhandlung lagen *Buddha*, *Die Wege zum Glück* und *Der Fensterputzer von Rottweil*. Ich schlenderte vorbei an Pflanzen in großen Töpfen mit braunen Kügelchen statt Erde. Ich sah Kinder an den Händen ihrer Väter, Menschen in Morgenmänteln. Eingegipste Arme und Beine, Rollstühle.

Ich setzte mich an einen freien Tisch in der Kantine. An anderen Tischen unterhielten sich Menschen. Geschirrgeklapper und Gesprächsfetzen vermischten sich. Es war laut und gleichzeitig still. Eine anfassbare Stille, die mich umgab und deren Konsistenz die Geräusche nicht durchdrangen. Ich fühlte mich wie in einem Aquarium, nur dass die anderen die Fische waren und nicht ich. Die Menschen stellten sich mit ihren Tabletts bei den verschiedenen Essensausgaben an und nahmen Teller mit Reis oder Kartoffeln entgegen. Sie setzten sich an Tische, meist in Gruppen oder zu zweit, selten allein, und unterhielten sich. An einem Tisch saß eine junge brünette Ärztin. Ich stellte mir vor, wie sie eben vielleicht eine Visite gemacht oder wie sie einen Patienten untersucht hatte, seine Lungen abgehört, sein Fieber gemessen, Blut abgenommen, wie sie danach die Laborhandschuhe abgestreift hatte und zur Mittagspause in die Kantine gekommen war. Manchmal verstand ich nicht, wie Menschen leben können: wie sie alltägliche Dinge erledigen, wie sie zur Arbeit gehen und sich immer wieder aufs Neue konzentrieren, zum Beispiel die Vene zu finden, die Nadel zu setzen, mit Patienten und Angehörigen, mit Pflegern und Ärzten zu reden. Für mich war Sprechen manchmal das denkbar Abwegigste.

Mutter saß an dem Tisch im Krankenhauszimmer, das Gesicht auf die Faust gelehnt. Die Haut ihrer Wangen und ihrer Augen war müde – sah aus wie mehrfach ausgewrungen.

Sie blickte auf: »Elyas! Komm doch rein, mein Junge.«

»Gibt's Neues?«

»Dauert ein paar Tage mit den Ergebnissen.«

»Bleibt er hier?«

»Nein, er kann erst einmal wieder nach Hause … Dieses Hin und Her.«

»Ich weiß.«

»Kommst du voran mit den Prüfungen?«

»Ja.«

Ich legte mich auf die Wiese am Kanal. Mein Kopf, mein Körper waren schwer. Ich döste einige Minuten, sprang aber auf, weil mir mit einem Mal ein Schauder durch den Körper lief. Ich zog den Reißverschluss meiner Jacke zu und sah eine Weile aufs Wasser.

Ich traf Lara einige Tage später im Café im Görlitzer Park, wo ich auch das letzte Mal mit ihr gewesen war. Der blaue Fleck auf ihrem Unterkiefer war dunkel, wurde zu den Rändern hin heller und reichte hinunter zum Hals. Die Halsschlagader war angeschwollen.

Sie sprach wie jemand, der bei der Telefonauskunft arbeitet und Ziffern durchsagt. »Ich wollte ihn anzeigen«, sagte sie, »aber wer soll sich dann um den Laden kümmern. Er braucht das Geld!«

»Was für ein Laden?«

»Die Bar.«

»Du denkst an seine Bar?«

»Ich saß da, das Telefon in der Hand. Ich konnte mich nicht entscheiden. Anzeigen, nicht anzeigen.«

»Du hast ihn angerufen?«, fragte ich.

»Er hat geweint.«

»Und?«

»Ich kann mit Weinen nicht.«

Mein Handy klingelte. Ich schaute aufs Display. Es war Mutter. Ich drückte sie weg.

»Was ist los?«, fragte Lara.

Vielleicht war es nicht Veit, jemand anders hatte sie geprügelt, oder sie war gestolpert, gefallen, gestürzt, hingeschlagen. Ich sah zu den Teelichtern in Butterbrotpapier auf den Tischen des Cafés, auf das Portemonnaie der Kellnerin im Halfter. Ich kämmte mit den Fingern durch die Haare, ich merkte, wie ich wieder unaufhörlich mit dem rechten Bein wippte.

Ich wollte, dass diese Stadt aufhört. Ich beugte mich hinunter zu ihr, zu meiner Stadt. Ich legte den Finger auf die Lippen und sagte: »Sch!«

Ich brachte Lara nach Hause. In dieser Nacht bekam ich kein Auge zu. Erst gegen Morgen.

Mutter rief noch mal an. Ich drückte sie zum zweiten Mal weg.

5

Onkel Cemal sagte, ich solle kommen und aus dem Fenster schauen. In der Scheibe sah ich meine Silhouette. Vor der Fassade des Hauses gegenüber, vor den Blättern der Birke, da war ich, blass, verschwommen, die Augen nicht zu erkennen. Er fragte mich, weshalb ich so müde sei, sagte, das sei alles nur eine Frage der Zeit, Dinge würden nicht immer schwierig bleiben, nicht so. Auf der anderen Straßenseite war ein Geschäft, wo T-Shirts und Tassen bedruckt werden konnten. Vor zwanzig Jahren sei hier niemand gewesen, sagte Cemo, da drüben hätte Kirli Kemal seinen Süpermarket eröffnet und guten Tee verkauft. Kinder seien mit zerfledderten Fußbällen unterm Arm durch die Straße gelaufen, um dahinten an der Mauer zu spielen.

Dieses Haus hier hätte er, Cemo, in den Sechzigerjahren besetzt, bevor er für einige Jahre zum Arbeiten nach Köln gegangen sei. Damals versuchte man, ihn und seine Freunde zu vertreiben, um die Häuser abzureißen.

»Jaja«, sagte ich, »ich weiß, hier sollte eine Autobahn hin.«

Es sei ihm, Cemo, und seinen Freunden zu verdanken, dass die Häuser hier noch stünden. Und jetzt diese unbezahlbaren Mieten. Und so andere Leute: Onkel Cemal zeigte mit dem Finger auf drei junge Männer, von denen jeder eine Bierflasche in der einen und einen Döner in der anderen hielt. Sie hatten sich die Haare zur Seite gekämmt.

Meiner Generation stünden alle Türen offen: Wir sprächen die Sprache, seien hier zur Schule gegangen, hätten die Unterstützung der Eltern gehabt, und trotzdem bekämen wir nichts auf die Beine.

»Wenn du das sagst.«

Er meine nicht mich. Aber jede Nacht seien die Bars hier voll, in dieser Straße, die Leute tränken und grölten, und er und seine Freunde müssten hier nach vierzig Jahren ausziehen. Meine Generation solle jetzt etwas tun, kämpfen, verändern.

»Hör auf, Cemo, ich kann diese Scheiße nicht mehr hören.«

Ich zog die Gardinen meines Zimmers zu und setzte mich aufs Sofa. Draußen war die Welt, hier war ich, und so sollte das bleiben. Kaum hatte ich mich hingesetzt, bekam ich eine SMS: »Ich muss mit dir reden. Veit.«

Ich schmiss das Telefon auf den Tisch vor dem Sofa. Es klingelte sofort wieder und vibrierte, der ganze Tisch vibrierte mit. Diesmal war es Mutter. Ich hielt mir die Ohren zu. Mutter war hartnäckig, es klingelte und klingelte, und ich drückte mir immer fester die Ohren zu und stellte mir vor, wie ich mir den Schädel zerquetschte, wie er ganz langsam nachgab und plötzlich aufsprang, und das Hirn spritzte wie Eiter aus einem Pickel.

Ich spürte ein Ziehen im Magen. Ich ging aufs Klo, weil ich in einem Raum mit Fliesen sein wollte. Ich klatschte mir Wasser ins Gesicht. Ich stützte mich am Waschbecken ab und sah in den Spiegel, Wasser sammelte sich an meiner Nasenspitze. Der Tropfen wurde zu einem Teil meiner Nase, die in die Länge wuchs, die in den Abguss tropfte – ich tropfte in den Abguss. Im Spiegel sah ich Vater. Er stand hinter mir. Er war so alt wie ich jetzt, vielleicht ein paar Jahre älter. Der Schirm der grauen Ledermütze hing ihm in die Stirn. Er trug einen Schnurrbart. Er sagte: »Ich lass mir den Scheiß nicht bieten.« Onkel Cemal trat hervor, auch er jung, wir starrten alle gemeinsam in den Spiegel. »Beruhig dich«, sagte Onkel Cemal, »kommt Zeit, kommt Rat.« Sie sprachen eine Sprache, die ich nicht kannte, aber verstand. Ich klatschte mir noch mehr Wasser ins Gesicht.

Ich sah wieder auf, der Spiegel beschlug, weil Fiona ihn anhauchte. »Alter, wo sind deine Eier?« Sie lachte mit aufgerissenem Mund, ich sah die Füllung im hinteren Backenzahn. »Da macht so ein Idiot deine Frau an in der U-Bahn, und du sagst nichts? Werd mal erwachsen.«

»Sollen wir uns auf so einen Irren einlassen?«

»Mumm, Alter, Mumm.«

»Das ist doch nur eine verlorene Seele«, sagte ich.

Veit tauchte auf: »Nicht so verloren wie meine«, lachte er, »vor allem nicht so miefig.«

Ich wischte mir mit einem Handtuch übers Gesicht und schmiss es in die Ecke. »Du Ratte.«

»Yeah.«

Im Spiegel über dem Waschbecken fummelte ich an einem Riss in meiner Lippe. Ich erschrak, weil ich nicht wusste, wie lange ich das schon tat.

Ich riss das Telefon vom Tisch im Wohnzimmer, verließ die Wohnung und knallte die Tür hinter mir zu.

All diese Menschen da draußen. Alle sahen sie gleich aus, in ihren Körpern arbeiteten die gleichen Organe, Leber, Niere, Herz, Gedärm, im Herzen pumpte Blut, im Darm steckte Scheiße. Alles andere war bedeutungslos. Ich lief mit Händen in den Jackentaschen und nach außen gebogenen Ellenbogen und mit schnellen Schritten, in der Hoffnung, jemanden anzurempeln, irgendeinen von diesen Fleischklumpen. Am Ende sind alle gleich, am Ende ist dein bester Freund einer von ihnen, schlimmer als sie, am Ende trennen sich die Wege, vergammeln die Väter, vereinsamen die Mütter, regieren Nazis, das ist das Spiel, scheiß drauf. Ich blieb ruckartig stehen. Ein Passant hielt in letzter Sekunde, kurz bevor unsere Köpfe zusammenstießen. Unsere Nasen berührten sich fast, wir sahen uns in die Augen. Seine Brauen waren schwarz und buschig. Ich stellte mir vor, dass er Kinder schlug oder einen Hund. Er schüttelte den Kopf und ging weiter.

Ich trat die Menütafel eines Cafés um. Die Tafel knallte auf den Boden.

Jemand schrie mich an: »Junge!«

Ich blieb stehen.

»Was?«, brüllte ich zurück. Ich wollte die Menütafel aufheben und sie dem Typen in die Fresse brettern, dass sich seine Zähne blutig auf dem Asphalt verteilten.

Er stellte sich vor mir auf.
»Hekim?«, fragte ich.

Ich kannte Hekim vom Bolzplatz aus Kinderzeiten. Mit sechs Jahren stellte ich mich zum ersten Mal zu den Jungs an die Holzbalken am Platz und spuckte auf den Boden. Hekim war schon zwölf oder dreizehn. Er stellte mich in seinem Team auf und zeigte mir, wie ich gegen den Ball treten musste. Einer der anderen Jungs beschwerte sich, dass er mit einem Sechsjährigen spielen sollte. Hekim sagte: »Wenn du willst, prügel ich dich so lange, bis du dich nur noch kriechend bewegen kannst – dann bist du kleiner als ein Sechsjähriger.«

Ich war kein guter Fußballer, trotzdem besuchte ich Hekim jeden Samstag auf dem Bolzplatz, während meine Eltern den Einkauf für die Woche erledigten.

Hekims großer Bruder war Teil dessen, was viele »die verlorene Generation« nannten. Keine Ausbildung, kein Beruf, nichts. Nur seine Jungs aus dem Viertel. Nach dem Mauerfall schossen überall Nazis aus dem Boden, und er gründete mit ein paar Freunden die Thirty Sixer. Der Polizei waren die Nazis scheißegal. Aber Hekims Bruder und seinen Leuten nicht. Sie schützten ihr Viertel. Ihre Straßen. In den Medien sprachen die Schlagzeilen von gefährlichen Jugendbanden, von der Invasion der Türken. Am Bolzplatz erzählte uns sein Bruder, dass wir, solange es ihn gebe, keine Angst vor Nazis haben müssten.

Meine Mutter duldete meine Samstagsbesuche bei Hekim und seinem Bruder nicht und zwang mich deshalb, samstags bei den Einkäufen mitzuhelfen. Dann und wann entwischte ich ihr trotzdem.

»Wie geht's deinen Eltern?«, fragte er.

»Vater geht es nicht gut«, sagte ich.

Ich hatte mich zu Hekim an den Tisch gesetzt. Seine Anwesenheit beruhigte mich etwas. Obwohl ich auch ihn nur staunend betrachten konnte: Sein weiter Pullover, die Bartstoppeln im Gesicht, die Krone, die in seinem Mund glänzte, wenn er ihn öffnete – ich verstand nicht, wie Menschen leben konnten, wie Hekim leben konnte.

»Letztens«, erzählte er, »sind so 'ne Handvoll Typen bei meinem Vater in den Laden und wollten ihn kalt machen. Meinen Vater, ey – ein Herztyp, weißte, der kann nachts nicht schlafen, wenn er eine Ameise totgetreten hat. Ich weiß gar nicht, wie der so eine Missgeburt wie mich zeugen konnte.«

»Was wollten die?«

»Ausrauben. Die wollten die fünfzehn Euro und fünf Cent in seiner Kasse. Der Dickkopf hat natürlich nichts rausgerückt. ›Nur über meine Leiche‹, hat er gesagt. Fast wär er draufgegangen. Wegen fünfzehn Euro und fünf Cent! So ein Scheiß. Aber jetzt pass ich auf ihn auf.«

Er hob den Zeigefinger und wies auf den Klotz am Kottbusser Tor: »Da wohne ich«, sagte er, »komm mal vorbei. Und ruf an, wann du willst.« Dann fügte er noch hinzu: »Übrigens hilft nichts mehr gegen Unruhe, als etwas zwischen die Kiemen zu kriegen.«

Wir liefen ins Hühnerhaus und bestellten Grillhuhn – wie in meiner Kindheit. Ich nagte das Fleisch von den Knochen. Ich aß es mit den Händen und schmeckte nichts. Die Hähnchen hatten an Geschmack verloren. Wir aßen sie nur noch aus Gewohnheit. Nur aus Gewohnheit standen hier an Wochenenden ganze türkische Familien Schlange und kauften Huhn. In meiner Kindheit hat mir nichts besser geschmeckt. Ich mochte die rote, gegrillte, gewürzte Haut und das Fleisch der Keulen. Jetzt mochte ich die Knochen. Das Fleisch lag wie Pappe in meinem Mund. Ich kaute lustlos, wie eine weidende Kuh.

Der Pavillon des Hühnerhauses war überfüllt. Die Menschen hockten dicht beieinander auf den Bierbänken. Viele waren schon angeheitert und freuten sich, dass ihre Samstagnacht begann. Ich hatte nicht bemerkt, dass sich welche an unseren Tisch gesetzt hatten.

Da war die brünette Ärztin, die ich in der Kantine des Krankenhauses gesehen hatte – glaubte ich zumindest. Das Krankenhaus befand sich nur wenige Straßen entfernt, am Kanal. Sie rührte Zucker in ihren Tee und erzählte dem Typen neben ihr etwas von einem Oberarzt, dem sie am liebsten nacheinander alle zweihundertsechs Knochen brechen würde. Sie saß mir gegenüber, ihre Brauen waren dunkel und scharf geschnitten, und zwischen ihnen zeichnete sich eine Sorgenfalte ab. Das glatte brünette Haar hatte sie sich hinter die Ohren gestrichen.

»Vielleicht mach ich das auch«, sagte sie, »vielleicht breche ich ihm alle zweihundertsechs.«

Sie hatte das gerade ausgesprochen, da brach der Schenkelknochen des Huhns in meiner Hand. Ich hatte ihn wohl, während ich die beiden anstarrte, immer weiter gebogen. Der Typ sah mich schief an.

»Genau so!«, sagte sie, »jeden einzelnen Knochen.«

»Das hilft«, sagte ich, »manchmal hilft das.«

Hekim knackste demonstrativ mit den Fingern, um zu zeigen, dass er mit mir übereinstimmte.

»Dann mach ich das«, sagte sie, »auf meine Weise.«

»Versuch, dich zu beruhigen«, sagte ihr Freund.

»Keine Ruhe«, sagte Hekim, »es gibt keine Ruhe. Ruhe musst du schaffen.«

Während Hekim das sprach, schauten die junge Frau und ich uns an. Sie lächelte, wandte den Blick nicht von mir ab. Sie wirkte müde.

Kaum hatte ich das gedacht, sagte sie: »Du siehst müde aus.«

Manchmal, dachte ich, ist Müdigkeit etwas Grundsätzliches, mit keiner Schlaflosigkeit Begründbares. Müdigkeit, eine Substanz, die sich ablagert im Körper, in den Armen und Beinen. Im Kopf. In den Augen. Es gibt viele unterschiedliche Müdigkeiten. Die Müdigkeit der Überarbeiteten ist eine andere als die Müdigkeit der Getriebenen. Die Müdigkeit der Enttäuschten eine andere als die Müdigkeit der Verlassenen. Ich mochte die Müdigkeit dieser Frau.

Sie und ihr Freund waren aufgestanden. Auch Hekim musste los zu seinem Vater. Ich streckte der Frau die Hand entgegen. Da fiel mir auf, dass Fett und Reste vom Huhn an meinen Fingern klebten. Sie gab mir trotzdem die Hand.

Sie sagte: »Ich bin Aylin.«

Dann lächelte sie mich noch einmal an, zog ihre Hand langsam aus meiner und verließ das Hühnerhaus.

Ich blieb noch eine Weile sitzen und sah mir die Leute an. Für ein paar Sekunden war ich ruhig. Wieder war ich ein Mensch in einem Aquarium und beobachtete die Fische da draußen.

6

In Veits Bar fand ich nur die Aushilfe. Veit komme heute erst spät in der Nacht, sie habe keine Ahnung, wo er sei. Auf dem Sofa neben dem Pissoir mit den Whiskynamen unterhielten sich drei junge Typen über Mode und welche Musiker sie gerade in welcher Hotelbar oder -lounge getroffen hätten. Veit hatte viele Freunde, die aus westdeutschen Kleinstädten kamen und jetzt in Berlin lebten und mit ihm um die Häuser zogen. Veit erzählte immer, dass einige von ihnen gut im Geschäft seien und Aufträge von großen Firmen bekämen, wenn es um Corporate Identity, Marketing oder Mode gehe. Einige seiner Freunde hätten es ihm verübelt, dass er mich seine Bar hatte designen lassen, aber das sei ihm egal. Die, die er mir vorgestellt hatte, hatten immer nur von ihren Projekten erzählt und irgendwelche großen Namen genannt, die mir unbekannt waren. Die drei Jungs auf dem Sofa unterhielten sich auch über Dinge, die mir nichts sagten. Sie schauten ernst und ließen sich gegenseitig ausreden und stimmten einander oft zu. Ich stellte mir vor, wie sie einander immer weiter zustimmten und sich bei allen möglichen Dingen ständig ausreden ließen: wenn sie Eis aßen, wenn sie sich in den Park legten, wenn sie zu Weihnachten bei ihren Eltern die Gans parierten; wenn sie in einen Club gingen, wenn sie Veit dabei zusahen, wie er Lara packte. Ein alter Mann stellte sich neben mich an die Bar und verlangte einen Raki. Ich hatte gerade einen Bierdeckel auf dem Tresen zerfetzt. Der Mann trug einen speckigen, zerknitterten Anzug, der ungepflegte graue Bart wucherte ihm bis unter die Augen, die wenigen Haare hatte er sich nach hinten gegelt. Ich hatte ihn noch nie hier gesehen.

»Ich suche meinen Enkel«, sagte er, »kennst du ihn?«

»Was?«

»Wo ist bloß mein Enkel?«

Sein Raki kam, er leerte ihn in einem Zug und bestellte noch einen. Ich fragte ihn, wie sein Enkel hieß, aber statt mir den Namen zu nennen, erzählte er drauflos. Er werde ihn schon finden, eines Tages, ganz sicher.

In den ersten Jahren habe er seinen Enkel großgezogen. In der Türkei sei das gewesen, in einem Dorf in der Nähe von Eskişehir. Seine Tochter habe ihren Sohn eines Tages dorthin gebracht, habe gesagt, dass sie jemanden brauche, der auf das Kind aufpasst, sie müsse arbeiten in Deutschland, werde bald wiederkommen. ›Warum sagst du deinem Vater nichts davon, dass du geheiratet und ein Kind bekommen hast?‹, habe er seine Tochter gefragt. Er und das ganze Dorf hätten sich darüber gefreut. Sie sei zwei Tage geblieben, habe Geld dagelassen und sei dann für vier Jahre verschwunden, zurück nach Deutschland. Danach sei sie wiedergekommen und habe das Kind abgeholt. Später habe es geheißen, der Junge sei auf einem Internat. Der alte Mann habe seinen Enkel erst wieder gesehen, als er schon dreizehn Jahre alt war.

Als er dann wieder bei ihm war, habe er geweint und wie ein Dreijähriger und jede Nacht nach seiner Mutter verlangt, habe im Schlaf Deutsch geredet – ein unheimlicher Klang. Wenn die Mutter alle paar Wochen anrief, sei er ganz aufgeregt gewesen und habe danach tagelang nicht gesprochen. Mit Mitte zwanzig sei der Enkel zurück zur Mutter nach Deutschland gereist. Die habe ihm dort ein Kinderzimmer eingerichtet und Kuscheltiere gekauft. Der alte Mann sei später, als er in Rente war, zu seiner Tochter gezogen. Er habe ihr gesagt: ›Was machst du da, du musst eine Frau für ihn suchen und nicht Tiere aus Stoff.‹ Das sei eine Weile so weitergegangen, er habe das wohl zu oft gesagt, seine Tochter habe ihn, ihren eigenen Vater, rausgeschmissen. Er sei in eine WG mit alten Männern gezogen und habe seine Zeit mit Kartenspielen verbracht. Eines Tages habe seine Tochter angerufen und erzählt, dass ihr Sohn verschwunden sei. ›Was soll das heißen?‹, habe er gefragt. ›Seit Wochen‹, habe sie geantwortet.

Der alte Mann brach in Tränen aus. Die Aushilfe hinter der Theke beobachtete ihn mit verschränkten Armen.

Die Jungs auf dem Sofa amüsierten sich über ihn. Ich sah genau, wie sie grinsten. Wenn es sie überkam, hielten sie die Hände vor den Mund und prusteten los. Der alte Mann schluchzte ungehemmt. Die jungen Leute ahmten ihn nach.

Schließlich zog er einen Umschlag aus der Tasche und reichte ihn mir. Darin war ein Flugticket in die Türkei. »Ich habe nicht aufgegeben«, sagte er, »mein Enkel wird zu mir kommen, irgendwann wird er kommen.« Danach taumelte er aus dem Laden.

Kaum war er weg, lachten die Typen auf dem Sofa laut los. Ich stellte mich vor sie. Auch die Aushilfe grinste.

»Was war denn das für ein Typ?«, fragte einer.

»Was für Freaks es gibt«, sagte der andere.

Ich trat gegen den Tisch. Ihre Gläser und Flaschen kippten um, ein Sektglas fiel auf den Boden und zerbrach. Die drei verstummten und sahen mich an.

Diese Bar war eine Fleischerei gewesen, bevor Veit sie gepachtet und ich ein Pissoir mit dem Whiskymenü an die Wand gedübelt hatte. Früher, wenn ich mit meinen Eltern samstags einkaufen fuhr, kauften wir hier, bei dem kurdischen Schlachter, Lamm. Ich stellte mir vor, wie der alte Mann hier Wurst für seinen Enkel gekauft hatte, um ihm eine Freude zu machen, und wie er jetzt ohne jede Freude hier seinen Raki bestellte. Einen Tag, bevor er ohne Enkel diese Stadt und dieses Land verließ.

Ich wollte gerade gehen, da holte mich ihr Gelächter ein. Ich trat ein weiteres Mal gegen den Tisch, diesmal krachten sämtliche Gläser und Flaschen zu

Boden. Die Jungs schielten zu mir wie zu einem Verrückten, die Aushilfe brüllte, dass sie gleich die Polizei rufe. Ich verließ den Scheißladen.

Ich fasste mir an den Kopf. Ich sagte mir: Junge, beruhig dich. Autos fuhren vorbei, mit lauter Musik, viel Bass.

Ich rief Hekim an: »Hast du Zeit?«

Er sagte: »Komm.«

Mein Handy vibrierte in der Hosentasche. Ich ging nicht ran. Durch die Oranienstraße strömten Menschen. Sie waren zu zweit oder zu dritt oder zu zehnt. Viele trugen kleine grüne Bierflaschen in der Faust, wie ein Bekenntnissymbol – das Erkennungszeichen einer Sekte oder einer Gruppe von Touristen, die Angst hat, sich während der Besichtigung zu verlieren. Der Bordstein vor den Trockenfrüchtehändlern war übersät mit den plattgetretenen Hülsen von Sonnenblumenkernen. Auf Bierbänken saßen Menschen und kauten Nüsse. Frauen mit glänzenden schwarzen Locken tranken Tee. Eine ältere Frau mit verfilzten Haaren verkaufte Straßenzeitungen.

Aus der Oranienstraße hatten sie eine Autobahn machen wollen. Am Kottbusser Tor zogen sie eine riesige Mauer hoch, einen Lärmschutzwall. Die Mauer war hoch, sie war dick, darin Wohnungen wie Waben. Sie stopften das Ding voll mit Migranten und nannten es NKZ – Neues Kreuzberg Zentrum. Daraus wurde: ZK – Zentrum Kreuzberg. Am Ende eines dunklen

Ganges im fünften Stock blieb ich vor einer Tür mit Tags und Aufklebern stehen. Hekim öffnete die Tür. Er hielt den Finger vor den Mund, ich solle leise sein. Drinnen schnarchte jemand. Wir schlichen durch den kurzen Flur in sein Zimmer. Auf dem Tisch lag seine E-Gitarre. In der Ecke des Zimmers leuchteten kompliziertе Grafiken auf dem Computerbildschirm und Lichter am Mischpult und an den beiden Turntables. An der Wand klebten Eierkartons. Vor dem Computer stand anstelle eines Bürostuhls ein Holzthron, schwarz lackiert, mit geschnitzten Totenköpfen, die lilafarbene Glitzerdiamantenaugen hatten.

Es musste zehn Jahre her sein, dass Hekim mir sein erstes Demotape geschenkt hatte. Er hatte Dönerverkäufer aus der Gegend gefragt, ob sie es nicht für ihn mitverkaufen könnten. Für eine Weile hingen unter sämtlichen Imbissspeisekarten Kopien von einem Flyer, den Hekim selbst gestaltet hatte. Darauf prangte der Preis des Tapes, drei Mark. Damit würde er groß rauskommen, hatte Hekim damals gesagt. Er wollte die Aufnahmen allen großen Labels schicken, damit sie sein Album produzierten. Ich mochte seine Lieder, obwohl ich sonst nicht viel mit Rapmusik am Hut hatte. Einige seiner Texte konnte ich auswendig.

Hekim drehte sich mit dem Thron zum Sofa, wo ich mich hingesetzt hatte. Neben mir lagen Stapel von Büchern, vor allem Gedichtbände: Hikmet, Celan, Asaf, Kavafis, Verlaine.

»Komm«, sagte er, »ich zeig dir was.«

Wir stiegen die Stufen des ZK hoch, bis nach ganz oben aufs Dach. Es war windig. Ich lief zu den grünen

Buchstaben der alten »Möbel Olfe«-Werbung und sah auf die Stadt hinab. Unter den Buchstaben zog Hekim eine Bierdose hervor und öffnete sie. Er nahm einen großen Schluck und reichte sie mir dann.

»Wenn unten zu viel los ist, wenn Mutter kocht und Oma ganz laut Serien guckt«, sagte Hekim, »komme ich hierher. Ich sitze dann über der Stadt, und nichts davon kann mich hier oben erreichen.«

Unter uns lag Kreuzberg. In vielen Häusern brannte Licht. Vor allen Läden, vor den Bars, den Dönerverkäufern, vor den Getränkeshops standen Menschen. Über mir verschwand der Mond hinter schwarzen Wolken.

»Ich bin gerne hier«, sagte Hekim, »ich wollte mein ganzes Leben lang weg, mit großen Künstlern zusammenarbeiten, irgendwo da draußen Kohle machen, wiederkommen und dieses Haus kaufen.« Hekim lachte leise auf: »Hat nicht geklappt.«

»Und jetzt?«

»Was soll jetzt sein? Nichts. Die Stadt klebt an mir wie Kuhscheiße, ich werd sie nicht los. Ich will sie auch nicht mehr loswerden. Ich bin von hier. Ich bleibe hier. Bis Ameisen meinen Kadaver hier raustragen.«

Mir war nicht nach Lachen zumute, aber hier oben mit ihm fühlte ich mich ein wenig wie auf dem Mond – weit weg von allem. Ich verstand, was er damit meinte, über der Stadt, über den Dingen zu sein.

»Dieses Haus gehört trotzdem mir«, sagte Hekim, »ich werde Geldbündel in einem schwarzen Aktenkoffer präsentieren und schön zusehen, wie die Gesichter erblassen, die mich ausgelacht haben, als ich sagte, ich kaufe das Haus. Ich werde ein richtig gutes Album aufnehmen.«

»Du machst noch Musik?«

»Warum sollte ich aufhören? Fünfzehn Jahre mache ich das schon. Ich bin kurz davor, es zu packen.«

»Wie heißt das Album?«

»Requiem.« Hekim sprach das Wort leise und rau aus, vorsichtig, als würde es verbraucht werden, wenn es zu oft gesprochen wurde.

»Wenn es nicht gleich fürs ganze Haus reicht, dann vielleicht doch eine Weile für die Miete«, sagte er, »aber eigentlich ist mir das auch egal. Ich bleibe sowieso.«

Ich sah Hekim von der Seite an. Im Dunkeln war er nicht genau zu erkennen. Nur die Silhouette seiner großen Nase und die flache Stirn. In diesem Moment, auf diesem Dach, wünschte ich mir, wieder zwölf zu sein und von älteren Schülern bedroht zu werden, damit Hekim kam und alles regelte. So wie damals, als ein paar Zehntklässler mich nach Schulschluss abfingen und mich hin und her schubsten. Da tauchte Hekim mit seinen Jungs auf. Er packte zwei von den Zehntklässlern an den Haaren, die anderen beiden hatten die Hosen voll und rührten sich nicht mehr. Hekim sagte, wenn er noch einmal mitkriege, dass einer seinen kleinen Bruder anmacht, dann werde er seinen Kopf als Fußball benutzen, und jeder weiß ja, dass er, Hekim, ein verdammt guter Fußballer ist. Danach wagte es niemand mehr, mich vor der Schule abzupassen. Dass Hekim mich als seinen Bruder bezeichnet hatte, gefiel mir damals besonders.

Ich hatte keinen Bruder und keine Schwester. Während die anderen in der Schule von den Wochenendausflügen mit ihren Geschwistern und Eltern erzählten, wie sie sich auf den Rückbänken der Autos ihrer Eltern gerauft hätten, konnte ich im Sommer vom Görlitzer Park und im Winter von siebenundfünfzig Quadratmetern Kreuzberg erzählen. Ich hatte keine Geschwister und auch keine Katzen und Hunde. Ich mochte die Idee, dass Hekim mein großer Bruder war. Auch wenn ich ihn nur selten und später fast gar nicht mehr traf, schien dieses Gefühl geblieben zu sein. Ich schätze, manchmal braucht man das. Und wenn es nur fünfzehn Minuten Brüderlichkeit sind, auf einem Dach eines Hochhauses.

»Was macht die Schule?«, fragte Hekim.

»Schon lange fertig«, sagte ich.

»Abi?«

»Ich studiere – mehr oder weniger.«

»Sehr gut«, sagte Hekim.

Er klemmte die leere Tüte zurück in die Ecke, aus der er das Bier geholt hatte, und sagte: »Wir haben gerappt und getanzt. Das ist alles. Ja, auch mal zugeschlagen, aber nur, wenn es sein musste. Wenn die Scheißnazis in unser Viertel gekommen sind. Was hätten wir denn tun sollen? Die auf einen Tee einladen?«

Ich trank die Dose, ohne abzusetzen, halb leer und schmiss sie, so hart ich konnte, der Stadt entgegen, Flüssigkeit sprühte aus ihr raus.

»Alles Nazis«, sagte ich, »auch die Nichtnazis sind Nazis. Die Clubbesucher, Latte-macchiato-Trinker, Pillenschlucker, Studenten, dein bester Freund. Du selbst.«

Ich schoss mit der Hand auf die Stadt: »Peng.«

»Schau mal«, sagte Hekim, »ich knipse den Fernsehturm aus.«

Vor uns leuchtete in lilafarbenem Licht der Fernsehturm über der Stadt, die Kugel auf der hohen Säule. Hekim streckte ihm die Hand entgegen und schnippte. Das Licht des Turms erlosch. Wir stiegen wieder die Treppen hinunter.

Bevor er hinter der Tür mit den Tags und Aufklebern verschwand, sagte er noch, er wisse nicht, was mich so treibe, aber dass ich ihn immer anrufen könne – sein Handy sei an, auch nachts. Ich sagte »danke« und ging. Ich war nicht mehr in der siebten Klasse. Die fünfzehn Minuten Brüderlichkeit waren vorbei.

Die Straßen waren immer noch voll. Ein Typ mit Tiroler Hut und großen, groben Ketten um den Hals lachte laut, das Mädchen neben ihm, in einem falschen Pelz, kicherte. Ein Mann mit zerrissenem T-Shirt und zerrissener Hose hatte Pfandflaschen in einem gestohlenen Einkaufswagen gesammelt. Er lehnte an einer mit Plakaten zugeklebten Wand und zog eine Flasche nach der anderen aus dem Wagen, zerschmetterte sie auf dem Asphalt. Ein Paar tanzte Hand in Hand über den Gehsteig, immer zwei Schritte vor und einen Schritt zurück. Ein stämmiger Typ mit schwarzer Lederjacke blieb vor dem Flaschenzerschläger stehen. »Hör auf damit!«, rief er und schubste ihn.

Der andere zerschlug weiter seine Flaschen. Der Asphalt vor ihm war bereits übersät mit Scherben. Ich lief vorbei an den Mitternachtsflaneuren, an den Partytouristen, an den Möchtegernmüßigen. Ich stieß mir meinen Weg frei. Ein Junge in einer pinkfarbenen Regenjacke und mit Gummistiefeln rief mir etwas hinterher. Ich ging weiter.

Aus Veits Bar drang Lärm zur Straße. Stimmengewirr. Der Beat eines Elektrosongs. Ab und zu öffnete sich die Tür, und Menschen taumelten aus der Bar. Die Musik wurde lauter, und der Gestank von Zigarettenrauch, Alkohol und verbrauchter Luft wehte mir entgegen.

Ich fragte das Mädchen hinter der Theke: »Wo ist Veit?«

»Im Club. Ist vor ’ner Stunde los.«

Ich schlug gegen den Tresen.

Ein großer Steinklotz mit hohen Fenstern. Hier kam jeder hin, der sich nach einem Nichtort sehnte. Verlorene und solche, die gerne verloren wären, warteten darauf, ihren Tempel zu betreten. Die meisten aber waren nur *Lonely-Planet*-Leser, die eine Geschichte erzählen wollten, wenn sie zurückkehrten in ihre Länder, Städte und Dörfer. Vor mir standen Frauen mit hohen Schuhen und zerrissenen Strapsen, große Männer mit Glatzen und breiten Schultern, einer hatte sich eine Schlange tätowieren lassen. Sie wuchs aus seinem Kopf, schlängelte sich ums Ohr, lief über die Wange ins Auge. Wölkchen der Rauchenden stiegen den Laternen entgegen und lösten sich über den Köpfen auf.

Die Schlange vor dem Eingang reichte bereits mehrere Hundert Meter weit. Und mittendrin ich. Der ganze Kasten, die ganze verdammte Stadt konnte von mir aus in die Luft gehen oder in den Boden gestampft oder zu einer Parkanlage für Touristen umgestaltet oder der Stasi oder dem Verfassungsschutz überlassen werden.

Das Nachtschwarz verwandelte sich allmählich zu Blau. Berlin war ein Kindersarg, in dem ausgewachsene Körper sich selber bestatteten. Ich versuchte mir einen Ort vorzustellen, an dem das alles egal sein würde. Was hätte Vater gesagt? Ich hatte ihn niemals um Rat gefragt, er hatte mich niemals beraten. Zu spät.

Im Eingang stand ein Wuthüne. Seinen Schädel hatte er zur Hälfte kahl rasiert, auf der anderen Seite war das Haar lang. Seine Ohren, Brauen, Lippen und Nase waren gepierct. Aus dem Kragen seines schwarzen Ledermantels stiegen die Tentakel eines tätowierten Ungeheuers und würgten ihn. Er winkte mich durch.

Hinter der Bar hing das Bild einer überdimensionalen Muschi. Sie war so groß, sie hätte mühelos den ganzen Laden gebären können. Die Mutter der Irren. Der Bass vibrierte in jeder Zelle meines Körpers. Meine Augenlider waren schwer, sie fielen nicht zu, aber ich trug sie wie Gewichte.

Ich bestellte einen Wodka, exte ihn aus und bestellte den nächsten. Auf meinem Handy mehrere Anrufe in Abwesenheit. Es war fünf Uhr. Ich erschrak, als es plötzlich in meiner Hand vibrierte: Mutter rief an.

Die Leute, die sich an den Tresen stellten, schwitzten. Ihre Haut glänzte, auf ihren Schläfen sammelten sich

Schweißtropfen. Mir war kalt. In meiner Hand vibrierte das Handy.

Auf der Tanzfläche warfen Männer in Tangas ihre Fäuste in die Luft, Frauen in Hotpants schwangen ihre Haare. Dazwischen standen blonde Typen in Polohemden. Mich beachtete niemand. Das Handy hörte auf zu vibrieren.

Mitten in der Nacht der Geruch von Salbei, Arnika und Scheiße, der mir in die Nase stieg. Die Muschi an der Wand: ein Bild von Monet. Meine Mutter auf dem Display. Jemand stach mir einen Katheter in die Vene und injizierte den Wodka. In der Vitrine hinter dem Tresen Morphinflaschen aus braunem Glas.

Ich lief quer über die Tanzfläche und rammte jeden, der sich mir in den Weg stellte. Ich lief vorbei an all dem schwitzenden Fleisch. An Körpern, die sich in Reizwäsche gezwängt hatten, und überall quoll Haut heraus. Ich lief, bis ich auf der anderen Seite der Tanzfläche auf Veit traf, der mit dem Rücken an der Wand lehnte. Er war kaum wiederzuerkennen, die Haare fielen ihm fettig ins Gesicht, er trug eine Brille. Wir stiegen über ein Pärchen, das zwischen lauter umgekippten Plastikbechern auf einem Krankenhausbett lag. Ein Typ stand daneben und masturbierte. Veit bog links in einen dunklen Gang ab, dann rechts, einige Stufen hoch in einen schwarzen Raum. Pfleger standen an einem weiteren Krankenhausbett und wuschen einen Körper mit nassen Lappen. Meine Mutter lief mir entgegen, dann schaltete Veit das Licht ein. Ein schwaches rotes Licht. Von der Musik drang nur der Bass in den Raum, eine regelmäßige und rasche Folge von Hammerschlägen.

»Hier ist fast nie jemand«, sagte Veit, »kennt keiner.«

Er setzte sich auf ein Sofa, das aus der Dunkelheit aufgetaucht war.

»Du musst mir helfen. Ich habe eine Anzeige am Hals«, sagte Veit, »Lara.«

Er streifte sich durchs Haar und drückte die Handballen an seinen Schädel. Der Bass, gleichmäßig, schnell, dumpf – Herzschlag eines gehetzten Hundes.

»Es stinkt«, sagte ich.

»Sie lässt mich nicht in Ruhe.«

»Riechst du das?«, fragte ich, »ich krieg Kopfschmerzen von diesen Kräutern.«

»Was redest du?«

»Die Salben riechen so intensiv. Und die Scheiße.«

»Elyas, hörst du mir zu?«

Ich spuckte ihm vor die Füße.

Er strich sich das triefende Haar aus dem Gesicht, es fiel zurück – er war nur noch eine Collage aus Bart, Brille und Haaren. Das rote Licht spiegelte sich in den Brillengläsern und verbarg die Augen.

»Was ist denn los?«, fragte er.

Der dumpfe, schnelle Bass klang wie aus der Ferne.

»Ich habe Lara getroffen. Du hast sie grün und blau geschlagen.«

»Sie hat stündlich angerufen. Wenn ich nicht abgenommen hab, ist sie in die Bar gekommen. Da ist mir mal was ausgerutscht. Sogar hier ist die hergekommen.«

Meine Mutter stand neben dem Sofa und schaute mich an.

»Mein Junge«, sagte sie, »ruh dich ein wenig aus. Schlaf. Es gibt viel zu tun.«

»Ich kann nicht«, sagte ich.

»Was?«, sagte Veit.

»Du hast alles kaputt gemacht«, sagte ich.

»Auf wessen Seite bist du eigentlich, Elyas?«, sagte Veit.

»Ist alles gut bei euch?«, fragte ich Mutter, »kann ich etwas tun? Der Einkauf?«

»Mach dir keine Sorgen, mein Junge.«

»Du bist ein Stück Scheiße, Veit.«

Seine Haarsträhnen glänzten wie Schlangen, ich spiegelte mich in den roten Gläsern der Brille. Veit sprang mit einem Satz auf und stellte sich vor mich: »So leicht bist du zu manipulieren«, krächzte er, »ich besorg dir Kohle, ich lass dich Kunstscheiße in der Bar machen, du …«

Ich stürzte mich auf ihn. Wir fielen aufs Sofa. Er schlug um sich und traf mich im Gesicht und schlug dann ein paarmal weiter auf mich ein. Ich stand auf und spuckte ihn mit meinem blutigen Speichel an.

»Scheiß auf dich«, sagte ich, »scheiß auf alles«, und ging aus dem Raum und aus dem Club. Vor dem Eingang war die Schlange immer noch lang.

Am Ostbahnhof kaufte ich Wasser und setzte mich auf einen Wartesitz.

Ich rief bei Onkel Cemal an.

»Mein Junge? Wo steckst du?«

»Hab ich dich geweckt?«

»Nein. Ich frühstücke. Warum bist du so früh wach? Deine Mutter erreicht dich seit zwei Tagen nicht. Sie ist …«

»Cemo, ich weiß einfach nicht, was ich tun soll!« Mir versagte die Stimme.

Onkel Cemal kam mit dem Wagen. Ich stieg ein. Aus dem Fenster sah ich, wie der Himmel über Berlin wolkenlos blau war. Wir fuhren los. Ich versank im Sitz.

Nachdem wir einige Straßen weiter gefahren waren, verlangsamte Onkel Cemal den Wagen, bis er zum Stehen kam. Wir starrten einander an wie Fische unter Wasser, die nicht wissen, was eine Stimme ist.

Er sagte: »Dein Vater …«

Ich sagte: »Ich weiß.«

Ich kippte die Sitzlehne nach hinten und starrte aus dem Fenster in den Himmel.

Onkel Cemal fuhr weiter.

Die Welt zog an mir vorbei.

Straßenlaternen, Bushaltestellen, parkende Autos.

Zwei

1

Herr Arslan vom Reisebüro ließ mich Platz nehmen vor seinem Schreibtisch aus Kirschholzimitat. Obwohl ihm zu heiß war und er sich ununterbrochen Schweiß von der Stirn tupfte, trug er einen Anzug. Er erzählte, was er immer erzählte, wenn ich ihn sah: Er habe viel Geld verloren, er sei ein reicher Mann gewesen, Tausende Menschen hätten für ihn gearbeitet. In der Türkei, in Deutschland, überall. Er habe Fabriken besessen, riesige Hallen und viele Gebäude. Alles habe er verloren, alles. Und doch: Er stehe vor mir erhobenen Hauptes und mache weiter. Seine Kinder hätten von alldem nichts mitbekommen, der Sohn habe trotzdem eine goldene Uhr geschenkt bekommen zum Abitur.

Ich besorgte die Flugtickets für Mutter. Nach Istanbul.

Bei Mutter sah alles aus wie immer. Der Infusionsständer in Vaters Zimmer, der Tisch mit dem Arztbesteck, das Bett. Nur dass dort, wo ein Gesicht gelegen hatte, jetzt die Bettdecke hochgezogen war. Der weiße Hügel, die Unebenheit im Bett: mein Vater.

Im Wohnzimmer saß Mutter am großen Esstisch und trocknete sich die Augen. Sie setzte die Brille wieder auf und las und unterschrieb Formulare. Ich grüßte sie leise. Sie sah mit roten Augen über das Brillengestell hinweg zu mir.

»Wo warst du denn?«

Zwei Männer kamen und holten Vater ab zur Waschung. In einem Raum mit weißen Kacheln legten sie ihn auf eine Bahre und wuschen seinen Körper mit einem Schwamm, seine Füße, seine Beine, seine Hände, seine Arme, seine Brust, sein Gesicht, seinen Rücken. Das Wasser tropfte von der Bahre auf den Boden. Sie trockneten ihn ab, wickelten ihn in weiße Leinen, legten ihn in einen Sarg aus Metall, nagelten ihn zu. Dann wurde es dunkel.

Als es wieder hell war, saß ich auf einem Stuhl des Vorzimmers und hielt ein Glas Wasser in der Hand.

Mutter sagte, wir sollten uns beeilen, es sei noch viel zu erledigen bis zum Flug morgen. Wir müssten noch die wichtigsten Dinge packen, den Nachbarn die Schlüssel geben für Post und Blumengießen, die Versicherung informieren, die Fenster schließen, Fernseher und Anlage aus der Steckdose ziehen, wir müssten an alles denken, konzentriert sein, gerade jetzt.

Wir fuhren nach Hause. Wir gaben den Nachbarn die Wohnungsschlüssel und setzten ein Schreiben auf für die Versicherung. Wir zogen die Stecker von Fernseher und Anlage aus der Steckdose, schlossen die Fenster, zogen die Vorhänge zu.

Wir hatten keinen Hunger, trotzdem kochten wir Nudeln mit Tomatensauce. Mutter kramte die Stoffservietten aus dem Schrank, die es nur zu besonderen Anlässen gab. Wir öffneten einen Wein. Wir aßen, wir tranken, wir schliefen.

Onkel Cemal brachte uns zum Flughafen.

Mutter stellte unsere Koffer aufs Fließband und legte unsere Pässe auf den Tresen am Schalter.

Ich sagte: »Mama.«

Sie sagte: »Bitte möglichst weit vorne.«

»Mama.«

Der Typ vom Bodenpersonal tippte weiter etwas in seinen Computer.

»Ich werde nicht mitkommen.«

Mutter drehte sich langsam zu mir um, oder es kam mir langsam vor, Zeitlupe.

»Was hast du gesagt?«

»Ich glaube, ich komme nicht mit.«

»Hör auf«, sagte sie.

Danach sagte sie nichts mehr. Das letzte bisschen Farbe war aus ihrem Gesicht gewichen, während sie mich ansah. Hinter ihr hatte der Typ aufgehört zu tippen und klopfte jetzt mit den Fingern ungeduldig auf den Tresen.

Ich erinnerte mich daran, wie Mutter mich angeschaut hatte, als ich mit zehn Jahren beim Klauen erwischt wurde, wie sie mich angeschaut hatte, als ich nachsitzen musste. Einmal hatte die Polizei bei uns geklingelt, weil die Nachbarn mich dabei beobachtet hatten, wie ich Straßenschilder mit Steinen beschmiss. Das gab eine Anzeige wegen Beschädigung öffentlichen Eigentums. Mutter hatte sich bleich an den Küchentisch gesetzt und gesagt: »Ich habe dich toll erzogen.«

Die Polizei war mir egal gewesen, aber Mutter alleine an diesem Küchentisch, an jenem kalten Tag, das war schlimm. All diese Bilder zogen an mir vorbei, während der Typ hinter meiner Mutter auf den Schaltertresen klopfte und sagte: »Entschuldigung, es wollen noch andere Passagiere hinter Ihnen einchecken.«

»Einen Gangplatz, bitte«, sagte Mutter.

Sie schwankte, als sie sich umdrehte – nie hatte ich sie so zerbrechlich erlebt, ich fürchtete, sie würde fallen. Sie hatte die Jacke über den Arm gefaltet, die große Handtasche um die Schulter gehängt. Leicht gebückt, müde, ohne sich noch einmal umzudrehen, ging sie in Richtung Sicherheitskontrolle. Sie ging so langsam, wie wenn sie erwartete, dass ich doch noch mein Ticket ausdrucken lassen und sie einholen würde.

Ich lief ihr hinterher, ich sagte: »Mama.«

Sie lief weiter, ohne mich anzusehen.

Ich wiederholte: »Mama.«

Bevor sie hinter der Glastür verschwand, drehte sie sich noch einmal um und sagte: »Gieß die Blumen.

Lern für die Prüfungen. Das ist deine Aufgabe. Für deinen Vater. Versprichst du mir das?«

»Ja.«

»Gut. Dann lass mich jetzt gehen.«

Ich starrte auf meine Schuhe und auf die Karos der Bodenfliesen. Cemo berührte meine Schulter. Er fuhr mich nach Hause.

Ich schloss die Tür ab und zog die Gardinen zu, sie waren lichtdurchlässig, ich wartete auf Dunkelheit.

Gegen drei Uhr morgens saß ich immer noch auf dem Sofa. Ich wusste, Mutter war in Istanbul angekommen. Sie war empfangen worden von Bruder und Schwester, Tee war aufgesetzt, alles noch einmal erzählt, gemeinsam geweint, ein Bett frisch bezogen worden. Jetzt schlief sie. Ich war wach, meine Augen schmerzten. Ich schaltete die Leselampe an und setzte mich an den Schreibtisch.

Ich wollte etwas machen, egal was: schreiben, lesen, zeichnen. Die Leselampe leuchtete, mir fielen die Augen zu. Ich schaltete das Licht aus, legte mich aufs Bett. Kaum hatte ich mich hingelegt, schmerzten die Augen wieder. Nachdem ich eine Weile ins Dunkel gestarrt hatte, stand ich wieder auf, schaltete wieder die Leselampe ein, setzte mich wieder an den Schreibtisch und versuchte abermals zu arbeiten. Auf dem Tisch lag verstaubt ein Lehrbuch: *Grundkurs Öffentliches Recht*, ich schlug es willkürlich auf und las etwas über die Bedeutung der »Grundrechte und Schutzbereiche«: »Das Recht auf körperliche Unversehrtheit schützt zunächst die menschliche Gesundheit im biologisch-physiologischen Sinne. Vor psychischen Beeinträchtigungen schützt Art. 2 II 1 GG zumindest dann, wenn diese zu Wirkungen führen, die körperlichen Schmerzen vergleichbar sind – psychische Folterungen, seelische Quälereien und entsprechende Verhörmethoden.«

Ich kramte ein Notizheft aus der Schublade und notierte »körperliche Unversehrtheit«. Ich arbeitete mich Seite für Seite vor. Nach Monaten hatte ich zum ersten Mal ein Lehrbuch aufgeschlagen. Draußen war es bereits hell.

Ich kaufte Müsli und Milch und frühstückte. Ich machte mir einen Arbeitsplan, schrieb in eine Tabelle, welche Vorlesungen ich noch besuchen musste, welche Klausuren noch offen waren, legte relevante Bücher auf meinen Schreibtisch. Doch die meiste Zeit saß ich nur vor ihnen. Ich starrte aus dem Fenster, zum Baum, zum Haus gegenüber. Gegen Mittag lief ich zu Mutters Wohnung, schaute, ob Post gekommen war, und goss die Pflanzen.

Dann zog ich los, in Stadtteile, in denen ich selten oder nie gewesen war, und ging dort spazieren. Ich zählte Autos im nordwestlichsten Teil Charlottenburgs, bestellte Filterkaffee in Pankow und setzte mich in einem Park in Lankwitz unter einen Kastanienbaum, der in einem Ehrenmal für gefallene deutsche Soldaten aus dem Ersten Weltkrieg gewachsen war. Der Rundbau war aus hellem Stein, die Fenster waren bogenförmig, auf einer Stele vor der Kastanie stand: »Im Ruhm der Taten leben tote Helden.«

Onkel Cemal freute sich, als er die Bücher auf meinem Tisch entdeckte. Er schaute sie sich eines nach dem anderen an, bekam einen ernsten Gesichtsausdruck, schob die Bücher grob zur Seite und verließ die Wohnung ohne ein Wort. »Was ist denn los?«, fragte ich, aber er war da schon aus der Tür. Nach einer halben Stunde kam er mit einem Päckchen unter dem Arm wieder. Es war in Zeitungspapier gewickelt, das er jetzt auf meinem Schreibtisch aufriss. Er holte drei blaue Bände hervor und legte sie zu meinen Lehrbüchern.

»Ohne den guten alten Carlos«, sagte Cemo, »kommst du nicht weit: Ein Studium, wo nicht *Das Kapital* gelesen wird, ist kein Studium, sondern Ablenkung, Opium.«

Zeitweise glaubte ich, Mutter würde nicht mehr zurückkehren. Sie habe so viel zu erledigen dort, viel Bürokratie, sie käme nicht zur Ruhe. Manchmal rief sie mich an und fragte, ob ich Obst gegessen und genug Wasser getrunken hätte. Ich sollte auf meine Gesundheit achten.

Ich bejahte alles. Und ich sagte: »Ich hätte fast gebucht. Ich wollte, ich war im Reisebüro, bei Herrn Arslan, ich …«

Sie sagte: »Zwei bis drei Liter am Tag. Und kauf dir Vitamintabletten, die gibt es in der Apotheke.«

Ich kaufte Schmerztabletten. Mein Zahn tat weh.

Die Klausuren fielen mir leicht. Wenn ich nach den Prüfungen mit Kommilitonen vor dem Hörsaal stand und sie jammerten, wie ungerecht die Aufgaben gewesen seien, tat ich so, als stimmte ich ihnen zu. Sie erzählten, wie viel sie gelernt hätten: bis zu zehn Stunden am Tag. Und jetzt habe der Dozent unlösbare Aufgaben gestellt. Ich dachte darüber nach, was so eine unlösbare Aufgabe sein könnte. Fliegen ohne Flügel? Ausbruch aus einem Hochsicherheitstrakt, Entwurf eines Masterplans, Stürzen der Regierung, Atmen unter Wasser?

»Wie ist es bei dir gelaufen, Elyas?«, fragte ein Kommilitone.

»Ganz okay.«

»Hast du viel gelernt?«

»Ja.«

Das war gelogen, aber die Wahrheit wäre ein Affront gewesen. Wie sollten die Kommilitonen verstehen, dass mit mir etwas geschah, dass sich mein Organismus veränderte. Wie sollten sie verstehen, was ich selber nicht verstand: Ich schlief selten, aber war ausgeschlafen. Meine Konzentrationsfähigkeit beschränkte sich auf zwei Stunden am Tag. Doch innerhalb dieser zwei Stunden ging mehr in meinen Kopf als sonst in wochenlanger Arbeit. Ich saß täglich zwei Stunden an meinem Schreibtisch und betrachtete die Bücher, den Laptop, die Stifte auf meinem Tisch. Wenn mich jemand gefragt hätte, was ich gerade machte, hätte ich geantwortet: nichts. Und doch: Beim Lösen der Übungsaufgaben merkte ich, dass die Informationen aus den Büchern irgendwie übertragen worden waren in meinen Kopf. Ich funktionierte anders jetzt.

Wenn ich mich unterhielt, Fragen beantwortete oder sogar welche stellte, hatte ich oft das Gefühl, dass nicht ich es war, der sprach, dass alle nur glaubten, vor ihnen würde Elyas stehen, reden, antworten, dass es Elyas sei, der gerade einen Witz gemacht, jemandem zum Lachen gebracht hatte. In Wirklichkeit war das nicht ich. Ich weiß nicht, wo ich war.

Ich beobachtete diesen Typen namens Elyas manchmal. Ich folgte ihm, wenn er die Straßen auf und ab lief. Ich wunderte mich, als er das erste Mal versprach, einer Einladung zu folgen. Ich sah ihm zu, wie er auf Partys herumstand, manchmal gesprächig, manchmal unfähig, auch nur ein Wort zu sprechen – wie er nach Hause ging, die Decke anstarrte und wie ich nicht merkte, dass ich eingeschlafen war. Wenn ich aufwachte, war er bereits wach.

Ich hörte Leute über ihn reden, er sei gut in der Uni, er kenne viele Leute, es sei lustig mit ihm. Nachts hörte ich manchmal Geraschel im Bett, das Schmatzen der Küssenden, Atmen, Schnaufen. Ich sah ihn an der Theke einer Bar stehen, Cocktails bestellen und lachen und ausgehen – er machte stets einen großen Bogen um Veits Bar. Ich sah ihn bei Salsa- und Tangoprobekursen und versuchte zu verstehen, wie ihn andere sahen, die Kommilitonen, die Dozenten, die Bäcker, Barkeeper, Tanzlehrer, Bademeister und die Frauen, die selten länger als eine Nacht blieben.

Was sie alle nicht sahen, war der Augenblick im Spiegel des Tangosaals, in dem ich erstarrte, war der Moment im Club, wo alle Bekannten schon gegangen waren und nur noch Fremde im Saal standen und tanzten und so weit weg und so unerreichbar schienen, dass ich glaubte unsichtbar zu sein. Nur einmal erkannte eine junge Frau in einer Kneipe, dass ich nicht dieser Elyas war. Ihre Freundin sprach mich an, fragte, ob ich Rockmusik möge, ich sagte Ja. Sie sagte, dass ihre Freundin hier ein großer Rockfan sei und dringend jemanden suche, mit dem sie Musik hören könne.

Ich sagte: »Hi, ich bin Elyas!«

Sie musterte mich kurz, sagte dann: »Bist du nicht!«

»Was?«

»Du bist nicht Elyas, nicht heute Abend.«

Die Freundin, die uns bekannt gemacht hatte, überrascht, dass wir nicht ins Gespräch kamen, fragte: »Doch unterschiedlicher Geschmack?«

Ich sagte: »Deine Freundin hat mich durchschaut« und drehte mich weg.

Was niemand sah, war, wie ich meine Kontakte durchscrollte und niemanden anzurufen wusste. Was niemand sah, war, dass mich Jura einen Scheiß interessierte, ja dass das der einzige Grund war, weshalb ich lernen konnte. Was niemand sah: dass die Zeit verging, dass auf die eine Woche die nächste, auf die eine Prüfung die nächste folgte und dass das alles nichts mit mir zu tun hatte. Ich dachte über unlösbare Aufgaben nach. Ich fand eine, sie hatte nichts mit Privatrecht zu tun, nichts mit öffentlichem Recht, sie hatte nichts mit Prüfungen zu tun, nichts mit Versicherungen und Bürokratie. Die Aufgabenstellung, die unlösbar war, bestand nur aus zwei Silben, nur aus einem einzigen Wort. Sie hieß: lebe.

2

In einem neuen Park in der Nähe meiner Wohnung gab es einen Minigolfplatz, und Onkel Cemo überredete mich manchmal, mit ihm spielen zu gehen.

Ich sagte: »Findest du nicht, dass Minigolf bürgerlich ist?«

Er: »Golf ist bürgerlich, nicht Minigolf.«

Ich: »Dann ist Minigolf kleinbürgerlich.«

Er: »Elyas, jetzt spiel endlich, du bist an der Reihe. Du hast ja keine Ahnung: Dein Vater ist 1976 als erster Gastarbeiter Bundesmeister bei den nationalen Minigolffestspielen geworden.«

»Erzählst du mir eigentlich immer nur Bullshit, wenn du über Vater redest?«, sagte ich, denn dass mein Vater jemals einen Golf- oder Minigolfschläger angefasst hatte, hielt ich für ausgeschlossen.

»Das ist doch das Schöne an der Vergangenheit«, sagte Cemo, »sie ist in alle Richtungen dehnbar.«

Ich warf den Schläger auf den Rasen und ging nach Hause.

»Komm schon, Elyas!«, rief mir Cemo hinterher, »wenn du immer so ernst bist, bleibt die Zeit stehen.«

Ein Kommilitone hatte mich lachend auf seiner Geburtstagsparty empfangen und mir sofort einen Drink in die Hand gedrückt. Später am Abend, angetrunken, hatte er mich über meine Eltern ausgefragt, wo sie herkamen, was sie beruflich machen.

Ich hatte seine Frage mit einem einzigen Wort beantwortet: »Tot.«

Er erzählte, dass sein Vater und auch sein Großvater und Urgroßvater schon Anwälte gewesen seien. Er zeigte mir stolz ein Bild seines Großvaters, der mit Frack und Fliege posiert hatte. Er sagte, er bewundere meine Kraft. Ihn würde so etwas aus der Bahn werfen, während ich die besten Arbeiten schriebe. Ich sagte, erneut, um das Gespräch zu beenden: »Das ist das Normalste der Welt. Menschen werden geboren. Menschen sterben.«

Auf einer anderen Party hatte ich ein Mädchen kennengelernt. Eines Abends, als ich das Gefühl hatte, heute könnte ich es schaffen, nicht »zu ernst« zu sein, rief ich sie an und fragte, ob wir uns treffen sollten.

»Was wollen wir machen?«, hatte sie gefragt.

Ich war schon drauf und dran gewesen zu sagen: »Keine Ahnung, uns wird schon etwas einfallen«, da erschien mir Cemos grinsender Glatzkopf wie der Kater bei *Alice im Wunderland*, und ich antwortete: »Es gibt da einen neuen Minigolfplatz in einem Park hier in der Nähe, den ich ausprobieren wollte.«

Wir spielten Minigolf, ich erzählte, dass mein Vater 1976 deutscher Minigolfmeister gewesen war. Sie erzählte, dass sie neu sei in Berlin, dass sie eigentlich Musikerin sei und Musik machen wolle, sich jetzt aber doch entschieden habe, Kulturmanagement zu studieren. Sie wirkte traurig, als sie das sagte.

»Langweile ich dich?«

»Nein.«

Wir gingen hoch zu mir. Ich entschuldigte mich für die Unordnung. Sie sagte, bei ihr sehe es schlimmer aus, was nur gelogen sein konnte. Eine angenehme Taubheit durchzog meinen Körper. Sie setzte sich auf mich, ich öffnete ihre Bluse. Ich fuhr mit feuchten Fingern über den Flaum auf ihrer Brust und zog den Saum ihres BHs nach, zwischen Stoff und Haut war es warm. Für ein paar Stunden waren Zeit und Ort nicht wichtig. Berlin, Istanbul, Osten, Westen, egal.

Sie schlief auf meiner nackten Schulter ein, und wenn ich hinunterschielte, konnte ich ihren grünen Lidschatten sehen. Ohne sie zu wecken, griff ich nach einem Stift auf dem Tisch und kritzelte ihr vorsichtig Muster auf die Arme. Ich weiß nicht, wie lange ich dasaß, nackt auf einem Kleiderhügel, und auf die Wand meines Zimmers starrte, während neben mir eine Frau mit grünem Lidschatten und angezogenen Knien schlief.

Der Stift fiel mir aus der Hand. Ich zuckte. Sie wachte auf, sprang vom Sofa, sagte, sie müsse los.

Das nächste Mal, als sie bei mir war und wir nackt nebeneinander lagen, fragte sie, ob sie hier schlafen dürfe. Ich bejahte, ohne zu wissen, warum.

Ein paar Tage später traf ich sie im Supermarkt vor den Kühlregalen. Ich wollte zwei Packungen Milch kaufen, wieder nach Hause gehen und mich aufs Sofa legen, um mir Musikvideos im Internet anzuschauen. Sie stellte sich mit einem strahlenden Lächeln vor mich, das sagte: »Hier bin ich, freust du dich?«

Ich freute mich aus Höflichkeit, fragte sie, wie es ihr gehe, sagte, dass bei mir alles in Ordnung sei, und verabschiedete mich – wir würden sicher bald voneinander hören. Während ich den langen Gang hinunter zur

Kasse lief, spürte ich ihren Blick auf mir. Ich drehte mich um, in der Hoffnung, sie würde nicht mehr da stehen. Aber sie stand da noch. Sie wirkte klein und weit entfernt – als wären es nicht dreißig Meter vom Kühlregal zur Kasse, sondern dreihundert und meine Augen eine Kamera mit Negativzoom.

Ich hatte eben die Wohnungstür aufgeschlossen, als mein Handy klingelte. Sie sagte, ich sei ein kranker Typ, der dringend Hilfe bräuchte. Ich sagte, dass ich Zahnschmerzen habe. Sie sagte, ich solle aufhören zu jammern, und fragte, warum ich sie habe bei mir übernachten lassen. Danach legte sie auf.

Ich rief Hekim an.

»Was kann ich für dich tun?«

»Hast du was gegen Zahnschmerzen?«

»Was?«

»Zahnschmerzen. Ich brauche was gegen Zahnschmerzen.«

»Was willst du von mir? Kauf dir Aspirin!«

»Ich brauche Musik.«

Hekim stellte mir Musik zusammen. Er sagte, das mache er nicht für jeden, ich solle das zu schätzen wissen. Bei Zähnen helfe nur Black Metal. Er kramte in seinem Kleiderschrank und zog endlich einen schwarzen Ledergürtel mit Metallzacken heraus, wie er von Punks manchmal getragen wird.

»Zieh diesen Gürtel durch den Hosenbund«, sagte er, »dreh die Anlage auf, bis du das Telefon nicht mehr hörst, wenn's klingelt, hau dich aufs Bett. Lass dich fallen.«

»Dann lässt der Schmerz nach?«

»Dann gefällt er dir.«

Ich nahm Gürtel und Musik und machte mich auf den Weg nach Hause. Überall in der Stadt wurden Bühnen aufgebaut, und verschiedene Bands spielten. Eine Band mixte Punkrock, Country und Death Metal, der Sänger war ein Skinhead und sang mit erhobener linker Faust *You Bankers are Bound to Lose*.

Zu Hause befolgte ich, was Hekim mir verschrieben hatte: Bett und Black Metal.

3

Onkel Cemal häufte mir Eintopf auf den Teller.

Er zog die Gardinen auf, öffnete die Fenster und nahm sich selbst auch etwas aus dem Topf.

Ich hatte die Bettdecke gegen die Wand geknüllt und mich dagegengelehnt. Die Musik war aus, ich hörte Cemo beim Schmatzen zu. In den letzten Monaten hatte ich das oft getan.

»Dein Vater war bei Ford in Köln.«

»Cemo, was erzählst du wieder?«

»Pass auf«, schmatzte er, »dein Vater war bei den Ausschreitungen im Ford-Werk in Köln beteiligt gewesen, das war Anfang der Siebzigerjahre.«

Vater wie auch Cemo waren als Studenten in der Türkei politisch aktiv gewesen. Sie kannten sich damals noch nicht, hatten aber gemeinsam, dass viele ihrer Freunde im Gefängnis saßen – Regimekritiker mussten zusehen, wo sie blieben.

In Deutschland versuchte Vater mit Schichtarbeit bei Ford sein Studium der Volkswirtschaftslehre zu finanzieren, die Scheine aus der Türkei wurden hier nicht anerkannt. Er wollte Geld beiseitelegen und nach ein, zwei Jahren, wenn sich die Lage nach den Studentenprotesten dort beruhigt hatte, in die Türkei zurückkehren. Die Lage beruhigte sich nicht.

»Dort, im Ford-Werk, haben wir uns kennengelernt, dein Vater und ich«, sagte Cemo.

Zu Beginn des Streiks sei die Fabrikhalle menschenleer gewesen – verlassen. Vater schaltete das Fließband ab. Er schlenderte an den Maschinen, den Karosserien, den abgestellten Lastträgern vorbei – eine Geisterstadt. Er betrat die Vorhalle: Tausende Arbeiter versammelten sich dort, die größten und stärksten bewachten die Türen. Ein kleiner Mann mit langen schwarzen Haaren stieg auf einen Tisch und hob die Faust. Cemo.

Eines Abends, die Streikposten schnarchten vor der Tür, und die Arbeiter in der Halle schliefen, legten Vater und Cemo eine kleine Lampe zwischen sich und redeten die ganze Nacht.

Sie wussten, dass sie ihre Arbeit verlieren würden, vielleicht auch ihre Aufenthaltsgenehmigung.

»Aber das war eine der schönsten Nächte meines Lebens«, sagte Cemo, »ich habe mich nie wieder so frei gefühlt. Wer zum Teufel ist schon Henry Ford?«

Am Morgen veranstalteten die Arbeiter vor der Fabrikhalle ein großes Picknick. Sie kochten schwarzen Tee – auch die wenigen Deutschen, die sich mit dem Streik solidarisiert hatten, gesellten sich dazu. Ein Wagen fuhr an den Picknickenden vorbei, über ein Megafon wurde ausgerufen: »Deutsche Arbeiter – lasst euch nicht von dem Chaos verleiten. Die Gewerkschaft hat alles im Griff und verhandelt mit der Betriebsleitung.«

»Von uns sind hier tausend Streikende, von euch vielleicht zwanzig. Aber das ist dem Betriebsrat schon zu viel«, sagte ein türkischer Arbeiter zu einem Deutschen.

»Der Betriebsrat ist mir egal. Ich gehör zu den wenigen Arschlöchern, die so schlecht verdienen wie die Türken.«

Am Nachmittag versammelten sich die Streikenden vor dem Büro der Betriebsleitung. Der Streikführer rief die Forderung aus: »Die Betriebsleitung soll direkt mit den Streikenden verhandeln! Der Betriebsrat vertritt die türkischen Arbeiter nicht!«

Der Betriebsleiter stellte sich mit seinem Gefolge aufs Dach des Verwaltungsgebäudes und sprach ebenfalls durch ein Megafon: »Die Antwort kann und darf nur ›Nein‹ lauten.« Daraufhin schrie der Streikführer mit sich überschlagender Stimme: »Der Streik geht weiter!« Und die Menge der Streikenden stimmte ein in seinen Schrei. Am Abend trommelten sie mit Werkzeugen auf leeren Eimern und tanzten Halay im Ford-Werk.

»Die Polizei allein hätte es niemals geschafft, den Streik zu brechen«, sagte Cemo zu mir und löffelte weiter seinen mitgebrachten Eintopf. »Nur mit der Hilfe der deutschen Arbeiter, die die Wachposten verprügelten und die Türen aufbrachen, gelang es ihr, dem Streik ein Ende zu setzen.«

Ein paar deutsche Arbeiter schubsten Cemo von seinem Posten. Er wehrte sich, aber es hagelten zu viele Fäuste auf ihn ein. Sie rissen ihn zu Boden und traten ihn.

»Die hätten mich noch umgebracht«, sagte Cemo, »wenn dein Vater nicht plötzlich aufgetaucht wäre. Er riss einen der Arbeiter von mir runter und fing an, auf ihn einzuprügeln. Dann stürmte die Polizei die Halle, und dein Vater und ich, nicht aber die Deutschen, wurden festgenommen. Diese paar Tage im August 1973 waren der kurze Sommer anatolischer Anarchie in der Y-Halle der Ford-Werke in Köln. Für deinen Vater und mich endete er auf der Polizeiwache.«

Inzwischen hatte Cemo den Eintopf, den er mitgebracht hatte, fast vollkommen aufgegessen. Er wischte sich den Mund ab und verabschiedete sich. Davor drückte er mir noch ein Schreiben in die Hand: »Die Berufung der Beklagten gegen das verkündete Urteil des Amtsgerichts Tempelhof-Kreuzberg – 6 C 534/07 – wird zurückgewiesen« – die Berufung der kurdischen Familie, die im Haus nebenan wohnte. Der Eigentümer wollte die Wohnung luxussanieren und teuer vermieten. Cemo sagte, ich sei doch Anwalt, ob ich nicht einen Ausweg wüsste, »sonst werden die zwangsgeräumt«.

»Ich bin kein Anwalt, Cemo«, sagte ich.

Jedenfalls, sagte Cemo, ich wisse jetzt, wie die Lage sei. Dabei wusste ich schon lange nichts mehr von irgendeiner Lage. Das war der erste Sommer seit dem Tod meines Vaters. Die Parkwiesen, Biergärten und Caféterrassen der Stadt füllten sich, ich hörte Black Metal.

Ich fragte Hekim, ob er bei der Räumung von Cemos Nachbarn spielen könnte.

»Abrissparty?«, fragte Hekim.

»Sozusagen.«

»Wie geht's den Zähnen?«

»Der eine tut noch weh. Ich glaube, der muss auch gezogen werden.«

»Können wir machen.«

»Bist du jetzt auch noch Zahnarzt?«

»So schwer ist das gar nicht. Mein Vater sagt immer, in seinem Dorf hätte das der Friseur gemacht.«

»Ich lass lieber einen Profi ran.«

»Wie du willst.«

Wir harrten bei Cemos Nachbarn aus und warteten auf die Räumung. Stundenlang.

»Dein Vater«, fuhr Cemo mit seiner Erzählung fort, »hat auf der Polizeiwache so getan, als verstehe er kein Deutsch.«

Der Polizist saß vor der Schreibmaschine und schaute auf das leere Blatt, das er eben eingespannt hatte.

Dann schickte er Vater hinaus auf den Flur, wo er neben anderen Leuten mit Handschellen wartete, bis ihn der Beamte wieder hereinrief.

»Deinem Vater wurde schwindelig«, sagte Cemo und ahmte ihn nach, indem er durchs Zimmer taumelte.

Neben dem Beamten hatte eine junge Frau Platz genommen, die übersetzen sollte, was Vater aussagte. Vater starrte die Frau fasziniert an, die ins Türkische übersetzte, was der Beamte sagte. Etwas an ihr berührte ihn, er konnte den Blick nicht von ihren Lippen lassen. Die ersten Fragen nach Name, Geburtsort, Geburtsjahr beantwortete er noch gewissenhaft. Doch dann ging er nicht mehr auf ihre Fragen ein, sondern fing er an, ihr von seinem Leben zu erzählen, wie es ihn nach Deutschland verschlagen hatte und wie oft er es bereute, hierhergekommen zu sein. Aber jetzt in dieser Sekunde, wo er ihr gegenübersitze – in diesem kargen, muffigen Raum und obwohl der Polizist ihn die ganze Zeit anglotzte –, bereue er gar nichts. Nur solle sie, die junge Übersetzerin, ihm nicht den Wunsch verwehren, mit ihm, sollte er jemals hier herauskommen, essen zu gehen.

»Ich habe keine Ahnung«, sagte Cemo, »was die Übersetzerin dem Beamten erzählt hat, aber sie muss überzeugend gewesen sein.«

Vater unterschrieb das Aussageprotokoll, ohne es zu lesen. Nach zwei Tagen wurde er entlassen und war der glücklichste Mann der Welt. Die Übersetzerin ging tatsächlich mit ihm essen.

»Deine Mutter«, sagte Onkel Cemal.

Mutter hatte noch viele Jahre als Übersetzerin für die Polizei gearbeitet. Auch, nachdem sie nach Berlin gezogen waren. Dass meine Eltern sich bei einem Verhör kennengelernt hatten, wusste ich nicht. Manchmal erzählte Mutter von ihrer ersten Verabredung mit Vater. Sie werde nie vergessen, wie Vater sie in diesen Suppenladen geschleppt hatte, nach Antipasti mit Raki bei einem italienischen Freund. Er behauptete, dass das ein absoluter Geheimtipp sei, und die wenigsten wüssten, dass dort die Suppen genauso gut, wenn nicht besser als in der Türkei schmeckten. Der Kellner hatte Vater nur gefragt: »Wie immer?« Mutter hatte den Löffel in die Suppe getaucht und sich bei dem Anblick, der sich nach leichtem Umrühren bot, fast übergeben: Augen. Das war eine Suppe voller Rinderaugen. Mutter sagte immer: »Ich weiß gar nicht, wer hier wen anstarrte, ich die Suppe oder die Suppe mich.«

Vater lachte und rief, das müsse ihr Glückstag sein, noch nie habe er so viele Augen in einer Suppe gesehen. Für gewöhnlich seien da höchstens ein oder zwei Augen in der Kopfsuppe. Immer, wenn Mutter diese Geschichte erzählte, fügte sie hinzu, dass sie bis heute nicht genau wisse, ob dieser Suppenaugentag ihr Glückstag oder Unglückstag gewesen war.

Sie hatten lange vorgehabt, zurück in die Türkei zu ziehen, sich ein Häuschen an der Westküste zu kaufen und abends mit einer dünnen Jacke auf der Terrasse zu sitzen. Irgendwann vergaßen sie den Traum. Und dann kam ich. Zehn Jahre nach dem Streik und nach dem Verhör.

Hekim sagte, er habe etwas vorbereitet. Einen Song aus seinem Album, aus *Requiem*, an dem er nun schon lange arbeite. Er werde es dem Hip-Hopper Maxim widmen. Von ihm habe er rappen gelernt, als er elf oder zwölf Jahre alt war. Wir öffneten alle Fenster und hielten Megafone an die Lautsprecher seines Gettoblasters. Vor dem Gebäude versammelten sich Menschen mit Plakaten, auf denen stand: »Friede den Hütten, Krieg den Palästen« oder »Ob Nuriye oder Kalle, wir bleiben alle«. Drei Streifenwagen hielten auf der anderen Straßenseite. Sechs Polizisten postierten sich vor der Eingangstür, es klingelte, und Hekim drückte auf Play. Nach einem Gitarrensolo stiegen die Drums mit einem zügigen Tempo ein, und Hekim rappte ins Megafon. Er rappte über seine Stadt, seine Straßen, über sein Zuhause, das ihm niemand nehmen würde. Er rappte über die ersten Reime, über die ersten Lieder in diesen Straßen. Er rappte über Maxim, der von einem Rentner erstochen worden war. Er rappte von seinem Vater, der ihn mit der Berliner Zeitung geschlagen hatte, bis sie in Fetzen lag.

Onkel Cemal zog Handschellen aus der Tasche und wollte sich an die Heizung ketten. Hekim und ich wollten es ihm gleichtun, aber er ließ uns nicht.

»Sei lieber mal mein Anwalt«, sagte Cemal, »los, geh raus und sprich mit der Presse.«

»Ich bin kein Anwalt.«

In dem Moment klingelte Cemos Handy: »Ja, bitte?« Er zwinkerte mir zu. »Ich gebe Ihnen meinen Anwalt.« Er drückte mir das Telefon in die Hand. Ich hatte jemanden vom »Bündnis Zwangsräumungen verhindern« am Apparat. Ich weiß nicht mehr, was ich ihnen erzählte, aber das Ergebnis war, dass ich meine Gedanken für ihre Webpage aufschreiben sollte. Die Polizisten schnitten Cemos Handschellen mit einem Bolzenschneider durch. Cemo fragte, ob sie eine Dolmetscherin auf dem Revier hätten.

»Sie sprechen doch Deutsch«, sagte der Polizist.

»Hätte ja sein können«, sagte Cemo. Er ging aufrecht und wirkte geradezu stolz, als er abgeführt wurde.

Hekim und ich schlenderten durch die Straßen. Keiner von uns schien Lust zu haben, nach Hause zu gehen. Ich sagte ihm, dass ich sein Lied mag. Hekim lächelte schüchtern, wie ein Schulkind, das zum ersten Mal gelobt wird.

»Sie nehmen mir mein Zuhause«, sagte er, »aber ich bleibe, wo ich bin.«

Er sagte: »Von mir aus können sie alles abreißen. Nur meine Kammer sollen sie mir lassen. Ich lass mir einen Bart wachsen, der wird so lang, der wächst dieser Stadt aus den Ohren. Ich piss in Töpfe und ernähre mich von Kakerlaken. Mehr brauch ich nicht. Ich erzähl die Geschichten meiner Leute, bis es keine Geschichten mehr gibt.«

Cemo durfte nach dem Verhör nach Hause. Mein Text auf der Seite vom »Bündnis Zwangsräumungen verhindern« schien den Leuten zu gefallen. Ich bekam zwar ein paar Hassmails, aber auch viel Zuspruch –

wobei ich die Hassmails lustiger fand. Ein Online-Magazin fragte an, ob ich nicht etwas über Integration schreiben könnte. Ich schrieb einen Satz: Ihr redet über Integration, aber mein Vater ist tot.

4

Im Winter kam Mutter zurück nach Deutschland. Ich rasierte mich und fuhr mit dem Bus nach Tegel, um sie vom Flughafen abzuholen. Ich setzte mich ins Flughafenrestaurant an einen Tisch am Fenster und schaute auf die weite Betonebene und die grünen Felder dahinter. Das letzte Mal war ich hier mit Onkel Cemal gewesen und hatte Mutter verabschiedet. Nachdem sie hinter der Absperrung verschwunden war, hatte ich noch an den Fenstern gestanden und auf den Kofferschlepper gewartet, der auch Käfige und Särge zur Gepäckverladung fuhr. Kleine und große Käfige für Tiere und Särge für Menschen. Cemo hatte ohne ein Wort auf mich gewartet. Ich hätte die ganze Nacht am Fenster stehen und auf die Piste starren können, er hätte mein Warten nicht unterbrochen. Er saß an einem Tisch des Restaurants, bis ich sagte: »Wir können.«

Zu Hause wollte ich Mutters Koffer hochtragen, aber sie ließ mich nicht, trug ihn lieber selbst. Auf dem Tisch lag ein Haufen Post. Mutter schaute kurz drüber.

»Warum hast du nicht gesagt, dass das Finanzamt sich gemeldet hat?«

»Du warst ja nicht da.«

Sie legte die Briefe zurück, ohne sie zu öffnen.

»Wo sind meine Pflanzen?«, sagte sie.

Ich wies auf den Kaktus auf der Fensterbank.

»Elyas, du hast meine Pflanzen sterben lassen.«

Mutter setzte sich auf einen Stuhl an den Esstisch im Wohnzimmer und sagte nichts.

Ich war immer wieder hier gewesen, wie versprochen. Wenn der große Stein, der mich jeden Morgen niederdrückte, schwerer wog als sonst und ich deshalb nicht aus dem Bett kam, manchmal tagelang, hatte ich ein schlechtes Gewissen und lief dann als Erstes zu Mutters Wohnung. Ich goss die Blumen, ich knipste die vertrockneten Blätter und Blüten von den Stängeln, ich topfte sogar das Granatapfelbäumchen um. Jetzt waren sie trotzdem alle eingegangen. Ich wollte ihr sagen: »Deine Pflanzen sind mir wichtig. Das war die einzige Verpflichtung, der ich wirklich nachgekommen bin.«

Ich sagte: »Es tut mir leid.«

Sie stand auf, strich mir über den Kopf und sagte: »Schon gut, Junge.«

Sie zog ihren Koffer ins Schlafzimmer und räumte schweigend ihre Kleider ein.

Ich hatte mich von einem meiner Kommilitonen überreden lassen, bei seiner Lerngruppe vorbeizuschauen. Ich versuchte erst gar nicht, ihm meine Zweistundenformel zu erklären, sagte nur, dass es mir schwerfalle, mich zu konzentrieren, woraufhin er lachte, als hätte ich einen Witz gemacht.

Wir trafen uns bei ihm zu Hause. Die anderen kannte ich vom Sehen oder hatte höchstens mal kurz mit ihnen geredet und es gleich wieder vergessen.

Ich wusste gar nicht, zu welchem Thema sich die Lerngruppe getroffen hatte. Der Kommilitone öffnete mir ein Bier, ich setzte mich mit an den Tisch, holte Block und Stift heraus und wartete darauf, dass wir die Aufgaben besprachen. Die anderen befanden sich aber noch mitten in der »Debattenanalyse«. Es ging um den »Asylkompromiss«. Einer sagte, dass die sogenannte »Drittstaatenregelung« ein Erfolg gewesen sei, weil so die meisten Geflüchteten, noch bevor sie in Deutschland ankamen, abgefangen würden.

Bilder ausgebrannter Wohnungen türkischer Familien und verkohlter Leiber zogen vor mir auf. Ich dachte an Solingen.

Ich sagte dem Typen, der vom Erfolg der Gesetzesänderung sprach: »Stell dir vor, sie verbrennen dein Haus, und deine Eltern sterben.«

Die Kommilitonen starrten mich an. Der Gastgeber versank im Küchenstuhl. Ich glaubte, er bereute, dass er mich eingeladen hatte.

Wir besprachen weitere Aufgaben. An einer Stelle sollte überlegt werden, wie ein Gesetzentwurf aussehen könnte, der dem sogenannten »Asylmissbrauch« vorbeuge, ohne im Widerspruch mit den Menschenrechten zu stehen. Einer der Kommilitonen sagte, dass ein attraktives Sozialsystem wie in Deutschland natürlich dazu führe, dass viele Menschen hierherkämen, um es auszunutzen. Auch seien die Arbeitsbedingungen hier ja bekanntlich besonders menschlich.

Ich sagte, ich hätte da anderes gehört. Wieder starrten mich die Kommilitonen an. Ich tat etwas, was ich sofort bereute: Ich erzählte von meinem Vater.

»Dann ist ja klar«, sagte einer von ihnen, »dass du parteiisch bist.«

Ich schlug die leere Bierflasche am Tischrand kaputt und schlitzte dem Typen den Hals auf.

Wir arbeiten das Aufgabenblatt noch durch. Danach fragten die Jungs, ob ich nicht noch mitkommen wolle, etwas trinken. Ich ging nach Hause. Ich trank alleine. Ich saß auf meinem Sofa und schlug mir dreimal mit der Faust gegen den Kopf. Ich hätte Vater nicht erwähnen dürfen. Ich lehnte mich zurück. Der Schmerz an meinem Kopf beruhigte mich.

Ich bestand fast alle Prüfungen mit guten Noten und wäre zum Ende des Sommers scheinfrei gewesen, hätte bei der letzten Klausur des Semesters nicht mein Gehirn ausgesetzt: Mitten in der Klausur vergaß ich, wie das Wort »Subsumtion« geschrieben wird. Ich hatte schon die Hälfte der Aufgaben gelöst und blieb jetzt mitten im Satz stecken, ich schrieb »Su« und wusste nicht, ob es mit b oder p weiterging. Ein Geist hielt eine Magnetspule an meine Schädeldecke und depolarisierte meine Neuronen. Ich saß fünfundvierzig Minuten lang da und schrieb drei Seiten voll mit möglichen oder unmöglichen Schreibweisen des Wortes »Subsumtion«: Supsumtion, Suppsumtion, Subsummtion, Suppsumm, Summsupp, suppsuppsumm … Ich hätte die Frage oder den Satz überspringen oder ich hätte die Klausur nachholen können. Aber das machte ich nicht: Ich wiederholte die Klausur nicht, ich bewarb mich in den Semesterferien für kein Praktikum, ich schloss mich keiner Lerngruppe für das Repetitorium an. Ich las Bücher, die Cemo vorbeibrachte, und welche, die ich auf Flohmärkten kaufte. Briefe von der Studienverwaltung warf ich ungeöffnet auf den Papierberg, der auf meinem Schreibtisch wuchs. Von Zeit zu Zeit kam Mutter und schimpfte über meine dreckige Wohnung. Einmal putzte sie das Bad, aber dann sagte sie, sie sei zu alt für so viel Schmutz, was mir auch lieber war. Sie fragte manchmal, wie ich bei den Vorbereitungen für das erste Staatsexamen vorankam. Sie könne nicht verstehen, wie jemand bei dieser Unordnung etwas in den Kopf hineinbekäme. Sie stellte einen Obstteller auf die Bücherstapel vor meinem Sofa und setzte sich an meinen Schreibtisch mit einer Apfelsine in der Hand. Sie entdeckte die Briefe und fing an, sie aufzureißen. Die Apfelsine fiel ungeschält in den Teller. Sie stand mit einem Brief in der Hand auf.

»Was ist?«, fragte ich.

Ihre Lippen zitterten. Sie faltete das Schreiben, steckte es zurück in den Umschlag und legte es wieder dorthin, wo sie es gefunden hatte. Danach hob sie ihre Handtasche vom Fußboden und ging, ohne etwas zu sagen. Ich schaute mit halbem Blick in den Umschlag. Ich war exmatrikuliert.

5

Silvesternacht war ich müde, ich war betrunken zu Hause, draußen feierten sie. Ich stolperte hinaus auf die Straßen, die nach Schwarzpulver stanken. Die Menschen lagen sich in den Armen oder prügelten sich. Sie feuerten Raketen in die Luft oder zerschlugen Bierflaschen auf dem Asphalt. Ich trank und trank, um so wenig wie möglich daran erinnert zu werden, dass die Zeit weiterlief. Dabei lief die Zeit nirgends hin. Ich war es, der vergammelte.

In einer Kneipe hatten sich Bekannte versammelt. Ich setzte mich an einen Tisch. Man fragte: Bist du's? Ich sagte: Nein.

Ich trank, so viel ich konnte, und als ich das Glas wieder absetzte, saß mir gegenüber einer meiner jüngeren Dozenten mit einer Frau, die ich nicht kannte. Sie war Anfang zwanzig und hatte lange schwarze Haare und schwarze Augen. Wir wünschten uns ein glückliches neues Jahr. Der Dozent sagte, er habe meinen Artikel gelesen mit dem Titel: *Die Integration kann nur auf YouPorn anal-ysiert werden.*

Ich sagte ihm, man könne am Titel schon erkennen, dass mich dieses Thema einen Scheiß interessiere.

»Warum hast du's geschrieben?«

»Ich war besoffen.«

»Warum hast du's auf *Facebook* gepostet?«

»Ich war besoffen.«

»Warum haben sie's gedruckt?«

»Weil das Wort ›Integration‹ drin vorkommt.«

Er: »Es ist eine wichtige Frage, ob der Islam zur Demokratie passt.«

Ich: *»YouPorn.«*

Er: »Lern du erst einmal richtig Deutsch, ›analysiert‹ ist nämlich ein Wort und wird zusammengeschrieben. Prost Neujahr.«

Dann ging er aufs Klo.

Ich hoffte, der Typ ersparte seiner Freundin solche Predigten, wenn sie im Bett *Kamasutra* googelten.

Sie schaute mich so ernst an, dass ich sofort wieder nüchtern war.

»Manchmal merke ich, dass Deutsch nicht meine Muttersprache ist«, sagte sie.

Sie sprach akzentfrei.

»Was ist denn deine Muttersprache?«, fragte ich.

»Persisch. Aber ich spreche besser Deutsch.«

»Na dann.«

»Es kommt manchmal vor, dass mir ein Wort nicht einfällt oder dass ich einen ungewöhnlichen Konjunktiv 2 verwende.«

Ich hatte immer Angst vor einem falschen Zungenschlag gehabt. Einer, der mich verraten hätte. Dabei war Deutsch meine Muttersprache. Wehe dem, der sich beim Sprechen an einer Brezel verschluckt.

Ich weiß nicht, wie es dazu kam, dass ich irgendjemandem Ratschläge gab, aber ich hörte mich sagen: »Jeder macht Fehler in einer Sprache, auch dein Freund. Die Behauptung, wir könnten eine Sprache beherrschen, ist eine Lüge. Die Sprache beherrscht uns.«

Sie sah zu ihren Händen.

»Alle machen Fehler. Nur wenn du oder ich sie machen, achtet man darauf. Bei den anderen überhört man sie einfach.«

6

Wenn ich nicht schlafen konnte, widmete ich mich meinem alten Hobby und bastelte Hekim eine Homepage. So konnte er ein paar Lieder von seinem Album online veröffentlichen und vielleicht einen Produzenten dafür interessieren. Ich bekam ein paar Aufträge von anderen Künstlern, und wenn ich die Seiten fertig machte, gab es auch ganz gutes Geld.

Nächtelang arbeitete ich an einem Konzept für ein »Virtuelles Museum«. Es sollte ein Archiv für die Generation meines Vaters werden, noch mehr jedoch für meine eigene Generation. Die Idee war mir in einer schlaflosen Nacht gekommen. Ich wollte dazu so viele Menschen wie möglich interviewen, Menschen, die über sechzig waren und aus der Türkei kamen, oder ihre Kinder und Enkel, die sich an die Anfangszeit ihrer Großeltern in diesem Land erinnerten. Tausende kleine Clips online stellen, sortiert nach Themen, nach Namen, nach Orten. Ich wollte das Museum des Deutschland meines Vaters aufbauen. Nächte hatte ich am Konzept geschrieben und mir ein genaues Design überlegt. Ich hatte mit Künstlern gesprochen, die Clips sollten dann in einer riesigen Launchveranstaltung auf sämtliche Hausfassaden in Westberlin projiziert werden. Aber dann versandete das Projekt. Ich trank zu viel, kam tagelang nicht aus dem Bett, und irgendwann fand ich die Idee albern.

Einmal traf ich zufällig den Kommilitonen, der mich immer zu seinen Partys und zur Lerngruppe eingeladen hatte. Es war spät am Abend, und ich hatte ein paar Bier am Kiosk geholt und wollte wieder nach Hause. Er stand vor einer Bar, trug einen schwarzen Anzug und war glatt rasiert, seine Schuhe glänzten. In der Hand hielt er ein Getränk, vermutlich Gin Tonic. Ich hoffte, er würde mich nicht erkennen. Mir war ein Vollbart gewachsen, und Haarsträhnen hingen mir fettig ins Gesicht.

Ich war schon fast an ihm vorbei, als er sagte: »Elyas?«

Er schien sich zu freuen, mich zu sehen. Ich tat auch so, als würde ich mich freuen, strahlte zurück und fragte, was er hier mache. Er erzählte, dass er jetzt für eine große Kanzlei – er sagte, die größte Kanzlei – in Berlin arbeite. Sechzig Stunden in der Woche seien das Minimum, aber er lerne viel. Heute habe er zwei Geschäftspartner in Berlin herumgeführt. Sie hätten ihn gefragt, was in Berlin zurzeit angesagt sei, jetzt seien sie hier.

»Und du?«, fragte er mich und tat so, als würde er nichts merken, vielleicht merkte er auch wirklich nichts.

»Ich habe Urlaub«, sagte ich, »liege ein bisschen auf der faulen Haut, bevor es weitergeht.«

»Was machst du denn, du hast sicher promoviert, oder? So fit, wie du in der Theorie warst?«

»Richtig geschätzt«, sagte ich, »aber jetzt brauche ich erst einmal eine Pause.«

»Lass uns uns doch mal treffen«, sagte er, »ein Bier trinken. Das war eine coole Zeit damals, oder?«

»Ja«, sagte ich, »ich ruf dich an.«

In den folgenden Monaten ging ich früh schlafen.

Ich erinnere mich nicht an viel aus der Zeit nach Vaters Tod: ein paar Prüfungen, zwei, drei Aufträge fürs Web, Cemos Schmatzen, mein verworfenes Konzept, zwei tote Zähne.

Drei

1

Ich schob das Kissen von meinem Gesicht und setzte mich auf. Es musste schon gegen Mittag gehen, vielleicht sogar Nachmittag. Ich zog einen Kapuzenpullover aus dem Kleiderhaufen auf dem Boden und schlurfte in die Küche. Im Kühlschrank lagen nur eine verschrumpelte Karotte und etwas Butter, die auf einem Unterteller verschmiert war. Ich lief zurück in mein Zimmer und legte mich aufs Bett.

Ich knüllte das Kissen in den Nacken, ließ den Kopf nach hinten hängen, und die Welt stand auf dem Kopf. Ich sah durch die schmutzigen Fensterscheiben in den Himmel und auf die Hausfassade gegenüber. Die Schlieren waren bei meinem letzten Versuch entstanden, mir Klarheit zu verschaffen: Ich hatte den Schmutz nur verwischt, streifenförmig in einem Halbkreis.

So blieb ich eine Weile liegen. Dann zog ich eine Jogginghose an und verließ die Wohnung. Ich setzte mich mit einem Kaffee auf die Felsen im Görlitzer Park. Ich hörte die hellen Stimmen spielender Kinder. Zwei Teenager übten Tricks mit ihren Fahrrädern. Sie fuhren Slalom und machten Sprünge. Ein Mann mit Glatze und Bauch führte seinen Hund aus. Ein Pärchen blieb sich küssend vor mir stehen.

Erst als ich meinen Kaffee ausgetrunken hatte, die Fahrradfahrer längst weg waren und der Mann mit Glatze und Bauch seinem Hund gefolgt war, fiel es mir auf: Die Herbstsonne schimmerte rot durch die Lider. Zum ersten Mal seit langer Zeit konnte ich das genießen.

Ich kaufte noch einen Kaffee, weil er mir schmeckte. Ich glaubte plötzlich an die Möglichkeit, in einen Supermarkt zu laufen, eine Tüte Windbeutel aus dem Kühlfach zu ziehen und zu Hause, am Küchentisch sitzend und mit dem Löffel auf die Tischkante klopfend, darauf zu warten, dass sie auftauten. Ich wollte Spaziergänge im Sonnenschein machen und Gerichte in Restaurants bestellen, nicht weil ich Hunger hatte, sondern weil mir die Namen der Gerichte gefielen: Chicken Tikka Masala, Aloo-Gobi, Blunzengröstl, steirisches Wurzelfleisch, Plinsen und Knieperkohl.

Ich zog die Zeitung aus dem rostigen Briefkasten im Hausflur. Ein Brief fiel heraus. Der Regierende Bürgermeister hatte mir geschrieben. Bis zu diesem Zeitpunkt hatte ich nicht damit gerechnet, dass er von meiner Existenz wusste. Warum sollte er sich für jemanden wie mich interessieren: Das Maximum, was ich bisher geleistet hatte, war, bei einem Lyrikwettbewerb zu gewinnen.

Ich, Hans Schmidt! So hatte ich mich genannt.

»Du bist ein Dichter?«, hatte Mutter mich gefragt.

»Hast du je daran gezweifelt?«

Die Preisverleihung hatte sie sich nicht ersparen wollen: Mit einem Turban auf dem Kopf und einem gegen den Strich gekämmten Vollbart war ich auf die Bühne gestiegen und hatte statt des Gedichts das Glaubensbekenntnis der Moslems auf Arabisch verlesen.

Für meine Mutter war das der dritte Tiefpunkt meines bisherigen Lebens.

Nummer eins: Mit sechzehn das Schaufenster des KaDeWe eingeschmissen.

Nummer zwei: Studium abgebrochen.

Und jetzt Nummer drei: Es gibt keinen Gott außer Gott, und Mohammed ist sein Prophet.

Der Regierende Bürgermeister schien damit lockerer umzugehen. Oder ein Praktikant hatte mich recherchiert und war auf meinen Artikel über Kapitalismus, Internet und Migranten gestoßen, den ich auf der Homepage vom »Bündnis Zwangsräumungen verhindern« und auf dem Blog einer Wochenzeitung veröffentlicht hatte. Immerhin hatte der Blogeintrag fünftausend Klicks bekommen. Trotzdem hätte ich nicht gedacht, dass mich irgendwer da oben noch einmal wahrnehmen würde in diesem Leben. Ich versuchte ja auch, die, so weit es ging, zu ignorieren.

Ich setzte mich in den Wäscheberg auf meinem Sofa. Meine Hand stieß auf etwas Kühles, Hartes: Ich zog eine Bierdose aus der Wäsche. Das Bier zischte. Der Hopfengeruch stieg mir entgegen. Ich starrte die Öffnung an. Ich stand auf, schlurfte in die Küche und warf die volle Bierdose, ohne einen Schluck genommen zu haben, in den Müll. Ich las den Brief des Bürgermeisters noch einmal.

Erst sah ich lange aus dem Fenster, dann schmiss ich die Büroklammer, aus der ich in der letzten Stunde mindestens sechsundachtzig Figuren geformt hatte, in eine Ecke hinter dem Schreibtisch. Ich lief zum Kleiderschrank und trat alles zur Seite, was im Weg lag, die *Maximen und Reflexionen* von Johann Wolfgang und, Gott hab ihn selig, Carlos, *Das Kapital*, Band I. Außerdem alte Magazine und Zeitungen. Ich öffnete die Schranktüren und warf so lange Kleidungsstücke in hohem Bogen aus der Garderobe ins Zimmer, bis die Kleiderstange auftauchte. Und siehe da, wie neu geschneidert: mein Jackett.

Ich zog es an und stellte mich vor den Spiegel. Das Haar war zerzaust. Der schmutzige Bart wuchs fast hoch bis zu den Augenlidern. Die Tränensäcke waren violett. Am äußeren Rand des rechten Auges hob sich eine Falte in der Form eines Dreiecks weiß ab. Zwischen den Brauen hatte sich ein Spalt geöffnet. Das Haar war noch voll und immer noch schwarz. Aber nicht so voll, wie es einmal gewesen war, und an zwei Stellen wuchsen graue Haare. Wann war das passiert? Ich setzte mich zurück in den Wäscheberg.

Ich war lange damit beschäftigt, Dinge abzuhaken. Ausstellung des Todesscheins, abgehakt. Tickets für Vaters Überführung besorgen, abgehakt. Folgeantrag für die Halbwaisenrente, abgehakt. Letzte Klausuren, abgehakt. Danach saß ich auf meinem Sofa und hakte mich selber ab.

Und jetzt wurde ich sozusagen amtlich empfangen. Ich sprang auf von meinem Sofa. Ich lief in die Mitte des Zimmers. Ich wollte mit aller Kraft gegen meinen Arbeitsstuhl treten, aber ich fühlte mich erschöpft und steckte die Hände in die Taschen und stampfte nur einmal heftig auf die Dielen. Vor meinem großen Zeh glich das Muster der Holzmaserung einem hypnotisierten Auge.

»Wir werden alt, Cemo«, sagte ich zu Onkel Cemal, »wir werden alt.«

Er sah mich aus seinen dunklen Pupillen unter den hängenden Lidern an.

»Du wirst alt, Elyas, mein Junge, halt mich da raus.«

Onkel Cemal schleppte sich in die Küche und kam mit schwarzem Tee wieder – Kaninchenblut, wie es Männer seiner Generation zu nennen pflegten.

»Cemo, ich versteh das nicht. Was ist passiert in den letzten Jahren, wo sind sie hin?«

»Junge, du wirst dich an diese Zeit erinnern, wenn du älter bist. Es ist zu früh, um darüber nachzudenken.«

»Einfach futsch.«

Ich sah zu Onkel Cemal, wie er auf dem Sofa saß mit dem Teeglas, das er auf seiner Plauze abgestellt hatte. Seinen Haarkranz hatte er abrasiert, auch der Walrossschnauzer war einem Dreitagebart gewichen. Mit dem runden, glatten Kopf und den pummeligen Backen konnte ich mir Onkel Cemal als Baby vorstellen. Ich fasste mir ins Gesicht und fühlte das krause Barthaar.

Ich fragte ihn, ob er an meiner Stelle die Einladung des Bürgermeisters annehmen würde.

»Das Büfett ist sicher nicht schlecht«, sagte er, »aber deren Tee ist Plörre, würd ich nicht trinken.«

Das bedeutete, dass ich hingehen sollte.

Ich fragte: »Hast du Dynamit?«

»Aus welchem Jahrhundert bist du denn?«

»Sag ich doch.«

Er grinste: »Im Keller sind noch Molotowcocktails.«

Ich stand mit dem Rasiermesser vor dem verschmierten Spiegel und sprühte mir Schaum ins Gesicht. »Nun gut, mein lieber Bürgermeister, du lädst mich ein. Ich komme.«

Mutter hatte den Tisch im Wohnzimmer gedeckt. Sie tat mir Salat auf und ein Stück Lamm. Ich quietschte mit dem Messer auf dem Porzellan, wir verzogen beide das Gesicht.

»Toll siehst du aus«, sagte sie.

»War ja klar, dass dir das gefällt.«

Das Besteck klirrte auf den Tellern. Ich spießte mit der Gabel ein Stück Lamm auf und sagte: »Der Bürgermeister hat mich eingeladen.«

»Der was?«

»Der Bürgermeister«, nuschelte ich mit vollem Mund, »Jubiläumsfeier zum fünfzigsten Jahr des Deutsch-Türkischen Anwerbeabkommens.«

Mutter ließ das Besteck auf ihren Teller scheppern. Ich zuckte zusammen.

»Das ist ja wundervoll!«, rief sie.

»Was?«, sagte ich, »was ist wundervoll?«

»Na, endlich ist es so weit. Endlich finden deine Mühen ihre gerechte und ...«

»Nein.«

»... und schon längst überfällige Würdigung ...«

»Bitte. Erstens, was für Mühen? Zweitens, der Typ hat bestimmt das ganze Land eingeladen.«

»Der Typ? Wie redest du denn über den Bürgermeister?«

»Ach, Mama.«

»Ist da seine Unterschrift drauf?«

»Was, wo?«

»Auf der Einladung.«

»Was weiß ich.«

»Zeig sie mir.«

»Hab sie weggeschmissen.«

Sie schlug mit der flachen Hand auf den Tisch: »Du hast die Einladung nicht mitgenommen?«

»Oh, Mann, doch, okay, ich hol sie gleich.«

»Jetzt!«

Ich stand auf, um die Einladung aus der Jackentasche zu kramen.

»Wir müssen dir eine neue Hose kaufen. Du bist ein Intellektueller, du solltest dich auch so kleiden.«

»Gestern war ich noch Studienabbrecher.«

»Du kannst immer noch zu Ende studieren: Es fehlt nicht mehr viel. Zwei Jahre Zähne zusammenbeißen, und dann bist du Anwalt.«

»Und dann? Sag mir, was dann?«

»Dann verdienst du Geld, gründest eine eigene …«

»Bitte verschon mich damit.«

Sie starrte auf ihren Teller, auf dem das Stück Lamm immer noch unberührt lag.

»Hat dein Vater dafür gearbeitet?«

»O nein, bitte nicht die Leier …«

»Am Ende konnte er nicht einmal mehr ein Glas … konnte er nicht einmal mehr ein Glas Wasser halten mit den zittrigen Fingern.«

Zu Hause. Vier Müllsäcke voll. Alte Zeitungen. Magazine. Stifte, die nicht mehr schrieben, auch einige, die noch schrieben. Notizen, Kritzeleien – darunter die Entwürfe für die Einrichtung von Veits Bar –, ungeöffnete Schokoladenpackungen, Kaugummis, Bonbons, alte Zahnbürsten, Tassen mit Schimmelinseln auf dem Boden, Visitenkarten, Telefonnummern auf Papierschnipseln, Programmhefte von Theatern, Flyer für Veranstaltungen … Socken, Hemden, Pullover, die ich seit zehn Jahren nicht mehr trug. Alles weggeschmissen.

Ich hatte das Gefühl, dass ich mit einer Schaufel durch mein Leben gehen konnte, mit einem Kran. Durch meine Gegenwart und durch meine Vergangenheit. Ein großer Komposthaufen, alles angefressen von Würmern. Nur die Zukunft konnte ich nicht wegschaufeln.

Im Müllsack landeten zuerst auch meine Notizen für das virtuelle Museum. Ich zog sie wieder heraus.

Ich trug die Säcke in den Hof und stopfte sie in den Container. Die Sonne schien auf die Häuserfront im Hinterhof. Ich konnte es immer noch nicht fassen. Jahrelang hatte ich den Sommer verflucht. Und jetzt: Die Sonne wärmte mein Gesicht. Und ich mochte es. Meine Angst verschwand wie Wolken in einem Himmel, der sich aufklärt: ohne Ankündigung und Aufsehen, einfach so.

Ich lief zurück in die Wohnung und sortierte meine Bücher. Ich wollte den Boden saugen, aber ich hatte keinen Staubsauger, also fegte ich erst mal. Ich warf alle unbezahlten Rechnungen weg und all die ungeöffneten Briefe meiner Bank und der Versicherung. Nur den Bescheid über meine Halbwaisenrente las ich durch. Die Rente sollte nicht mehr gezahlt werden, weil ich das siebenundzwanzigste Lebensjahr überschritten hatte. Ich freute mich, die Jungs von der Rentenversicherung los zu sein, und zerknüllte den Bescheid zu einem Ball. Ich traf den Papierkorb am anderen Ende des Zimmers.

Als ich mit allem fertig war und zum Schluss noch meinen Schreibtisch saubergewischt hatte, setzte ich mich in den Sessel. Ich atmete tief ein und hatte das Gefühl, dass die Luft mehr Sauerstoff enthielt oder dass mein Körper ihn besser aufnahm.

Eigentlich war das doch keine große Sache: zur Fabrikhalle fahren, wo die Feier stattfinden soll, bei den

Reden versuchen, an etwas Schönes zu denken, dem Bürgermeister die Hand schütteln und zurück nach Hause. Wenn es so einfach war, Mutter glücklich zu machen, dachte ich, zur Hölle mit dem, der es nicht tut. Ich suchte die Nummer meiner Mutter aus meinen eingespeicherten Kontakten.

»Keine Krawatte!«, sagte ich, nachdem ich vor Mutters verspiegeltem Kleiderschrank meinen neuen Anzug angezogen hatte.

»Bist du verrückt?«, sagte sie.

»Du willst diskutieren? Auch kein Hemd.«

»Kein Hemd?«

Ich zog das Hemd aus und zog das Jackett über den nackten Oberkörper. Wir sahen in den Spiegel. Ich hatte am Bauch etwas zugenommen, war aber immer noch ganz passabel. Ich knöpfte das Jackett zu, sodass der Bauch nicht mehr zu sehen war, nur die Brusthaare. Ich grinste meine Mutter an. Sie setzte sich aufs Bett.

»Du machst mich fertig.«

Ich saß schließlich frisch rasiert, in Anzug und Mantel auf dem Sofa, die Beine ausgestreckt auf dem Tisch. Gleich sollten in einer Fabrikhalle ein paar Hundert türkische Arbeiter und einige B-Promis sich gegenseitig feiern. Wir sind ja so multikulti. Und hinter dieser Fassade verwünschten alle zusammen diese fünfzig Jahre und jedes Jahr, das dazukam. Mein Vater lag in der Türkei begraben. Die Willkommensgrüße kamen zu spät.

»Bist du schon auf dem Weg?«, fragte Mutter am Telefon.

»Ja, ich geh gleich los.«

»Du bist zu spät.«

»Ich geh jetzt los.«

Ich stieg die Treppen hinunter, der weiche Stoff der Anzughose straffte sich bei jedem Anwinkeln der Beine über den Knien. Ich trat hinaus auf den Gehsteig. Der Himmel war bewölkt, tat sich aber an zwei Stellen auf. Zwei große Lichtstrahlen verbanden die Stadt mit dem Himmel. Ein Spatz flatterte vor meinem Gesicht und tschilpte. Ich sagte: »Pass bloß auf, was du sagst.« Er bewegte den Kopf ruckartig hin und her und flog davon.

Im S-Bahn-Fenster zog die Stadt an mir vorbei. Es dämmerte. Die Autos hatten die Lichter bereits eingeschaltet. Am Innsbrucker Platz, wo man von der Überführung aus hinunter auf die Straße sehen konnte, staute sich der Feierabendverkehr. Die roten Rücklichter der Autos glühten ins Blau der Dämmerung. Ich lehnte den Kopf an die Scheibe. Da war mein Spiegelbild.

Mir gegenüber setzten sich ein schmächtiger Mann mittleren Alters mit einem Seidenschal und ein Typ in meinem Alter.

»Wann hast du Yasmina eigentlich kennengelernt?«, fragte der eine.

»Das war vor vier Jahren. Da war sie noch jung.«

»Die hat ja jetzt ihre eigene Show im ZDF.«

»Ja, hab ich gehört.«

Innerhalb von vier Jahren, dachte ich, hört das Jungsein also auf. Vier Jahre. Manchmal kommt es vor, dass man einschläft und erst in vier Jahren wieder aufwacht. Manchmal bleibt die Zeit stehen, vier Jahre lang. Dann wachst du auf und bist viel älter, die Zeit läuft weiter, du sagst »gestern«, und andere korrigieren dich: »vor vier Jahren«.

Manchmal passieren Dinge, die pusten dich aus deinem Körper. Die Leute denken, du bist da, aber du bist es nicht. Sie sagen: »Du bist so stark, wie schaffst du das?« Aber du bist nicht da. Und du weißt nicht, dass du nicht da bist, bis du wieder da bist – vier Jahre später. Die, die dich um deine Stärke bewundert haben, sind gereift, sie stehen im Leben. Du bist, wo du warst, als du aus deinem Körper fielst, als die Zeit stehen blieb, als du einschliefst. Die anderen stehen im Leben. Du kriechst zurück. In deinen Körper. Er ist anders jetzt.

2

Eine Menge Leute füllten bereits den Veranstaltungssaal, sie standen in Zweier- oder Dreiergruppen zusammen und unterhielten sich. Ich kannte niemanden. Die Frau vom Empfang drückte mir einen Anstecker ins Knopfloch. Ich gab ihn weiter an das Blatt eines Kautschukbaums, der in der Eingangshalle stand.

Ich ließ meinen Blick schweifen, ob ich jemanden kannte, aber ich hätte sowieso nicht gewusst, worüber ich hätte reden sollen. Ich gesellte mich zu den Männern am Rand, die auch nicht wussten, was sie mit sich anfangen sollten – wie die Schafe auf der Weide blickten wir vor uns hin. So standen wir eine ganze Weile da. Ab und zu sah ich nach links und rechts zu den anderen Jungs, aber die blieben unbeirrt.

Die Plätze füllten sich allmählich. Ich nahm mir ein Programm von einem freien Sitz: Es waren Plastikklappstühle, wie ich sie aus den Küchen von Studenten-WGs kannte – auch aus meiner eigenen Küche. Der Mann vor mir tat geschäftig, was mich darauf schließen ließ, dass er zu den Kreisen des Bürgermeisters gehörte. Neben ihm stand ein untersetzter Herr, in einem Anzug aus den Achtzigerjahren mit Schulterpolstern und langem Jackettrock.

»Schön, nicht, Herr Bulukuluogulu?«, sagte der Bürokrat.

Der untersetzte Mann verbeugte sich mit dem ganzen Oberkörper.

»Da soll mal keiner behaupten, dass es unseren Einwanderern nicht gut gehe bei uns«, sagte der Bürokrat und klopfte Staub vom Jackettärmel des untersetzten Mannes. Der Ärmel schien ihm nicht sauber genug geworden zu sein, der Bürokrat spuckte sich in die Finger und rieb jetzt am Jackett des anderen, der sich immer wieder mit dem Oberkörper und den gefalteten Händen vor und zurück beugte.

Ich schlug erst dreimal mit dem eingerollten Programmheft in die Innenfläche meiner Hand und zählte dann bis zehn. Es half kaum. Der Bürokrat bewegte sich hastig zwei Schritte von mir weg – ich musste wieder die Zähne gefletscht haben.

Ich warf das Programmheft zurück auf den freien Platz, sah noch einmal zu den Schafen am Rand und verließ den Veranstaltungssaal: Ich war da gewesen, ich hatte meinen Soll erfüllt, es reichte.

Im Foyer standen zahlreiche Besucher und unterhielten sich. Ich lief zur Garderobe und wollte meinen Mantel verlangen, da landete auf dem Tresen eine Handtasche. Auf der Tasche lag eine Hand, das Handgelenk tätowiert mit einem arabischen Schriftzug.

»Hallo«, sagte die Frau.

Das dunkle Haar fiel in Wellen bis zu den Schultern. Auf ihrem rechten Eckzahn saß ein stecknadelkopfgroßer grüner Glitzerstein.

»Hi«, sagte ich.

Sie musterte mich einmal von oben bis unten.

Ich sagte: »Wir feiern hier eine kleine Party, aber ohne dich wollten wir nicht anfangen.«

»Führst du mich rum?«

»Nur dafür bin ich hier.«

Sie reichte mir die Hand. »Canan«, sagte sie.

»Hoch erfreut«, sagte ich.

Wir setzten uns in die hinterste Reihe. Sie schlug die Beine übereinander, wodurch der Saum ihres Rockes etwas zurückrutschte. Durch das dunkle Nylon ihrer Strumpfhose schimmerte ihre Haut. Auf der Bühne waren die ersten Begrüßungsworte bereits gesprochen worden. Irgendjemand bedankte sich bei allen möglichen Leuten, erzählte etwas über Menschen, die er »Gastarbeiter« nannte, und wünschte mit auswendig gelerntem Türkisch »einen schönen Abend«. Die türkischen Gäste im Saal jubelten.

Ich sagte: »O Mann«, Canan schaute mich aus dem Augenwinkel an und beugte sich zu mir vor, ihr Ausschnitt öffnete sich etwas, zwischen ihren Brüsten sah ich ein Muttermal in der Größe der Minenspitze eines Bleistifts.

Sie kam nah an mein Gesicht, ihr Atem wärmte feucht mein Ohr. Sie sagte: »Ich kenne ein Mittel gegen Blabla« und stand auf. Ich folgte ihr.

Wir standen in einer Klokabine. Ihre Lippen glänzten, ich fasste ihr um die Taille und griff nach ihrer Kniekehle und zog ihr Bein hoch. Als ich das Nylon in meiner Hand spürte, hatte ich das Gefühl, dass das gesamte Blut meines Körpers in meinen Kopf schwappte – da packte sie mich an der Nase: »Mach mal halblang, Kleiner.«

Ich zog die Hände zurück.

»Was ist denn?«

»Du hast dir wohl zu viele Pornos geballert.«

»Ich dachte …«

»Ja, merkt man.«

»Aber …«

»Ich wollte hier nur einen rauchen mit dir. Das haben die Beatles im Buckingham-Palast gemacht, bevor sie zu Rittern geschlagen wurden, wusstest du das?«

»Kannst du bitte meine Nase loslassen.«

Sie bröselte Gras auf ein großes Blättchen und drehte eine Tüte.

»Wir werden hier nicht gerade zu Rittern geschlagen, aber schaden tut's trotzdem nicht.«

Sie steckte den kleinen weißen Kegel in den Mund, zündete die breite Seite an und nahm einen tiefen Zug. Die Spitze glühte. Die Glut knisterte ins Papier. Sie hörte nicht auf, daran zu ziehen. Sie rauchte mit einem Zug den halben Joint auf.

»Wow«, sagte ich.

Sie reichte mir die Tüte.

Ich sagte: »Schon gut, du kannst ruhig aufrauchen.«

Sie nahm noch einen kräftigen Zug und warf den Stummel ins Klo. Ich sah sie mit offenem Mund an. Sie zog mich zu sich. Ich öffnete meine Hose, da packte sie mich wieder an der Nase.

»Du hast nicht verstanden, Kleiner!«

»Was willst du?«

Sie grinste, gab mir einen Kuss in mein Gesicht und drückte mir ihre Visitenkarte in die Hand.

»Was gibt's denn hier so zu trinken?«, fragte ich den Typen vom Büfett, er trug einen Kellneranzug mit Fliege.

»Das Büfett wird erst nach der Veranstaltung eröffnet.«

»Komm schon, Mann, noch so eine Rede ohne Drink, und ich jag mir 'ne Kugel in den Kopf auf der Bühne.«

»Dann verpasst du aber die Folkloregruppe«, sagte der Kellner.

»Das ist nicht lustig«, sagte ich.

Daraufhin entkorkte er einen Wein.

»Gin Tonic«, sagte ich, »einen doppelten.«

»Gibt nur Wein und Bier.«

Auf der Terrasse zog ich die Visitenkarte, die mir Canan in die Hand gedrückt hatte, aus der Jacketttasche: »Canan Sel, PR-Beraterin«.

»So, Kleiner«, hatte sie gesagt, »ich bin nicht zum Spaß hier. Ich muss noch ein paar Connections machen. Meld dich mal. Aber lass dir Zeit! Mit dem Melden meine ich.«

Ich steckte die Karte zurück in die Tasche, trank den Wein in einem Zug aus und atmete noch einmal tief die frische Luft auf der Terrasse ein, bevor ich zurück in den Veranstaltungssaal ging.

Die Folkloreshow hatte begonnen.

Fünfzig Jahre war es jetzt her, dass ein Flugzeug die erste Gruppe anatolischer Frauen nach Deutschland geflogen hatte, damit sie hier arbeiteten. Fünfzig Jahre war es her, dass die ersten Bauern ein Bund Gänseblümchen gepflückt und in die Zöpfe ihrer Bräute gesteckt hatten, bevor sie in den vollen Abteilen des Orientexpress mit angezogenen Knien auf den Stoffsitzen saßen wie auf den Latifundien ihrer Herren. Fünfzig Jahre war es her, dass deutsche Ärzte mit Laborhandschuhen an den Schwänzen dieser Bauern gezogen, ihre Eier betatscht und ihnen den Finger in den Arsch gesteckt hatten. Fünfzig Jahre war es her, dass sie mit schwarzen Stiften nummeriert worden waren wie Vieh, achtundsiebzig, neunundsiebzig. Fünfzig Jahre Steine schleppen, giftige Gase einatmen, Teile auf dem Fließband sortieren, die Hitze des Maschinenraums ertragen. Fünfzig Jahre war es her, dass die ersten Bauern zu Fabrikarbeitern wurden, auf ihren Pritschen lagen und das Gitter, auf dem die Matratze über ihnen lag, zu dem Rautenmuster auf dem Rock der Geliebten wurde. Fünfzig Jahre, und aus den Bauern wurden Arbeiter, Autoren, Schauspieler, Manager und Ärzte, Säufer und Drogentote. Fünfzig Jahre, und seit siebzig gab es die Republik, deren Geschichte eine andere gewesen wäre. Fünfzig Jahre, und mein Vater bekam Morphium gegen die Schmerzen. Fünfzig Jahre, und zur Feier gab es eine Folkloregruppe. Gleich kommt die Völkerschau: Jeden Augenblick müsste der Moderator auf die Bühne steigen und ankündigen, dass doch alle bitte ins Foyer gehen sollten, weil der Veranstaltungssaal zu einem Zoo umgebaut werden müsse. Der Oberbürgermeister und sein Team dürfen dann die Türken in ihrer traditionellen Folklorekluft durch die Stäbe der Käfige mit Kartoffeln füttern.

Ich machte Anstalten aufzustehen, aber der Typ neben mir drückte mich wieder auf meinen Platz. »Bitte«, sagte er, »bleiben Sie noch«, er wies zu den Tänzerinnen auf der Bühne, »das ist meine Tochter. Bleiben Sie. Tun Sie mir den Gefallen.«

Ich rollte das Programmheft, das auf meinem Stuhl gelegen hatte, zu einem festen Rohr, biss kräftig drauf und blieb. Es reicht nicht, die Käfige aufzubrechen, die Menschen müssen auch aufhören, Affen zu sein.

Nach der Folkloretruppe bat der Moderator nacheinander die vier Protagonisten eines Dokumentarfilms, der im Auftrag des Senats gedreht worden war, auf die Bühne. Er nannte sie »die, die es geschafft haben«. Der Moderator kündigte an: einen Rechtsanwalt, einen Postboten, die Gründerin eines Frauenhauses und eine Ärztin. Der Typ neben mir sagte, jetzt könne ich gehen, wenn ich wolle. Ich nahm das Programmheft aus dem Mund, bedankte mich und stand auf, bevor die Gäste auf der Bühne waren.

Da der Gang zwischen den Stuhlreihen eng war, mussten die Zuschauer, einer nach dem anderen, aufstehen, um mich durchzulassen. Einer nach dem anderen schnalzten sie mit der Zunge und schüttelten den Kopf und schielten seitlich hoch zu mir und dann an mir vorbei zur Bühne.

Ich hörte den Moderator noch zu einem seiner Gäste sagen: »Sie sind doch der lebende Beweis dafür, wie bereichernd Einwanderung sein kann.«

Ich hatte es gerade aus den Stuhlreihen geschafft, ich sah mich um nach Leuten, die sich mit mir solidarisieren könnten, wenn ich doch noch ausrastete, bevor ich hier raus war. Ich lief in Richtung Ausgang und war schon fast aus der Tür, da antwortete die Ärztin auf der Bühne: »Sehe ich so aus, als wäre ich hier, um Sie zu bereichern?«

»Wie meinen?«, stotterte der Moderator.

Ich blieb stehen. Da spielte jemand nicht mit bei der nationalen Livesoap, inszeniert für die Ehrenbürger dritter Klasse. Ich drehte mich um und sah die junge Frau auf der Bühne. Sie trug einen grauen Anzug und verschränkte die Arme. Sie kam mir bekannt vor, und ich versuchte, mich daran zu erinnern, wo ich sie schon mal gesehen hatte.

»Hören Sie«, sagte sie, »ich will meinen Job machen, ich will ein Leben führen, ich bin kein Clown und kann auch keine Hütchen- oder Kartentricks.«

Die Frau, die mir zuvor den Anstecker mit der deutschen und türkischen Flagge ins Knopfloch gestochen hatte, rüttelte an meinem Arm.

»Sie müssen sich bitte hinsetzen«, flüsterte sie.

»Sie sehen ja jetzt nicht gerade«, sagte der Moderator, »wie eine Türkin aus …«

Ich lief an der Aufsichtsfrau vorbei, sprang mit einem Satz auf die Bühne, riss dem Moderator das Mikrofon aus der Hand und brüllte hinein: »Hier ist meine Rede zu den Feierlichkeiten zum fünfzigjährigen Anwerbeabkommen zwischen Deutschland und der Türkei.«

Der Moderator sah mich ängstlich an, ich spürte den Blick der Ärztin im Rücken.

»Ich scheiß auf den Bürgermeister. Ich scheiß aufs Anwerbeabkommen. Ich scheiß auf die Arbeitsmigration. Auch auf jede andere Form der Migration.«

Ich sah ins Publikum, da waren Gesichter, die mich etwas erstaunt, aber aufmerksam anschauten.

»Ich scheiß auf das Kapital. Ich scheiß auf den Kommunismus. Ich scheiß auf die Nazis, und ich scheiß auf die Antifa. Ich scheiß auf die Kanaken. Auf Anzugträger und Punks. Ich scheiß auf die deutsche Einheit. Ich scheiß auf den Sozialstaat. Ich scheiß auf die Deutsche Rentenversicherung und auf die gesetzlichen Krankenkassen. Ich scheiß auf die Bundeszentrale für politische Bildung. Und überhaupt auf politische Bildung. Auch auf unpolitische Bildung. Ich scheiß auf die Romantik und auf die Aufklärung. Auf die Industrialisierung. Ich scheiß auf die Dönerindustrie. Ich scheiß auf den Motorroller für den einemillionundersten Gastarbeiter. Ich scheiß auf das Beileidsgenicke nach dem Tod meines Vaters. Ich scheiß auf all die Jahre, die ich damit verbracht habe, die Decke anzustarren. Ich verlange hier und jetzt diese Jahre zurück. Meine und die meines Vaters. Meine vier. Seine vierzig. Dies ist ein amtlicher Antrag, ich habe Jura studiert.«

»Hallo«, sagte die Aufsichtsfrau, »hören Sie mich?«, und riss mich damit aus meinen Gedanken, »Sie müssen sich wieder hinsetzen.«

Ich blieb an die Tür gelehnt stehen, zum Sprung bereit.

»Was Sie auch immer darunter verstehen mögen«, sagte die Frau auf der Bühne.

Ich hatte das Gefühl, sie zu kennen, und wollte, dass sie mich sah, dass sie wusste: Ich war hier.

»Wie reagieren die Leute, wenn sie es erfahren?«

»Das ist mir, ehrlich gesagt, egal«, sagte sie. »Wenn die Leute mein R hören, denken die meisten, das ist bayerisch!«

Einige Leute prusteten los.

»Sie meinen Ihren Akzent?«

»Hab ich irgendwas von Akzent gesagt? Das ist mein Deutsch. Mein R gehört dazu.«

Der Moderator bedankte sich beim Oberbürgermeister, dem Veranstalter, den Gästen, den Zuschauern und noch bei vielen anderen und eröffnete endlich das Büfett. Alle erhoben sich und wackelten wie die Pinguine Richtung Foyer.

Der Kellner hatte mir bereits ein Glas Rotwein eingeschenkt.

»So gefällt mir das«, sagte ich.

»Hast es ja doch überlebt«, sagte er.

»Ja, ich kann meinen Körper durch den Raum schleppen. Aber schau doch: Meine Augen sind tot.«

Er lachte: »Stimmt.«

Ich wollte gehen, aber das Wissen, dass die junge Ärztin noch hier sein musste, hielt mich. Ich schaute mich nach ihr um. Sie musste mit den anderen Teilnehmern der Talkrunde für Fotos posieren. Ich lächelte sie an, doch ich glaube, sie bemerkte mich nicht.

Der Raum leerte sich allmählich. Ich stand alleine an einem Stehtisch. Da lag ein Programmheft: Die Ärztin hieß Aylin Yefa und war Anästhesistin. Ich hatte mich nicht getäuscht. Es war die Ärztin, die ich damals in der Krankenhauskantine gesehen hatte und dann später im Hühnerhaus. Wie lange war das her? Mehr als vier Jahre?

Ich trank an diesem Stehtisch meinen letzten Wein des Abends. Die anderen unterhielten sich, aber das war okay.

Ich musste an meinen Vater denken.

Ich sah hoch zur Decke des Foyers. Röhrenlampen.

Ich nahm noch einen Schluck Wein.

Ich war traurig, aber es tat nicht mehr weh. Eine ruhige Trauer. Ein sanfter Schmerz.

Ich schob das Weinglas zur Seite.

An der Garderobe stand der Bürgermeister noch mit ein paar Offiziellen herum. Ich hatte meiner Mutter ein Foto versprochen. Ich drückte einem der Umstehenden mein Handy in die Hand, dem Bürgermeister blieb kaum Zeit zum Ausweichen, und er grinste in die Linse.

Ich steckte das Handy ein.

»Für meinen Vater«, sagte ich.

Anschließend bat ich um meinen Mantel.

Die Ärztin stand vor dem Ausgang. Die Tasche zwischen den Füßen, zog sie den Mantel an.

Ich sagte: »Verzeihung.«

Sie sagte: »Ja.«

Das brünette Haar reichte ihr bis zu den Schultern.

»Danke für das gerollte R.«

Sie lächelte. Wie mit letzter Kraft. Ich mochte ihr Lächeln.

»Ja«, sagte sie, »was soll dies Ganze: Du siehst türkisch aus, du siehst nicht türkisch aus. Dämliche Frage.«

An ihrem Hals hing an einer Kette eine kleine dunkelblaue Drahtfigur.

Sie sah, dass mein Blick darauf fiel, und fasste sie an.

»Von meinem Vater«, sagte sie mit warmer Stimme.

»Er hat Drähte lackiert?«

Sie schaute erstaunt.

»Mein Vater hat vierzig Jahre lang am Fließband gearbeitet«, erklärte ich.

»Ist er hier?«, fragte sie.

»Nein«, sagte ich, leiser und zurückgenommener als beabsichtigt, und sie fragte nicht weiter, aber sie sah mich noch eine Weile an, blinzelte und schaute auf meinen Mantel.

»Ich dachte immer«, sagte sie, »Vater geht in die Fabrik, um für mich kleine Menschen aus Drahtspulen zu drehen.«

»Dein Vater ist auch nicht hier?«, fragte ich.

Sie drehte den Kopf zur Seite. Ich sah gerade noch, wie sich die Falte zwischen den Brauen vertiefte.

»Ich bin müde«, sagte sie.

Sie hielt das blaue Männchen fest. Sie musste sich die Augen gerieben haben, denn die Wimperntusche war leicht verwischt.

Ich sagte: »Das hat man auf der Bühne nicht gesehen.«

Sie sah durch die Glastür des Festsaals hinaus. Ein Wagen fuhr vor, jemand stieg aus und winkte ihr zu.

»Du musst jetzt gehen?«, sagte ich.

»Ja.«

Sie ging hinaus. Beim Abschied berührten sich unsere Hände flüchtig.

Ich wartete. Ich hatte hier nichts mehr verloren, aber ich wollte sie gehen lassen, bevor ich selbst aufbrach.

Auf dem Rücksitz des Taxis – die Straßenlaternen warfen ihr gelbes Licht auf den Asphalt – nahm ich mir vor, keinen Wein mehr zu trinken und das Konzept für das virtuelle Museum zu vollenden.

In meiner Jacketttasche bekam ich die Visitenkarte der PR-Beraterin zwischen die Finger. Ich legte sie auf die Rückbank des Taxis. Ich würde sie nicht anrufen.

Ich mochte es, über das glatte Leder der Rückbank im Taxi zu streichen. Ich dachte an meinen Vater. An Aylin. Anästhesie. Im Radio spielte Leonard Cohen. Ich bat den Taxifahrer, der am Rückspiegel ein blaues Auge gegen den bösen Blick hängen hatte, die Musik lauter zu drehen.

ZWEITER TEIL

Eins

1

Wir fuhren in die Puschkinallee, dann in die Köpenicker Landstraße. Die Häuser waren dunkel, niemand spazierte auf den Gehsteigen. Werbewände leuchteten und verwandelten Bushaltestellen in Lichtinseln. Der Fahrer schaltete einen Gang höher, in der nächsten Kurve hob das Taxi ab, und wir schwebten über Kastanienbaumwipfel, über Gründerzeithäuser, über Plattenbauten – ganz oben im zwölften Stock brannte noch Licht. Eine Frau setzte sich an den Küchentisch, eine Tasse in der Hand, ein schlafender Mann auf einer Wohnzimmercouch wurde von seinem Fernseher angeleuchtet und verschwand im Blau des Bildwechsels. Wir flogen höher, und die Hochhäuser schrumpften, wie zuvor parkende Autos und Bäume.

»Wir müssen tanken«, sagte der Fahrer und hielt an einer Tankstelle auf dem Mond. Er holte zwei Raumanzüge aus dem Kofferraum und reichte mir einen. Wir stiegen jeder in einen Raumanzug, schnallten die

Helme zu und öffneten die Sauerstoffventile. Während das Benzin in den Tank strömte, lehnten wir uns gegen einen Kraterrand und schauten uns gegenseitig ins Visier des Helmes. Ein kräftig gewachsener Oberlippenbart verhüllte den Mund des Taxifahrers. An der Bewegung der Barthaare erkannte ich, dass er etwas sagte, aber durch die Helme drang kein Laut.

»Vierzig Euro«, sagte der Fahrer.

»Was?«

»Wir sind schon bei vierzig Euro.«

Ich sagte: »Kein Problem.«

Der Fahrer: »Reiche Eltern?«

»Nein«, sagte ich, »ich habe die ›Deutsche Rentenversicherung‹ im Nacken sitzen.«

»Wo soll ich hinfahren?«

»Kennen Sie eine schöne Strecke?«

Wir fuhren.

Immer wieder einmal betätigte der Fahrer die Scheibenwischer. Funkmeldungen kamen durch, ein Wagen wurde hier- oder dorthin gerufen. Das Radio hatte er ausgeschaltet, sodass nur das monotone Motorgeräusch zu hören war.

»Rechts oder links?«, fragte er an einer Ampelkreuzung.

»Links«, sagte ich, und wir fuhren weiter.

Ich ließ den Kopf locker auf der Lehne aufliegen, und er schaukelte leicht hin und her, bis ich einschlief. Irgendwann wachte ich auf und bemerkte, dass der Fahrer mich im Rückspiegel ansah – als ob er seit Langem darauf gewartet hatte, dass ich die Augen öffne.

»Ich weiß,« sagte er, »wie man Uran zerlegen kann, sodass es nicht mehr schädlich ist.«

Am Görlitzer Bahnhof stieg ich aus und machte mich auf den Weg zu Cemo. Der sagte immer, die Stadt verändere sich so rapide, dass er das Gefühl habe, wie im Zeitraffer dabei zuzusehen. Ich dagegen wunderte mich, wie statisch alles blieb, obwohl bei mir innerlich alles in Bewegung war. Nichts von dem, was mir widerfuhr, spiegelte sich in einer Veränderung meiner Umgebung. Ich wünschte mir, dass der Görlitzer Bahnhof und die Häuser am Straßenrand anders aussähen als vor vier Jahren. Nicht nur die dreckigen Fassaden und die bröckelnden Bürgersteige. Hier ging es um etwas Substanzielleres: Die Stadt sollte ein Organismus sein, dem manchmal der Atem stockt. Sie sollte weinen oder eine Erkältung bekommen und sich bei Gelegenheit die Mandeln entfernen lassen. Und sie sollte dann wieder gesund und voller Elan sein. Aber anders als vorher.

So war es für mich, als gäbe es keinen Beweis für meine Existenz in den letzten Jahren. Zwar existierten Telefonrechnungen, Rentenbescheide und Kontoauszüge. Doch was bewies schon eine Stromrechnung: Bürokratie ist kein Beweis für ein Leben.

Ich kam bei Cemo an und klopfte. Es dauerte länger als sonst, bis er aufmachte und anschließend den langen Gang der feuchten Altbauwohnung zurück ins Wohnzimmer schlurfte. Er setzte sich aufs Sofa, beugte sich ungemütlich vor und schnitt wortlos Orangenschalen zu kleinen Schnitzen. Auf einem Stück Zeitung hatte er schon einen Hügel aus Schalen aufgehäuft.

Schließlich legte er das Messer geräuschvoll zur Seite, knüllte das Zeitungspapier zusammen und warf die Arbeit von vier bis fünf Stunden in den Müll. Aus der Küche brachte er viel zu bitteren, pechschwarzen Tee.

»Hatice hat mir geschrieben«, sagte er und stellte die Teegläser ab. Nach einer Weile hob er wieder an: »Wir können uns für politische Gerechtigkeit zermürben. Gerechtigkeit in der Liebe gibt es nicht.«

»Schreib ihr«, sagte ich.

»Briefe reichen mir nicht, Elyas, sie muss hierher in diese Straße, in dieses Haus kommen und an dieser Tür klopfen. Sie muss es aushalten, dass ich erst nicht öffne und schließlich doch öffne, sie aber nicht reinlasse. Und wenn ich sie dann reinlasse, dass ich nicht mit ihr spreche, und wenn doch, sie nur beschimpfe. Das muss sie alles über sich ergehen lassen. Erst dann denke ich über einen zweiten Frühling nach.«

Ich kramte Kerzen aus Cemos Küche und zündete sie im Wohnzimmer an. Ich fragte ihn, ob er Hunger habe, er sagte nur: »Die Seele dürstet, die Seele hungert.«

Wir machten uns auf seinem Elefantensofa breit, ich bestellte Pizza. Gegen Mitternacht schlief Cemo ein. Ich nahm ihm das letzte Stück Pizza aus der Hand, deckte ihn zu und blies die Kerzen aus.

Am nächsten Tag lief ich in das Krankenhaus, wo Aylin vor vier Jahren gearbeitet hatte. In der kleinen Buchhandlung am Eingang standen Bücher in der Auslage: *Kompass der Seele*, *Der Rosengarten meiner Mutter* und *Dr. Schiwago*. Ich schlenderte in die Kantine, nahm mir einen Wackelpudding aus der Vitrine mit den Nachspeisen und setzte mich an einen Tisch.

Aylin betrat den Raum durch die große Eingangstür, wählte ihr Essen, ordnete es auf ihrem Tablett an, zahlte an der Kasse und lief an mir vorbei.

Ich rief ihr zu: »Hey, was für ein Zufall, du bist auch hier?«

»Hi – was führt dich denn hierher?«

»Wollte einen Freund besuchen, der lässt sich eine Augenbraue entfernen.«

»Weißt du, das ist seltsam, als ich eben hier reingekommen bin, habe ich an dich gedacht. Ich sagte mir, wie schön wäre es, wenn ich diesen Jungen von der Jubiläumsfeier wiedertreffen würde.«

»Ja, geht mir auch so«, sagte ich.

»Deinem Freund wird die Augenbraue entfernt?«

»Was?«

»Du hast gerade gesagt, deinem Freund wird die Augenbraue entfernt.«

»Ja, richtig. Aus ästhetischen Gründen.«

»Das ist heutzutage kein großer Eingriff mehr«, sagte Aylin, zog ihre rechte Augenbraue aus dem Gesicht und reichte sie mir.

»Danke«, sagte ich und schenkte ihr mein linkes Ohrläppchen.

Ich sah mit einem Lächeln zur Seite. Die Frau hinter der Theke lächelte zurück, als habe sie gemerkt, dass ich mit den Gedanken ganz woanders war.

Ich aß den Wackelpudding auf und folgte den anderen, die ebenfalls fertig gegessen hatten, zu dem Fließband für das benutzte Geschirr.

2

Aylin war weder auf Facebook noch im Telefonbuch zu finden. Ich rief beim Senat an und fragte nach dem Film *Die, die es geschafft haben. Eine Dokumentation über Migranten, die die Chancen Deutschlands zu nutzen wussten.* Ich wurde mit der zuständigen Beamtin verbunden, die sagte, dass sie mir gerne noch eine DVD mit dem Film zuschicken könne.

»Danke, hab ich schon gesehen«, sagte ich.

»Was wollen Sie dann?«, fragte die Frau.

»Ich würde gerne mit Aylin Yefa sprechen.«

»Wer soll das denn sein?«

»Die kommt in dem Film vor. Können Sie mir dabei helfen, sie zu kontaktieren?«

»Ich bin doch nicht das Einwohnermeldeamt.«

»Ich dachte, ich hätte beim Senat für Arbeit, Soziales und Migration – oder so ähnlich – angerufen?«

»Sie sind hier beim Bezirksamt Mitte gelandet.«

»Sag ich doch.«

Nach einer kleinen Pause, in der wir beide schwiegen, sagte sie: »Und was wollten Sie jetzt von mir?«

»Ich suche Aylin Yefa.«

»Eilien wer?«

»Ach, vergessen Sie's.«

Spätestens zu den Feierlichkeiten zum hundertjährigen Jubiläum des Anwerbeabkommens im Jahre 2061 würde ich Aylin wiedertreffen. Dann wäre ich siebenundsiebzig Jahre alt. Auf der Feier würde der Film von vor fünfzig Jahren gezeigt werden, und Aylin würde von ihrer Arbeit als Ärztin erzählen. Das Gesundheitssystem wäre in der Zwischenzeit immer restriktiver geworden, gesetzlich versicherte Patienten bekämen kaum noch eine Behandlung. Einige Jahre lang hätte sich Aylin das mit angesehen, dann ein paar Investoren gefunden und ein eigenes Krankenhaus eröffnet – nur für Patienten, die sich keine Privatversicherung leisten können würden oder von keiner Privatversicherung akzeptiert würden, etwa weil die gesundheitlichen Folgeschäden bei Arbeitsmigranten so häufig waren. Dafür war Aylin sogar für den alternativen Friedensnobelpreis vorgeschlagen worden. Allerdings hätte der Bundesnachrichtendienst verhindert, dass ihr der Preis verliehen wurde. Der Moderator hätte daraufhin gefragt, ob sie sich eher »deutsch« oder eher »türkisch« fühle. Und dann wäre mein Auftritt gekommen: Ich stand auf und lenkte mit meinem mittlerweile wohlbeleibten Körper die Aufmerksamkeit auf mich. Mit den Zähnen zog ich den Stift aus einer Handdrohne, die ich noch aus dem Dritten Weltkrieg hatte, und ließ sie dem Moderator in den vor Schreck offenen Mund fliegen. Danach tupfte ich mir mit einem Stofftaschentuch erst einmal den Schweiß von der Glatze und wartete auf die Explosion.

Ich hatte nicht die geringste Vorstellung von mir in fünfzig Jahren. Ich wusste nicht, ob ich korpulent oder schmächtig sein würde. Ob ich Stofftaschentücher verwenden würde, so wie es mein Vater getan hatte. Ich wusste nicht, welchen Beruf ich haben würde, ich wusste nicht, ob ich allein sein würde oder mit Freunden, ob geliebt oder verlassen. Ich hatte nichts an mir, was ich über mein jetziges Ich hinaus denken konnte.

Schließlich fand ich in der Tasche meines Jacketts das Programm der Jubiläumsfeier. Auf der Rückseite war eine Infoadresse vermerkt. Ich schrieb eine Mail an Aylin und bat um Weiterleitung:

Sehr geehrte Frau Dr. Yefa,

wir hatten am Ende der Feierlichkeiten die kurze, aber vielversprechende Gelegenheit, uns auszutauschen. Sie erwähnten, dass Sie Ideen hätten für eine neue Art des Krankenhauses. Ich und meine Mitarbeiter wären über eine Vertiefung unseres Gesprächs in höchstem Maße erfreut.

Hochachtungsvoll

3

Ich kaufte beim Bäcker Brotkrumen, lief damit zu Hekim und setzte mich zu ihm aufs Dach.

»Ich mag Tauben«, sagte Hekim, »ihre Flügel tragen die Farben der Städte. Sie sitzen auf Dächern, Fernsehantennen, Schornsteinen und in Regenrinnen. Die Stadt wehrt sich gegen sie. Überall Taubenschutz. Auf den Überwachungskameras in den S-Bahnhöfen. Auf den Straßenlaternen. Aber sie bleiben trotzdem.«

Er nahm eine Hand voll Brotkrumen aus der Tüte, warf sie auf den Boden und beobachtete die Tauben dabei, wie sie sie aufpickten.

»Das da ist Mo, das ist Nas, und das ist Tupac.«

»Du kannst sie auseinanderhalten?«

»Mo hat nur einen Fuß.«

Er zeigte auf die Taube unmittelbar vor uns.

»Und Nas sieht so aus, als hätte er sich selber auf den Kopf geschissen. Aber das ist nicht der Grund, warum er so heißt. Nenn es Zufall, nenn es Fügung. Fakt ist: Jedes Mal, wenn Nas aus den Lautsprechern rapt, ist der am Start und nickt mit dem Kopf.«

»Und Tupac?«

»Der beißt die anderen immer, ist aber trotzdem liebenswürdig.«

Nach einer Pause, in der wir, am Dachrand sitzend, die Tauben beobachtet hatten, sagte Hekim: »Elyas! Was ist los?«

»Was?«

»Wenn du mich hier oben besuchst, tust du das meistens nicht, weil dir die Aussicht gefällt.«

Hekim hatte sich zu mir gedreht. Er saß rittlings auf der kleinen Mauer am Dachrand – das eine Bein baumelte vom Dach. Über Kreuzberg dämmerte es, die Tauben pickten unsere letzten Krumen auf.

Am liebsten wäre es mir gewesen, wenn Hekim zwei paar Flügel hinter dem Schornstein hervorgezogen und an unsere Schultern gebunden hätte und wir Stadtengel gespielt hätten. Eine Taube landete in Hekims Hand, und er blieb ganz ruhig, damit sie nicht wegflog. Ich erzählte ihm, dass ich mich oft müde fühlte und meine Augen beim Laufen zufielen. Dass mein Herzschlag manchmal so laut war, dass ich erschrak, und dass ich die U-Bahn spüren konnte, wenn sie unter der Erde fuhr.

Ich sagte: »Danke für die Black-Metal-Musik, die war gut gegen Zahnschmerzen.«

Hekim strich mir zärtlich übers Gesicht und hob mir dann die Taube in seiner anderen Hand entgegen: »Das ist der ›General‹«, sagte er, »eine Brieftaube.«

»Das wär was.«

»Versuch's doch mal.«

»Was?«

Er kramte Stift und Zettel aus der Jackentasche. »Komm«, sagte er, »es würde mich freuen.«

»Aber weshalb?«

»Mach's einfach.«

Das weiße Papier leuchtete. Ich kritzelte etwas darauf, knüllte den Zettel zusammen und reichte ihn Hekim, der ihn der Taube an den Fuß band. Wir stellten uns vor die grünen Buchstaben der »Möbel Olfe«-Werbung. Hekim hielt den General nah an sein Gesicht und flüsterte ihm etwas zu.

»Du sagst, wann er losfliegen soll«, sagte er.

Es war noch nicht ganz dunkel, aber der Mond war schon deutlich zu erkennen.

»Jetzt!«

Hekim warf den General vorsichtig in die Luft, und er flatterte sofort los. Wir schauten ihm noch eine Weile nach, wie er kleiner wurde, bald nur noch ein schwarzer Punkt war und verschwand. Danach zündete sich Hekim eine Zigarette an. Er fragte nicht, was ich geschrieben hatte.

»Es wird kalt«, sagte ich.

»Lass uns gehen«, antwortete er und schnippte die Zigarette weg.

4

»Schach oder Minigolf?«, fragte ich Cemo am nächsten Tag am Telefon.

»Schach ist langweilig, ich gewinn immer.«

»Minigolf«, sagte ich.

»Da gewinn ich auch immer.«

Etwas später stützten wir uns auf dem Minigolfplatz auf unsere Schläger.

»Ich habe Hatice geschrieben«, sagte Cemo, »dass sie kommen soll.«

Ich ließ den Golfschläger fallen.

»Aber nicht abgeschickt«, fügte er hinzu, »weggeschmissen.«

Ich hob meinen Schläger auf und stellte mich an einem der schwierigen Felder in Positur. Hier galt es, den Ball vorsichtig anzuschlagen, sodass er es gerade über einen Hügel schaffte, um von dort in einem bestimmten Winkel hinunterzurollen, drei Hindernisse zu passieren und ins Loch zu fallen. Erwischte man den falschen Anschlag oder einen anderen Winkel, kam er nicht über das erste Hindernis hinaus.

»Schreib ihr«, sagte ich.

Mein Schlag saß, und ich wusste nicht, ob mich Cemo genervt ansah, weil ich gleich zu Anfang des Spieles eines der schwierigsten Felder gemeistert hatte oder weil ihm mein Rat gegen den Strich ging.

»Du hast keine Ahnung«, sagte er, während er ebenfalls ins Loch traf. Sein Blick sagte mir, dass ich mir bloß nichts auf mein Anfängerglück einbilden solle.

»Ich meine ja nur. Wenn ein Brief dich für Tage außer Gefecht setzt, dann gibt's da was zu sagen.«

Cemo stellte sich dicht vor mich und grummelte: »Da gibt's 'ne Menge zu sagen.«

»Wenn du willst, schreib ich ihr«, sagte ich.

»Wieso denn du?«

»Ich finde heraus, was sie will.«

»Stimmt, bei deiner Menschenkenntnis brauche ich mir da keine Sorgen zu machen.«

»Ich wusste, dass wir uns verstehen.«

»Es kommt darauf an, was du machst, nicht, was du willst.«

Wir spielten den Parcours zu Ende, verzichteten aber auf eine zweite Runde.

Zu Hause checkte ich meine Mails:

Lieber Elyas, wir haben auf der Jubiläumsfeier gesprochen – ich war schon im Gehen. Wenn Du magst, treffen wir uns. A.

Ich schrieb:

Liebe Aylin,

ja, ich kann mich da auch gut daran erinnern. An unser schönes Gespräch, meine ich

gelöscht

Liebe Aylin,

wie Du diesen Moderator auseinandergenommen hast

gelöscht

Liebe Aylin,

vor Deinen Antworten malte ich mir aus, wie ich eine Knarre aus dem Halfter unter meinem Jackett zog und dem Moderator ins aalglatt rasierte Gesicht schoss. Peng peng.

gelöscht

Liebe Aylin,
schön, dass Du Dich meldest.
Wollen wir morgen zusammen essen?
Ich kenne einen Laden, wo es guten Aloo-Gobi gibt.

5

Ich sah Aylin schon von Weitem. Sie hatte die Handtasche um die Schulter gehängt und hielt Ausschau nach mir. Bis sie mich erkannte und begrüßte, blieb die Situation unwirklich für mich. Wir aßen zu Mittag in einer nahe gelegenen Crêperie – ein Souterrain mit Vintagemöbeln. Irgendjemand spielte Klavier. Ich legte meine Jacke auf das Grammofon, der Kellner nahm sie weg und warf mir einen Blick zu.

Aylin faltete ihren Crêpe mit dem Besteck, das sie an den Enden festhielt. Sie aß in kleinen Bissen.

»Ich mag Yeşilçam-Filme«, sagte sie.

»Mein Vater hat die immer gerne geschaut«, sagte ich, »wenige Jahre vor seiner Erkrankung noch.«

Aylin hatte eben wieder ein Stück Crêpe gefaltet, um es zu schneiden, ließ das Besteck aber wieder sinken.

»Was für eine Erkrankung?«, fragte sie.

»Er ist vor einigen Jahren gestorben«, sagte ich.

Sie schaute mir in die Augen, dann schaute sie wieder auf das Stück Crêpe, in dem ihre Gabel steckte, und dann in die Küche hinter mir. Jedenfalls kam es mir so vor.

Draußen zog Aylin ihren Herbstmantel fest zu. Ich kaufte uns Kaffee, und wir setzten uns auf eine Bank am Ufer des Kanals. Ein Vogel balancierte auf der Lehne. Aylin schaute ihm zu, und als sie lächelte, vertieften sich die beiden schmalen Falten zwischen ihren Nasenflügeln und den Mundwinkeln.

»Ein Freund von mir«, sagte ich, »verbringt viel Zeit mit Tauben.«

Aylin schob mit ihrem Stiefel einige Blätter auf dem Boden hin und her.

Am Ufer war ein verlassenes Theaterschiff vertäut, in dem früher auch eine Kneipe gewesen war. Jetzt war es verkommen, eine Ruine, vollgesprüht mit Graffiti und Tags. Der Lack blätterte vom Rumpf. Mehrfach hatte die Stadt versucht, das Schiff zu entfernen, und war aus, wie es hieß, technischen Gründen gescheitert.

»Komm«, sagte ich, »lass uns an Bord gehen.«

»Nicht, dass wir kentern.«

»Sind wir doch schon.«

»Du vielleicht«, grinste sie.

Das Deck war übersät von Herbstblättern in verschiedenen Gelb- und Orangetönen. Aus der Kajüte war eine Bar gemacht worden, von der die Reste noch zu erkennen waren: Hinter dem rissigen Tresen hingen Spiegelscherben, davor leere Whisky- und Rumflaschen. Aylin fegte sich den Weg frei zum Bug und lehnte sich gegen die Reling. Wir schauten eine Weile schweigend auf die kleinen grünen Wellen des Kanals.

Neben dem Tresen führte eine Treppe hinunter ins Schiffsinnere. Wir stiegen die Stufen hinab und folgten einem Gang, der an der Tür zum Theatersaal endete. Im Licht unserer Handys waren die Sitzreihen zu erkennen. Ich lief durch sie hindurch, sprang auf die Bühne und leuchtete mein Gesicht von unten an: »Frau Dr. Yefa, vielen Dank, dass wir Sie heute Abend hier begrüßen dürfen, sagen Sie, ist das nicht toll, dass wir Sie vor fünfzig Jahren gekauft haben?«

»Die hätten wohl besser dich als Moderator anfragen sollen«, lachte Aylin und leuchtete mit ihrem Handylicht im Raum umher. Ich tat es ihr gleich. Zwei helle Flecken tanzten auf schwarzen Wänden.

»Ein Spiel aus meiner Kindheit«, sagte ich, »nachts mit der Taschenlampe an die Decke leuchten und die Taschenlampe ganz schnell hin und her bewegen. Ich habe den Lichtflecken Namen gegeben.«

»Jungen- oder Mädchennamen? Türkische oder Deutsche?«

»Zum Beispiel Klich und Puk.«

»Schön.«

»Jetzt bist du dran«, sagte ich. »Mit einer Kindheitserinnerung.«

Aylin überlegte: »Ich bin einmal von zu Hause abgehauen.«

»Wirklich?«

»Ja, weil meine Eltern sich so oft gestritten haben. Meine Mutter hat zwar immer erzählt, wie wahnsinnig verliebt sie bei der Hochzeit gewesen sei. Trotzdem hat sie es bereut. Irgendwann haben sie nur noch geschrien und geflucht, und ich habe mich unters Bett gelegt. Eines Tages habe ich die wichtigsten Dinge in meinen Schulranzen gepackt und bin abgehauen.

Oder das, was ich damals für wichtig hielt: Pumpernickel, zwei Paar Socken, drei Schlüpfer, Vaters Pfeifenbesteck, mein Tagebuch und zwei Magneten.«

Aylin erzählte mir, wie sie in ein Straßenfest geraten war – mit lauter Musik, tanzenden Menschen und dem Geruch von Grillfleisch. Sie war in einen lilafarbenen Wohnwagen gestiegen, an dessen Tür stand: »10 DM für einen Blick in deine Zukunft«. An kleinen Tischen saßen zwei Frauen. Eine jüngere mit glatten schwarzen Haaren und eine alte mit goldenen Locken. Vor der Jüngeren saß ein Pärchen im Schneidersitz, der Platz vor der Alten war leer. Es roch nach Weihrauch.

»Setz dich«, sagte die alte Frau, »wo sind denn deine Eltern?«

»Hab sie entlassen«, sagte Aylin.

Die Alte riss die Augen so weit auf, dass sie hervorquollen. »Schweig!«, rief sie mit rauer Stimme. Sie wies auf die junge Frau am anderen Tisch: »Meine Tochter und ich leben und arbeiten schon seit hundertvierzig Jahren zusammen.«

Sie betastete mit langen Fingernägeln die weiche Haut der Innenfläche von Aylins Hand, was leicht wehtat.

»Hast du Probleme mit einem Amt?«, fragte die Alte.

»Was für ein Amt?«

»Polizei? Gericht? Irgendwas.«

»Nein.«

Aylin überlegte kurz: Das Jugendamt war bei ihr gewesen. Es war von den Nachbarn benachrichtigt worden. So viel Streiterei bekomme einem Kind nicht wohl.

»Du wirst es nicht leicht haben«, sagte die Alte, »aber das wird schon wieder. Geh jetzt, ich muss Geld verdienen.«

Aylin zog ihre Hand unter den kratzigen Nägeln hervor. Als sie schon an der Tür stand, rief ihr die Wahrsagerin hinterher: »Deine Eltern lieben dich!«

»Aber sie sind traurig.«

Der Platz war immer noch voller Menschen, die Stände hatten noch immer geöffnet. Es dämmerte. Aylin zog die Riemen ihres Schulranzens fest und lief durch die Menge. Sie setzte sich an einer ruhigen Stelle auf die Kaimauer des Kanals und holte ihr letztes Pumpernickel aus dem Ranzen. Das Brotpapier faltete sie zu einem Schiffchen und warf es mit einer Nachricht ins Wasser: »Die Wahrsagerin sagt, *es wird alles wieder* – aber mir ist kalt.«

Später war sie unter der Hochbahnstrecke dem kleinen Weg zwischen den Steinpfeilern gefolgt. Über ihrem Kopf jagten sich Tauben, der Asphalt war voller sternförmiger weißer Vogelkackflecken.

Rechts und links sausten Autos laut vorbei. Fledermäuse lösten die Vögel ab und flatterten über Aylins Kopf. Am Mariannenplatz, wo tagsüber Frauen mit Kopftuch auf den Bänken saßen und Herren mit ihren Gehstöcken den Boden kratzten, stand ein Mann mit einem langen beigefarbenen Mantel und Ballonmütze im Laternenlicht. Er hatte die Hände in die Taschen gesteckt und starrte vor sich hin. Vor ihm ging eine Frau nervös auf und ab. In dieser Nacht hatte es keinen Ärger für das Weglaufen gegeben, in dieser Nacht stritten sich ihre Eltern nicht. Auf dem Weg nach Hause blieben sie am geschlossenen Eisstand im Bethanien stehen. Ihr Vater kaufte unsichtbare Eiskugeln – Aylin nahm Vanille, ihre Mutter Schokolade und der Vater türkisches Eis, das sich langziehen ließ wie Kaugummi. Aylin schaute zu, wie ihre Mutter – die unsichtbare Waffel in der Hand – verträumt zu ihrem Vater blickte, der das Kaugummieis auseinanderzog, in die Luft warf und mit dem Mund auffing.

»Es war das letzte Mal«, sagte Aylin, »dass ich meine Mutter meinen Vater habe anlächeln sehen.«

Als wir das Theaterschiff verließen, sagte ich ihr, dass ich sie gerne für mein Museum interviewen würde.

»Ich hab erst einmal genug von Interviews.«

Sie ging vor, ich folgte ihr, wir schlenderten durch die Stadt; als wir in ihre Straße einbogen, sahen wir einen alten Mann an einer Hausfassade lehnen. Die Knie angewinkelt, die Hände auf die Oberschenkel gestützt, hatte er offensichtlich Schwierigkeiten, sich auf den Beinen zu halten. Außerdem trug er Hausschuhe an den Füßen.

»Das ist jetzt schon das zweite Mal in dieser Woche«, sagte Aylin und rannte los. Ich rannte hinterher und erreichte die beiden außer Atem. Aylin hielt seinen Arm.

»Alles in Ordnung, Babosch?«, fragte sie.

Der Mann schien durch sie hindurch auf die Straße zu sehen.

»Komm, Babosch, wir gehen hoch«, sagte sie. Und dann zu mir: »Hier wohne ich.«

Ich war mir nicht sicher, ob das die Ansage war, dass ich abhauen sollte, aber da drückte sie mir schon den Schlüssel in die Hand: »Schließt du auf?«

Ich hielt die Tür, und Aylin führte ihren Vater ins Treppenhaus. Sie setzte seine rechte Hand aufs Geländer und hielt mit beiden Händen seinen linken Arm fest. Langsam, Stufe für Stufe, stiegen wir die Treppen hinauf in den vierten Stock. Dabei flüsterte sie ihrem Vater immer wieder beruhigende Worte zu: »Wir sind gleich da, mach dir keine Sorgen.«

Wir führten ihn ins Schlafzimmer. Aylin setzte ihn aufs Bett, streifte seine Hausschuhe ab und ließ mich anschließend allein mit ihm, um etwas aus der Küche zu holen. Barfuß, mit aufgeknöpftem Hemd saß er vor mir auf der Bettkante. Erst als er mich ansprach, bemerkte ich, dass ich ihn die ganze Zeit angestarrt hatte.

»Was guckst du so!«, sagte er. Und dann: »Wasser!«

Ich schenkte ihm von dem Wasser auf dem Nachttisch ein. Seine knochige Hand zitterte, als er das Glas entgegennahm. Aylin kam mit einer Pillendose zurück und legte ihrem Vater zwei Tabletten in die Hand.

»Ich warte auf dem Flur«, sagte ich zu Aylin. Und zu ihrem Vater : »Gute Nacht, Amca, gute Besserung.«

Im Wohnzimmer lagen überall Klamotten – auf dem Sofa, auf dem Sessel, auf dem Boden. Der Couchtisch war voll mit Papierkram, Quittungen, amtlichen Briefen, ungeöffneten und zerrissenen Umschlägen. Die Glastür einer Geschirrvitrine stand offen und diente als Handtuchhalter.

»Magst du ein Bier?«, fragte Aylin.

Wir setzten uns nach draußen auf den Balkon, obwohl es kühler geworden war.

»Danke«, sagte sie. »Er verträgt seine Medikamente nicht so gut. Und manchmal vergisst er, dass er sie schlecht verträgt, geht raus und wundert sich dann, dass ihm plötzlich schwindelig wird.«

In einem Zimmer auf der anderen Seite des Hofes standen zwei Kinder auf der Fensterbank und malten etwas auf die Scheiben.

»Wo ist deine Mutter?«, fragte ich.

»Weg.«

Kurz vor dem ersten Semester an der Charité hatte ihre Mutter verkündet, dass Aylin nun alt genug sei, um allein – oder besser in einem Studentenwohnheim – zu wohnen und dass es für sie, die Mutter, nun an der Zeit sei, in das Land zurückzugehen, wo ihr Leben begonnen habe und, wenn es so weit sei, eines Tages auch enden solle. Die Entscheidung ihrer Mutter hatte Aylin kaum überrascht. Ihre mögliche Rückkehr dorthin, wo es nach Blumen duftete, die Motoren von Lkws und Rollern lärmten und der Asphalt von Zigarettenstummeln übersät war und wo die Tomaten noch wie Tomaten schmeckten und Unbekannte im Bus miteinander ins Gespräch kamen, hatte seit je unausgesprochen im Raum gestanden. Sie räumten die gemeinsame Wohnung aus, schmissen weg, was Aylin entbehren konnte – die Mutter wollte am liebsten alles in den Sperrmüll geben. Das, was sie retten konnte, räumte Aylin in den Keller ihres Vaters. »Wie gut, dass jemand die Ratten füttert!«, kommentierte der Vater.

Ab einem bestimmten Alter, sagte ihre Mutter, sehne man sich nach Ruhe. Freunde von der Uni fragten Aylin beim Umzug, ob sie jetzt häufig in die Türkei fliegen werde, um ihre Mutter zu besuchen.

»Ich finde, sie hat es ganz schön eilig gehabt«, antwortete Aylin.

Als sie allein in ihrer neuen Wohnung war, flackerte der Schatten eines Bergsteigers auf der kahlen Wand im Licht der Kerze auf: Ein kleiner Drahtmensch kletterte aus einem der Umzugskartons. Aylin betrachtete ihn lange und rief dann ihren Vater an.

»Was kann ich für dich tun, Kind?«

»Ich dachte, ich ruf mal durch.«

Ihr Vater kam sofort mit Akkubohrer, Overall und Schirmmütze. Zu Hause hatte er niemals einen Hammer oder einen Bohrer angefasst. Alles Handwerkliche hatte Aylins Mutter erledigt, sogar die Regale und Schränke hat sie zusammengebaut und an der Wand befestigt. Wenn etwas zu reparieren war, sich die Schrauben der Klobrille gelockert oder die Scharniere der Balkontür gequietscht hatten und Aylins Mutter ihn daraufhin bat, das in Ordnung zu bringen, war er von seinem Sessel aufgesprungen und hatte gerufen: »Ich mag vielleicht ein Arbeiter sein. Ein Heimwerker bin ich, weiß Gott, nicht.«

Doch nun, in Aylins erster eigener Wohnung, machte sich ihr Vater sofort mit Schrauben in den Mundwinkeln an die Arbeit. Er montierte die Türgriffe, kontrollierte die Ausrichtung der Regale mit einer Wasserwaage und strich den abgeblätterten Lack der Fensterrahmen nach. Als sie gemeinsam die Fachbücher für Aylins Medizinstudium einräumten, fing ihr Vater an, im Zoologiebuch zu stöbern: Mit Pflanzen und Menschen konnte er nichts anfangen, aber Tiere interessierten ihn.

»Ich mag Löwen und Affen«, sagte er, »und Elefanten. Soll ich dich einmal in den Zoo einladen?«

»Wie bitte?«, fragte Aylin. »Das hättest du mal machen sollen, als ich klein war. Das wäre schön gewesen.«

»Wir gehen zum Affengehege«, sagte Vater.

»Kaufst du mir ein Eis?«, fragte Aylin ironisch.

Vor dem Affengehege blieben sie lange stehen. Ihr Vater schaute sich einen Affen an, der die Hand durch die Gitterstäbe nach ihm ausstreckte. Bei den Löwen setzte er sich auf eine Bank und seufzte fast: »Wie schön sie sind.«

In diesem Moment begriff Aylin, dass er nie zuvor in einem Zoo gewesen war und heute zum ersten Mal einen lebendigen Löwen sah.

6

»Hast du die Zeitung gelesen?«, fragte Cemo am Telefon.

»Ich lese keine Zeitung«, antwortete ich.

»Dann geh jetzt raus und kauf dir eine. Oder schau ins Internet. Ich bin in zehn Minuten bei dir.« Er legte auf.

Ich fuhr sofort den Rechner hoch – welche Nachricht konnte Cemo so aus der Ruhe bringen? Sollte Kreuzberg jetzt doch abgerissen und zu einer Autobahn umgebaut werden? Ein kurzer Blick auf die Schlagzeilen genügte, um Cemos Aufregung zu verstehen. Ich stand auf, packte den Stuhl und warf ihn aufs Bett. Fünfzig Jahre, und Nazis ziehen durch die Republik und erschießen Väter und Söhne derjenigen, die dieses Land mit aufgebaut hatten. Cemo riss die Tür auf, stampfte durch die Wohnung und setzte sich aufs Sofa.

»Ich rufe Hekim«, sagte ich, »er versammelt seine Jungs, dann ziehen wir durch die Straßen.«

»Wir haben schon eine Gedenkveranstaltung angemeldet«, sagte Cemo, »mach das bekannt, wo du kannst«, er zeigte auf meinen Computer, »je mehr Leute kommen, desto besser.«

Ich hängte mir ein Megafon um den Hals und lief auf die Straße: »Achtung, Achtung, dies ist keine Übung! Steht auf, lasst den Fernseher laufen, lasst den Herd an, er soll Feuer fangen. Klopft bei den Nachbarn, sagt allen Bescheid, sagt: Der Marsch hat begonnen, draußen stehen hunderttausend, morgen sind es eine Million. Wir setzen uns vor den Bundestag, wir setzen uns vor die Landtage, vor jedes Amt in diesem Land, vor die Theater und Schulen, wir sind viele. Die Beamten, die Politiker, die Lehrer, die Schauspieler verlassen ihre Tempel, Richter haben ihre Roben über den Arm gehängt und setzen sich zu uns. Auf dem Pariser Platz eine Menschenmenge – das hat die Nation noch nicht erlebt. Die Videos unseres Aufstands ziehen um die

Welt, überall solidarisieren sich Protestierende mit uns, in der İstiklâl, auf dem Tahrirplatz, in Rio de Janeiro, in Moskau, in Accra und Manila stehen sie auf den Straßen und schicken uns Videobotschaften. Sagt allen Bescheid, in jeder Stadt, in jeder Straße kommen Menschen zusammen und fordern Aufklärung. Und sprechen ihr Beileid aus. Und meinen es so. An den Grenzen Europas werden die Zäune aufgerissen. Bürger stellen sich gegen die Grenzbeamten: mit Golf- und Tennisschlägern, mit Ikea-Stehlampen gegen Flinten und Panzer. Politiker werden ihrer Ämter enthoben, Geheimdienste lösen sich auf. Einfache Bürger, Bäcker und Schuster, Büroangestellte, Beamte, Kassierer und Ingenieure, Bauarbeiter, Schaffner gehen auf Nazijagd, sagen: Nie wieder, nie wieder werden Migranten in diesem Land, in dieser Stadt, in dieser Straße niedergeschossen. Sagt allen Bescheid, ruft es aus, jeder soll es wissen, Deutschland ist jetzt ein anderes Land. Auf den Straßen fallen sich Leute in die Arme, sagen: Was war los mit mir, warum hab ich dich nicht gesehen all die Jahre? Dies ist jetzt ein Land voller Bürger, die aufstehen, wenn einer ihrer Mitmenschen angegriffen wird, die, wenn ihr Staat versagt, Einspruch erheben. Die, wenn ihr Staat tötet, sich selber vor die Gewehre werfen. Kommt mit, stellt euch auf das Brandenburger Tor, ihr werdet sehen von der Siegessäule bis zum Alexanderplatz, alle Straßen sind voll, voll mit Menschen, die nicht akzeptieren.«

Ich schloss die Augen, ich spürte die Wut der Massen, den Jubel der Massen um mich herum und hob die Fäuste in die Luft. Dann öffnete ich die Augen wieder:

Auf dem Pariser Platz standen höchstens dreihundert Leute. Das war's. Wir legten unsere Rosen vor dem Brandenburger Tor neben die Bilder und Namen der Ermordeten.

Die meisten waren schwarz gekleidet wie zu einer Beerdigung, auch Cemo trug eine Sonnenbrille. Einige Leute weinten und schnäuzten sich. Ein Wind wehte über den Platz, eine Frau hielt ihren Hut fest. Touristen kamen und fotografierten das Brandenburger Tor und das Adlon. Ich stand zusammen mit Cemo etwas außerhalb des Kreises. Ein Mann lief mit seinem Sohn an der Hand an uns vorbei. Ich hörte den Jungen seinen Vater fragen: »Was machen die da, Papa?«

»Da wurden wohl ein paar Türken erschossen«, sagte er.

Ich konnte nicht anders, ich rief ihm hinterher: »Ey.«

Der Mann lief weiter, der Junge schaute zu mir.

Ich holte sie ein und stellte mich vor sie. »Wir wollten Türken erschießen, aber haben Menschen getötet, wie?«, sagte ich.

Der Mann schaute mich an, als wäre ich irre.

»Erzählen Sie Ihrem Kind lieber die ganze Geschichte«, sagte ich.

Da spürte ich einen Arm, der sich um meine Schulter legte. »Komm«, sagte Cemo, »Elyas, komm mein Junge«, und zog mich weg.

Mutter wollte nichts von all dem wissen. »Ich hab Lamm gemacht«, sagte sie, »im Ofen.«

»Ich hab dich gefragt, ob du die Zeitung gelesen hast.«

»Ja, hab ich«, sagte sie, »schmeckt's dir? Ist's zu zäh geworden? Ich hab mir so eine Mühe …«

»Jetzt hör doch mal auf mit dem blöden Lamm.«

Schweigend schnitt sie ein Stück, das sie mit der Gabel auf den Teller drückte.

Nach dem Essen schaute sie eine türkische Soap im Fernsehen. Ich holte den Teekessel aus der Küche und schenkte ihr ein. Ich legte mich aufs Sofa, atmete den Duft des Tees ein und lauschte den türkischen Stimmen, ohne hinzusehen, ohne darauf zu achten, was sie sagten.

7

»Morgen Nachmittag, am Theaterschiff?«

»Fünfzehn Uhr.«

Ich wartete zehn Minuten, dann ging ich an Bord. Ich schaute auf das grüne Wasser des Kanals. Wie es wohl wäre, wenn ganz Berlin unter Wasser läge?

Alles lautlos und langsam und getragen vom Wasser.

Die Zeit verrinnt gebremst.

Menschen benutzen nicht mehr die Treppenhäuser, sondern schwimmen zu ihren Wohnungen. Nichts geht zu Bruch: Über den Straßen schwimmende Möbel und Bücher werden morsch und verschwinden.

Ein Fisch schnappte an der Oberfläche. Ich stieg hinab zum Bühnenraum, setzte mich auf den letzten Stuhl in der letzten Reihe und tauchte in die Dunkelheit ein. Plötzlich glitt ein Lichtfleck über die Wände.

Ich verfolgte ihn mit dem Flashlight meines Handys, aber er floh so lange, bis beide stehen blieben und wir die Rollen tauschten. Nun wurde ich verfolgt, schneller und immer schneller. Schließlich bewegten sich die Lichter so schnell, dass Sternschnuppen fielen, in einem schwarzen Raum, unter Wasser, unter dieser Stadt.

Ein Stuhl rückte. Schritte, erst hell und hart, dann dumpf und weich, wie das Klopfen auf einem Hohlraum. Aylin musste auf die Bühne gestiegen sein. Ich folgte ihr und setze mich auf den Bühnenrand. Nur ihr Atem verriet mir, dass sie ganz nah war.

»Warst du hier schon mal bei einer Aufführung?«, fragte sie.

Ihre Stimme war hell, aber nicht dünn, angenehm heiser manchmal.

»Nein«, sagte ich, »als es hier noch Aufführungen gab, suchte ich im Sandkasten meines Kindergartens nach dem großen Schatz.«

»Und gefunden?«

»Würmer«, sagte ich, »wenn du lang genug gräbst, sind da Würmer. Wonach suchst du?«

»Schlaf.«

»Den schenkst du deinen Patienten.«

»Ich mag's, die letzte Person zu sein, die ein Patient sieht, wenn ihm das Bewusstsein entgleitet. Wenn er einschläft, bevor die Operation beginnt. Die Menschen haben Angst vor der Narkose und vor der Operation. Ich versuche, ihnen diese Angst zumindest ein wenig zu nehmen.«

»Und klappt es?«

»Ich sage, dass ihnen das beste Ärzteteam des Landes zur Verfügung steht«, sagte Aylin, »außerdem berühre ich sie. Ich fasse ihre Schulter an oder ihren Kopf, das macht es für sie leichter.«

Obwohl sich meine Augen etwas an die Dunkelheit gewöhnt hatten, konnte ich ihren Gesichtsausdruck nicht ausmachen. Ich stellte mir ihr Gesicht vor, die Kontur ihres Profils: ihre Stirn, ihre gerade Nase, ihre Lippen – die obere etwas voller als die untere –, ihr rundes Kinn und schließlich die weichen Haarsträhnen, die alles einrahmten. Ich rückte ein Stück näher zu ihr, spürte die Wärme, die ihr Körper ausstrahlte, und setzte meine Hand neben ihre. Sie hob den Kopf und drehte sich zu mir. Jetzt konnte ich ihr Gesicht erkennen: die Mandelform ihrer Lider und das schimmernde Weiß ihrer Augen.

»Ich habe die Zeitung weggeschmissen, bevor Babosch sie lesen konnte«, sagte Aylin.

»Meinst du, er hat nichts mitbekommen?«, fragte ich.

»Natürlich hat er das mitbekommen«, sagte Aylin. »Und dann hat er gleich eine seiner Naturdokus eingelegt.«

Wir stiegen vom Schiff, draußen drohte der Himmel dunkelblau. Über einigen Teilen der Stadt regnete es bereits. Aylin verschränkte die Arme gegen den Wind, der ihre Haare zurückwehte. Eine Plastiktüte stieg auf und wurde mit uns durch den Nachmittag getrieben.

»Komm zu uns zum Abendessen«, sagte sie später, »Babosch freut sich.«

Bevor ich antworten konnte, fügte sie hinzu: »In einer Stunde bei mir«, und bog in ihre Straße ein. Ich wartete, bis sie aufschloss und im Haus verschwand, danach suchte ich den nächsten Supermarkt. Ich kaufte Crème brûlée und nahm Umwege zurück zu Aylin, damit die Zeit verging. Eine Taube flog von Baum zu Baum und begleitete mich so fast den ganzen Weg. Vielleicht war es der General.

Das Wohnzimmer war immer noch unordentlich, aber nicht mehr so wie beim letzten Mal. Die Kleider waren in einer Ecke zu einem Haufen zusammengelegt, Sofa und Sessel waren frei. Auf dem Tisch häufte sich allerdings nach wie vor Papierkram, und der Bildschirm des Fernsehers verschwand unter einer Staubschicht. Draußen, auf dem Balkon, saß in Decken und Schals gehüllt Aylins Vater, auf dem Kopf eine Ballonmütze. Ich sagte Guten Abend und setzte mich auf den freien Stuhl. Der Vater schaute auf den Hof, zu den kargen Bäumen, den Schornsteinen und Fernsehantennen und immer wieder ins Leere.

»Es ist schön hier«, sagte ich, »schön ruhig.«

»Du bist ein Freund von Aylin?«

»Wir haben uns auf der Jubiläumsfeier kennengelernt«, sagte ich.

»Bist du auch Arzt?«

»Nein.«

»Was bist du dann?«

»Ich mache Internetseiten«, und dann, wie zu meiner Entschuldigung: »Aber ich habe mal Jura studiert.«

»Gut«, antwortete er, als hätte er die Entschuldigung angenommen.

Nach einer Weile fügte er hinzu: »Mach doch mal was Schönes mit Aylin. Sie arbeitet zu viel, und dann ist sie immer hier. Das ist nicht gut. Ich komme zurecht. Ich bin schon zurechtgekommen, da gab's euch gar nicht. Da wart ihr noch nicht mal geplant. Sofern ihr jemals geplant wart.«

Aylin stand an der Tür: »Worüber redet ihr?«

»Über Tiere«, sagte der Vater.

Aylin verdrehte die Augen und ging wieder hinein.

Er grinste mich an, sein Gesicht war schmal.

Aylin hatte Bohnen mit Olivenöl zubereitet. Wir setzten uns an den Küchentisch.

»Elyas isst heute mit uns«, sagte Aylin.

Ihr Vater kommentierte das nicht. Erst als wir mit dem Besteck auf den Tellern klirrten, merkte er an: »Elyas mag auch Affen.«

»Ich mag aber auch Schildkröten«, sagte ich.

»Die sind sehr still«, sagte der Vater.

»Sie haben eine schwere Jugend, in der sie Gefahren vollkommen ausgesetzt sind. Sie müssen es erst einmal schaffen, vom Strand ins Wasser zu kommen. Auf dem Weg sind sie freie Beute«, verteidigte ich die Schildkröten.

Der Vater nickte: »Außerdem haben sie Panzer.«

»Häuser«, sagte ich, »die sie immer mit sich tragen. Das macht sie unsentimental, weil sie keine Heimatgefühle entwickeln.«

»Schnecken haben Häuser«, sagte der Vater, »Schildkröten haben Panzer.«

»Aber sie können nicht schießen. Das sind nur gepanzerte Häuschen.«

Das ließ der Vater etwas missmutig gelten und sagte schließlich zu Aylin: »Elyas kommt morgen mit in den Zoo.«

»Dann können wir ja gleich danach zum Standesamt gehen«, sagte Aylin.

»Können wir machen«, sagte der Vater und dann zu mir: »Was denkst du über das Heiraten?«

»Jetzt im Allgemeinen?«

»Im Speziellen.«

»Also ich denke, dass die Ehe eine bürgerliche Institution ist.«

Der Vater zu Aylin: »Was redet der?«

»Der findet Heiraten super«, sagte Aylin.

»Gut«, sagte der Vater, »dann musst du nur Aylin überzeugen. Aber ich würde mir da keine zu großen Hoffnungen machen. Die ist ein Dickkopf.«

8

Im Zoo waren viele Touristen unterwegs, die Spanisch, Französisch oder amerikanisches Englisch sprachen. Einige Eltern waren mit Kleinkindern gekommen, die sie in Karren aus Holz hinter sich her zogen. Verliebte Jugendliche: Mädchen, die erst seit Kurzem übten, auf hohen Schuhen zu gehen, Jungs, die sich lässig bewegten und versuchten, stark neben ihnen auszusehen. Kinder mit Ferngläsern aus Plastik, Väter in Freizeitkleidung mit Baseballcaps, alte Frauen, die schlafende Eisbären betrachteten.

Wir blieben vor einer Kreatur stehen, von deren Existenz ich bis zu diesem Zeitpunkt nichts gewusst hatte. Sie war etwa so groß wie eine Dogge, hatte – vor allem am Schwanz – wuscheliges schwarzes Fell, einen schmalen Kopf mit einer langen Schnauze, die aussah wie der Lauf eines Spielzeuggewehrs.

»Schön, nicht wahr?«, sagte Aylins Vater, der eine gewisse Ähnlichkeit mit dieser Kreatur hatte: die gleiche gerade, lange Nase und ein ähnliches schmales Gesicht.

»Ja«, sagte ich, »sehr liebenswürdig.«

Auf dem Informationsschild stand, dass der Bürgermeister Pate des Ameisenbärs war, was mich etwas ärgerte. Wir liefen vorbei an der Voliere mit den Papageien, vorbei an Pinguinen und Kängurus. Ein Jaguar tigerte in seinem Zwinger nervös hin und her. Ich hatte Jaguare größer und filigraner in Erinnerung, der hier hatte kurze Beine und den großen Kopf eines Kampfhunds. Er wirkte wie ein Kickboxtrainer in einer heruntergekommenen Gegend. Er lief recht schnell vier Schritte in die eine Richtung, wendete abrupt und lief dann genau vier Schritte in die andere Richtung. Ununterbrochen, immer hin und her.

»Hospitalismus«, sagte Aylin, »ihm ist zu eng. Er dreht durch.«

Im Gorillagehege lehnte ein Affe an einem Baumstamm und schaute uns an. Nicht nur in unsere Richtung, sondern jedem von uns abwechselnd direkt in die Augen. Aylins Vater näherte sich der Umzäunung. Sein Kopf wirkte so schmal unter dem aufgeblähten Stoff seiner Mütze, als würde er sich gleich auflösen: »Das hier ist die älteste Gorillafrau in Europa«, sagte er, »ein französischer Matrose hat sie 1957, im Jahr ihrer Geburt, nach Marseille geschifft und in einer Hafenkneipe zurückgelassen. Zwei Jahre später ist sie im Berliner Zoo gelandet. Sie hat hier Kanzlern und Staatspräsidenten in die Augen gesehen, hier einen Sohn in den Siebzigern und eine Enkeltochter in den Achtzigern bekommen. Seit Gigi tot ist, lebt sie allein.«

Die Gorillafrau kaute an einem Ast. Dann richtete sie sich auf und kam auf uns zu. Aylins Vater streckte ihr die Hand entgegen, sie schaute ihn einige Sekunden an, lief dann auf die andere Seite des Geheges, wo keine Menschen sie störten, und wendete uns ihren Rücken zu. Der Vater ließ den ausgestreckten Arm sinken und machte den Mund wieder zu, der vor Begeisterung offen stand.

Später begleitete ich Aylin und ihren Vater nach Hause. Der Vater war erschöpft von unserem Ausflug und zog sich gleich zurück in sein Zimmer. Aylin und ich setzten uns in die Küche.

»Ich fliege in die Türkei«, sagte Aylin.

»Wann?«, fragte ich aufgeregter, als ich es sein wollte.

»Bald.«

»Wie lange?«

»Das weiß ich noch nicht.«

Sie sagte, dass sich der Zustand ihres Vaters jetzt etwas stabilisiert habe. Wenn er auf die richtige Dosierung seiner Medikamente achte, ginge es schon, und sie könne in die Türkei reisen. Sie habe ihre Mutter lange nicht mehr gesehen.

»Wie lange ist dein Vater schon krank?«, fragte ich, und Aylin erzählte mir, wie sie zum ersten Mal feststellte, dass es ihrem Vater nicht gut ging. Sie hatte damals gerade im Krankenhaus angefangen:

Sie hatte vor der Wohnungstür ihres Vaters gesessen. Im kühlen Treppenhaus schien ihr jeder Klang – das Schlagen einer Autotür, das Rufen eines Namens – von sehr weit her zu kommen. Die Eingangstür unten fiel zu. Sie hörte Schritte. Ihr Vater blieb außer Atem vor ihr stehen, unrasiert.

»Wo warst du?«, fragte Aylin, »wir waren vor einer halben Stunde verabredet.«

Ihr fiel auf, wie blass er war.

»Bist du krank?«

»Ach was.« Er versuchte zu lachen, aber dafür reichte die Luft seiner Lungen nicht, es klang mehr nach einem Krächzen. »Bin eben nicht mehr der Jüngste«, sagte er.

»Du musst besser auf dich achtgeben«, sagte Aylin.

»Kind, ich bin etwas erkältet, jetzt mach keine Mücke aus einem Elefanten.«

»Es heißt: Elefanten aus einer Mücke.«

»Ich mag Elefanten aber lieber als Mücken.«

Ab jetzt schaute Aylin nach der Arbeit immer häufiger nach ihrem Vater. Er ermüdete schnell. Manchmal schlief er vor der *Tagesschau* ein, und Aylin deckte ihn mit seinem alten karierten Plaid zu. Wenn er noch wach war, legte sie eine der Naturdokus in den DVD-

Player, den sie bestellt hatte, damit Vater Filme über Affen, Leoparden und Elefanten schauen konnte. Er setzte sich aufrecht auf die Kante des Sessels und sah mit weit geöffneten Augen auf den Bildschirm. Aylin fiel ein weiteres Mal auf, wie seine Schultern und sein Kopf nach vorne hingen und wie dünn er geworden war. »Babosch, du musst gerade sitzen«, sagte sie.

Sie suchte einen Tai-Chi-Kurs für ihn heraus, damit er an seiner Körperhaltung arbeitete. Außerdem wollte sie ihn unter Menschen bringen, da er sich seit einiger Zeit tatsächlich nur noch unter Affen und Löwen aufhielt. Auf dem Weg zum Kurs erzählte ihr Vater, dass er früher eine starke Faust gehabt habe. Wenn ihm jemand krumm gekommen sei in der Fabrik, habe er sie nur zu heben brauchen, um sich Respekt bei denjenigen zu verschaffen, die ihn provoziert hatten. Er brauche keine Kampfkunst. Hier gehe es um Körperhaltung und Seelenfrieden, entgegnete Aylin. Sie traten aus den Umkleideräumen und standen einander gegenüber. Ihr Vater hatte sich eine schwarze Krawatte zum Kung-Fu-Gurt um den Bund der Jogginghose gebunden. Die Sitzung begann mit einem Gongschlag. Anweisungen zur Entspannung wurden gegeben. Außer Vater und Aylin standen im Trainingsraum ausschließlich Frauen, die alle zwischen fünfzig und siebzig Jahre alt waren und farbige Leggins mit unterschiedlichen Mustern trugen. Aylin bemerkte, wie ihr Vater sie in der Spiegelfront des Trainingssaals verzweifelt ansah, während er die Hände vor der Brust hob und senkte. Nach den ersten zwei Übungen bekam er einen Hustenanfall und verließ den Saal. Aylin lief hinterher.

»Es ist nichts«, sagte er.

Eine Zeit lang, Aylin war noch Assistenzärztin, hatte sie Ärger mit ihrem Oberarzt, der sie in schwierigen Situationen, auch zum Schaden der Patienten, hängen ließ. Einmal veränderte er ohne Absprache die Medikation einer von Aylins Patientinnen. Da Aylin nichts davon wusste, spritzte sie ihr ein Beruhigungsmittel, das sich nicht mit den neuen Medikamenten vertrug, woraufhin die Patientin auf die Notfallstation verlegt werden musste. Aylin lief außer sich und völlig aufgelöst nach Hause. Der Vater zog sie zum Sofa. Aylin erzählte und erzählte. Alles, was vorgefallen, was ihr gesagt worden war. Sie schrie, dass der Oberarzt das alles tat, weil sie eine Frau war, weil sie Türkin war. Vaters Rücken rundete sich mit jedem Wort ein Stück mehr zu einem Buckel, die Hände lagen auf den Schenkeln wie abgeschnittene Flossen eines toten Fisches. Er schaute mal zu ihr, mal in seine offenen Hände.

Als ihr Vater seinen ersten Anfall von Atemnot hatte, war Aylin zum Glück gerade bei ihm in der Wohnung gewesen und konnte dafür sorgen, dass er gleich ins Krankenhaus kam. Sie war sehr bekümmert, als sie sich an jenem Abend vom Krankenhaus zurück auf den Nachhauseweg machte. Das konnte so nicht weitergehen. Was, wenn sie nicht dagewesen wäre?

Sie nahm einen kleinen Umweg zu dem Straßenfest, das hier jährlich stattfand und auf dem sie sich als Kind verirrt hatte – sie hoffte, die Wahrsagerin wiederzutreffen. Obwohl etwa zwanzig Jahre vergangen waren, sah die Wahrsagerin noch so aus, wie Aylin sie in Erinnerung hatte. Um die Uhrzeit saßen bereits lauter Betrunkene auf dem Platz. Ein Mann lief mit Tüten voller Flaschen umher und sammelte Leergut ein. Die Alte stand in einem grünen Trainingsanzug vor ihrem Wohnwagen und hantierte mit ihren Blumentöpfen. Sie hatte noch immer goldene Locken.

»Ist es zu spät, um einen Blick in die Zukunft zu werfen?«, fragte Aylin.

Die Alte hatte sich gerade gebückt, um den letzten Topf aufzuheben.

»Kommt auf die Bezahlung an«, sagte sie.

»Kein Problem.«

Drinnen brannten Kerzen. Die beiden Tische mit den Samtdecken standen noch genauso wie in Aylins Erinnerung. Nur die Tochter hatte bereits Feierabend oder war keine Wahrsagerin mehr. Die Alte setzte sich, öffnete die Trainingsjacke ein Stück und zündete sich eine Zigarette an. Aylin nahm am Tisch Platz und legte die Hand auf die Decke. Die Wahrsagerin ließ die Zigarette mit glühender Spitze im Mundwinkel und kratzte mit langen, grünen Nägeln auf Aylins weicher Haut.

»Probleme mit dem Amt?«

»Nein.«

»Geld?«

»Ich komme zurecht. Wo ist Ihre Tochter?«, fragte Aylin.

Die Alte sah auf den leeren Platz neben ihr. »Hat geheiratet, lebt jetzt in Kalifornien.«

Sie hielt immer noch Aylins Hand, schaute erneut hinein. Dann sagte sie: »Kümmer dich um deine Eltern.«

Kurz darauf zog sie in die Wohnung ihres Vaters. Als sie dort die Tür zu einem Zimmer öffnete, das sie immer für einen Abstellraum gehalten hatte, fand sie dort überall Hunderte akribisch nebeneinander geordnete daumengroße Drahtmenschen in allen Farben. An viele Figuren erinnerte sich Aylin. Sie nahm einen der Drahtmenschen in die Hand – er hatte die Beine übergeschlagen und die Hände gehoben. Sie hatte sich immer gefreut, wenn Vater nach der Arbeit eine lackierte Drahtspule aus der Tasche gezogen und sie vor ihren Augen zum Leben erweckt hatte.

Aylin hörte auf zu erzählen, ihr Blick schweifte ab in die Ferne, sie schien mich nicht mehr zu bemerken. Ich betrachtete sie einige Augenblicke dabei, wie sie sich in Gedanken verlor, dann sagte ich: »Ich kann dich zum Flughafen bringen.«

Sie schreckte auf: »Was?«

»Ich bring dich zum Flughafen.«

»Das brauchst du nicht.«

9

Cemo lief im Zimmer auf und ab wie der hospitalisierte Jaguar. Ab und zu stampfte er mit dem Fuß auf den Boden. Dabei hielt er sein Teeglas in der Faust und rührte seit zehn Minuten den Löffel darin um.

»Keiner macht was, keiner sagt was. Den Leuten ist das scheißegal, dass Nazis durchs Land ziehen und morden. Warum sitzt du da so ruhig?«, rief er. »Du hast das damals nicht miterlebt, du warst nicht in der Türkei, du weißt nicht, was es heißt, dass hinter dem Staat ein anderer Staat steckt. Und wie der eine dich verfolgt, während der andere Demokratie verkündet. Glaubst du wirklich«, sagte er, »das waren nur ein paar verblendete Nazis? Glaubst du wirklich, in Deutschland ist es möglich, zehn Jahre lang im Untergrund zu leben? Wer hat diese Leute versteckt? Wer hat ihnen Geld gegeben? Ich war in deinem Alter oder jünger, als meine Freunde in der Türkei verschwunden sind.«

Der Tee tropfte aus Cemos Faust, er musste das Glas zerbrochen haben.

Ich sagte: »Die Kinder der Getöteten sind in meinem Alter und jünger, Cemo, mich betrifft das genauso wie dich.«

Cemo setzte sich aufs Sofa, stützte die Arme auf den Beinen ab. Er betrachtete das zerbrochene Teeglas und das Blut an seinen Händen. Er sagte: »Hast du auch so einen schrecklichen Hunger?«

Ich holte ein Handtuch, wischte vorsichtig seine Hände sauber, suchte sie nach Scherben ab und setzte mich zu ihm.

Ich sagte: »Hast du Lust auf ein Grillhuhn?«

Wir liefen ins Hühnerhaus. Ich kaufte zwei halbe Hähnchen mit Salat und brachte sie zur Bierbank, auf der Cemo wartete. Er betrachtete die Menschen, die am Pavillon vorbeiliefen: Eine Frau zog mit zügigen Schritten einen Dackel an der Leine, aus der entgegengesetzten Richtung kam ein Typ auf einem Fahrrad, das Telefon zwischen Kopf und Schulter geklemmt. Ein Pärchen. Eine Gruppe von Jugendlichen. »Schau dir diese Leute an, wie sie kommen und gehen. Als wäre nichts gewesen«, sagte Cemo. »Sie gehen weiter zur Arbeit, spazieren in den Park, gehen Gassi mit dem Hündchen.«

Es stimmte, auch mir kam das manchmal so absurd vor. Nichts, aber auch gar nichts konnte so erschütternd sein, dass der Alltag der Menschen für einen Moment stillstand. Es ging immer weiter. Das konnte ein Trost sein. Oder ein Albtraum. Ich betrachtete Cemo beim Betrachten: Die Augen, die sonst auf alles eine Antwort zu wissen schienen, waren voller Unverständnis.

»Was ist mit Hatice?«, fragte ich ihn.

Zwei

1

Wenn ich Cemo besuchte, nahm ich hin und wieder einen Umweg, um an Aylins Wohnung vorbeizukommen. Aber ich blieb fast nie stehen oder schaute hinauf in den dritten Stock. Ich lief einfach weiter, als wäre es mein Weg.

»Ey, warte mal«, hörte ich Aylin einmal hinter mir.

»Was? Du bist hier?«

»Du bist hier?«

»Ich dachte, du bist in der Türkei.«

»Bin ich auch. Warum läufst du also durch meine Straße?«

»Ein Kumpel von mir wollte sich einen Bonsaibaum in die linke Herzkammer operieren lassen. Ich suche nach einer Anästhesistin, die Händchen hält.«

»Ist das der, der sich die Augenbraue entfernen lassen wollte?«

»Du meinst, der sie sich entfernt hat! Ja.«

»Bonsai soll gut fürs Atmen sein.«

»Besser als Lungen.«

»Der Sauerstoff geht direkt ins Blut.«

Ein anderes Mal meinte ich Aylin traurig sagen hören: »Schau nur, Babosch hat sich wieder überschätzt.«

Tatsächlich. An der Haustür stand Aylins Vater und schaute hilflos ins Leere.

»Alles in Ordnung, Onkel?«, fragte ich.

Er sah durch mich hindurch so wie damals durch seine Tochter. Ich zog die Hausschlüssel aus der Tasche seines Jacketts, schloss mit der einen Hand die Tür auf und hielt ihn mit der anderen am Arm fest. Wir stiegen Stufe für Stufe die Treppen hinauf. Ich wollte ihn in sein Zimmer bringen, aber er ging in die Küche.

»Wasser!«

Ich stellte ihm ein Glas hin.

»Brot!«

Ich schnitt ihm zwei Scheiben Brot auf ein Brett und setzte mich zu ihm an den Küchentisch. Er trank das Glas leer und schob es mir entgegen. Ich füllte es auf. Er aß schweigend, kaute, erst mit geschlossenen Augen, dann aus dem Fenster starrend. Wir sagten eine Weile nichts, und ich schaute ihm beim Kauen zu – bei jedem Bissen wölbte sich eine Stelle vor seinem linken Ohr nach außen und glättete sich dann wieder.

»Geht es Ihnen besser?«, fragte ich, »brauchen Sie etwas? Ich kann einkaufen.«

»Das kommt und geht«, sagte er.

Nach einer Pause: »Wie alles kommt und geht.«

»Ich mache uns einen Tee«, sagte ich.

»Bring ihn auf den Balkon.«

Er hüllte sich draußen in Decken. Ich kochte schwarzen Tee, und dann schauten wir draußen zu den Kindern, die auf dem Hinterhof spielten – ein Mädchen, das zehn oder elf Jahre alt war, hielt ein Baby im Arm, zwei kleine Jungs machten Trittübungen, wie sie sie aus Kung-Fu-Filmen kannten.

»Als ich in deinem Alter war«, sagte er, »da hätte ich dich mit einem Schlag umgehauen.«

»Was hab ich gemacht?«

»Ich war ein starker Mann. Auch wenn man das jetzt nicht mehr sieht.«

Er war tatsächlich sehr klein und so dünn, als hätte man ein paar Kaninchenknochen lose mit Fäden zusammengebunden und etwas Haut darübergeworfen.

»Wegen einer Wassermelone«, sagte er, »musste ich mein Dorf verlassen.«

Er schüttelte den Kopf und fügte hinzu: »Verlassen! Hörst du, was ich sage? Begreifst du dieses Wort: ›verlassen‹?«

Er griff in die Hosentasche und legte drei flache Kiesel neben unsere Teegläser auf den Tisch: In einem Fischerdorf im Nordosten der Türkei hatte er gelernt, mit flachen Steinen gegen die Unruhe des Schwarzen Meeres anzukämpfen. Er hatte den gesamten Strand abgesucht und war wählerisch gewesen für sein Arsenal. Hatte immer eine Handvoll Steine mit sich geführt und sie, wenn er allein am Meer stand, gegen die Wellen geworfen. Dabei hatte er sich vorgestellt, dass er es war, der sie brach.

»In dieser Stadt gibt es kein Meer«, sagte Aylins Vater, legte sich den kleinsten Kiesel in den Mund und lutschte ihn, als wäre es ein Bonbon. »Wegen einer gottverdammten Wassermelone habe ich meine Heimat verlassen und bin nach Istanbul gezogen.«

Ich wartete darauf, dass er mir erzählte, was es mit dieser Wassermelone auf sich gehabt hatte, aber er schwieg.

»Was ist passiert?«, fragte ich schließlich.

»Was?«

»Mit der Wassermelone.«

»Ach, frag lieber nicht.«

»Aber warum mussten Sie denn Ihr Heimatdorf verlassen?«

»Hab ich doch schon gesagt: wegen einer Wassermelone.«

Dann fing er an zu erzählen: An jenem Tag seien die Melonen rar gewesen auf dem Markt, und Aylins Vater hatte nach der letzten auf dem Tresen des Obstverkäufers gegriffen. Dabei hatte er übersehen, dass sein Cousin neben ihm gestanden hatte, für dessen Hochzeit das Dorf gerade alle Vorkehrungen traf. Auf dieser Hochzeit nun hatte es also keine Wassermelonen gegeben, weil Yakub, der Sohn des Yefa, seinem Cousin die letzte vor der Nase weggeschnappt hatte – so erzählte es bald das ganze Dorf. Sogar seine Eltern beschuldigten ihn und warfen ihm vor, seine Ausrede sei schlimmer als die Tat: Wie habe er seinen eigenen Cousin nicht bemerken können? Eine solche Ignoranz habe weder die Familie noch dieses Dorf je erlebt. Denn es galt als oberstes Prinzip: »Du sollst die Alten ehren und die Jungen beschützen.« Der Cousin hatte ihn und seine Eltern von der Hochzeit ausgeladen, was bedeutete, dass das Band zwischen den beiden Familien für immer durchgeschnitten war. Im Dorf begann ein Gerede, einige behaupteten, Yakub Yefa habe die Wassermelone seinem Cousin weggeschnappt, weil er ein Auge auf die Braut geworfen hätte und ihr Glück schmähte. Andere säten sogar das Gerücht, dass die beiden eine Affäre gehabt hätten. Eines Abends war auf Aylins Vater, der gerade bei einem Süßwarenbäcker saß, geschossen worden. Da wusste er, dass er gehen musste. So war er als Siebzehnjähriger mit Steinen statt mit Geldscheinen in der Tasche nach Istanbul gegangen und einige Jahre später nach Berlin.

»Das mit den Steinen stimmt«, sagte Aylins Vater.

»Seit wann leben Sie hier?«, fragte ich ihn.

»1965.«

»Seit fast fünfzig Jahren.«

»Nicht schlecht! Du hattest wahrscheinlich eine Eins in Mathematik?«

»Ich bin nur überrascht.«

»Es gibt keinen Grund, überrascht zu sein. Wir waren vierzehn. In Aylins Zimmer haben vier gewohnt, in den anderen beiden Zimmern jeweils fünf. Die mussten alle gehen, als ich geheiratet habe. Meine Frau hatte sich Deutschland nämlich anders vorgestellt: dass dort jeder vierzehn Wohnungen besitzt und nicht umgekehrt jede Wohnung vierzehn Bewohner hat.«

»Und Sie?«

»Was ich?«

»Was hatten Sie sich vorgestellt?«

»Ich hab mir nichts vorgestellt«, sagte er, »ich habe gearbeitet. Eigentlich wollte ich nur zwei Jahre hierbleiben und dann zurückkehren zu meiner ersten Braut. Die hat mir im zweiten Jahr jedoch per Brief verkündet, dass ihr Herz nicht mehr mir, sondern dem Sohn des Obsthändlers in ihrem Dorf gehöre. Ich habe Monate danach keine Früchte mehr gegessen.«

Er war also in Berlin geblieben. Jahre später hatte er Aylins Mutter bei einem Besuch in Istanbul kennengelernt, und sie hatte unbedingt mit ihm nach Deutschland kommen wollen. Sie versprach sich dort ein besseres Leben – schließlich trug Yakub Yefa zu dieser Zeit stets modische Anzüge und eine wertvolle Uhr. An ihrem ersten Tag in Berlin war sie dann auf die dreizehn Mitbewohner in gerippten Unterhemden, aus denen das dichte Brusthaar wucherte, gestoßen, die ihr zur Begrüßung die Rakigläser entgegenhielten. Als Antwort schloss sich Aylins Mutter im Bad ein und weinte stundenlang. Danach sagte sie den Mitbewohnern freundlich »Hallo«, trank einen Raki mit ihnen und warf sie anschließend mit Getöse aus der Wohnung. Spätestens da war Yakub klar: Das war seine Braut.

»Magst du Eier?«, fragte er mich. Er sah noch genauso elend aus wie zuvor, und ich hatte keine Ahnung, wie er sich auf den Beinen hielt. Aber ich nickte. Wir gingen in die Küche, und er briet uns Spiegeleier mit Bohnen und Sucuk.

»Als wir hier zu vierzehnt lebten, war das an Sonntagen unser Festmahl«, sagte er, »da hat eine ganze

Armee von Hühnern Eier für uns gelegt. An den anderen Wochentagen gab es jahrein, jahraus nur Suppe.«

Er legte einen Lappen auf den Küchentisch, stellte die Pfanne darauf und drückte mir einen Löffel in die Hand. »Ich habe erst angefangen, mir Deutschland vorzustellen«, fuhr er fort, »als Aylin auf die Welt kam und in dieser Wohnung sitzen, krabbeln und laufen lernte. Da habe ich begonnen, Parteiprogramme zu lesen und Wahlen zu verfolgen, obwohl ich selber kein Wahlrecht habe. Erst durch Aylin habe ich die Wettervorhersage der *Tagesschau* zu schätzen gelernt: Wird das Kind frieren, wird es schwitzen? Mit Aylin habe ich die Parks und Anlagen dieser Stadt entdeckt. Das Grünflächenamt verstanden und in seinen Broschüren den Zustand der Bäume studiert. Das deutsche Schulsystem analysiert. Die Müllabfuhr gelobt. Die *Sendung mit der Maus* aufgezeichnet. Die Existenz antiautoritärer Erziehung anerkannt, wenn auch nicht gutgeheißen. Hunde- und Katzenliebe in gesundem Maße zugelassen. Durch Aylin habe ich über das Leben nachgedacht, über das Leben in Deutschland und über das Leben überhaupt. Durch sie habe ich mich noch einmal anders und tiefer in Aylins Mutter verliebt. Aber Liebe beruht eben nicht auf Gegenseitigkeit, so wie nie irgendetwas auf Gegenseitigkeit beruht. Deshalb hat Aylin ab dem zwölften Lebensjahr bei ihrer Mutter gewohnt, und ich, gottvergessen, lebe seitdem allein in dieser Wohnung. Aber ich habe Gedichte geschrieben.«

»Gedichte?«

»Ja, ich habe sie in kleinen Bändchen im Selbstverlag veröffentlicht und auf den Terrassen türkischer Ruhe- und Erholungsanlagen am Mittelmeer verkauft. Nach Backgammonturnieren zum Beispiel.«

»Kann ich mal sehen?«

»Was?«

»So einen Gedichtband.«

»Hab ich alles verkauft oder verschenkt.«

»Aber Sie können doch bestimmt noch eines auswendig.«

Er sah mich einen Moment mit strengen Augen unter dem Schirm seiner Mütze an. »Was willst du damit?«, sagte er.

»Ich habe auch mal ein Gedicht geschrieben«, sagte ich, »ich habe sogar einen Wettbewerb gewonnen damit.«

»Unsinn!«, rief Aylins Vater, »Gedichte lassen sich nicht miteinander messen.«

Nach einer Weile sagte er: »Meine Bücher haben sich immer ganz gut verkauft. Und ich habe mich gefreut zu sehen, wie die Leute sie tagelang mit an den Strand genommen haben.«

»Mein Gedicht hat auch ganz schön Applaus bekommen.«

Er warf die Pfanne ins Spülbecken, nahm ein Stück Brot in die Hand und ging in Richtung Balkon.

»Ist ja gut«, sagte er, »du Poet.«

Auf dem Balkon riss er Stücke vom Brot, legte sie ins Vogelhäuschen und beobachtete den Spatz, der sofort herbeiflog, um danach zu picken. Dann drehte er sich zu mir, lächelte und winkte mich zu sich. Und so standen wir eine Weile und schauten dem Vogel gemeinsam zu.

2

Liebe Aylin,

es ist spät in der Nacht.

Ich hoffe, Du bist gut angekommen in Istanbul und findest dort die Ruhe, die Dir hier gefehlt hat. Wir kleben an Orten wie Eisenspäne an Magneten. Müssen uns nur loslösen. Dann trägt uns der Wind, bis wir irgendwo hängen bleiben. Bis uns jemand für Staub hält, vom Kragen fegt und wir, kaum auf den Boden gefallen, in alle Richtungen der Stadt, vielleicht des Landes oder der Welt getragen werden. Um irgendwo wieder aufzuwehen und irgendwo abermals hängen zu bleiben.

Das wollte ich Dir schreiben.

Liebe Grüße,

gelöscht

Liebe Aylin,

ich war seit Jahren nicht mehr in Istanbul.

Heute aß ich Spiegelei am Tisch Deines Vaters.

Ich habe das Grab meines Vaters auf Google Earth gefunden, aber das zählt nicht.

gelöscht

Liebe Aylin,

ich schreibe jetzt Gedichte.

Meinst Du, ich kann mich mit einem Stapel vollgeschriebener Blätter in Istanbul zu den Taschentuch- und Kaugummiverkäufern stellen und meine Gedichte anbieten?

Okay, das war gelogen.

Vergiss es.

gelöscht

aber Dein Vater hat Gedichte

gelöscht

Liebe Aylin,

auch ich werde in nächster Zeit in die Türkei fliegen. Weil ich Vater besuchen will und weil danach alles anders sein muss. Die Toten nehmen einen Teil unseres Lebens mit ins Grab. Einen Teil davon können wir wiederhaben.

Ich sende Vögel vom Schlachtensee an den Bosporus.

gelöscht

Liebe Aylin,

habe Deinen Vater zufällig getroffen. Wir haben Tee zusammen getrunken.

Google Earth ist für Idioten. Ich fliege auch bald in die Türkei. Melde mich dann.

Ich sende Vögel vom Schlachtensee an den Bosporus.

Gruß,

Elyas

3

Ich holte Cemo zum Joggen ab, um ihn von seinen Gedanken an die Morde abzulenken und von seiner Grübelei über Hatice. Wir joggten im Dunkeln, weil Cemo nicht gesehen werden wollte: Er war der Ansicht, Joggen sei bourgeois und zieme sich nicht für einen Revolutionär.

»Und was ist mit der Guerilla?«, sagte ich. »Glaubst du, die werden mit einem Taxi von Gefecht zu Gefecht gefahren?«

»Die spielen ja auch kein Tennis.«

»Wer weiß«, sagte ich, »ich könnte mir schon vorstellen, dass Che das eine oder andere Mal den Schläger geschwungen hat.«

Onkel Cemal grummelte. Ich kramte seine Trainingssachen raus. Sie waren, wie ich fand, für einen Revolutionär der Arbeiterklasse tatsächlich etwas zu schick – das wollte ich ihm allerdings erst sagen, wenn er aus der Puste und verschwitzt auf dem Boden lag und vortäuschte, Dehnübungen zu machen, in Wirklichkeit jedoch zu Gott betete, dass sein Herz nicht stehen bleiben würde.

Später banden wir Handtücher wie Turbane um die nassen Haare und spielten Schach.

»Ich bin für die Bauern«, sagte ich.

»Du wirst deine Bauern also nicht opfern, wenn es darum geht, dem König den Arsch zu retten?«

»Du kannst einem echt die Laune verderben, Cemo.«

»Mein Junge, es kommt nicht auf den Spieler an, sondern aufs Spiel.«

»Stand das heute in deinem Glückskeks?«

»Es ist nicht wichtig, was der Spieler möchte, was zählt ist, was das Spiel selbst will.«

»Dann ist der König kein Spieler?«, fragte ich.

»Was deinen König angeht, brauchst du dir keine Gedanken mehr zu machen«, sagte er.

Ich war schachmatt.

Gegen zwei Uhr nachts klappte ich zu Hause meinen Laptop auf. Aylin hatte mir geschrieben:

Elyas,

drei Möwen folgten der Fähre, die von Üsküdar nach Ortaköy übersetzte. Ich stand am hinteren Ende des Decks und beobachtete, wie sie mit geöffneten Flügeln durch die Luft glitten. Ein Teejunge mit einem Hängeblech brachte Tee. Ich war auf dem Weg in eine ehemalige Lagerhalle für Tabak, in der ein Künstler seine Arbeiten präsentierte. Er hatte eine Zikade bei ihrer Imaginalhäutung gefilmt und abfotografiert. Eine beschleunigte Videoaufnahme der Häutung: Zuerst durchzieht ein Riss den Körper der flügellosen Zikade. Dann öffnet er sich, ein Buckel tritt hervor, wölbt sich heraus. Die schwarzen Augen verschwinden, ein neuer Kopf, neue Fühler, neue Beine kommen zum Vorschein. Bis sich endlich die vollständige sogenannte Imago samt Flügel aus dem alten Körper zieht. Sie fällt, richtet sich wieder auf, und schließlich stehen sie sich Kopf an Kopf gegenüber, der alte leblose Körper und das neue Tier. Nicht zwei Zikaden – eine einzige, die von ihrer alten Hülle Abschied nimmt. Der letzte Satz im Abspann lautete: »Die Hülle des neuen Tieres härtet nach kurzer Zeit ab und kann bald ihre Schutzfunktion erfüllen. Bis zur vollständigen Abhärtung allerdings ist das Tier schutzlos, es läuft Gefahr, Räubern zum Opfer zu fallen. Es ist ausgesetzt.«

Es scheint für alles eine Zeit zu geben. Was zu einem bestimmten Zeitpunkt so natürlich erscheinen mag, dass wir handeln, ohne nachzudenken, ist zu einem anderen Zeitpunkt unmöglich. Ich bin hierhergekommen, um meine Mutter zu besuchen, aber ich laufe um ihre Wohnung herum und kann mich nicht überwinden.

Wie geht es meinem Vater? Er sagt immer nur, es gehe ihm blendend. Deine Vögel haben mich gefunden und begleitet. Ich schicke Zikaden,

Aylin

Als ich am nächsten Morgen aufwachte, dachte ich als Erstes an das Zirpen der Zikaden in den Sommernächten am Meer. Ich liebte dieses Zirpen seit meiner Kindheit, obwohl ich die Tiere selbst im Gegensatz zur beruhigenden Wirkung ihres Gesangs und zum majestätischen Klang ihres Namens immer hässlich fand. Ich mochte weder die Farbe ihrer Panzer noch ihre schwarzen Facettenaugen – für mich waren sie fliegende Kakerlaken.

Plötzlich wusste ich, was ich tun wollte. Ich fuhr zu Herrn Arslan, setzte mich vor seinen großen Schreibtisch aus Kirschholzimitat und trank Tee.

»Wie geht es dir, mein Junge?«

»Danke, Onkel Arslan.«

»Deiner Mutter?«

»Danke.«

»Deinem Bruder?«

»Ich habe keinen Bruder.«

»Du bist das einzige Kind deiner Mutter? Oy, oy, oy, Doradenhirn, Ochsenhoden, Lämmchenlefze, das *Wertvollste Stück seiner Mutter.*«

Dieses Gespräch führten Herr Arslan und ich bei jeder unserer Begegnungen. Schon in meiner Kindheit, als meine Eltern die Flugtickets in die Türkei bei ihm gebucht hatten, war das Ritual stets das Gleiche gewesen: »Das Einzige?«, fragte er. »Gottlob«, hatte meine Mutter geantwortet. »Oy, oy, oy, Kalbszunge, Kaninchenleber, Hühnchenherz.«

Wie stets erzählte Herr Arslan mir, dass er Unmengen an Geld verloren habe, Millionen, viele, viele Millionen. Seine Schuldner würden nicht zahlen, und er kämpfe gegen die Insolvenz. Aber sein Sohn sei ein tapferer Junge. Der habe jetzt eine Firma in Istanbul gegründet für Motoreinzelteile. Er sei für deutsche Automobilhersteller die Brücke in die Türkei – hier rieb er die beiden Zeigefinger aneinander, was wohl so etwas wie einen Übergang oder eine Brücke symbolisieren sollte – und bald in den gesamten Nahen Osten. Sein Sohn sei eben das Kind seines Vaters. Und auch er werde bald wieder der sein, der er einmal war: Bald werde er alle Geldsorgen vom Tisch fegen wie vergessene Fliegenleichen.

»Möchtest du Land kaufen?«, fragte er mich.

Auch diesen Teil des Monologs hätte ich mitsprechen können: Ich sei auch nicht mehr der Jüngste und müsse meine Zukunft absichern. Ich solle investieren. Eine Wohnung in Berlin kaufen und Grundstücke in Antalya. Er könne mir beides beschaffen. Die Quadratmeterpreise in Berlin-Neukölln lägen gerade bei

1500 Euro. Wer hätte das vor zehn Jahren gedacht, da waren 500 Euro pro Quadratmeter schon eine Zumutung. Aber er, Mahmut Arslan, er habe Kontakte und könne mir nach wie vor eine Wohnung für 500 Euro besorgen, und Antalya sollte ich mir auch durch den Kopf gehen lassen, da erwarte er eine Wertsteigerung von 300 Prozent.

»300 Prozent, Junge, du investierst heute 100 000, und morgen hast du 300 000. Das garantiere ich dir. Vertrau meiner Erfahrung. Falls ich mich irre, soll dieser Kopf hier«, er klopfte sich gegen die Stirn, »zu Kürbissorbet werden.«

»Ich wollte in einen Flug nach Istanbul investieren«, sagte ich.

»Warum machst du das nicht wie alle anderen im Internet?«

»Weiß nicht.«

»Nostalgie?«

Ich packte die Tasche aus kaputtem Kunstleder, die einmal meinem Vater gehört hatte – Unterwäsche, T-Shirts, Notizbuch. Ich räumte die Wohnung auf, den Kühlschrank aus, wischte Staub und putzte die Fenster. Bereits in meiner Kindheit war es so, wenn wir verreisten: Da wurde jedes Mal zuvor die Wohnung gesaugt, das Bad gewischt, die Teppiche geschrubbt und die Betten neu bezogen. Ich hatte meine Eltern damals gefragt, ob wir das machten, damit sich die Geister wohlfühlten, solange wir weg waren. Mutter hatte geantwortet: Jede Rückkehr muss ein Neuanfang sein und darf nicht im Dreck des Gestern enden.

Nachdem ich meine Wohnung fertig geputzt hatte, kaufte ich Mutter einen Kaktus, weil Kakteen Rosen meist überdauern. Ein Maler stand in dem Raum, der einmal das Zimmer meines Vaters gewesen war, und tauchte eine Farbwalze in einen Eimer. Der Bilderrahmen, in dem das Kalenderblatt mit Monets Seerosen gehangen hatte, lehnte ohne Bild an der Flurwand. Die Möbel im Wohnzimmer waren fast alle ausgetauscht.

»Was machst du denn?«, fragte ich, aber Mutter zog nur mein Gesicht zu sich herunter und küsste meine Stirn.

Kurz bevor ich meine Wohnung verließ, schrieb ich Aylin eine Nachricht:

Sei vorsichtig bei der Betrachtung von Zikaden, Du könntest selber eine werden.

Dein Vater war gut drauf, als ich ihn traf, hat ein wenig aus seinem Leben erzählt.

Ich bin Ende der Woche in Cihangir.

4

»In vollkommenen Kapitalmärkten«, sagte der Taxifahrer auf dem Weg nach Tegel, »sind die Präferenzen der Individuen irrelevant für die Investitionsentscheidungen.«

»Entschuldigung?«

»Allein objektive Marktkriterien zählen.«

»Verstehe.«

»Das freut mich.«

»Ich halte mich eher an Carlos.«

»Sehr interessant. Die Frage nach der Entstehung von Wert hat niemand so klar formuliert wie Karl Marx. Die meisten Ökonomen sind ihr ausgewichen.«

»Danke«, sagte ich, »das wusste ich nicht.«

»Wenn Sie mein Vortrag angesprochen hat, können Sie einen Betrag, den Sie für angemessen halten, in die Spardose im Sitz werfen.«

»Ist das von Ihnen?«

»Nein, das ist von Irving Fisher, einem Ökonomen, Anfang 20. Jahrhundert.«

»Das mein ich nicht.«

»Die Vorträge und die Spardose?«

»Ja.«

»Das hat sich mein Chef zusammen mit einer PR-Agentur ausgedacht.«

Später, im Flugzeug, als wir höher und höher flogen, schaute ich aus dem Fenster: Das Grün der Landschaft erschien mir umso intensiver, je weiter wir uns davon entfernten. Manche Dinge, dachte ich, wirken stärker, wenn man sie mit einem Abstand sieht. Dann musste ich an Mutter denken, wie sie allein im Flugzeug gesessen hatte, während Vater im Stauraum lag. Der Gedanke fiel in meinen Magen, und ich wusste nicht, ob es daran oder an den Turbulenzen lag, dass ich mich plötzlich wie betäubt fühlte.

Im Istanbuler Flughafenshuttle fragte eine Frau in gebrochenem Türkisch mit starkem deutschen Akzent den Ticketverkäufer nach einer Straße. Der Typ tat zunächst so, als ob er sie nicht verstünde. Als sie ihre Frage wiederholte, behauptete er einfach, die Adresse nicht zu kennen. In der Reihe neben mir bemerkte ich einen Mann, der die Frau angaffte. Sie war stark geschminkt, hatte blondiertes Haar und künstliche Fingernägel. Seine Augen verurteilten sie, und ich fragte mich, ob es an der Schminke oder am deutschen Akzent lag oder an der Kombination. Ich hätte ihr gerne geholfen, aber weder kannte ich mich hier aus, noch funktionierte mein Internet. Ich sah ihr geglättetes Haar ein paar Reihen vor mir und dachte, wenn auch nur einer dieser Typen sie komisch anquatscht, breche ich ihm alle Knochen. Dabei wirkte sie keineswegs so, als hätte sie meine Hilfe nötig. Im Gegenteil, so wie sie die Blicke ignorierte, die sie verfolgten – manche insgeheim, manche ungeniert offen –, wirkte sie stark. Sie hätte es mit dem ganzen Bus aufnehmen können.

In der Stadt kam ich in einem schäbigen Hotel unter, wo die Angestellten Pagenuniformen trugen, als würden sie im Ritz-Carlton arbeiten. Nur dass die Westen zerknittert und die Kragen speckig waren. Im Zimmer stank es nach kaltem Rauch. Auf der gelben Tapete klebten blutige Mückenleichen. Die Fenster gingen auf einen engen Hinterhof und ließen wenig Licht herein. Das Einzige, was ich durch sie hindurch sehen konnte, waren dreckige Rückseiten von Häusern. Lediglich die Geräusche ließen ahnen, dass ich mich nicht mehr in Berlin befand: Das Horn eines Dampfers erklang, ein Straßenverkäufer schrie auf Türkisch Gemüsesorten: Auberginen, Tomaten.

Ich war gestrandet mitten in einer Stadt, die ich kaum kannte und die so groß war, dass ich in ihr verloren gehen durfte. Mein Hotel befand sich in einer Straße, deren Namen ich vergessen hatte. Ich wusste nicht einmal mehr, auf welcher Etage mein Zimmer lag. Weit weg von allem, unerreichbar, schlief ich ein.

Am nächsten Morgen kramte ich die pinkfarbenen Plüschhausschuhe, die ich im Flughafenshop gekauft hatte, aus der Tasche. Sie hatten die Form von Straußenfüßen mit Krallen aus blauem Plastik und fühlten sich an, als hätte ich mir zwei große Kissen um die Füße geschnallt. Beim Frühstückbüfett stellte ich eben kleine Butter-, Nutella- und Marmeladenplastikpäckchen aufs Tablett, als ein Angestellter auf mich zukam.

»Sie können hier nicht so rumlaufen«, sagte er.

»Sie auch nicht«, antwortete ich und setzte mich an einen Fensterplatz.

Der Typ lief hinter mir her und bestand darauf, dass meine Straußenfüße gegen die Kleiderordnung verstießen.

Ich sah zu ihm auf. »Ja, klar«, sagte ich, zog die Schuhe aus und stellte sie auf den Tisch.

Später traf ich mich in der Nähe der Firüzağa Moschee in Cihangir mit Şahin, einem alten Freund von Onkel Cemal. Auf seinem Tisch: eine Zeitung, ein Glas Tee, kaninchenblutfarben wie bei Cemo, ein Aschenbecher. Sein Haar war grau, aber dicht, er hatte volle Backen, die von einem säuberlich gestutzten Bart bedeckt wurden. Hinter dem Tresen eines Obsthändlers war eine Tür versteckt, die in Şahins Büro führte. Es war lila gestrichen und bestand aus zwei Räumen. In der Ecke des einen befanden sich auf einem Schreibtisch ein riesiger alter Röhrenmonitor und daneben ein rotes Telefon mit großen schwarzen Tasten. Es sah so aus, als hätte Şahin damit eine Standleitung direkt zu Gott.

Im anderen Raum gab es keine Fenster, dafür ein Schlafsofa und eine Klokabine.

»Hier kannst du schlafen. Deine Sachen lassen wir holen«, bestimmte Şahin, »ich habe hier schon Ahmet Kaya versteckt, als er von der Regierung verfolgt wurde. Kurz bevor wir ihn ins Exil nach Paris geschafft haben.« Ahmet Kaya war ein kurdischer Musiker, von dem Onkel Cemal behauptete, dass die meisten Menschen in diesem Land ihn hörten, wenn sie es miteinander trieben.

Wir setzten uns an den Schreibtisch im anderen Zimmer. Şahin kramte eine Flasche Asbach unter dem Tisch hervor. Wir tranken ihn aus den üblichen taillierten Teegläsern.

»Was macht Cemo, dieser Treulose?«, fragte Şahin.

»Der ist etwas deprimiert zur Zeit«, sagte ich.

»Hatice?«

»Ja.«

»Da kann man nichts machen«, sagte er, »wenn Cemos Herz entflammt, ist keine Elefantenblase groß genug, um das Feuer auszupissen.«

Er schenkte uns Asbach nach.

»Musstest du das Land damals nicht verlassen – so wie Cemo?«

»Ich bin nach Schweden. Aber ich hatte Glück. Kannte einen Typen vom Militär.«

»Vom Militär?«

»Ja, wir haben dieselbe Schulbank gedrückt. Weißt du, Politik ist die eine Sache, Menschlichkeit die andere.«

»Für Cemo konnte dein Kumpel nichts tun?«

»Nein, konnte er nicht oder hat er nicht. Das war halt ein Arschloch. Sonst wär' er vielleicht nicht beim Militär gelandet.«

Ich hatte nie zuvor so viel Asbach getrunken. Ich stand auf und schwankte, die Sonne war plötzlich untergegangen, oder ich bemerkte die Dunkelheit erst jetzt. Das Letzte, was ich wahrnahm, war Şahin, der mit seinen nassen Augen zu mir aufblickte und grinsend seine Zähne zeigte.

Als ich wieder zu mir kam, lag ich auf dem Schlafsofa, auf dem schon Ahmet Kaya genächtigt hatte. Neben mir stand meine rote Tasche. Şahin hatte sie tatsächlich holen lassen.

Im Nebenzimmer hörte ich Stimmen. Ich öffnete die Tür und sah Şahin an seinem Schreibtisch sitzen. Ans Fenster gelehnt stand eine Frau und rauchte.

»Gut geschlafen?«, fragte Şahin, als er mich sah. »Du brauchst wohl noch ein bisschen Übung im Trinken.« Mit einem Blick zu der rauchenden Frau fügte er hinzu: »Das ist Hatice.«

Hatice war bestimmt einen Kopf größer als Cemo. Ihre Haare fielen lang und schwarz auf ihren sportlichen Mantel. Sie sah auf den ersten Blick viel jünger aus, als ich es erwartet hatte – nur ihr leichtes Doppelkinn, die etwas hängenden Wangen und der Hals verrieten ihr Alter. Ich schätzte sie auf etwa sechzig Jahre.

»Und das ist der gute Elyas«, sagte Şahin.

»Ich hatte Sie mir genauso vorgestellt«, sagte ich.

»Lass das mit dem Siezen bitte, dann fühle ich mich so alt.«

»Du bist also die Freundin von Cemo?«

»Ich weiß nicht, ob ich das so formulieren würde, aber ja, vielleicht. Und du? Warum fragst du das?«

»Er ist ein guter Freund von mir.«

»Er könnte dein Vater sein.«

»Ist er aber nicht.«

»Siehst du«, sagte sie zu Şahin, »der hängt da drüben mit Kindern herum.«

»Warum sagst du das so?«

»Hör zu: Cemo ist frisch geblieben, das ist schön. Als wir Mitte zwanzig waren, hatte ich das Gefühl, mit einem Teenager zusammen zu sein. Und damals war man anders mit Mitte zwanzig als heute. Die Hälfte meiner Freundinnen hatte schon geheiratet und Kinder bekommen. Und ich verführte einen Teenager.«

»Zweimal«, sagte ich.

Sie sah mich aus geschminkten Lidern an.

»Verurteile nichts, wovon du keine Ahnung hast. Hat er dir erzählt, dass ich ihn nur wegen des Geldes geheiratet und ihn dann ausgenommen habe?«

»Ja.«

»Es stimmt.« Dann sagte sie: »Was weißt du schon.«

Şahin saß unbekümmert an seinem Schreibtisch mit dem roten Telefon und blies Rauch ins Zimmer.

»Es hat ihn verletzt.«

»Er war schon verletzt, als ich ihn kennenlernte«, sagte sie tonlos.

»Warum war er verletzt?«

»Hast du schon mal etwas von Heimweh gehört?«

5

Ich ging über Kopfsteinpflasterstraßen, die gesäumt waren von schmalen alten Häusern, die Hügel hinauf und hinunter. Sie wirkten wie die Schuppen eines schlafenden Alligators. Nach einer Kurve tauchte hinter Häusern der riesige Schornstein eines Luxusdampfers auf, und am Ende der Straße leuchtete endlich das Meer. Alles, was mich mit dieser Stadt verband, waren das Grab meines Vaters und das Wissen, dass er hier als junger Mann wie ich durch die Straßen gelaufen war und aufs Wasser geschaut hatte.

Treppen führten hinunter zur Küste. Ich stieg die Stufen hinab, überquerte die Küstenstraße, auf der Hunderte Autos dicht aneinandergedrängt standen und darauf warteten, dass der Verkehr sich wieder bewegte. Ich betrat einen kleinen Park. An der hohen Mauer der angrenzenden Universität für Schöne Künste standen unter einem Pavillon weiße Plastiktische und -stühle. Ein Mann in Daunenweste kochte Tee. Ich setzte mich, blickte aufs bewegte Dunkelblau des Wassers. Wenige Kilometer entfernt fuhr ein mit Containern beladener langer Frachter an der Küste entlang. Ich stellte mir vor, wie Aylin und ich an einem der Container lehnten, hinaus aufs offene Meer fuhren und Istanbuls Häuser in den Buchten und auf den Bergen langsam zu Puppenhäusern wurden. Ich sah die Bosporusbrücke in der Sonne schimmern, auf ihr winzige Autos sich unaufhörlich von der einen Seite zur anderen bewegen. Je weiter wie fuhren, desto schmaler wurde die Brücke und löste sich schließlich zwischen Sonne und Meer ganz auf. Die Häuser verschwanden von Bergen und Buchten, dann wurden auch die Berge zu Rauch, zu Wolken und wehten davon. Wir waren in allen Richtungen nur von Wasser umgeben, bis zum Horizont.

Als ich die Augen öffnete, stand sie vor mir. Sie lächelte mich an, sah erholt aus, und ich hatte das Gefühl, jemanden wiederzusehen, den ich schon sehr lange kannte, der mir vertraut war. Sie setzte sich zu mir an den Plastiktisch.

»Wie läuft's mit dem Museum?«, fragte sie.

»Hab das Material beisammen«, sagte ich.

»Wie geht's Babosch?«

Der Mann mit der Daunenweste brachte uns Tee und Toasts. Ich erzählte ihr von meinem Tag mit ihrem Vater und fragte sie nach der Geschichte mit der Wassermelone.

»Ja, da war etwas mit einer Wassermelone«, antwortete Aylin, biss von ihrem Toast ab und fügte hinzu: »... ich weiß es nicht mehr.«

Aylin wohnte bei ihrem Cousin, der für eine Geschäftsreise in Weißrussland war – sie hatte die Wohnung für sich.

»Nachts kämpfen die Katzen in den Hinterhöfen.«

Auch sie kannte nur wenige Menschen in Istanbul, auch sie verband kaum etwas mit dieser Stadt. Wenn ihre Eltern gemeinsam hierhergezogen wären, wie sie es einmal geplant hatten, hätte Aylin vielleicht sogar hier studiert, gearbeitet und gelebt. Aber das war nur die Möglichkeit einer anderen Biografie, zu der es nie kommen sollte. Stattdessen waren wir beide nun als Touristen hier. Nicht ganz: Für einen Touristen sind Friedhöfe in fremden Städten Sehenswürdigkeiten.

Inzwischen hatten sich einige Kunststudenten mit Skizzenbüchern an die anderen Tische gesetzt und diskutierten über Projekte, an denen sie für die Uni arbeiteten. Die meisten Jungs trugen Bärte und lange Haare, die Frauen Piercings.

»Und jetzt?«, fragte sie.

»Ich bin für Balkonhopping«, sagte ich.

»Was?«

»Wir reisen durch die Welt und finden in allen Städten Wohnungen mit Balkonen, setzen uns raus und trinken Tee oder Kaffee oder was man dort eben trinkt. Berlin und Istanbul haben wir schon.«

»Und als Nächstes?«

»Sag du.«

»Lissabon?«

»Da trinkt man Galau. Und von den obersten Etagen siehst du das Flussdelta.«

»Aber erst Trabzon.«

»Ich bin dabei«, sagte ich.

»Ich will durch die Straßen laufen«, sagte sie, »den Kindern auf Schulhöfen beim Spielen zusehen.«

»Oder«, sagte ich, »in einem alten Fischrestaurant Sardellen bestellen und den Fischer fragen, wie es mit der Fischerei geht.«

»Einem Bettler Almosen geben.«

»Mit einem Beamten streiten.«

Später begannen wir unser Balkonhopping bei Aylin. Ich schaute auf die Giebel der Häuser im Hinterhof. Aylin lief zurück in die Küche, um uns Tee einzuschenken. Zuvor streifte sie die Schuhe ab, ließ sie vor der Balkontür stehen und lief auf weißen Socken hinein.

In der Wohnung, in der ich aufgewachsen war, mussten auch immer die Schuhe ausgezogen werden. Bei Freunden durfte ich sie anlassen. Deshalb hatte es für mich etwas Familiäres, strumpfsockig mit anderen auf einem Teppich zu stehen.

Die weißen Socken tauchten aus dem Dunkel der Wohnung wieder auf. Aylin lehnte in der Tür, hob das Glas ans Gesicht und atmete den Teeduft ein.

Hinter den Dächern glühte die Sonne auf die Stadt. Mein Telefon klingelte. Hekim.

»Kommst du heute Abend auf mein Konzert?«

»Ich bin in Istanbul.«

»Ich auch.«

»Was machst du hier?«

»Goethe hat mich eingeladen.«

»Wer?«

»Goethe.«

6

Wir stiegen in den zweiten Stock einer überfüllten Bar in Beyoğlu. Die Wände waren blutrot gestrichen, in mannshohen Rahmen hingen schwarze Spiegel. Überall saßen, lagen, standen Menschen. Schwaden von Zigarettenrauch zogen durch den Raum. Hier und da glimmte im Nebel eine Zigarette auf. Ein Pärchen hielt sich eng umschlungen. Wir setzten uns an einen Tisch in der Ecke der Kneipe. Durch das Fenster sahen wir die nächtlichen Terrassen der Stadt, auf einer tanzten Menschen. Auf den Hügeln dahinter leuchteten Moscheen.

Hekim hatte sich ein Tuch um den Kopf gebunden und schwarzen Lidschatten aufgetragen. Er trat lässig auf die Bühne, hängte sich eine Electro-Saz um, bedankte sich bei den Gästen für ihr Kommen und beim Goethe-Institut für die Einladung. Doch die Tanzfläche blieb leer. Die Leute saßen an den Tischen und unterhielten sich, ohne auf Hekim zu achten. Nur Aylin und ich stellten uns an den Bühnenrand.

Hekim stieg mit einem harten, schnellen Song ein: Er brüllte seinen Rap ins Mikrofon und begleitete sich dazu mit der verzerrten Saz. Die Gäste der Bar mussten nun schreien, um sich zu verständigen, doch Hekim war trotzdem zu laut. Allerdings war der Text selbst für Deutschsprachige kaum zu verstehen, weil die Akustik des Raumes sämtliche Vokale schluckte.

Nach dem Song war es still, niemand klatschte. Nach einigen Augenblicken der Stille fing Aylin an, laut zu applaudieren. Ich fiel ein, und schließlich schloss sich uns ganz hinten im Raum jemand an. Das nächste Lied begann mit einer psychedelischen Melodie. Eine Variation eines Songs, den ich kannte. Auch hierauf gab es kaum Reaktionen – jedenfalls keine Standing Ovations. Bis auf ein paar Germanistikstudenten, die über das Goethe-Institut gekommen waren, sprachen die meisten Gäste kein Deutsch.

Erst als später ein DJ türkischen und US-amerikanischen Hip-Hop auflegte, füllte sich die Tanzfläche.

»Bin nicht so gut angekommen, schätze ich«, sagte Hekim.

»Ich lieb deinen Scheiß«, sagte ich, »und ich bin bestimmt nicht der Einzige, dem das nahegeht.«

Hekim ging zur Bar und kam mit zwölf Shotgläsern Wodka wieder.

»Versuchst du, dir deine Fans zu erkaufen?«

»Das sind vier Gläser für jeden. Vier Runden sind das Mindeste. Ich brauche eine kleine Dosis Taubheit nach Konzerten.«

»Ich kenne härtere Mittel«, sagte Aylin.

»Danke, Doc«, sagte Hekim.

Es war schon nach Mitternacht, als wir die Bar verließen. Je später es wurde, desto mehr füllten sich die Straßen.

In einer Ecke saß ein alter Mann mit schmerzverzerrtem Gesichtsausdruck. Er rieb sich die Oberschenkel und stieß dabei Klagegesänge aus. Ein Clown lief gegen ein Kaufhaus und explodierte. Aus dem Rauch zog ein Maronenverkäufer gegrillte Kastanien. Ein verarmter Versicherungsmakler verkaufte Lotteriescheine. Ein Hutverkäufer hob einen Hut von seinem

Stand, woraufhin sich eine kleine Tür zu einem weiteren Club öffnete: das Haymatlos.

Eine junge Sängerin mit blonder Perücke, Silberjacke und Strapsen schrie alte Arabesque-Songs über verzerrte Gitarrenklänge. Das Publikum kannte die Lieder und sang mit beim Refrain: »Batsın bu dünya«, *Sie soll untergehen, diese Welt.* Wir standen am Rand und schauten zu. Eine seltsame Ruhe breitete sich in mir aus.

Hekim wollte tanzen. Erst wankte er bloß auf der Stelle, dann machte er ein paar Schritte vor und zurück, wie ein besoffener Bär, aber immer im Takt. Er warf den Kopf hin und her, schwankte gegen andere Gäste des Haymatlos und fing schließlich an, wild zu pogen. Um ihn herum entstand ein leerer Raum – Sicherheitsabstand für einen unbekannten Rockstar.

Aylin sah zu Hekim. Sie sagte: »Ich will auch tanzen.«

»Ich kann nur Tango«, antwortete ich.

Wie bei einer Milonga kreisten wir zu verzerrten Gitarren und scheppernden Becken über die Tanzfläche. Bei einem Gitarrensolo ließ ich Aylin los, spielte Luftgitarre und bewegte dabei die Finger, so schnell ich konnte, und kniff die Augenbrauen zusammen wie bei einer großen Anstrengung. Anschließend stiegen wir einen Stock höher zur nächsten Tanzfläche. Hinter uns taumelte Hekim die Stufen hinauf.

Ein paar Punks spielten schmutzigen, reduzierten Rock: Gitarre, Bass, Schlagzeug. Der Gitarrist grölte ins Mikrofon. Hekim schubste uns in die Menge und warf sich hinterher.

Schließlich zog er uns auf die Bühne: »Los«, sagte er, »Stagediving!«

Wir stellten uns an den Bühnenrand und öffneten die Arme. Aylin zählte mit den Fingern bis drei, wir fielen, wurden aufgefangen und weitergegeben. Wir glitten von der Bühne und trieben auf einem Meer aus Händen. Irgendwann verlor ich Hekim aus den Augen, die Menge hatte ihn verschluckt. Ich griff Aylins Hand, bevor auch sie verschwand, und zog sie nach draußen.

Wir flohen in eine der Gassen, die sich hinter der İstiklâl befanden und in Dunkelheit und Stille führten. Zu dieser Stunde gehörten sie allein den Verlorenen und den Hunden.

»Ich beschütz dich«, flüsterte Aylin lachend.

Wir schlenderten zur Wohnung ihres Cousins zurück. Dort kauerten wir uns auf den schmalen Bordstein vor dem Haus, bis der Himmel sich aufhellte und das Morgenlicht alles in einen Hauch von Blau tauchte.

Aylin erzählte, wie sie sich, zehnjährig, zwischen ihren Eltern entscheiden musste: Ein Richter in einem Saal eines Gebäudes mit hohen Decken und langen Gängen und vielen Türen fragte Aylin, ob sie bei ihrer Mutter oder bei ihrem Vater leben wolle. Aylins Mutter schaute nicht zu ihr, sondern zum Richter, ihr Vater krallte die Hände an die Tischkante, und Aylin tat so, als würde sie angestrengt überlegen und könne sich nicht entscheiden. Sie zählte ihre Finger, als sei das Abwägen zwischen Mutter und Vater eine Frage der Kalkulation, eine Aufgabe aus dem Übungsheft ihres ersten Mathelehrbuchs. Dabei wusste sie von Anfang an genau, dass sie sich für ihre Mutter entscheiden würde. Weil nur die Mutter und nicht der Vater ihre Schläfen streichelte, wenn sie nicht einschlafen konnte.

Die Hände ihres Vaters lösten sich von der Tischkante und landeten auf seinem Schoß, in seinem Blick ein Ausdruck zwischen Unverständnis und Verlorenheit. Seine Hände lagen auf seinen Oberschenkeln wie tote Fische.

»Der Blick eines verlassenen Menschen«, sagte Aylin.

Nie zuvor war ihr der Vater so klein vorgekommen – an einem weißen Tisch allein, der Kopf hängend. Nie zuvor hatte er ihr so leidgetan. Aylin trug schwarze Lackschuhe und eine weiße Strumpfhose. Sachen, mit denen sie für diesen – wie ihre Mutter gesagt hatte – »offiziellen Anlass« angekleidet worden war. Hiernach ließ sie sich nie wieder weiße Strumpfhosen und schwarze Lackschuhe gefallen.

Einige Wochen später sah sie ihren Vater zwischen den Umzugskartons sitzen, die ihre Sachen enthielten. Sie stand hinter einem Kistenturm und beobachtete ihn, während er darauf wartete, dass sie und ihre Mutter die Wohnung verließen.

In der neuen Wohnung glänzten die Tische und der Fernseher. An die Fenster mussten sie schwarze Warnvögel kleben, weil sonst die Tauben gegen die Scheiben knallten. Beim Kochen und Putzen sang ihre Mutter jetzt von Zeit zu Zeit, ansonsten war es genauso still wie in der alten Wohnung.

Manchmal ging ihr Vater mit ihr ins Hühnerhaus am Görlitzer Park und kaufte ein Hähnchen – Aylin bekam die Keulen und Flügel. Oder er nahm sie mit, wenn er sich in ein Männercafé setzte und schwarzen Tee bestellte. Der Kellner grüßte ihn, fragte, wie es gehe. Der Vater sprach seine Dankbarkeit Gott gegenüber aus. Aylin bastelte Papierschiffchen aus den Servietten, die aber sofort in sich zusammenfielen, weil das Papier zu dünn war. Wenn der Vater ausgetrunken hatte, spazierten sie nach Hause. Aylin trat Cola-Dosen platt und schob Laub vor sich her. Weggeworfene Brötchen hob sie auf, denn Brot sei heilig, sagte ihr Vater.

Sie besuchte ihren Vater einmal, manchmal zweimal die Woche. Anfangs war es wie Nach-Hause-Kommen. Mit der Zeit veränderte sich die Wohnung jedoch. Nicht auf den ersten Blick – die Möbel standen immer noch dort, wo sie seit Jahren ihren Platz hatten. Aber zwischen Sofa und Tisch traten sich immer mehr Hülsen von Esskernen im Teppich fest, die Fliesen in der Küche klebten an manchen Stellen unter den Sohlen, auf dem Küchentisch lagen stets Krümel, die Fensterscheiben waren nicht mehr ganz durchsichtig, und auf dem Bildschirm des ausgeschalteten Fernsehers lächelte immer noch ein Smiley, das Aylin vor Wochen mit dem Finger in die Staubschicht gezeichnet hatte.

Ihre Mutter pflanzte Tomaten auf dem Balkon, häkelte Zierdeckchen, die sie auf Videorekorder, Musikanlagen und Fernseher legte. Sie engagierte sich bei einem Kiezprojekt des Quartiersmanagements für autogenes Training und machte Aerobicübungen vor dem Fernseher. Ganz selten kam es vor, dass Aylin ihre Mutter bewegungslos mitten im Raum stehen sah, als wäre die Zeit angehalten.

Aylin nahm eins der Aerobicvideos ihrer Mutter mit zu ihrem Vater. Sie legte die Videokassette ein, zog ihren Vater vor den Fernseher und fing an, mit der Trainerin mitzuzählen: »Und eins und zwei und drei und vier«. Und sie traten einen Schritt vor und einen Schritt zurück, stützten die Arme in die Hüften und kreisten mit dem Becken. Aylin wusste nicht, wo sie anfangen sollte: Papa, bist du sauer, dass ich mit Mutter gegangen bin? Papa, bist du einsam? Papa, was kann ich tun, damit es dir besser geht?

Ihr Vater ahmte die Bewegungen der Trainerin nach, den Kopf hatte er leicht gesenkt. Der Ansatz eines Lächelns lag auf seinem Gesicht, aber er sah nicht glücklich aus. Später sagte er: »Mach das lieber mit Mama.«

Aylin wartete schon aufs Läuten an der Wohnungstür. Ihr Vater hatte ein Glas Bier getrunken, was bei ihm genügte, um seinen Kopf rotviolett glühen zu lassen. Aylin hatte bereits ihre Jacke angezogen, um ihrem Vater jeden Moment einen Abschiedskuss auf die Wange zu drücken und die drei Stockwerke – immer die letzten vier Stufen vor halber Treppe überspringend – hinunter zu ihrer Mutter zu rennen. Es klingelte, sie küsste ihn, und er sagte: »Wie könnt ihr deinen Vater einfach allein lassen.«

Irgendwann sagte Aylin zu mir: »Lass uns morgen telefonieren.« Und verschwand im Treppenhaus.

Ich steckte die Hände in die Taschen und schlenderte zurück zur İstiklâl. Einige Hunde und Katzen verfolgten mich. Die Katzen liefen über Mauern und Markisen, die Hunde mit den Schnauzen nah am Asphalt. Ich war so müde, dass ich meine Beine kaum noch spürte. Gleichzeitig war ich zu aufgeregt, um zurück zu Şahin zu laufen und zu schlafen. In einem Suppengeschäft bestellte ich Hirnsalat und heiße Pansensuppe, weil Cemo immer davon geschwärmt hatte. Das Hirn glänzte, es hatte eine Konsistenz wie Wackelpudding und schmeckte nach reifer Avocado.

»Auge?«, fragte mich der Kellner.

»Was?«

»Willst du ein Auge? Ist gut für die Durchblutung.«

»Ne, lass mal.«

»Geht aufs Haus. Du bist der erste Gast heute.«

»Ich dachte, der letzte.«

»Das auch.«

»Was ist das für ein Auge?«

»Mensch.«

Und dann sagte er: »Ich mach nur Spaß«, aber er grinste nicht. »Ich esse eins mit«, sagte er. »Rind? Kuh? Huhn?«

Jetzt lachte er. Der Koch reichte eine Untertasse mit einem Auge durch die Küchenluke. Der Kellner stellte sie vor mich hin.

»Ich dachte, du isst mit.«

»Ich hab schon.«

»Wann?«

»Frühstück, Mittag, Abend, wir essen das immer. Du bist es, der etwas mehr Fleisch auf den Rippen braucht.«

»Kein Salat, kein Reis, nur das Auge?«

»Nachtisch«, grinste der Kellner.

»Isst man das für gewöhnlich nicht als Suppe?«

»So ist besser.«

Ich steckte die Gabel in den Augapfel, führte sie langsam zum Mund und ließ den Kellner dabei nicht aus dem Blick. Der schielte ungeduldig auf meine Gabel – es fehlte nicht viel, und er hätte mir beim Einführen in den Mund geholfen. Ich nahm das Rinderauge mit den Schneidezähnen in die Zange und zupfte die Gabel aus dem Mund. Der Kellner zuckte leicht zusammen. Ich biss zu. Der Kellner beugte sich vor zu mir und betrachtete mich wie ein Psychologe eine Labormaus. Ich schluckte, und er prustete los und rief nach dem Koch:

»Recep, der hat das Auge gegessen«, lachte er, »ohne Brot und Suppe, der hat das ganze Auge gegessen. Ich lach mich tot.«

Ich legte einen Geldschein auf den Tisch und verließ den Laden. Der Kellner folgte mir noch auf die Straße und zeigte mit dem Finger auf mich und lachte weiter aus vollem Hals.

Auf der İstiklâl drängelten sich die Leute vor Hamburger- und Dönerständen. Die Fußgängerzone hatte sich deutlich gelichtet. Vier Männer in meinem Alter liefen Arm in Arm und sangen die Lieder der Betrunkenen. Unter einem Vordach schlief ein Mann, zugedeckt mit einem Mantel. Auf seinem Kopf saß eine Katze. Ein Geigenspieler spielte beim Gehen Melodien für den anbrechenden Tag. In verwinkelten Straßen winkten mir Transvestiten aus den Wohnungen zu.

»Na, Kleiner, findest keinen Schlaf?«

»Nein.«

»Komm her, Süßer, ich geb dir Schlaf.«

»Elyas, was machst du denn hier?«, hörte ich plötzlich Hekims Stimme. Er saß mit einigen Leuten vor einem Hauseingang.

»Hekim?«

»Ich hab euch im Haymatlos verloren.«

»Ja, du warst weg.«

»Ich habe einen alten Freund getroffen.« Er wies auf einen Mann mit einer blonden Lockenperücke und einem eng anliegenden weißen Kleid. »Das ist Hasan«, sagte er.

Ich schüttelte ihm die Hand.

In der Wohnung von Hasan hingen überall Wäscheleinen wie Spinnweben, in den Zimmern waren alle Wände, alle Ecken miteinander verbunden. Auf den Wäscheleinen hingen unzählige Wäschestücke: Tangas, Spitzenwäsche, Nylon in allen Farben, Strümpfe, aber auch Boxershorts, Jeans, Pullover. Auf Regalen standen Büsten und Köpfe mit Kleidern und Perücken in verschiedensten Farben.

Wir setzten uns in ein kleines Zimmer unter die Wäschespinnweben. Hasan drehte einen Joint und sagte beleidigt: »Dieser Idiot gibt hier ein Konzert und sagt nicht Bescheid. So ein treuloses Herz hat das Land nicht gesehen.«

»Hasso, ich hab doch noch nicht mal eine Nummer von dir. Es tut mir leid«, sagte Hekim, beugte sich vor zu ihm und küsste ihn lange auf den Mundwinkel.

»Aus den Augen, aus dem Sinn«, sagte der Typ.

»Das stimmt nicht«, sagte Hekim.

»Sondern?«

»Es passiert so viel. Und es passiert so viel nicht.«

»Meinst du, hier ist das anders?«

Später gingen Hekim und ich zu den Fischern an der Galatabrücke.

»Lust auf ein Brötchen mit frischem Bosporusfisch?«, fragte ich.

Hekim schielte zu den Kartons vor dem Eimer des Fischers, auf denen »Alaska Fish Ltd.« stand: »Okay, also: ziemlich frisch?«

Wir lachten los, ich kaufte den Alaskafisch, und wir aßen ihn zusammen mit den Möwen an der Brüstung der Brücke.

7

Irgendwann am Nachmittag wachte ich auf. Şahin schnarchte im Nebenzimmer. Er war an seinem Schreibtisch eingeschlafen, die Füße auf dem Tisch, den Kopf im Nacken. Auf dem Tisch stand eine halb leere Flasche Asbach.

Ich ging in ein Börekgeschäft frühstücken. Die Straßen waren genauso voll wie in der vergangenen Nacht. Ich stellte mir vor, wie dieses Viertel zur Zeit meines Vaters gewesen sein mochte. Die Musik- und Klamottenläden hatte es damals sicherlich noch nicht gegeben, aber der Süßwarenladen, das stand an der Tür, war aus dem 19. Jahrhundert. Ende der Fünfzigerjahre, als Vater hier wohnte, hatte der Laden wahrscheinlich ganz ähnlich ausgesehen. Ob Vater hier auch entlangspaziert war, ob er sich Bonbons gekauft hatte, ob er nachts tanzen war und anschließend Hirn und Pansen gegessen hatte? Es gab niemanden, der mir das erzählen konnte, nicht einmal Cemo, denn die beiden kannten sich damals noch nicht. Wenn es für Vater überhaupt jemals so etwas wie eine Zeit des Müßiggangs gegeben hatte.

Ich klingelte bei Aylin.

Sie öffnete.

Die Haare hatte sie ganz kurz geschnitten.

»Brauchte eine Veränderung.«

Wir saßen lange wortlos auf dem Balkon. Aylin schaute geradeaus und spielte nervös mit einer Haarspange. Sie sagte: »Ich hab meine Mutter heute getroffen.«

Aylin war am Vormittag zur Wohnung ihrer Mutter gefahren. Sie hatte vor der vierspurigen Straße gestanden, hinter der fünfzehnstöckige Wohnblocks in den Himmel schossen. Die Häuser hatten alle gleich ausgesehen: elf Betonklötze, die Kanten dunkelblau und die Balkone hellblau gestrichen.

Aylin überquerte die Straße. Um die Anlage herum zog sich eine Mauer. Rechts von der einzigen Einfahrt stand eine weiße Plastikbox mit Fenster, in der ein Wachmann Zeitung las und sie nicht beachtete. Links gab es einen Laden mit Lebensmitteln und Schreibwaren und einen Friseur. Ihre Mutter wohnte im dritten Haus auf der rechten Seite im sechsten Stock. Aylin fuhr mit dem Finger die Klingelschilder entlang, bis sie bei dem Nachnamen ihrer Mutter anlangte: Binnur-Yefa. Sie setzte die Fingerkuppe auf den schwarzen Plastikknopf neben dem Schild, drückte aber nicht. Sie blieb einige Minuten im Hauseingang gegen die Wand gelehnt stehen. Ihr Blick fiel noch einmal auf den Friseurladen. Ein Mann mit Halbglatze und Zopf kippelte im Friseurstuhl und bemerkte Aylin erst gar nicht. Er begrüßte sie im Spiegel, drehte den Stuhl zu ihr und lud sie mit einer Handbewegung ein, sich hinzusetzen. Sie sahen sich im Spiegel an.

»Was darf's sein?«

»Spitzen schneiden.«

»Sie waren schon einmal hier, nicht?«, fragte der Friseur.

Aylin drückte im Fahrstuhl den weißen Knopf mit der großen schwarzen Sechs.

Ihre Mutter öffnete die Tür. Das Haar hatte sie kastanienbraun gefärbt und glatt geföhnt. Zuchtperlen-Ohrringe, gezupfte Brauen, Rollkragenpullover, Jogginghose und Pantoffeln mit Zierschleifen.

»Komm rein, meine Prinzessin, wie schön, dass du hier bist.«

Ihre Mutter schob mit einer Hand die Tür zu und drückte sie mit der anderen fest an sich. Aylin wollte sich aus der Umarmung lösen, die Mutter drückte sie aber noch ein wenig fester an sich. Im Wohnzimmer war der große Esstisch gedeckt. Ein Teeset aus Porzellan, mehrstöckige Serviceteller mit Keksen, Pralinen und Gebäck, silberne Teelöffel, Stoffservietten mit

Blumenmustern, die allerdings etwas ausgewaschen waren. Aylins Mutter schenkte Tee ein, und sie aßen Käsekuchen, den Aylin mitgebracht hatte.

»Wie lange bleibst du, Liebes? Dein Zimmer ist eingerichtet«, sagte sie. »Wo ist dein Gepäck?«

»Ich bin seit drei Wochen in der Türkei.«

Die Mutter legte den Löffel zurück auf den Teller, ließ ihn aber nicht los. In den Fingerspitzen ihrer Mutter glaubte Aylin ein leichtes Zittern zu erkennen.

»Verstehe«, sagte die Mutter.

»Ich wohne bei Sinan.«

»Magst du noch etwas Tee?«

»Vater geht's etwas besser.«

»Du musst dich mehr um dich selber kümmern.«

»Ich bin zufrieden mit meiner Stelle. Ich verstehe mich mit dem Oberarzt. Bin seine rechte Hand.«

»Du bist immer für andere da, aber die anderen denken nur an sich.«

»Und du?«

»Die Krankenhäuser hier sind jetzt besser als die in Deutschland, wusstest du das?«

»Es gibt gute Krankenhäuser.«

»Warum kommst du nicht hierher für eine Weile.«

»Noch ist er nicht tot.«

Ihre Mutter hielt sich die Hand vor den Mund, wie bei einem unangemessenen Witz. »Du weißt, du kannst immer zu mir«, sagte sie.

»Ja.«

»Wir sind eine Familie.«

Die Mutter ging in die Küche, um den Tee aufzufrischen. Aylin schaute sich in der Wohnung um.

Stilmöbel, ein großer Spiegel mit Silberrahmen über einer Kommode im Wohnzimmer. Darauf standen gerahmte Fotos. Ein Familienfoto aus der Kindheit der Mutter mit Aylins Großeltern. Ein Bild von ihren Onkeln. Von Aylin selbst gab es nur ein Bild: Ihr Haar ist darauf lang und voll, sie ist stark geschminkt und trägt einen Kittel. Haare und Kittel, mehr braucht es nicht, dachte Aylin, um die Mutter stolz zu machen.

Die Mutter stand im Türrahmen und schaute wie jemand, der sein Poesiealbum präsentiert und gleichzeitig froh und verlegen ist.

»Siehst du Onkel Necati und Kadir manchmal?«, fragte Aylin.

Die Mutter nickte und lief mit dem Teekessel in der Hand zum Wohnzimmertisch – die Pantoffelsohlen schlappten gegen ihre Füße.

»Das ist eine große Wohnung«, sagte Aylin.

»Unten gibt es einen Swimmingpool«, sagte die Mutter, »wir können schwimmen gehen, wenn du magst.«

»Wo wohnen Onkel Necati und Kadir?«

»Auf der anderen Seite.«

»Und kommen die auch zum Schwimmen?«

»Wie bitte?«

»Schwimmen. Kommen Necati und Kadir manchmal zum Schwimmen?«

»Du meinst unten im Pool? Ja, letzte Woche erst.«

»Schön.«

»Wenn du willst, ruf ich sie an. Die sind sofort da. Die fragen immer nach dir.«

»Ich wollte gerade los.«

»Ich habe frischen Tee gemacht.«
»Ich bin verabredet.«
»Kommst du morgen wieder?«
»Morgen kann ich nicht.«
»Nächste Woche?«
»Wir telefonieren.«

Die Mutter brachte sie zur Tür, drückte sie zum Abschied wieder fest und lange und sagte: »Bis nächste Woche?«

Aylin sagte: »Sicher«, und wusste, dass es das letzte Mal war, dass sie sich sahen – für lange Zeit. Und sie wusste, dass ihre Mutter das auch wusste.

Sie betrat den Fahrstuhl, die Tür fiel zu, Aylin lehnte den Kopf gegen die Fahrstuhlwand.

Der Friseur kippelte wieder in seinem Stuhl.

»Oh, junge Dame, etwas vergessen?«, fragte er.

Aylin zeigte auf ihre Haare: »Kürzer«, sagte sie.

»Kürzer?«

»Ab.«

Aylin saß immer noch an dem kleinen Tisch auf ihrem Balkon und blickte auf die Häuser gegenüber. Als sie ihre Erzählung beendet hatte, sagte ich: »Lass uns nach Trabzon fahren.«

Drei

1

Şahin hatte uns seinen Wagen geliehen. Hekim saß auf der Rückbank, ich auf dem Beifahrersitz, Aylin fuhr. Im Radio spielte Sezen Aksu. Die Möwen flogen ihre morgendlichen Runden. Von der Bosporusbrücke aus wirkte das Meer orangefarben, die ersten Fähren fuhren von Kontinent zu Kontinent.

Der Motor brummte. Aus den Augenwinkeln sah ich Aylins Hand, wenn sie schaltete. Ich dachte: Fahr, egal wohin, fahr, so weit die Straßen reichen, wir ernähren uns vom Morgenlicht, schicken Botschaften mit den Möwen, fahr. Ich öffnete das Fenster ein wenig. Der Fahrtwind erzeugte ein flackerndes Geräusch, eine Fahne im Sturm. Meeresduft und Benzingeruch zogen in den Wagen. Vielleicht lag es an der Müdigkeit, ich war so ruhig, dass mir nach Weinen zumute war.

Später setzte ich mich ans Steuer. Aylin kippte den Sitz zurück, ich sah sie die Augen leicht zusammenkneifen, wenn die Wolken wichen und Sonnenlicht den Wagen flutete. Ich sah sie schlafend mit zur Seite geneigtem Kopf und den Händen in den Achseln. Ich sah auch Hügel und schneebedeckte Berge jenseits der Straße, es waren die Rücken kilometerlanger Maulwürfe.

Im Rückspiegel beobachtete ich Hekim, der das Kinn in die Hand gestützt hatte – an jedem Finger ein grober Metallring – und hinausschaute, traurig, als würde ihm die Landschaft eine Geschichte erzählen. Große Felsen, in denen Gesichter gefangen waren – einigen war Lachen ins Gesicht gefroren, einigen ein Schrei. Ein Gesicht habe ich gesehen, das war zerbrochen.

Wir kauften Granatäpfel und Orangen am Straßenrand.

»Wo haben wir uns eigentlich zum ersten Mal gesehen?«, fragte Hekim Aylin.

»Im Hühnerhaus«, sagte ich, »vor ein paar Jahren.«

Hekim dachte angestrengt nach.

»Ihr saht ganz schön mitgenommen aus«, sagte Aylin.

»Aber trotzdem sexy!«, sagte Hekim.

»Wie zwei Hühnchen.«

Etwa dreißig Kilometer nach den Obstbauern hielten wir für die Nacht bei einem Motel. Wir wollten früh aufstehen und am nächsten Tag ein weites Stück zurücklegen, um spätestens übermorgen in Trabzon zu sein. Allein in meinem Zimmer, zog ich den Reißverschluss von Vaters alter Tasche auf und wieder zu, um das Geräusch zu hören, das auch er auf seinen Reisen gehört haben musste. Ich schaute aus dem Fenster und sah das Spiegelbild meiner Nasenspitze. Danach warf ich mich in den Schlaf.

Ich sprang vor dem Wecker auf, zog mir etwas über und riss die Tasche vom Stuhl. Aylin stand schon in ihrer Lederjacke vor der Tür.

»Auf dich kann man sich also verlassen«, sagte sie.

»Ehrenwort«, sagte ich und kreuzte die Finger.

Wir packten unser Gepäck in den Kofferraum des alten Ford von Şahin und warteten auf Hekim.

Er kam nicht.

Wir klopften an seiner Zimmertür, niemand öffnete. Ratlos gingen wir wieder zum Parkplatz und warteten dort, bis Aylin etwas entdeckte: Hinter dem Motel führte ein Waldweg den Hügel hinunter und endete an dem Gatter einer Schafweide. Inmitten der Tiere stand Hekim und fuhr mit der Hand über die Wolle eines Lammes. Er hatte die Kapuze übergezogen, eine Kette hing vom Hosenbund bis zum Knie.

»Ich bleibe hier«, sagte er, als Aylin und ich bei ihm zwischen den Schafen angekommen waren.

»Drüben, am Ende der Weide, ist ein kleines Dorf«, sagte Hekim, »ich kann mich hier bestimmt nützlich machen.«

»Wieso?«, fragte ich.

»Kannst du das hören?«, fragte er.

Ich hörte gar nichts.

Aylin kraulte ein Schaf und schaute zu Hekim.

»Diese Stille«, sagte Hekim. »Da ist nur der Wind. Und wenn du Glück hast, hörst du ein Schaf beim Scheißen.«

Aylin schlängelte sich zwischen den Tieren hindurch und nahm Hekim in die Arme.

Hekim kam zu mir, blieb vor mir stehen, packte mich plötzlich und drückte seine Stirn an meine.

Aylin fuhr. Ich schlief. Ich wachte erst auf, als jemand an meiner Schulter ruckelte. Durch die Windschutzscheibe sah ich, dass wir am Straßenrand gehalten hatten. Der Asphalt glänzte in der Sonne. Aylin hatte die Beifahrertür von außen geöffnet und grinste mich an: »Höchste Zeit fürs Mittagessen.«

Sie zeigte auf ein Zelt, in dem eine alte Frau Teig mit einem Holzstab aufrollte. Feuer flackerte in einem Kohleofen, darauf ein Teekessel. Der Boden war mit dicken Teppichen bedeckt, auf denen ein großes, rundes Blech auf niedrigen Holzfüßen stand. Drumherum lagen verstreut riesige Kissen, auf die wir uns setzten und darauf warteten, dass die Frau unser Essen brachte. Ich schenkte uns Tee ein. Aylin zog die Schuhe aus, lehnte sich mit dem dampfenden Teeglas in der Hand zurück ins Kissen und nahm einen Schluck. Wir schauten uns zufrieden an.

»Du hast Besuch«, sagte ich.

Ein Katzenbaby war auf ihr Kissen geklettert und schnupperte an ihrem Ohr.

Nach unserer Pause übernahm ich wieder das Steuer. Wolken stiegen auf wie Rauchbällchen aus der Pfeife des Tausendfüßlers in *Alice im Wunderland*. Links und rechts von der Straße erhoben sich Berge. Ich überholte ein paar Lkws. Aylin hatte die Lippen im Schlaf leicht geöffnet, und ich hatte plötzlich das Gefühl, besonders vorsichtig fahren zu müssen.

Am Abend hielten wir an einer Raststätte, die ein beliebter Zwischenstopp jener großen Busunternehmen war, die zwischen den Städten pendelten. Auf dem Parkplatz spritzten die Fahrer ihre Busse mit Gartenschläuchen ab. Hinter dem Platz führte eine dreistufige Treppe zu einer Cafeteria, in der die Busfahrgäste saßen und zu Abend aßen. Das künstliche Licht ließ sie müde und krank aussehen. Mitten im Raum stand ein Plastikfelsen, aus dessen Gipfel ein leckender Wasserhahn ragte – die Tropfen hatten eine schwarze Spur hinterlassen.

Aylin sagte: »Wir sind früher immer mit dem Bus gereist.«

Ich auch. Auf dem Weg von Istanbul bis zur Mittelmeerküste war ich im Bus auf Mutters Knien eingeschlummert und wegen der viel zu kalten Klimaanlage mit eiskalten Füßen wieder aufgewacht.

»Wenn wir an Raststätten hielten, wollte ich nie aussteigen. Ich hasste es anzuhalten«, fuhr Aylin fort, »ich fragte meine Mutter, ob sie nicht den Fahrer überreden könnte, einfach weiterzufahren und mich mit seinem Bus in den Schlaf zu wiegen. Dann musste ich doch aussteigen und lief an der Hand meiner Mutter in die Waschräume, wo wir gemeinsam ins Becken spuckten und uns frisch machten.«

Wir kauften Reis mit weißen Bohnen und setzten uns an einen freien Tisch. Ich war erschöpft von der Fahrt, wusste nicht genau, wo wir waren oder wie die nächste größere Stadt hieß. Und doch – oder gerade deshalb – konnte ich mir kaum einen Ort vorstellen, an dem ich in diesem Augenblick lieber gewesen wäre. Alle Menschen, die in diesem Raum saßen, waren auf der Durchreise. Der alte Mann mit dem grauen Schnauzbart und dem Gehstock genauso wie der glatt rasierte Anzugtyp einen Tisch weiter. Nur die Busfahrer und Kellner kannten sich.

»Ihr kommt aus Deutschland?«, fragte eine Stimme in akzentfreiem Deutsch.

Ein Mann mit kahlem Kopf stand an unserem Tisch. Ich schätzte ihn auf Ende dreißig. Er war groß gewachsen, hatte einen breiten Schädel, kräftige Hände und eine tiefe Stimme.

»Ja«, sagte Aylin. »Du auch?«

»Das ist schön«, sagte er, »ich komme aus Bochum, wohne seit einigen Jahren hier in Amasya.«

Er streckte Aylin breit grinsend die Hand so entgegen, dass sie mein Gesicht nur knapp verfehlte.

»Ich bin Mustafa. Kann ich mich zu euch …?«

Ich sagte: »Es ist schon spät, wir sollten …«

Aylin unterbrach mich: »Klar, bitte …«

Mustafa setzte sich.

»Ich will euch nicht aufhalten …«

»Nein, nein«, sagte Aylin.

Mustafa sah mich mit glasigen Augen an.

Ich biss mir auf die Lippen und sagte: »Es drängt uns ja nichts.«

Mustafa arbeitete in der Raststätte, seit er aus Deutschland abgeschoben worden war. Vorher war er Schauspieler, Regisseur, Autor, Musiker, Künstler,

Fußballspieler und Unternehmensberater gewesen. Jetzt spielte er von Zeit zu Zeit in türkischen Serien mit und schrieb hin und wieder Popsongs. Man hatte ihm sogar angeboten, für die Türkei am Eurovision Song Contest teilzunehmen – aber er hatte abgelehnt, weil er sich lieber um seine sterbende Großmutter kümmern wollte, die eine Vertraute Atatürks gewesen war.

Mustafa war stolz darauf, aus Bochum zu kommen:

»Ich erzähle das den Türken hier immer wieder gerne«, sagte er. »Sie finden es kurios, dass ich aus einer Stadt komme, deren Name auf Türkisch ›Meine Scheiße‹ bedeutet.«

Er lachte laut, Speichelfäden zogen sich zwischen seinen Zähnen.

Es reichte. Ich wollte gehen. Ich sah zu Aylin, doch die hörte ihm aufmerksam zu. Ich konnte es nicht fassen, dass Aylin sich für die Lügengeschichten dieses Typen interessierte. Jetzt blickte sie ihn tatsächlich traurig an und fragte, warum er abgeschoben worden war.

Ich könnte Aylin den Wagen dalassen und einen der Busse draußen nehmen. Ich würde schon irgendwo hinkommen. Und selbst wenn mich heute niemand mehr mitnahm, irgendwann würde die Reise weitergehen – es findet sich doch immer ein verdammter Bus, der dich wegfährt.

»Was macht ihr denn so?«, fragte Mustafa und sah abwechselnd zu Aylin und mir.

Sie erzählte ihm von sich, er stellte Fragen, sagte, dass einer seiner engen Freunde Anästhesist sei und wie sehr er diesen Beruf schätze. Dann sah er wieder zu mir und schaute mich an.

»Arbeitslos«, sagte ich.

»Warum bleibt ihr nicht die Nacht?«, fragte er. »Ich zeig euch«, er hielt inne und ließ seinen Blick auf Aylin ruhen, »ich zeig euch ein wenig die Gegend.«

Ich sprang auf: »Eigentlich wollten wir weiterfahren!«

Mustafa ließ sich nicht stören und schaute weiter zu Aylin.

»Bist du nicht müde?«, fragte Aylin mich.

Ich: »Diese Nummer hier ist anstrengender als die ganze Fahrt.«

Sie: »Nummer?«

Mustafa: »Ja, gib mal deine Nummer.«

Sie: »Wenn wir jetzt fahren, kommen wir mitten in der Nacht an.«

Leider hatte sie in diesem Punkt recht – ich hätte mir ein besseres Argument einfallen lassen sollen, bevor ich aufgesprungen war.

»Ich geh ein wenig an die frische Luft.«

Draußen wuschen einige Männer immer noch die Busse. Ich ging ein paar Schritte auf die andere Seite des Parkplatzes, wo es dunkel war und nach feuchter, kühler Luft roch. Ich lief zwischen den Bussen umher und fragte schließlich einen Fahrer, der gerade den Motor startete, ob er noch einen Platz frei habe. Er trug eine Sonnenbrille, die Gläser so groß, dass sie das halbe Gesicht bedeckten. In seinem Mundwinkel klebte ein Zigarillostummel. Anstatt zu antworten, blickte er zu einem alten Mann, der hinter ihm in der ersten Sitzreihe saß und auf etwas kaute. Der Alte nickte ihm zu. Der Fahrer drehte sich wieder zu mir und bedeutete mir einzusteigen. Ich setzte mich zu ihm. Außer uns dreien war niemand im Bus. Die beiden anderen starrten mich an, der Alte kauend, der Fahrer durch seine Sonnenbrille, sodass ich seine Augen nicht sehen konnte.

»Wie geht's?«, fragte der Fahrer.

»Gut«, sagte ich, »und euch?«

»Wo kommst du denn her?«, fragte er.

»Aus der Cafeteria.«

»Ich meine, bist du von hier?«

»Nein, aus Deutschland«, sagte ich.

Der Alte schmatzte jetzt noch lauter.

»Gut«, sagte der Fahrer, »sehr gut. Da bekommst du erst einen Bausparvertrag und dann eine Geburtsurkunde, sehr gut.«

Der Alte nickte.

»Du hast doch einen Bausparvertrag?«, fragte der Fahrer mich.

»Wann fahren wir?«, fragte ich.

»Bald«, sagte er und schaltete den Motor aus.

»Ich kann wohl niemandem mehr trauen«, sagte ich.

Der Alte schnalzte dreimal mit der Zunge. »Das geht uns allen so. Die wollen alle nur dein Geld. Oder deine Frau. Hast du eine Frau?«

»Nein.«

»Sie ist bestimmt sehr schön.«

Ich sagte: »Ich steig jetzt besser wieder aus.«

»Nein«, sagte der Fahrer, »wir fahren gleich nach Istanbul.«

Ich sagte: »Danke, ich muss in die andere Richtung«, und stieg aus dem Bus.

»Warte!«

Ich blieb stehen.

»Für welche Fußballmannschaft bist du?«

Ich machte eine Wegwerfbewegung, wendete mich ab, setzte mich auf einen Poller am Rande des Parkplatzes.

Als ich die Cafeteria wieder betrat, sagte Mustafa sofort: »Gehen wir?«

Ich: »Wir?«

Er: »Ja.«

Aylin zu mir: »Es ist spät. Er hat recht, wir sollten uns ausruhen.«

Er: »Ich zeig euch dann morgen die Gegend. Gibt viel zu sehen. Ihr könnt so lange bleiben, wie ihr wollt.«

Ich: »Wie nett! Aber wir hauen dann morgen früh gleich ab.«

Mustafa fuhr mit seinem Roller vor, wir folgten ihm mit dem Wagen über kurvenreiche Landstraßen. In der Nacht war nur sein Rücklicht zu sehen, das wie ein Glühwürmchen vor uns her schwebte. Keine weißen, reflektierenden Poller am Straßenrand, keine Laternen, keine Lichter von Häusern, keine anderen Autos.

Aylin sagte, es berühre sie, wie Mustafa versuche, sich mit Erzählungen über seine Trümmer zu erheben und dabei selbst an seine Geschichten zu glauben. »Ich kenne solche Jungs«, sagte Aylin. Sie erinnerte sich an einen Freund aus ihrer Kindheit, der als kleiner Junge davon überzeugt war, er habe Superkräfte.

Sie hatte ihn einmal festhalten müssen, damit er nicht vom Balkon sprang, um ihr zu beweisen, dass er fliegen könne. Viel später erst habe sie verstanden, dass er mit diesen Superkräften gegen seine Grundschullehrerin kämpfen wollte, die vor versammelter Klasse unablässig betonte, dass er aufgrund seiner türkischen »Muttersprache« immer Schwierigkeiten haben würde in Rechtschreibung und Lesen. Mustafa, groß wie ein Berg, aber abgeschoben aus Deutschland, glaubte – auf seine Art – ebenfalls noch an Superkräfte.

Seine Wohnung war in einem heruntergekommenen Siebzigerjahrebau. Im Wohnzimmer löste sich an vielen Stellen die Tapete, und der Putz war zu sehen. Als einzige Möbelstücke dienten ein großer Samowar, der auf einem Tisch stand, und eine Musikanlage. Mustafa erhitzte den Tee im Samowar und legte kubanische Musik auf. Vom Fenster aus waren in der Ferne Lichter einer Stadt zu sehen.

Mustafa sagte, er liebe es, Tee zu trinken, den Blick auf Berge und Stadt zu genießen und Buena Vista Social Club zu hören. In Bochum sei er einer der gefragtesten Salsalehrer gewesen.

»Wo sollen wir eigentlich schlafen?«, fragte ich.

Aylin bekam das Schlafzimmer. Im Wohnzimmer bezog Mustafa eine Matratze, »für uns«, wie er sagte.

»Was meinst du mit ›uns‹?«, fragte ich.

»Ich hab nur eine«, sagte er.

»Ich penne draußen.«

»Wird verdammt kalt in der Nacht.«

Ich hüllte mich in meine Decke, machte mich so dünn wie möglich, damit auf der Matratze genug Platz für uns beide war, schloss die Augen und tat so, als würde ich schlafen.

»Du hast gar nichts von dir erzählt«, sagte er. »Schläfst du schon?«

»Ja.«

»Seid ihr beiden eigentlich verwandt?«

»So ähnlich.«

»Was soll das heißen?«

»Lass einfach.«

»Glaubst du an Gott?«

»Was?«

»Ich liege hier oft nachts und denke darüber nach, dass ich so weit weg bin von Bochum und allen Leuten, die ich kenne, und dass es hier so still ist, und ich frage mich, ob hier draußen irgendwo Gott wohnt.«

»Wieso sollte er gerade hier wohnen?«

»Es gibt hier einen alten Mann, der hat einen langen weißen Bart, der ihm bis zu den Fußknöcheln reicht, und der zählt ununterbrochen die Steine auf seinem Tespih, seinem Rosenkranz.«

»Das könnte auch Gandalf sein.«

»Hatte der einen Tespih?«

»Er muss ja nicht gleich Gott sein, weil er einen weißen Bart hat.«

»Nein, natürlich ist er nicht Gott. Aber wenn ich ihn seine Steine zählen sehe, und der Wind geht hier über die Hochebene und saust mir um die Ohren, dann habe ich das Gefühl, Gott ist nicht weit weg.«

»Ist das gut oder schlecht?«

»Man merkt, dass du aus Deutschland bist.«

»Du doch auch.«

Ich wachte auf, als es gerade hell wurde. Neben mir schlief Mustafa. Also ging ich raus und suchte Gott. Ich fand ihn auf einem Baum sitzend und fragte, ob ich raufkommen dürfe. Da es ihm egal war, kletterte ich hinauf. Er fragte, ob ich rauche. Ich verneinte, und er zündete sich eine Zigarette an.

»Du bist wirklich hier, Mustafa bildet sich das nicht nur ein?«, sagte ich.

Er blies gleichgültig den Rauch in den Wind.

»Verteilst du diese Knöpfe, wo man draufdrückt, und dann schläft man sofort ein?«

Ein Eichhörnchen lief ihm über die Schultern, aber er schien das nicht zu bemerken.

»Meinst du«, sagte er, »wenn ich so einen Knopf hätte, würde ich jetzt hier mit dir sitzen?«

»Da bist du ja«, sagte Mustafa, »was machst du hier am Baum, ich habe drinnen eine Toilette.«

»Was?«

»Ich hab Frühstück gemacht.«

Mustafa hatte Gurken und Tomaten geschnitten, Eier gebraten und Tee gekocht. Er hatte sogar Servietten mit Hasenaufdruck gefaltet, die er noch aus einem Osterverkauf in Deutschland haben musste. Aylin saß bereits am gedeckten Tisch.

»Bleibt doch noch«, sagte Mustafa, als wir fertig gefrühstückt hatten, »ich zeige euch die Stadt.«

»Wir müssen jetzt«, sagte Aylin.

Mustafa beschrieb uns den schnellsten Weg in Richtung Trabzon.

Aylin zog die Füße auf den Beifahrersitz. Wir fuhren eine Weile an Teefeldern entlang. Ich war froh, wieder in Bewegung zu sein und die Gedanken laufen lassen zu können.

Aylin fragte mich irgendwann: »Was ist mit dir?«

Und ich fing an zu erzählen – als hätte sie einen Schalter umgelegt, sprach ich in das Motorrauschen hinein. Auf einer Landstraße, inmitten von Teefeldern, bei hundert Kilometern pro Stunde, zwischen den Bergen und dem Schwarzen Meer. Ich erzählte von meinen Eltern, von Cemo, von den Jahren nach Vaters Tod, von dem freien Fall, weil da nichts war, was mich hielt.

Hinter einem Hügel tauchte plötzlich das raue dunkelblaue Meer auf, so unerwartet, dass wir beide gleichzeitig einen Schrei ausstießen. Und loslachten und euphorisch weiter dem Meer entgegenfuhren. Kein Schiff war zu sehen, in der Ferne begann orangefarben der Tag. Wir parkten am Straßenrand. Aylin hatte sich mit den Armen auf der Balustrade abgestützt, die die Parkbucht begrenzte. Ich lehnte am Wagen und schaute ihr zu, wie sie sich zum Meer beugte.

2

In Trabzon rief Aylin bei einem Freund der Familie an, den wir später treffen wollten. Dann trennten wir uns – sie machte sich auf den Weg zur ehemaligen Schule ihres Vaters, ich ließ mich durch die Stadt treiben.

Überall stieß ich auf die uralten Häuser der Pontosgriechen, viele Gebäude trugen Verzierungen einer untergegangenen Zeit: den Turban des Sultans als Symbol für die Muslime der Stadt und einen Kelch und Weintrauben für die Griechen. Ich stellte mir vor, wie es gewesen sein mochte, als in den Straßen noch Griechisch und Türkisch gesprochen wurde. Wie griechische Großmütter, ganz in Schwarz gekleidet, mit schwarzem Kopftuch und mit silbernen Kreuzen auf der Brust aus der Hagia Sophia strömten und die Vermählung ihrer Enkel planten. Ich fragte einen Passanten, wie viele Griechen heute noch hier lebten: »Hier gibt es keine Griechen mehr«, antwortete er.

Diese Stadt schien so friedlich zu sein. In Fischrestaurants pressten Mütter Zitronen auf den Tellern ihrer Kinder aus. Menschen aßen Eis, gingen ins Kino, kauften Blumen, Geschenke für ihre Geliebten oder Kinder. Wie war so etwas möglich: Eine ganze Volksgruppe war aus dem Stadtbild verschwunden, und die, die blieben, machten weiter, als wäre nichts gewesen. Ich musste an Cemo denken, wie er vor dem Hühnerhaus saß, fassungslos, dass Menschen sich unterhielten, Fahrrad fuhren, mit den Hunden Gassi gingen, während andere erschossen wurden, weil sie nicht existieren sollten.

Die Hagia Sophia hatten sie zu einem Museum gemacht. Für ein paar Münzen betrat ich das Gelände. Ein steinerner Weg führte zwischen alten schwarzen Bäumen über eine Wiese zum aufgesperrten Tor der Kirche. Auch die Hintertür war geöffnet, sodass der Garten zu sehen war. Das Laub eines Baumes ragte in den Türrahmen hinein. Weit entfernt, an der Küste, waren die Autobahn und dahinter das Meer zu erkennen. Mit einem Mal hatte ich das Gefühl, vor mir würde sich ein Tor in eine andere Welt öffnen. Ich würde es passieren, und nie mehr würde etwas so sein wie zuvor. Ich würde in die Kirche eintreten, auf der anderen Seite wieder heraustreten und wäre ich selbst, aber doch ein anderer Mensch.

Ich gelangte auf den Platz hinter der Kirche. Die untergehende Sonne färbte den Himmel, den Asphalt, den Stein der Mauer rot. Sie schimmerte zwischen den Bäumen, auf den Dächern der Häuser in der Bucht, auf den Blechkarosserien der fahrenden Autos und auf dem Meer.

Auf der Autobahn fuhr ein Lastwagen mit hoher Geschwindigkeit. Von hier aus wirkten seine beiden Anhänger wie zwei Streichholzschachteln. Aylin stand an der Kirchmauer. Sie hatte einen Fuß auf die alte Mauer gesetzt und sah dem Lkw hinterher. Ich ging zu ihr und setzte ebenfalls den Fuß auf die Mauer. Ein kühler Wind wehte uns ins Gesicht. Aylin grüßte mich mit einem Blick, dann schaute sie wieder in Richtung Autobahn und Meer. Links unten befand sich ein verlassener Aquapark mit gelben, blauen und roten Rutschen, das Wasserbecken – zu dieser Jahreszeit ohne Kinder – gehörte jetzt den Möwen. Wir beobachteten die vorbeifahrenden Autos, drei Hunde in der Ferne, groß wie Stecknadelköpfe, folgten einander entlang der Küste. An einigen Häusern auf dem Hang wehte weiße Wäsche wie Taschentücher in grüßenden Händen.

Die Farbe des Wassers veränderte sich alle paar Sekunden mit der Position der Sonne – türkis, rot, lila.

Ahmet, der Freund von Aylins Familie, hatte uns ein Taxi organisiert, dessen Fahrer sich in den Bergen rund um Trabzon auskannte. »Der Himmel dort ist unvergleichlich«, hatte Ahmet gemurmelt, und wir waren in einen alten Wagen gestiegen, dessen Motor die ganze Fahrt laut dröhnte.

Ich saß mit Aylin hinten. Aus kratzigen Lautsprechern erklang schnelle, harte Geigenmusik, die wirkte wie ein nicht endendes E-Gitarren-Solo. Aylin hatte den Kopf in den Nacken gelegt und schaute aus dem Rückfenster in die Nacht. Auch ich lehnte mich zurück und schloss die Augen. Die raschen Tonfolgen der Geige malten sich als Farben in die Dunkelheit.

Die Straße war in schlechtem Zustand, immer wieder spürte ich, wie wir mit allen vier Rädern abhoben. Der Fahrer des Taxis reichte eine Whiskyflasche herum, und wir nahmen alle großzügige Schlucke daraus. Irgendwann rutschte Aylins Kopf auf meine Schulter.

»Was machen wir hier?«, flüsterte ich ihr ins Ohr.

»Häutung«, sagte sie.

Als das Auto anhielt, wachte ich auf. Aylins Kopf lag immer noch auf meiner Schulter. Ahmet schlief auf dem Beifahrersitz, die Knie hochgezogenen und das Gesicht gegen das Seitenfenster gelehnt. Wir stiegen aus dem Wagen. Um uns eine Stille, wie ich sie selten zuvor erlebt hatte. Nicht das leiseste Rauschen, keine Autos in der Ferne, kein Wind, kein Wasser, keine Vögel, keine Menschen. Ich öffnete die Beifahrertür. Ahmet wäre herausgefallen, hätte ich ihn nicht aufgefangen. Er zog sich am Wagen hoch und fragte verschlafen: »Schon da?«

Der Fahrer hatte sich gegen die Motorhaube gelehnt und schaute mit der Whiskyflasche in der Hand zu den Sternen.

»Okay«, sagte Ahmet, »ich werde sie wach klingeln, aber das ist nicht ganz ungefährlich.«

Wir folgten ihm die Stufen zu einem Haus hinauf, das vollständig aus unbehauenen Holzstämmen gebaut war. Ahmet klingelte Sturm. Uns hatte er zuvor bedeutet, dass wir uns von der Tür fernhalten sollten. Einen Moment später wurde klar, was Ahmets Sorge gewesen war: Die Holztür knarrte auf, Licht fiel auf den Boden vor der Tür, wo sich jetzt ein länglicher Schatten abzeichnete. Gleichzeitig brüllte eine Stimme etwas auf Griechisch. Eine Frau zeigte sich in der Tür, richtete eine Schrotflinte auf uns. Ahmet hob die Arme und redete beschwichtigend auf sie ein.

Endlich lehnte die Frau die Flinte gegen die Wand und antwortete auf Türkisch: »So was! Mich so zu erschrecken.« Die beiden umarmten sich.

Erst jetzt bemerkte ich, dass ich Aylins Hand fest in meiner hielt.

Die Frau stellte Feta und Oliven und einen Krug mit Wein auf den Tisch. Sie drehte sich eine Zigarette, aus der der Tabak hing.

»Was treibt euch zu so später Stunde in mein Dorf?«, fragte sie.

»Wir haben uns lange nicht mehr gesehen«, sagte Ahmet.

»Wir planen eine Revolution«, sagte ich.

»Gut«, sagte die Frau, »ich habe auf euch gewartet. Im Wald habe ich ein Waffendepot.«

Sie kramte einen Atlas aus Zeiten des Kalten Krieges hervor, dessen Seiten nur noch lose im Umschlag lagen. Sie öffnete die Weltkarte und kreiste mit einem Kugelschreiber die Städte Bagdad, Ankara, Moskau, Athen, Berlin, Bonn, New York, Washington und Durban ein.

Sie sagte: »Das ist alles. Mehr brauchen wir nicht. Wo habt ihr überall eure Leute?«

Wir planten Revolution, bis der Weinkrug leer getrunken war. Die Frau und Ahmet waren längst eingenickt, Aylin und ich erkundeten das Haus. In einem der Schlafzimmer entdeckten wir einen Balkon, traten hinaus, blickten in die Finsternis. Und sahen die Milchstraße als einen großen leuchtenden Mann, der die Faust hob. Dann legten wir uns aufs Bett, ließen die Köpfe von den Matratzen baumeln und blickten umgekehrt in den Nachthimmel.

»Warst du in der Schule deines Vaters?«, fragte ich.

»Ja.«

Der Hausmeister hatte Aylin geöffnet, und sie war die Steinstufen hoch in den zweiten Stock gestiegen. Ohne zu überlegen, hatte sie einen Klassenraum betreten: Tischreihen, Lehrerpult, Tafel. An der Wand ein Bild von Atatürk und die Strophen der Nationalhymne. Sie hatte sich mitten im Raum auf eine der Holzbänke gesetzt, nach dem Drahtmenschen an ihrer Kette gefasst und an die Erzählungen ihres Vaters aus seiner Schulzeit gedacht. Wie er die Lösungen für Übungsaufgaben vom Pastorensohn abgeschrieben hatte. Wie er vor der gesamten Klasse Schläge mit dem Lineal auf die nackte Hand bekommen hatte, wenn er einmal keine Hausaufgaben vorzeigen konnte. Sie hatte sich vorgestellt, dass ihr Vater mit Schnodder an der Nase in diesem Raum gestanden und, in die Gesichter seiner Mitschüler blickend, gegen die Tränen gekämpft hatte.

Uns wurde kalt, und wir schlüpften unter die dicke Daunendecke.

»Das Kindheitsspiel?«, flüsterte Aylin.

»Du fängst an.«

»Was ist der Duft deiner Kindheit?«

»Naphthalin, Zitronen, Etagenklo, Ofenheizung, Trampolin, Tiramisu, Frau Schweinohr-Neuberger, Bruce Lee.«

Aylin lächelte: »*Die unendliche Geschichte*, *Ronja Räubertochter*, Tante Mesude, Samstagvormittage auf dem Gemüsemarkt, Blockflöte.«

Ich: »Blockflöte, aber auch Glockenspiel, Maracas, Kung-Fu, Cha-Cha-Cha, Lambada.«

Sie: »Gitarren-Ricardo, Murmeln, Felix und Pamuk, die Katze und blaue, rote, grüne, vor allem lila Drahtmenschen.«

Ich: »Armut, der Kioskbesitzer. Also, eigentlich Arnold, aber ich habe noch bis vor wenigen Jahren gedacht, er hieße tatsächlich Armut.«

Aylin war silbern vom Sternenlicht. Ihr Parfum roch nach Tannenharz. Wir lagen Tausende Kilometer weit weg von zu Hause, was auch immer das bedeuten mochte, in einem Bergdorf, dessen Namen wir nicht kannten, dessen Bewohner bewaffnet waren und in dem es nachts ohrenbetäubend still war.

Ich flüsterte: »Wie geht das? Sich häuten?«

»Es gibt Regeln«, sagte sie.

»Eine Regel der Häutung lautet«, sie stockte kurz, »wir reden danach nie wieder über diese Dinge.«

Ich sagte: »Abgemacht.«

Das Fenster war immer noch geöffnet, es war kalt. Wir rückten unter der Decke noch enger und begannen dann langsam, uns gegenseitig auszuziehen. Ich öffnete ihre Hose, strich ihre Bluse hoch bis über den BH, fuhr mit den Fingerkuppen über ihren Körper, ohne ihn zu berühren, über die äußeren Rippen, über die Wölbung der Brust, den Träger des BHs. Als sie mir das T-Shirt abstreifte, sahen wir uns in die Augen. Ich arbeitete mich mit meinem Blick Millimeter für Millimeter vor. Die Nasenwurzel, das gerade Nasenbein, die Nasenflügel, das Philtrum, der leicht offen stehende Mund, die volle, geschwungene Oberlippe, die Mulde unter der Unterlippe, das runde Kinn, der Hals. An ihrem Hals die Kette mit dem Drahtmenschen. Ich löste sie und legte sie zu den Kleidern am Kopfende des Bettes.

Jetzt hatten wir nichts mehr am Körper, keine Uhren, keinen Schmuck. Wir waren nackt, unter der Daunendecke schimmerte unsere Haut.

3

Die Rückfahrt war weiß. Schneebedeckte Berge wuchsen in den Himmel, an den Hängen steckten Hütten auf Pfählen wie Nadeln in Kissen. Dazwischen: das Meer. Die Küstenautobahn verlief entlang des Bergzipfels. In der Nähe des Wassers lag kein Schnee, dafür gab es einen Kieselstrand, der zu dieser Jahreszeit menschenleer war. Wir hüllten uns in all unsere Kleidung und eine Decke, die der Fahrer im Kofferraum hatte, legten uns ans Wasser und lauschten dem Meer.

Zurück in Trabzon, nahm ich mir ein Hotelzimmer. Aylin sollte die nächste Nacht bei Ahmet und seiner Familie unterkommen. Er hatte auch mir einen Schlafplatz angeboten, aber ich wusste, dass die Wohnung klein war und es eigentlich keinen Platz für mich gab. Ich legte mich aufs Bett in meinem Zimmer und sah hinaus auf den großen Platz vor dem Hotel. Von draußen drangen Stadtgeräusche zu mir. Autos und Motorräder, Menschen, die sich laut unterhielten, Musik in den Cafés. Ein weinendes Kind. Die Geräusche lullten mich ein. Ich fühlte mich angenehm müde – eine Müdigkeit, diesmal wie an Sommerabenden am Meer in einer glücklichen Kindheit. Meine Augenlider wurden schwer, und ich merkte kaum, wie ich langsam einschlief. Bilder zogen auf: die Lichter im Armaturenbrett des Taxis, als wir in die Nacht fuhren; unsere aneinandergelehnten Köpfe auf der Rückbank; Hand in Hand vor dem Gewehrlauf einer griechischen Gastgeberin; unsere silberne Nacktheit.

Das Klingeln des Telefons weckte mich kurz vor Mitternacht.

»Hallo?«

»Ich muss sofort nach Berlin.«

Ich boxte meine Sachen in Vaters Tasche, zog meine Hose an und warf Pullover und Jacke über. Ich beglich die Rechnung an der Rezeption, sprang in Şahins Wagen und fuhr zu Ahmet. Aylin stand schon vor der Tür. Ahmet sagte, es gebe keine Direktflüge nach Berlin, und der nächste nach Istanbul gehe erst morgen Abend; wir mussten also das Auto nehmen.

Ich bog auf den Autobahnzubringer ein und gab Gas. Für den Hinweg hatten wir drei Tage gebraucht, ohne Zwischenstopp sollte der Rückweg in zwölf bis fünfzehn Stunden zu schaffen sein. Das Meer war ein schwarzes Nichts jenseits der Küstenstraße. Die Scheinwerfer des alten Ford schoben die Dunkelheit vor uns her.

Aylin hatte die Lehne ihres Sitzes zurückgestellt und sich weggedreht. Ich wusste, dass sie nicht schlief. Sie schaute aus dem Seitenfenster ins schwarze Nichts. Ihr Vater lag im Sterben. Was sollte ich sagen, jedes Wort würde verschluckt werden.

Es regnete. Die Tropfen knallten gegen die Windschutzscheibe. Die Scheibenwischer rasten hin und her. Ein Wind drückte so heftig gegen den Wagen, dass ich Schwierigkeiten hatte, das Lenkrad zu halten. Irgendwann sank die Tankanzeige in den roten Bereich, und weit und breit war keine Tankstelle zu sehen. »Hast du noch die Nummer von diesem Mustafa?«, fragte ich Aylin.

Die Berge, die Mustafas Stadt umgaben, waren kahl, und viele der Häuser waren in Felsen geschlagen. Im Zwielicht der aufgehenden Sonne sahen die Aushöhlungen in den Bergen aus wie riesige Fratzen. Am Ufer eines Flusses standen Fachwerkhäuser. Mustafa fragte nicht, was der »Notfall« war, von dem Aylin am Telefon gesprochen hatte. Er fragte nicht, weshalb er um fünf in der Früh von fremden Menschen geweckt wurde. Er stand einfach mit Kanistern voll Benzin am Treffpunkt, füllte den Tank auf und stellte sogar noch einen vollen Kanister in den Kofferraum.

»Wollt ihr wirklich nicht eine Kleinigkeit frühstücken?«, fragte er und gab uns Brot und Käse in einer Tüte mit.

»Danke«, sagte Aylin.

Ich sah ihn im Rückspiegel auf der Brücke stehen, bis wir in die Krümmung einer Serpentine fuhren.

Irgendwann bemerkte ich, dass Aylin nicht schlief, die Augen geöffnet hatte und wortlos vor sich hin starrte. Nach einer Weile drückte sie Feta ins Brot, biss davon ab und hielt es mir hin. Ich sah die Haut ihrer Hand aus der Nähe, die Falten zwischen den Fingerknochen, die bei jedem Menschen anders aussehen.

»Wo sind wir?«

»Konntest du schlafen?«

»Aufwachen«, sagte sie, »mag ich nicht.«

»Noch vierhundert Kilometer.«

Kurz vor Istanbul hielten wir, um Benzin nachzufüllen. Ich rannte raus in den Regen und riss den Kanister aus dem Kofferraum. Es stürmte. Der Regen strömte so heftig die Fenster des Wagens hinunter, dass ich Aylin nicht mehr sehen konnte.

Ich stieg vollkommen durchnässt wieder ins Auto. Hier drinnen klang das Prasseln noch lauter als draußen – das Blech des Autodachs war der Resonanzboden. So stellte ich mir leer geschossene Patronenhülsen vor, wenn sie fielen.

Aylin machte mir ein Zeichen, dass ich noch nicht losfahren solle. Sie hielt das Telefon ans Ohr. »Schon länger«, sagte sie, »ich muss jetzt zurück. Unerwartet.«

»...«

»Ja.«

»...«

»Nicht gut.«

»...«

»Nicht gut, sagte ich.«

»...«

»Verstehe.«

»...«

»Ich dachte, du kommst ...«

»...«

»Nein.«

»...«

»Ich dachte ... Ja. Danke. Nein. Egal.«

Sie legte auf und starrte auf die Straße. »Sie wird nicht mitkommen.«

Ich wollte etwas Beruhigendes sagen. Die Hülsen leer geschossener Patronen prasselten weiter auf das

Blechdach des alten Ford. Der Regen in meinen Haaren, in meiner Jacke roch feucht. Ich sagte nichts. Ich fuhr los.

Unter der Brücke stieg Nebel aus dem Meer zwischen den Kontinenten – ein weißes Monster, groß wie Istanbul. Er legte sich über die Hügel der Stadt, verschlang die Fähren und schluckte die Häuser, die in den Buchten der Stadt lagen. Möwen kreisten um die Stahlseile der Hängebrücke. Bevor es hinüberging auf die europäische Seite, standen wir im Stau an einer Mautstation. Ich zahlte die Gebühr, den Rest des Weges kamen wir gut durch. Am Flughafen schoben Reisende Kulis durch die Halle oder saßen auf den Wartesitzen und lasen Zeitung. Wir buchten ein Ticket für Aylin und setzten uns in eine Snackbar. Aylin versuchte mich anzulächeln, aber ihr Lächeln geriet schief.

Vor der Passkontrolle hatten sie ein Rattenlabyrinth aufgebaut, sodass man nicht geradewegs zum Schalter laufen konnte, sondern mehrere Bahnen auf und ab schreiten musste. Sie lief in das Rattenlabyrinth, und immer wenn sie auf dem Weg zum Schalter in der Mitte der Bahn ankam, befanden wir uns für den Bruchteil einer Sekunde auf einer Höhe. Ich stand da mit den Händen in den Hosentaschen und schaute dabei zu, wie sie ihren Pass, ihre Tickets kontrollieren ließ, wie sie nicht mehr zu mir zurückschaute, weil sie nicht mehr hier war, weil sie sich längst auf der anderen Seite des Schalters, auf der anderen Seite der Kontrolle, jenseits des Check-ins befand; weil sie in Gedanken schon in den Bus gestiegen war, der sie entlang der Piste zu ihrem Flugzeug fuhr; weil sie schon längst das Essen, das die Flugbegleitung verteilt hatte, unangetastet gelassen hatte; weil sie bereits in einem Taxi fuhr; weil sie schon im Krankenhaus am Bett ihres Vaters saß und seine Mütze in der Hand hielt und knetete und knetete, als könnte der Stoff zum Leben erweckt werden: wie Leuchtstangen, die leuchten, wenn man sie bricht. Ich blieb noch eine Weile stehen und schaute den Grenzbeamten dabei zu, wie sie die Pässe weiterer Passagiere kontrollierten. Eine Stille sank über die Welt – wieder hatte Luft die Konsistenz von Wasser und füllte meine Ohren.

Ich ging langsam, die Eile war mit einem Schlag beendet. Eine Mutter hatte sich zu ihrem Kind hinunter gebeugt und sagte ihm mit erhobenem Zeigefinger, dass das hier kein Spielplatz sei; ein alter Mann stützte sich auf seinen Gehstock und starrte auf den Boden; im Duty-free standen Menschen an der Kasse. Im Parkhaus roch es nach Asphalt und Benzin; von der Autobahn aus zu sehen: Hochhäuser, ein Flugzeug, Kondensstreifen. Ich kam ohne Stau zurück in die Stadt und fuhr ohne Umwege zum Grab meines Vaters. Auf dem Friedhof dämmerte es bereits. Trotzdem liefen noch Kinder umher mit Kanistern voller Wasser, um für ein paar Münzen die Grabsteine zu waschen. Ich legte den Kindern Geld in die Hand und sagte, dass ich ihnen mehr geben würde, wenn ich das nächste Mal käme und das Grab sauber und frei von Unkraut wäre. Ich half den Kindern, danach nahmen sie ihre Kanister und verschwanden hinter den Grabsteinen. Ich starrte auf den Namen meines Vaters, auf das Datum seiner Geburt, auf das Datum seines Todes.

Später fuhr ich zu Şahin, legte mich im fensterlosen Zimmer aufs Sofa, konnte jedoch keinen Schlaf finden. Mir fehlte die Kraft, das Licht auszuschalten. Mir fehlte die Kraft, irgendetwas zu tun. Aylin musste längst in Berlin angekommen sein. Bei den Dingen, die zu tun waren. Beim Durchhalten. Beim Abhaken.

Nach einer Weile ging ich hinüber ins andere Zimmer. Şahin schlief wie immer mit den Füßen auf dem Schreibtisch, ein Haufen Zigarettenstummel im Aschenbecher, der Kopf im Nacken. Ich setzte mich zu ihm und starrte ihn an, weil ich nicht wusste, was ich sonst tun sollte.

Plötzlich klingelte das rote Telefon auf Şahins Schreibtisch. Er kippte mit seinem Stuhl fast nach hinten, nahm gähnend ab und reichte mir nach ein paar Floskeln den Hörer weiter.

»Wo steckst du?«, fragte Onkel Cemal, »willst du da drüben deinen Lebensabend verbringen?«

»Ja.«

»Ach so, und warum sagst du das nicht vorher?«

»Weil da noch ein paar Jährchen hin sind.«

»Also kommst du bald?«

»Ja.«

»Gut.«

»Kann ich dir was mitbringen?«

»Ja. Schmuggeltee.«

»Was?«

»Şahin weiß, wo du den bekommst.«

»Cemo, kann ich dich was fragen?«

»Was?«

»Wie war noch mal deine Theorie dazu, was Erinnerungen bedeuten?«

»Welche Theorie?«

»Na, deine Theorie zu den Erinnerungen!«

»Erinnerungen sind die Geister der Vergangenheit.«

Ich legte auf und setzte mich in einen der Sessel, die an den Zimmerwänden standen. Ich war müde und gleichzeitig überdreht.

»Sag mal«, sagte Şahin, »was ist los mit euch in Deutschland?«

»Was meinst du?«

»Warum schlaft ihr nie?«

4

Schließlich hielt ich es nicht mehr aus und rief Aylin an. Ich erreichte sie nicht.

Ich lief in eine Buchhandlung auf der İstiklâl und blätterte türkische Lyrikbände durch. Ich fütterte den Pudel einer Frau vor dem Buchladen mit Lakritzstangen – die Frau beschimpfte mich. Ich setzte mich in eine Teestube, verließ sie aber wieder ohne einen Schluck Tee. Ich kaufte Zeitungen am Kiosk und las sie nicht. Vor dem Eingangstor des Galatasaray-Gymnasiums, den Säulen, der hohen Holztür aus osmanischen Zeiten, diskutierte ich mit einem Aktivisten über

Atomkraftwerke und befürwortete sie. Ich ließ mich über Musikinstrumente beraten in der Musikantenstraße und verweigerte einem Akkordeonspieler Almosen. Ich wartete auf Regen, auf Hagel und Schnee, aber die Sonne schien, und Passanten trugen teure Sonnenbrillen. Ich aß eine Packung Gummibärchen, weil ich gehört hatte, dass sie aus gemahlenen Schweineknochen bestehen. Ich kaufte fünf Luftballons und ließ sie auf der Galatabrücke frei und sah zu, wie sie dem offenen Meer entgegenflogen. Ein Muezzin ließ durch die Lautsprecher des Minaretts seinen Gesang über die Stadt, über die Straßen und Häuser, über die wenigen Bäume und über Schnittblumen der Floristen, über die Menschen fegen – ich blieb mitten auf dem Gehweg stehen, öffnete die Hände zum Himmel und simulierte ein Gebet; Passanten, die auf mich zukamen, wichen aus. Vom Meer her umwehte mich ein kalter Wind und ging mir durchs Haar und in meine Jacke und durch die Wolle meines Pullovers und durch meine Haut und durchs Fleisch und legte sich auf meine Knochen.

Es war schon spät in der Nacht, als Aylin mich zurückrief:

»Er spricht nicht mehr.«

»Hat er Schmerzen?«

»Er bekommt sehr hohe Dosen an Morphium. Wie spät ist es?«

»Vier Uhr fünfzig hier – drei Uhr fünfzig bei euch.«

»Ich hab das letzte Mal in Trabzon geschlafen.«

»Hast du nicht. Im Auto vielleicht.«

»Das ist der beste Schlaf.«

»Kann ich etwas tun? Irgendwas?«

»Warum bist du wach?«

»Ich glaube, ich war das letzte Mal beim Abitur wach.«

»Sag mir, was du siehst.«

»Mein Zimmer hat keine Fenster.«

»Sag mir irgendwas.«

»Ruhige Straßen, Laternenlichtinseln auf dem Asphalt, hohe, aber schmale Bürgersteige. Ein Mann mit einem Schnauzbart. Er steht an der Ecke einer Kreuzung und schaut auf die leere Straße.«

»Ich denke, dein Zimmer hat keine Fenster?«

»Hat es nicht. Jetzt du!«

»Die Lichter sind an, es ist ruhig. Kaum Menschen. Keine.«

»Ein Korridor?«

»Sehr lang, Automaten an jedem Ende. Kaffee, Junkfood.«

»Gibt es eine Tür zum Hof?«

»Nein.«

»Bist du allein?«

»Ja.«

»Wo?«

»Ich sitze auf einem Stuhl in der Mitte des Korridors.«

»Sind da viele Stühle?«

»Alle leer, bis auf einen, auf dem ich sitze.«

»Geräusche?«

»Etwas summt elektrisch.«

»Was machst du?«

»Ich gehe raus.«

»Auf die Straße?«

»Auf den Hof. Durch die Tür.«

»Ist es kalt?«

»Warm. Die Sonne scheint.«

»Lächelst du?«

»Ja, jetzt schon. Auf diesem Hof schon. Da ist ein Maisfeld. Die Sträucher leuchten wie Kerzen. Sie kitzeln, wenn ich durch sie hindurchstreife. Sie wachsen mir bis zur Brust, sie wachsen mir über den Kopf.«

»Kannst du den Himmel noch sehen?«

»Ja. Nein. Jetzt nicht mehr.«

»Läufst du weiter?«

»Ich biege die Sträucher zur Seite, mache mir den Weg frei.«

»Was ist hinter den Sträuchern?«

»Eine Tür.«

»Lässt sie sich öffnen?«

»Der Raum ist weiß.«

»Gegenstände?«

»Ein Kamin.«

»Auch weiß?«

»Alles ist weiß.«

»Sind da andere Menschen?«

»Hier ist niemand.«

»Andere Zimmer?«

»Da ist eine Küche, aber alle Geräte, alle Möbel, der Kühlschrank, der Tisch, alles ist aus weißem Stein.«

»Kennst du die Küche?«

»Ich setze mich an den Tisch. Schaue aus dem Fenster.«

»Lässt sich das Fenster öffnen?«

»Da kommt jemand.«

»Was? Wer?«

»Bleib dran.«

»Was? Hallo? Was passiert da, jetzt hör nicht auf zu reden, sag was«

…

»Aylin?«

…

»Bist du da?«

…

»Was sagt er?«

…

»Aylin!«

Sie legte nicht auf.

Sie war einfach weg.

Ich rannte aus dem Zimmer, ich rannte aus dem Haus. In den leeren Straßen hallte der Klang meiner Schritte. Ich rannte in die Nacht, in die Nebenstraßen. Ich rannte, so schnell ich konnte. Ich rannte und rannte. Um diese Uhrzeit kaum Passanten. Ich rannte durch die Straße der Transvestiten. »Hey, Süßer, wohin so eilig?«, rief mir jemand zu. Ich rannte. Ich rannte, bis ich nicht mehr konnte. Ich stürzte auf die Knie, prallte mit den Händen gegen eine Hausfassade. Ich versuchte gleichmäßig zu atmen, aber meine Lungen füllten sich unkontrolliert mit Luft, die Brust schmerzte. Der Schweiß rann mir aus den Poren, durchnässte meine Klamotten. Mein Herzschlag: Die Hiebe eines unsichtbaren Boxers. Ich ließ mich auf den Rücken fallen, da war der Himmel, da war die Unterseite einer Traufe im Laternenlicht.

Vier

1

Die Beerdigung fand in Istanbul statt. Ich sah Aylin kaum. Sie koordinierte die Trauerfeier, bestimmte, wohin die Gäste sich begeben sollten. Sie war blass, ihre Augen waren verquollen. Als ich sie beim Trauergebet beobachtete, sah ich, wie sie vergaß, die Bewegungen mitzumachen – das Drehen des Kopfes nach links, das Drehen des Kopfes nach rechts, der Blick nach unten, der Blick in den Himmel –, sie starrte geradeaus.

Ein paar Tage später trafen wir uns in der Nähe des Flughafens – kurz vor dem Abflug hatte sie etwas Zeit. Wir setzten uns an der Bushaltestelle auf ihren schwarzen Rollkoffer und schauten auf die achtspurige Schnellstraße: Pkws, Busse, Lastwagen. Lärm.

»Wann geht dein Flug?«, fragte ich.

»In zwei Stunden.«

»Ich fliege in den nächsten Wochen auch zurück nach Berlin«, sagte ich.

Aylin schaute auf die andere Straßenseite, wo sich ein Hund auf den Steinen des Bürgersteigs wälzte. Er tauchte immer kurz zwischen den Fahrzeugen auf und verschwand wieder.

»Du musst früh buchen«, sagte Aylin, »kurzfristig sind die Tickets teuer.«

Ein Dolmuş hielt vor uns, die Türen öffneten sich, Aylin stand auf, ich half ihr mit dem Koffer. Der Bus fuhr ab. Ich blieb noch stehen, bis er im Verkehr verschwunden war. Der Hund gegenüber stand wieder auf allen vieren.

Hinter der Schnellstraße ging es ein Stück bergauf. Schmale, menschenleere Gassen. Aus den Häusermauern bröckelte Zement. Der Asphalt war alle paar Schritte aufgeplatzt.

Eine Frau trat aus einem Haus und hielt inne, als sie mich sah: Ein Fremder, der sich verirrt haben musste. Dann ging sie ihres Wegs in Richtung Schnellstraße. Ich lehnte mich gegen eine Mauer, der Himmel war bedeckt, die weißen Wolken brannten in den Augen, unten auf der Straße: der unaufhörliche Strom der Autos. Ich steckte die Hände in die Jackentaschen und bekam etwas zu fassen. Ich zog es heraus: ein Drahtmensch.

2

»Was ist los, Cemo, hast du Bewerbungsfotos machen lassen? Oder warum hast du dich rasiert?«

»Nur für dich, mein Junge.«

»Wo sind deine Augenringe?«

»Die hab ich in den Automaten da vorne geworfen und habe zwei Riegel dafür bekommen.«

Er reichte mir einen Schokoriegel, und wir liefen kauend zu dem Parkverbot, wo sein Wagen stand. Ich stellte Vaters bordeauxrote Kunstledertasche in den Kofferraum, in dem sonst nur eine alte Decke lag.

»Hatice zieht zu mir nach Berlin.«

»Was?«

»Sie war hier. Sie hat an meiner Tür geklopft, und ich hab sie nicht reingelassen. Dann hab ich sie reingelassen …«

»… aber nicht mit ihr gesprochen!«

»Genau. Und dann sind wir wie Siebzehnjährige in den Straßen Kreuzbergs herumgezogen.«

»Ich hoffe, ihr habt keine Kinder erschreckt.«

»Vielleicht ein bisschen. Übrigens versteht sich deine Mutter super mit ihr. Viel besser als damals. Die wollen jetzt sogar zusammen einen Motorradführerschein machen.«

»Und du bist der Fahrlehrer.«

»Ich mein's ernst.«

Wir setzten uns in den Wagen, und Cemo fuhr los.

Ein paar Blocks vor meiner Wohnung ließ ich ihn anhalten, weil ich noch ein Stück zu Fuß gehen wollte. »Danke, Cemo, fürs Abholen«, sagte ich und stieg aus.

Cemo kurbelte das Fenster herunter. »Wenn du willst«, sagte er, »komm später vorbei. Wir haben lange kein Schach mehr gespielt.«

»Nur wenn wir die Regeln ändern: Das Spiel ist erst vorbei, wenn alle Bauern vom Feld sind. Vergiss den König.«

Onkel Cemal grinste mich an, er sagte: »Ich dachte schon, du kommst nie wieder.«

»Hier bin ich«, sagte ich.

Bitte beachten Sie auch
die folgenden Seiten

Danke:

Sevim Öztimur-Utlu, Fabiola-Nathalie Rodríguez Garzón, Marianna Salzmann, Sebastian Richter, Mischa Gayring, Tanja Graf, Mutlu Ergün-Hamaz, Philipp Paul; Literaturwerkstatt Rauş – Neue Deutsche Stücke, Maxim Gorki Theater, Ballhaus Naunynstraße; Georgia Doll, Oliva Wenzel, Hakan Savaş Mican, Daniela Janjic, Mathilda Onur; Eisenbacher Autorenstiftung, Berliner Kulturverwaltung; Ulli Janetzki, Frau Spieck, Herrn Dr. Graebel; Mike Klesse, Bernhard H. F. Taureck, Zeki Utlu.

(Quelle des Zitats S. 59f.: Helge Sodan / Jan Ziekow, *Grundkurs Öffentliches Recht*, Verlag C. H. Beck, München.)

Maurizio Torchio

DAS ANGEHALTENE LEBEN

Roman

Aus dem Italienischen
von Annette Kopetzki

Paul Zsolnay Verlag

Die italienische Originalausgabe erschien 2015 unter dem Titel *Cattivi* bei Einaudi in Turin.

Die Zitate auf S. 5 stammen aus: Derek Walcott, *Der Traum auf dem Affenberg*, übersetzt von Klaus Mertens, Coron Zürich 1995; Aristoteles, *Politik*, übersetzt von Eckard Schütrumpf, mit freundlicher Genehmigung des Felix Meiner Verlags.

1 2 3 4 5 21 20 19 18 17

ISBN 978-3-552-05821-7

Satz: Eva Kaltenbrunner-Dorfinger, Wien
Druck und Bindung: GGP Media GmbH, Pößneck
Printed in Germany

FSC
www.fsc.org
MIX
Papier aus verantwortungsvollen Quellen
FSC® C014496

Die Krüppel, Krüppel. Es sind die Krüppel, die an Wunder glauben. Es sind die Sklaven, die an die Freiheit glauben.

Derek Walcott, *Der Traum auf dem Affenberg*

Der staatliche Verband geht aber von Natur dem Haushalt und jedem Einzelnen von uns voraus; denn das Ganze geht notwendigerweise dem Teil voraus. Wenn nämlich das Ganze zerstört wird, wird kein Teil, weder Fuß noch Hand weiter existieren – außer homonym, wie wenn man die Bezeichnung Hand für eine Hand aus Stein benutzte (...). Wer aber nicht fähig ist, Mitglied der staatlichen Gemeinschaft zu sein oder aufgrund seiner Autarkie ihrer nicht bedarf, der ist kein Teil des staatlichen Verbandes und somit entweder Tier oder Gott.

Aristoteles, *Politik*

Sie sagen: Ohren. Du klappst die Ohren mit den Händen vor und drehst dich erst nach rechts, dann nach links.

Nasenlöcher. Du biegst den Kopf zurück, um die Inspektion zu erleichtern.

Mund. Du machst den Mund auf. Die Türen des Körpers öffnen sich auf Befehl. Du öffnest den Mund, doch sie nähren dich nicht. Sie fügen nichts hinzu, sie kontrollieren, damit du nichts hast.

Zunge anheben. Du gehorchst.

Zunge rausstrecken. Du gehorchst.

Zahnfleisch. Du ziehst die Lippen hoch, mit den Händen. Deine Finger im Dienst der Wärter.

Der Mund ist leer, alles vorschriftsgemäß. Kommt man zurück, ist er meistens leer, denn beim Ausgang sollte man viel reden. Man sollte mit einer Frau zusammen sein, die das Gefängnis kennt: weil sie selbst Gefangene war oder als Kind zum Besuch eines Vaters, eines Bruders mitgenommen wurde. Vielleicht sitzt ihr Mann noch. Manche Frauen haben es eilig, sie verstehen nichts. Sie denken, wenn du seit zwanzig Jahren keine Frau hattest, willst du dich schon auf der Straße überfressen. Doch wer das Gefängnis kennt, wird dich nach Hause bringen, dich Tropfen für Tropfen sättigen. Ihr werdet nachmittags zu ihr gehen, hoffen, dass es bald dunkel wird. Sie wird dir einen Kaffee anbieten. Und du wirst reden. Du wirst reden. Du musst dir den Mund ausleeren. Ein bisschen Gefängnis rauslassen. Wenn du nicht redest, ist kein Platz für anderes da.

Toro geht zu so einer Frau.

Zurück im Gefängnis sagen sie: Hände, und du streckst die Arme vor, spreizt die Finger, wie um nicht hinzufallen im Dunkeln. Dann bewegst du die Finger. Schwer zu verstehen, warum. Wer kann etwas zwischen den Fingern einer offenen Handfläche verstecken? Doch wenn du von einem Ausgang zurückkommst, bist du so stolz auf deine Hände, dass du es fast gern tust. Es sind Männerhände, endlich. Soll ich dir einen Kaffee machen, wird die Frau gefragt haben. Danke, antwortet Toro. Du hebst die Tasse an den Mund, und es ist, als hättest du ein Waschbecken zwischen den Lippen, so dick ist sie, so schwer. Ich hatte nie Ausgang und werde niemals rauskommen können. Aber ich habe das erlebt, vor acht Jahren, als ich zu einer Gerichtsverhandlung ging. Ein echter Löffel, aus Edelstahl, es ist mühsam, damit umzurühren. Dieses Klingeln, nach Jahren mit Plastik. Die Tasse zerbricht, wenn sie herunterfällt, du hast eine Verantwortung. Es ist eine Tasse für Erwachsene. Wenn Polizisten dich bei einer Verlegung begleiten, kann es vorkommen, dass sie an der Autobahnraststätte halten und dir einen Kaffee anbieten. Die Wärter nie. Denn Polizisten haben gewöhnlich mit freien Menschen zu tun, die noch festgenommen werden können. Polizisten wird beigebracht, ein Gesicht wiederzuerkennen, auch nach Jahren noch. Den Wärtern nicht.

Achselhöhlen. Toro hebt die Arme.

Anheben und trennen. Er hebt den Penis an, trennt die Hoden.

Vor ein paar Stunden hat die Frau sie in den Händen gehalten, warmes Fleisch, nach kalten Mauern.

Vor den Wärtern ist Toro nackter als vor ihr.

Im Gefängnis lernst du wieder die Angst vor der Dunkelheit. Toro wird die Frau gebeten haben, ein kleines Licht brennen zu lassen, eine Nachttischlampe, und sie auf den Fußboden zu stellen, unters Bett. Schichten zwischen sie beide und das Licht legen. Und in diesem Halbdunkel haben sie sich angeschaut. Die Frau kennt das Gefängnis, darum entschuldigt sie sich nicht dafür, dass das Zimmer so klein ist. Sie macht den Gasofen an. Fast alle Gegenstände um sie herum gab es schon vor zwanzig Jahren. Vielleicht nicht in diesem Zimmer. Vielleicht nicht genau in diesen Farben. Vielleicht größer, weniger schäbig, neuer. Aber nichts ringsherum macht dich verlegen. Seit die Frau das Handy abgestellt und auf den Nachttisch gelegt hat, scheint nichts mehr aus der Zukunft anzukommen. Nichts zwingt dich dazu, die Jahre zu zählen. Das gelbe Licht unter dem Bett, das blaue Licht des Gasofens.

Oben auf den Stockwerken sehen sie Frauen im Fernsehen, treffen sie in der Besuchszeit. Ich nicht.

In Ordnung, dreh dich um, sagen die Wärter.

Füße, befehlen sie. Erst ein Fuß, dann der andere, wie ein Pferd. Füße, sofort schmutzig vom Gefängnis.

Bücken und öffnen.

Toro beugt sich vor und zieht die Hinterbacken auseinander.

Husten.

Wenn du nicht wegen der Kälte hustest, hustest du auf Kommando. Das machen sie, um dich zu demütigen. Wenn sie wirklich kontrollieren wollten, müssten sie einen Scanner benutzen oder Handschuhe anziehen und einen Finger reinstecken. Aber sie sagen bücken und husten, beobachten die Kontraktionen. Ein Befehl ist eindringlicher, wenn er nichts nützt.

Toro ist zum Glück noch ganz von der Frau erfüllt.

Jedes Mal, wenn sie sich trennen, segnet sie ihn. Wie einen Sohn, der in den Krieg zieht. Einen sechzigjährigen Sohn.

Und jedes Mal fragt sie: Warum haust du nicht ab? Du hast lebenslänglich, warum gehst du zurück?

Aber Toro weiß, dass sie ihn sofort schnappen würden. In seinem Viertel, in seiner Bar, an dem Tischchen ganz hinten, dicht an der Wand.

Die Einzigen, die es wirklich schaffen auszubrechen, sind die, die überall leben können: nicht telefonieren, nicht schreiben. Zu niemandem Kontakt aufnehmen, niemals. An einem Ort sterben und an einem anderen wiedergeboren werden, ohne Bedauern. Sich bewegen, wie sie Geld bewegen: blitzschnell, und sie bekommen es nicht einmal zu Gesicht. Toro aber ist einer, der immer mit Bargeld zu tun hatte. Er hat Hände groß wie Schaufeln. Den Körper eines Mannes, der arbeitet, seit Generationen, obwohl Toro nie gearbeitet hat. Das Einzige, was er schleppen musste, war Geld, haufenweise Geld. Und ständig das Problem, Säcke, Koffer, Keller, Gepäckräume, Orte zu finden, die all dieses Geld aufnehmen konnten. Auf Wasser aufpassen, auf Feuer, Tiere, Schimmel. Wind und Regen. Immer die Sorge, einen Teil vergessen zu haben, irgendwo. Und sich nicht zu erinnern, wo.

Toro kann nicht verschwinden.

Für solche wie ihn gibt es Flucht nur als Versteck in einem unterirdischen Bunker, nicht weit von zu Hause. Nicht weit von einem Sohn, der dort begraben liegt.

Besser das Gefängnis: Man ist öfter an der Sonne, man trifft mehr Leute.

Darum hat Toro die Frau zurückgelassen und ist losgegangen, ist Autos und Passanten ausgewichen.

Draußen gibt es immer jemanden, der dich anrempelt, und die Autos werden jedes Jahr leiser. Drinnen, auch im allergrößten Gefängnis, weißt du, wie du dich bewegen musst, wenn du weißt, wer du bist. Einer wie Toro kann hier mit geschlossenen Augen gehen, weil alle ihm Platz machen werden. Ein Gefängnis ohne geordneten Hofgang ist ein Gefängnis, wo niemand sein will. Hier herrscht Ordnung im Hof, wenn der erste oder der dritte Stock in die Freistunde runtergeht, die sind organisiert. Wenn der zweite dran ist, oder das Erdgeschoss, herrscht Chaos, denn das sind alles Junkies oder Leute, die nirgendwo dazugehören.

Draußen aber ist nichts organisiert, du musst andauernd ausweichen. Du spürst die Eile der Leute um dich herum. Hast das Gefühl, dass sie alle hintereinander in einer Reihe gehen, hinter dir, und sich fragen: Wer ist das, dieser verlangsamte Mann? Und manchmal trifft das zu. Du hast das Gefühl, sie haben erkannt, woher du kommst. Doch das trifft nie zu, denn die von Draußen denken niemals ans Drinnen.

Gestern ist Toro fast eine Stunde zu früh am Bahnhof angekommen. Obwohl es sein vierter Ausgang ist, findet er sich noch nicht zurecht, er hat Angst, zu spät zu kommen, Angst, sich zu verlaufen. Er kennt die Stadt nicht, aber das ist in Ordnung. Es ist schön, dort herumzulaufen, wo du nie eine Ehefrau hattest, auch kein Kind, und dich nicht erinnerst, welche Geschäfte es dort früher mal gab. Durch Straßen zu gehen, wo dich nie jemand gesucht hat. Wo du weder Freunde noch Feinde hast, nicht weißt, wer die Bars mit Spielautomaten beliefert. Du weißt nicht, welches das Stück Gehweg ist, wo die Väter ihre Kinder vom Boden aufheben und schreien, und alle Geschäfte lassen ihre Rollläden herunter, hinter den Fenstern wird geflüstert, und die Väter marschieren los, mit dem Körper ihres Sohnes im Arm, ohne zu wissen wohin. Und drum herum überall Äcker.

Toro ist in einem Städtchen mit Häusern aufgewachsen, die ein, höchstens zwei Stockwerke hoch waren, nie fertig gebaut, ohne Verputz, denn der Boden war nichts wert, und wer etwas Kostbares besaß, hat es versteckt.

Jetzt ist er glücklich, wenn er durch diese Stadt ohne unbebaute Grundstücke läuft, mit engen Gassen und die Häuser tausendmal renoviert, die Autos in Tiefgaragen oder Innenhöfen geparkt.

Am Bahnhof bleibt er stehen und wartet.

Wir sind gut im Warten.

Dann steigt er in den Zug, laut und schmutzig wie das Gefängnis. Die Heizung ist kaputt, wie im Gefängnis. Die Fahrkartenkontrolleure in Uniform. Wir mögen Züge. Eine Uhrzeit für die Abfahrt, eine für die Ankunft. Jemand anderes, der am Steuer sitzt.

Das wissen die Wärter.

Ausbrecher suchen sie auf Bahnhöfen. Sie sammeln sie in Scharen ein, und alle sind stolz, weil sie sich eine Fahrkarte gekauft haben.

Aber Toro ist nicht ausgebrochen, und nach anderthalb Stunden steigt er an der richtigen Haltestelle aus, an dem Küstenabschnitt, der nur drei Lichter hat: den Bahnhof unten am Meer; das Gefängnis, vierhundert Meter höher, und ein Dorf auf dem Gipfel. Rings um den Bahnhof gibt es Klippen, den Steinbruch, mehr nicht.

Zwischen dem Bahnhof und dem Gefängnis geht Toro über ein Stück Land, das so neu für ihn ist wie die Stadt. Ins Dorf fahren keine Busse, nur zum Gefängnis und nur zur Besuchszeit. Im Gefängnis leben mehr Menschen als im Dorf. Die Dorfbewohner benutzen die Autobahn im Landesinneren. Wenn sie zum Meer hinunterwollen, fahren sie woandershin.

Ursprünglich war dies eine Besserungsanstalt.

Das Dorf haben die Minderjährigen gebaut, vor hundert Jahren, zusammen mit dem Gefängnis und der Straße.

Ein Dorf für Gefängniswärter, höher gelegen als das Gefängnis, weil es so richtig schien. Inzwischen wohnt dort kein Wärter mehr, keiner sitzt mehr in der Bar; und wenn die Verwandten der Gefangenen anhalten, um etwas zu kaufen, sind die Händler unfreundlich zu ihnen. Doch auf den Ecksteinen, hinter Straßenschildern versteckt, ist noch das

Jahr der Erbauung eingraviert, und der Name des ersten Direktors der Besserungsanstalt.

Im Dorf haben sie sogar Unterschriften gesammelt. Sie sagen, dass man früher von diesem dunklen Küstenstrich aus unendlich viele Sterne sehen konnte. Jetzt färbt das Gefängnis den Himmel kilometerweit orange, jede Nacht, die ganze Nacht. Es saugt die Kraft aus der Erde und projiziert sie anderswohin. Der Boden bleibt leer zurück. Das Dorf und der Bahnhof verschwinden, aus der Ferne ist nichts für die Schiffe, aus der Höhe nichts für die Flugzeuge zu sehen. Statt hundert Häusern nur das Gefängnis. Wer an bewölkten Abenden aus dem Fenster schaut, sieht eine orangefarbene Milch, die einem jegliche Lust nimmt.

Doch das Gefängnis war früher da. Erst die Dunkelheit, dann das Gefängnis, dann das Dorf.

Toro klingelt: Toro, zurück vom Ausgang.

Gut, warte.

In einem großen Gefängnis wäre Toro vielleicht niemand. Wenn man hier dagegen von Toro und von Comandante sprach, sprach man vom ganzen Gefängnis, wenigstens bis vor fünf Jahren. Der Rest war Dreck: Junkies, Unorganisierte, Einzelgänger. Dann sind die N gekommen. Toro aber bleibt Toro. Trotzdem genügt es auch bei ihm nicht, nur zu klingeln. Irgendein beliebiger Häftling wartet eine Stunde, Toro fünf Minuten. Warten muss er auf jeden Fall. Acht Uhr abends, die Welt draußen beginnt mit dem Abendessen. Für das Gefängnis ist es schon tiefe Nacht. Auf dem Parkplatz nur die Autos der Wärter, nutzlos, weil sie keinen Ort haben, an den sie fahren könnten. Auch sie bleiben eingeschlossen, beim Schlafen im Personaltrakt oder bei der Arbeit.

Nachdem das äußere Tor aufgeschnappt ist, durchquert Toro den Zwinger, den Raum zwischen der Außenmauer und dem Gefängnis: Um die alte Besserungsanstalt aus Felsen und Ziegelstein haben sie eine Zementmauer gebaut, höher als das Dach. Und im Niemandsland dazwischen haben sie Pfähle in den Boden gerammt, noch höher als die Mauer, mit runden Scheinwerfern an der Spitze, wie Löwenzahnblüten oder aufgespießte Quallen, vierhundert Meter über dem Meer.

Toro wird auf seinem Weg von einem Metallgitter geschützt. Zwischen dem Draußen, wo die Welt lebt, und dem Drinnen, wo wir leben, leben die Hunde. Auf dieses Stück Erde stürzten früher die, die sich aus dem Gefängnis abseilten. Denn hier hat man so weitergemacht wie vor hundert Jahren: Bettlaken zusammengeknotet und sich unter Mauern durchgegraben. Und wie vor hundert Jahren hat man immer irgendeinen Fehler begangen, im letzten Moment. Der Zwinger ist ein Friedhof von Beinen. Über diesen Friedhof laufen die Hunde.

Toro geht weiter, von Gittertür zu Gittertür, bis zu dem Zimmer, wo er sich auszieht, bückt und nach Kräften versucht zu husten.

Das genügt, steh auf, sagt der Wärter.

Doch er hustet weiter. Toro hat Beharrungsvermögen, wie ein Öltanker. Wie das Gefängnis.

Der Wärter wühlt in seiner Kleidung, dann reicht er ihm die Sachen, Stück für Stück.

Zieh dich wieder an.

Der Wärter kontrolliert die Schuhe, die Verbindung zwischen Sohle und Oberleder. Die neuen Schuhe, in denen die

Füße bluten. Er leert seine Tasche auf dem Tisch aus: Getränkedosen, Bücher, Snacks, Zeitschriften, Feuerzeuge, Briefpapier. Papier kann man auch im Gefängnisladen bestellen, aber das will keiner, weil es weiß ist. Sie sagen, schwarz auf weiß zu schreiben erinnere an die Gitterstäbe. Toro hat für den Jungen, der mit ihm zusammenwohnt, hellblaues Papier mit Zeichnungen von Delphinen gekauft. Oder etwas Ähnliches. Ich habe es nicht gesehen. Aber im Gefängnis muss man nicht alles sehen, denn vieles wiederholt sich. Wenn es keine Delphine sind, wird es ein Koala sein. Sie würden auf Samt schreiben, wenn sie könnten. Sie wollen weiche Sachen. Silberne Pailletten für den Schaum auf den Wellen. Kartoffelchips. Süße Getränke mit Kohlensäure.

Meine Sachen wasche ich selbst. So sauber werden sie in der Wäscherei nicht. Und du musst bezahlen, wenn du nicht willst, dass etwas wegkommt. Doch über all dem Auswringen in der Aluminiumschüssel sind meine Finger krumm geworden. Sie haben die Form der Schüssel angenommen. Wie die gebundenen Füße der Chinesinnen, wie nennt man das noch? Mir fällt Bonsai ein, aber das ist nicht richtig. Oder vielleicht doch, es ist dasselbe Prinzip: man zwingt etwas dazu, klein zu bleiben. Seit fünf Jahren gehe ich nicht einmal mehr zur Freistunde in den Hof hinauf. Die Zelle ist vier Schritte lang und zwei Armlängen breit. Wenn ich mich auf die Zehenspitzen stelle, berühre ich die Decke. Es ist ein Raum nach menschlichem Maß. Nach meinem Maß.

Der Isolationstrakt ist das Gefängnis im Gefängnis. Denn jeder Ort muss ein Gefängnis haben. Wenn du schon im Krankenhaus bist und es geht dir schlecht, was tun sie? Sie legen dich auf die Intensivstation, das Krankenhaus im Krankenhaus. Bist du im Gefängnis und sie wollen dich bestrafen, ist es genauso: es muss etwas geben. Es muss immer etwas zum Wegnehmen geben, sonst steht alles still. Manchmal geben sie dir Dinge, damit du Angst bekommst, sie wieder zu verlieren. Wo ich vorher war, haben sie Fernseher angeschlossen, nur um damit drohen zu können, sie wieder abzuschalten. Damit du erfährst, wie es ist, zu fallen, heben sie dich von Zeit zu Zeit hoch. Sonst kommst du nach einer Weile am Mittelpunkt der Erde an, und von dort geht es nirgendwo mehr hin.

Aber mir geht es gut, da, wo ich bin. Und es ist mir egal, ob sie oben in den Stockwerken einkaufen oder in den Hof gehen können, sich gegenseitig zum Essen einladen, fernsehen … An Lärm bin ich nicht gewöhnt. Bei manchen Leuten war es zu Hause lauter als im Gefängnis. Denen erscheint das alles normal. Draußen haben sie einer über dem anderen geschlafen und gegessen, hier machen sie es genauso. Sie schlafen auf dem Boden. Im früheren Spieleraum haben sie Matratzen hingelegt, dort schlafen welche, weil es keinen Platz mehr gibt.

Ich war auch im Transporter still. Mir gefiel es da. Ein ruhiger Ort, wo du deinen Gedanken nachgehen kannst, die Welt vorüberziehen siehst.

Hier unten, im Gefängnis des Gefängnisses, gibt es keinen Betrunkenen und niemand spielt Karten. Nachts wird nicht mehr geschrien, seit Piscio nicht mehr da ist. Er konnte zehn Stunden am Stück schreien, ohne dass ihm die Stimme wegblieb. Jetzt ist es fast still. Übrigens findest du auch oben in den Stockwerken, sogar im ekelhaftesten Schlafsaal immer jemanden, der dir sagt: Du hast Glück, das hier ist die beste Zelle im ganzen Gefängnis. Weil sie immer frische Luft hat. Oder weil sie im Winter nicht zu kalt ist. Weil sie weit weg liegt vom Tisch der Aufseher oder weil die Toiletten vor zwei Jahren erneuert wurden. Der Wagen der Essensausgabe kommt früher, das Essen ist noch warm. Man sieht ein Stück vom Berg. Oder: Du bist im Nu im Hof. Und sie sind wirklich überzeugt davon. Natürlich beschweren sie sich, denn sie beschweren sich andauernd, aber sie sind stolz.

Das lässt sich kaum vermeiden. Du bindest dich an den Ort, wo du bist. Auch wer nur drei oder vier Jahre sitzt, verbringt auf jeden Fall mehr Zeit in der Zelle als die meisten Menschen in ihrem ganzen Leben zu Hause. Wenn du hier ohne Handtuch in die Freistunde runtergehst, sagst du: Ich hab's zu Hause vergessen. Und als noch Geld im Umlauf war, haben sie gezahlt, haben bestochen, bloß um sich die Zelle jedes Jahr neu streichen zu lassen. Sie kauften Schwämme, Eimer, die besten Putzmittel. Die Fußböden immer blitzblank. Du musst dir die Schuhe ausziehen, wenn du jemanden besuchst. Und bevor sie einen Neuankömmling putzen lassen, stellen sie ihn auf die Probe, denn sie sind überzeugt, dass Putzen eine heikle, wichtige Angelegenheit ist, die niemand besser beherrscht als sie selbst. Die, die seit jeher hier sind. Nachts wollen sie als Letzte schlafen gehen. Den letzten Rundgang machen. Wie ein Familienvater, der die Haustür kontrolliert, wenn alle schon im Bett sind. Auch wenn die Haustür von außen verschlossen ist. Und sobald morgens die Panzertüren geöffnet werden, putzen sie das Stück Flur vor ihrer Zelle.

Um diese Jahreszeit scheint die Sonne in die Wohnung von Comandante, wenn Comandante schon nach unten gegangen ist. Danach in die leeren Zimmer des stellvertretenden Direktors und des Oberbuchhalters. Bei Toros Stockwerk wird sie eine halbe Stunde vor Sonnenuntergang ankommen. Hier bei mir scheint sie nicht herein, sie verändert nur die Farbe der Zementmauer vor dem Lichtschacht, dem Graben und dem Gitter. Als Toro und ich ankamen, gab es diese Mauer nicht, von hier sah man fast das ganze Gebäude der Wärter und das Dach und ein Stück Himmel. Wenn Disziplin herrscht, sind Mauern praktisch überflüssig. Vor hundert Jahren schliefen die Minderjährigen in Zelten auf der Baustelle, aber keiner ist abgehauen. Sie bauten die Besserungsanstalt, die sie einschließen würde, und mitten in der Anstalt den Hof, mehr nicht. Die Wanne für den Hofgang ist später dazugekommen. Wie ein Gärbecken. Wenn die aus den Stockwerken in die Freistunde runtergehen, kommen sie direkt dort raus. Geht man aus dem Isolationstrakt nach oben in die Freistunde, gelangt man in einen kleinen Hof, nicht größer als zwei Zellen, der in die Wanne hineingebaut ist. Es ist wie eine Matrjoschka. Erst die Außenmauer, dann der Zwinger, das Gefängnis, der Hof, die Wanne für die Freistunde, und in der Wanne der kleine Hof für die in Isolationshaft. Die innerste Puppe ist die kleinste. Die jüngste. Die der Zukunft.

Früher haben sie den Müll in den Zwinger gestellt.

Seit der Wärter in Pension gegangen ist, der für die Hunde

zuständig war, traut sich niemand mehr dort hinein, und sie mussten die Mülltonnen direkt vor die Einfahrt stellen. Im Sommer ist das die Hölle. Der Gestank steigt bis zum Himmel, und oben am Himmel warten die Möwen. Das meiste bringt der Müllwagen weg, im Rückwärtsgang, jeden Morgen. Er leert die Tonnen aus und zerkleinert den Inhalt unter den Augen der Wärter, die kontrollieren, ob sich niemand von uns unter den Müll gemischt hat.

Für die Möwen bleibt wenig. Die Reste der Reste. Bei dem Wind haben sie Mühe, auf der Stelle zu schweben. Doch sie sind beharrlich. Sie warten. Geduldig. Früher oder später wird etwas schiefgehen in der Welt der Menschen. Früher oder später wird ein Müllwagen während der Fahrt umkippen. Früher oder später werden die Menschen weit weg sein oder abgelenkt oder ausgerottet, und sie können sich satt essen. Sie haben das Meer vierhundert Meter weiter unten, aber sie schweben über dem Gefängnis, um zu beobachten, wie die Gefangenen im Schatten auf und ab gehen, in der Zementwanne, die Spazierweg genannt wird. Die Wachen tun das Gleiche. Nichts liegt höher als der Gang auf der Mauerkrone, aber sie blicken von dort aus nach innen. In den Hof, wo Toro, wenn er stehenbleibt, sofort ein Schemel gereicht wird und der Junge ihm heißen Kaffee aus der Thermoskanne serviert.

Thermoskannen sind verboten, weil sie einen doppelten Boden haben. Auch den Schemel dürfte man nicht in den Hof mitnehmen, weil man damit leicht einen Schädel spalten kann. Doch bei Toro haben die Wärter immer ein Auge zugedrückt.

Und wenn er sagt: Lasst uns diesen Kaffee genießen, dürfen alle trinken, die mit ihm gehen. Und sie freuen sich, dass es Sätze gibt, immer dieselben, die den Männern erlauben, sich aufeinander einzustimmen. Toro lehnt beim Trinken mit dem Rücken an der Mauer und blickt nach oben, und es könnte so aussehen, als betrachte er den Himmel, aber er beobachtet die Fenster des Gefängnisses, und von den Fenstern aus beobachtet man ihn.

Was einer wie Toro tut oder sagt, zählt hier. Und wenn er nach der Rückkehr von einem Ausgang sagt: Der Kaffee, den ich in der Bar getrunken habe, war nicht so gut wie dieser, merken sie sich das.

Der Junge ist seit drei Jahren volljährig, seit sieben ein Mörder. Er hat einen anderen Minderjährigen erschossen. Jetzt macht er ein Fernstudium, eine Ausbildung zum Vermessungstechniker, die Toro für ihn gefunden hat. Und schreibt Liebesbriefe an eine Gefangene, die lange vor ihm rauskommen wird. Er sagt, er macht sich keine Illusionen, aber er täuscht sich. Ihm wird Böses geschehen.

Toro versorgt den Jungen mit Büchern und Briefpapier. Er hat sich in den Kopf gesetzt, dass er ihn erziehen, ihm Bildung verschaffen, eine Liebe für ihn finden will.

Allen wird Böses geschehen.

Wenn der Junge sich auf eine Prüfung vorbereitet, kocht Toro für ihn und lässt ihn den Tisch nicht abdecken, lässt ihn nichts anfassen und zwingt den ganzen Stock, den Fernseher leiser zu stellen.

Der Junge biegt das Papier, er prüft es wie eine Waffe, um seine Funktionsweise zu kontrollieren, und ob es sich wirklich mit all diesen Gedanken beladen kann, ohne seinen Dienst zu versagen. Wenn du einen Fehler machst, ist es schwierig, wieder umzukehren. Einmal in der Woche wird telefoniert, zehn Minuten, dann kappen sie die Leitung. Bleiben die Briefe, aber wenn das Papier dich verrät, lässt sich das schwer wieder ausbügeln.

Toro bringt immer neue Sachen von draußen mit. Und verteilt sie im Hof, damit alle es sehen.

Neue Sachen sind hier eine Sucht. Als würden sie von innen leuchten. Wer keine Pakete von zu Hause bekommt, lebt in dunkleren Zellen. Und es ist wahrscheinlicher, dass die Wärter ihn schlagen, wahrscheinlicher, dass ein Gewalttäter ihn zur Frau macht, denn bei einer Zelle ohne neue Dinge denkst du: Der ist allen egal.

Neue Dinge bieten Schutz.

Alles, was von draußen kommt, schützt.

Als sie letztes Jahr den Geistlichen den Zutritt verboten, haben sich die N als Einzige gewehrt. Sie weigerten sich, den Hof nach der Freistunde zu verlassen, setzten sich auf den Boden. Die Wärter hatten Angst, sie anzufassen, konnten sie nicht einmal anblicken. Comandante musste runterkommen und verhandeln. Jetzt kommen noch immer keine Geistlichen rein, aber wer möchte, kann während der Gemeinschaftszeit in einen dafür bestimmten Raum gehen und beten.

Das ist wenig, aber etwas.

Die N bekreuzigen sich, wenn sie in den Hof kommen und ihn wieder verlassen. Sie beten vor dem Schlafengehen, auf ihrem Nachttisch haben sie heilige Schriften liegen.

Toro sagt, dass die Frömmigkeit der Familie aus dem Norden nur Theater ist, dass sie zu jedem Gott beten würden, nur um nicht in der Zelle sitzen zu müssen. Und während der Freistunde beten zu dürfen ist ein lächerliches Zugeständnis, es geht von der Duschzeit ab.

Doch wenn du anfängst zu glauben, dass es lächerliche Zugeständnisse gibt, hast du gegen das Gefängnis schon verloren. Wenn du aufgibst, um jeden Zentimeter zu kämpfen, verlierst du die ganze Wanne im Hof, und die ist dreißig Schritt lang, fünfzehn Schritt breit.

Toro und ich sind in diesem Land geboren, wir sprechen dieselbe Sprache wie die Wärter, das verschafft uns immer noch einen gewissen Vorteil ... Doch für wie lange noch?

Der ganze erste Stock gehört inzwischen den N. Und auch im zweiten haben sie ihre Leute.

Die N sind das, was Toro und seine Freunde vor zwanzig Jahren waren.

Sie sind *ernst*.

Sie lassen sich ein N oder die 14 tätowieren, weil N der vierzehnte Buchstabe in ihrem Alphabet ist. Sie lassen sich auch einen Engel stechen, der Wasser aus einer Amphore in die andere gießt, weil die Mäßigkeit die vierzehnte Karte im Tarot ist. N bedeutet Norden. Es scheint auch eine Familie des Südens zu geben, die sich die 19 tätowieren lässt oder XIX, die Sonne, aber die vom Süden sind hier nie angekommen. Und das ist ein Problem, weil die N ständig töten und getötet werden müssen. Vor allem getötet werden. Eine Totenwache mit den Müttern und Freunden, die weinend und singend um den Sarg stehen. Alle, die Lebenden und die Toten, tragen irgendwas Blaues, die Farbe der N. Die aus dem Süden tragen Rot, aber wir haben sie noch nie gesehen. Sie sind der Norden und der Süden ihres Landes. Dort drüben in ihrer Heimat werden sogar Maschinengewehre ins Gefängnis geschmuggelt, sie kriegen rein und raus, wen und was sie wollen, nur die N und die S gehen nie nach draußen, weil sie keinen Grund dafür haben. Sie sind drinnen geboren, sie leben für das Gefängnis. Draußen laufen die kleinen Fische herum, warten darauf, Karriere zu machen und wieder reinzukommen, in ein wichtigeres Gefängnis. Das ist wie ein Haus, wo im Wohnzimmer, auf der Terrasse, am Pool nur Diener und Statisten rumlaufen, während die wahren Herren sich im Keller oder auf dem Klo eingeschlossen haben. Im Land der N bezahlt der, der draußen ist, dafür, dass er den Namen von einem benutzen darf, der drinnen sitzt. Die Leute haben mehr Angst vor einem Namen, der für immer weggeschlossen ist, als vor einem bewaffneten Mann auf der Straße. Denn vor dem, der draußen kommandiert, kannst du weglaufen. Die Stadt wechseln. Doch früher oder später wirst du im Gefängnis landen, und dann bist du dem ausgeliefert, der drinnen ist. Darum nehmen die Städte Befehle aus dem Gefängnis entgegen. Das Geld fließt in Strömen, gepumpt von einem Herzen, das im Gefängnis schlägt. Wie hier bei uns, vor zwanzig Jahren. Und wer zuhört, was im Gefängnis geredet wird, weiß mehr von der Welt als einer, der im Parlament sitzt.

Wenn die N zur Freistunde runtergehen, machen sie Übungen.

Bei Regen oder bei Sonne. In Viererreihen.

Bauchmuskeln, Dehnübungen, Kniebeugen, Rumpfdrehungen, Sprünge auf der Stelle. Sie tragen alle die gleichen blauen Hosen, und ihr Oberkörper ist nackt, bei Kälte oder Hitze, damit man die Tätowierungen sieht. Wer die Befehle gibt, ist schwer zu verstehen. Doch wenn sie in konzentrischen Kreisen laufen, laufen sie alle gleich schnell, und wenn die Laufrichtung geändert werden muss, tun sie das alle gleichzeitig, als hätte ein Windstoß ihren Schwarm getroffen.

Nach den Übungen aber herrscht ein Riesendurcheinander. Sie jagen sich, rufen sich, schlagen sich zum Spaß, lachen. Sie hören Musik. Machen eine Menge überflüssiger Gesten. Denn die N sind *jung*.

Wenn der Sommer kommt, und hier kommt der Sommer urplötzlich wie eine Zellendurchsuchung, streckt die Hälfte sich auf dem Boden aus, um sich zu sonnen. Die andere Hälfte tritt einen Fußball und trampelt auf denen herum, die sich sonnen. Sie schießen auf ein einziges Tor, gegen die Mauer. Alle laufen hinter dem Ball her, keiner wartet. Viele ihrer Tattoos sind auseinandergerissen: Das Wasser fließt aus dem Krug der Mäßigkeit, versickert in einer Narbe und kommt zwei Zentimeter weiter rechts wieder zum Vorschein. Denn wenn die Ärzte die N zusammenflicken müssen, haben sie Angst und achten kaum auf den Zusammenhang der Tätowierungen.

Die N sind klein, im Durchschnitt kleiner als wir. Manche haben Segelohren, sehen aus wie Kinder, und wenn sie versuchen, sich einen Schnurrbart wachsen zu lassen, sehen sie noch mehr aus wie Kinder. Wütende Kinder.

Es gibt Fremde, andere Fremde, die sich selbst schneiden, jeden zweiten Tag, um Mitleid zu erregen. Die N haben wenige, entsetzliche Schnitte, immer von ihren Feinden beigebracht. Je entstellter die Tattoos, desto stolzer sind sie.

Wer sagt, dass es viele Arten von Fremden gibt, und dass die Unterschiede in dem liegen, was sie essen oder wie sie beten, der redet überflüssiges Zeug. Es gibt die Organisierten und die Unorganisierten, nur das zählt. Und die Organisierten haben das Kommando.

Toro hat das Laufen verboten. Die Wanne ist zu klein, sagt er.

Wenn Toros Stockwerk zum Hofgang runtergeht, kommt der ganze Lärm aus den Fenstern derjenigen, die oben geblieben sind, sie stehen auch im Winter weit offen. Von dort tropft Musik runter, Filme, sie singen, und man kann die Worte unmöglich unterscheiden, weil jedes Geräusch im Hof widerhallt wie in der Trommel einer Waschmaschine. Oder in den Ohren eines Tauben.

Wo Toro geht, in diesem Lärm, ist das Zentrum der Stille. Er und seine Leute sprechen leise, mit gesenktem Kopf, bewegen kaum die Lippen. Eine Angewohnheit. Auch wenn sie harmlose Witze machen, lassen sie sich nichts von den Lippen ablesen. In Toros Gruppe gibt es alte Männer. Männer, die ihr Hemd nie ausziehen, nicht mal im Sommer, und die Mokassins tragen. Doch das harte Leder der Sohlen ist verboten, weil es widerstandsfähig ist, sich mühelos spitz zufeilen lässt. Also gewöhnen sie sich an Mokassins mit Pappsohlen, und wenn es regnet, folgen sie Toro trotzdem und werden tropfnass, und es ist, als gingen sie barfuß, lautlos und barfuß.

Schamhaft.

Die nackten Körper der N und die Hemden von Toros Freunden.

Toro musste ein paar Junkies auf seinem Stock akzeptieren, sonst wäre er halb leer geblieben.

Wenn er zur Freistunde runtergeht, zwingt er sie, auch runterzugehen, denn er traut ihnen nicht, will sie oben nicht allein lassen. Zu Hause. Aber sie müssen an die Mauer gelehnt sitzen, neben dem Pisswinkel. Und wenn die Sonne scheint, aber es ist noch kalt, lässt er sie an dem Stück Mauer sitzen, das im Schatten liegt. Wenn es sehr heiß ist, müssen sie in der Sonne sitzen. Immer mehr Leute sitzen an der Mauer, und immer weniger gehen mit Toro. Und denen an der Mauer ist auch in der prallen Sonne kalt. Sie haben ihre Winterjacken verkauft, sie haben alles verkauft, was sie hatten. Sie würden gern in der Zelle sein, auf ihren Betten ausgestreckt fernsehen, auf den Wagen mit den Medikamenten warten, ungestört unter der Bettdecke zittern.

In einem gesunden Gefängnis werden die Drogen von den Wärtern gebracht. Sie haben ihren natürlichen Kreislauf: von den Wärtern zu den Gefangenen und von den Gefangenen zurück zu den Wärtern, venös und arteriell, Schmuggel und Geld. Hier dagegen muss sich irgendwo ein Pfropf gebildet haben, seit ein paar Monaten. Ein Gefängnis aber braucht Drogen, um zu funktionieren, um sich nicht zu überhitzen.

Übrigens dürfte ich solche Sachen nicht mal sagen. Das liegt nur daran, dass ich das Bedürfnis habe zu reden.

Als meine Worte noch etwas wert waren, habe ich geschwiegen. Jetzt will ich reden. Wenn Menschen schließlich anfangen, Selbstgespräche zu führen, liegt es daran, dass sie einfach nicht mehr anders können. Eremiten werden verrückt. Sie sprechen mit Gott, mit den Teufeln. In der Zeit, als nur ich und Piscio hier in Isolation waren, habe ich auch mit ihm geredet. Heimlich, aber ich habe ihn angesprochen. Nach einer Weile reden sogar die Wärter mit dir. Darum werden sie nie mehrere Schichten hintereinander allein gelassen, sonst kommen sie zu dir. Zeigen sich an der Tür. Sie gieren nach deiner Stimme, wie man nach Wasser giert.

Außer du hast einen von ihnen umgebracht.

Ich habe kein Problem damit zu reden, weil ich weiß, dass ich nicht mehr in die Welt zurückkehren werde.

Ich weiß, dass mein Leben vorbei ist. Von dem, was ich getan habe, kann ich erzählen wie von den Dinosauriern. Es gab eine Zeit, da hing von meinen Worten meine Zukunft und die von einem Haufen anderer Menschen ab. Magische Worte, die über die Mauern hinaushoben oder dahinter einschlossen. Man hat mich auf alle möglichen Weisen verhört, und ich habe geschwiegen. Auf der Insel gab es fast nicht genug Ohren für all das, was gesagt wurde. Ich habe nicht geredet. Darauf bin ich stolz.

Doch die Geheimnisse, die ich bewahrt habe, hatten ihren

Geschmack verloren, als ich sie geöffnet habe. Eine warme Farbe, das ja, wie Bernstein. Doch der Geschmack … der Geschmack ist nur noch ein Rest. Der Weinberg, die Sonne, das ist vor zu langer Zeit passiert. Seit Jahren kommen sie schon nicht mehr, um mich zu befragen.

Ich bin hier wegen Menschenraub. Ich schäme mich nicht, obwohl es früher viele Vorurteile dagegen gab; sogar das Gefängnis war voll von Idioten, die sich über Entführungen aufregten. Bevor ich den Wärter getötet hatte, hielten mich manche für einen Häftling zweiter Klasse. Denn wir sind nicht alle gleich. Durch das lange gemeinsame Leben am selben Ort müssten alle gleich werden, aber so ist es nicht. Auf der Insel gab es welche, die mir beim Hofgang auswichen. Sie sagten, Geiselnahme sei das abscheulichste Verbrechen, weil es Gefühle ausnutzt. Gefühle als Erpressung, um an Geld zu kommen. Sie sagten zu mir: Du hast mit einer angeketteten Frau im Versteck gesessen, im Wald, während ich in Banken über den Tresen gesprungen bin. Sie sagten: Du hast nie eine Waffe in der Hand gehabt. Ich setze mein eigenes Leben aufs Spiel, sagten sie, du das Leben eines unschuldigen Menschen.

Aber ich habe draußen einen Jungen gekannt, der, noch ein Kind, an der Hand seiner Mama auf dem Bürgersteig ging, als ein paar von denen, die die Entführer so verachten, gerade aus einer ausgeraubten Bank kamen, wo sie *ihr* Leben riskiert hatten. Ein Streifschuss erwischte den Jungen an der Schläfe. Die Ärzte sagen, dass nichts verletzt wurde, sie machten alle möglichen Untersuchungen, Computertomographien, aber der Junge blieb in der Zeit stehen.

So ist die Gewalt, sie hält die Zeit an. Die des Jungen, seiner Mutter und desjenigen, der im Gefängnis landet, um mich zu verachten.

Bevor ich getötet habe, hat mich niemand wirklich respektiert.

Aber was ist würdevoll am Töten? Etwa, dass du tust, was du tun musst, was dir außerdem so unbezwinglich aus dem Körper kommt wie das Schwitzen, und was in zehn Minuten vorbei ist?

Doch was in einem einzigen Augenblick passiert, das mögen die Leute. Raubmörder, die nur einen Tag im Jahr arbeiten, mit gezückter Waffe, friss, Vogel, oder stirb. Danach verschwenden sie alles. Machen Frauen verliebt. Hier wollen alle als Schwerverbrecher gelten. Sie sagen: Ich sitze wegen Raubmord. Dann entdeckst du, dass sie Videopokerspiele organisierten. Echte Räuber sind selten. Sogar Entführung wird sofort verziehen, wenn ein Räuber sie gemacht hat. Es ist nicht mal mehr eine richtige Entführung ... bloß Angeberei. Und sie wird nicht vergeben: sie wird vergessen.

Entführungen gelten als abscheulich, weil die Leute bei Entführern, die die Geisel bewachen, an Gefängniswärter denken müssen. Aber so einfach ist es nicht. Bei einer Entführung arbeiten viele zusammen. Da ist derjenige, der das Geld vorstreckt, weil er hofft, ein Vielfaches davon zu verdienen. Man muss entscheiden, wer entführt werden soll, Leute anstellen, die es machen, festlegen, wann und wie die Verhandlungen abgeschlossen werden – kurz, man braucht einen Unternehmer. Manchmal sind der Unternehmer und der Geldgeber ein und dieselbe Person, manchmal nicht. Und dann alle anderen: die Ausspäher, die Informationen sammeln, die bewaffnete Einsatztruppe für den Zugriff,

Fahrer, Bewacher, Vorratsbeschaffer, Telefonisten, Unterhändler, Geldwäscher …

Wenn das Wort Entführung fällt, denken die Leute aber immer nur an den, der beim Entführten bleibt, Tag für Tag, Nacht für Nacht. Den einfachen Hilfsarbeiter. Wer die Geisel bewacht, ist meistens ein Grobian, einer, der aus gottverlassenen Gegenden stammt, kaum mehr als ein wildes Tier. Schmutzige Kerle vom Land, die sauberen Menschen zu Leibe rücken. Und sie lange in der Hand haben.

Das finden alle widerlich, sogar Kriminelle.

Du hast eine Mutter sieben Monate lang von ihren Kindern getrennt!, haben sie zu mir gesagt.

Denn die Frau, die wir entführt hatten, hatte zwei Kinder, die Zeitungen schrieben andauernd darüber, auch wenn es nichts mit der Entführung zu tun hatte. Und das hat sich eingeprägt.

Dabei war es gar nicht meine Entscheidung gewesen, sie zu entführen. Ich wusste nicht mal, wer das war. Ich sollte nur einen Teil vom Transport übernehmen, am Anfang, mit meinem Lastwagen. Und vor allem: Für die sieben Monate war ich nicht verantwortlich. Eine Entführung kann zwei Tage, zwei Monate, zwei Jahre dauern. Vorher weiß das keiner. Das ist auch der Grund, warum sich keine Geldgeber mehr finden. Besser laufen Drogen, Glücksspiel, Immobilien … alles andere, egal was. Entführungen gibt es mittlerweile nur noch in der Dritten Welt: zu viele Hilfskräfte, zu viel Ungewissheit, zu wenig Ertrag. Doch ich bleibe bei meiner Meinung, dass es auch bei uns noch Leute gibt, die Entführungen durchziehen könnten. Als Industrie sind sie gestorben, als Handwerk können sie überleben. Wenigstens so lange, wie man an die Reichen rankommt. Wenn die sich irgendwann mal schnellere Beine und eine tausendmal höher entwickelte Intelligenz kaufen können, dann, ja, dann wird nur ein Reicher einem anderen Reichen noch was anhaben können. Vorher nicht. Dass mit Entführungen jetzt schon nichts mehr läuft, liegt daran, dass es kein Vertrauen mehr gibt. Wir waren so weit gekommen, die Familie anzurufen und zu fragen: Sagen Sie mir, wie viel Sie schon gezahlt haben. Um zu kontrollieren, wie viel Geld es wirklich zu verteilen gab. Denn wir trauten dem anderen Teil der Bande nicht mehr.

Eine Bande darf nur für die Zeit der Entführung bestehen. Du musst genau wissen, wer für dich arbeitet. Du musst ihn kennen, bevor er geboren wurde, ihn und seine Familie. Die Sicherheit haben, dass alle ihn dafür bluten lassen, wenn er dich verrät, sein ganzes Dorf. Ohne Vertrauen, ohne eine verschworene Gemeinschaft im Hintergrund kann man keine Entführungen organisieren. Wenn die Leute anfangen, ihre Haustür abzuschließen, kannst du sicher sein, dass dort nichts mehr laufen wird.

Es wird schon hell.

Wir kommen in eine Jahreszeit, wo dich bei Tagesanbruch die Vögel wecken müssten und das Wasser, das in den Eimer der Hausarbeiter fließt. Aber hier übertönen die Möwen alles, und sie machen immer dieselben Geräusche: am Tag, in der Nacht, im Sommer, im Herbst. Sie sprechen nicht miteinander, sie schreien. Sie schreien, weil sie sich erschreckt haben oder denken, dass sie was zu fressen gefunden haben, oder weil eine andere Möwe ihnen das Weibchen wegschnappen will. Der Sonnenaufgang ist ihnen scheißegal. Andere Vögel, die kleinen, die singen und Brotkrümel fressen, haben Angst vor den Möwen. Einmal habe ich gesehen, wie eine Möwe mit ihrem Schnabel einem kleinen Vogel den Kopf zerhackte. Dann hat sie ihn liegen lassen, ohne ihn zu fressen.

Krümel für die Vögel, dieses trockene, leichte Brot, durch das man hindurchsehen kann, haben wir hier nicht. Hier ist alles fettig, kommt in zugeschweißten Dosen an, wird hinter verschweißten Türen gegessen. Vor allem Thunfisch. Ich esse seit so langer Zeit Thunfisch, dass ich schon tot sein müsste. Im Sommer in den geraden Wochen jeden Dienstag Thunfisch zum Mittag- und zum Abendessen. Und freitags zum Abendessen. In den ungeraden Wochen nur freitags zum Abendessen. Im Winter nur dienstags zum Mittagessen, in den geraden Wochen.

Auch auf der Insel habe ich Thunfisch gegessen. In zwanzig Jahren habe ich ein Meer aus Thunfischdosen gegessen, ohne je eine gesehen zu haben, denn mit den Dosen kann man schneiden.

Vielleicht lebt in manchen Gemeinden auch der eine oder andere arme Priester von Thunfisch. Oder die Kinder in Waisenhäusern.

Aber niemand bleibt sein ganzes Leben lang im Waisenhaus.

Und auch Priester schaffen es früher oder später, sich zum Abendessen einladen zu lassen.

Kein frisches Obst, damit niemand es verstecken und gären lassen kann. Aber alles kann gären: sogar Reis, Kartoffeln. Die Gefangenen berauschen sich trotzdem.

Mein Magen müsste voller Löcher sein. Jeder, der zwanzig Jahre lang Sachen isst, die weniger kosten als Hundefutter, müsste vor Ekel und Schmerz brüllen. Auf der Insel hat Comandante sich damit vor Journalisten gebrüstet: Für das Essen der Häftlinge gebe ich weniger aus als für das Hundefutter.

Trotzdem brennt mein Magen jetzt nicht mehr so oft wie vor zwanzig Jahren. Wer viele Jahre im Gefängnis verbringt, bleibt manchmal auf seltsame Weise jung. Regelmäßiges Essen, regelmäßiger Schlaf, keinerlei Verantwortung ... Du isst Scheiße, aber regelmäßig.

Comandante ließ sich mit seinen zwei Hunden fotografieren. Diese Hunde arbeiten für den Strafvollzug, sagte er, und sie haben niemals ein Verbrechen begangen. Es versteht sich von selbst, dass sie besser behandelt werden.

Denen, die das in den Zeitungen lasen, war es recht so. Ja, sie hätten uns den Hunden zum Fraß vorgeworfen, um noch mehr zu sparen.

Comandante sagte zu den Journalisten: Ich bin wie diese Hunde. In der Welt gibt es Schafe, Hunde und Wölfe. Schafe sind unfähig zur Gewalt. Er sagte: Wir, die im Gefängnis arbeiten, ähneln eher den Wölfen als den Schafen. Wir sind zwar unbezähmbar, doch im Unterschied zu den Wölfen haben wir uns für das Gute entschieden.

Und die Journalisten nickten.

In diesem Gefängnis gibt es nur noch drei, die die Insel erlebt haben: Toro, mich und Comandante. Bis vor fünf Jahren war auch noch Martini dabei, aber jetzt ist er draußen, lebt mit der Lehrerin.

Als junger Mann war Comandante brillant. Er war damals *schon* ein Kommandant. Jetzt ist er *immer noch* und nur, und nur noch für kurze Zeit der Kommandant.

Er war wirklich überzeugt, dass er zum Kommandieren geboren war. Er wirkte wie eine zusammengedrückte Feder, in Richtung auf eine Zukunft gespannt, in der er noch mehr kommandieren würde. Für wen ich mich halte, hat er mich eines Nachts gefragt, als er noch runterkam, um mich zu besuchen. Ich schäme mich nicht für das, was ich getan habe, sondern dafür, dass ich es im Glauben getan habe, jemand anderes zu sein. Für wen hielt ich mich?

Comandante diktierte den Journalisten: Hier sitzen die Bösesten der Bösen.

Sie glaubten ihm. Sogar wir glaubten ihm. Es machte uns stolz. Wir sahen uns an, übel zugerichtet, wie wir waren. Die Bösesten der Bösen konnten nicht mehr als zwanzig, vielleicht dreißig sein ... wir waren vierhundert. Doch nach einer Weile glaubte jeder von uns, ohne Ausnahme, dass wir die Bösesten der Bösen seien. Die Elite, die Akademie des

Verbrechens. Die Insel war der wichtigste Ort, wo man landen konnte: ein Albtraum unter Scheinwerfern. Kein nettes kleines Provinzgefängnis wie dieses hier. Es ist leicht, eine Insel in das Gefängnis der Gefängnisse zu verwandeln. Eine Gefängnisinsel macht sofort Eindruck. Die Leute fühlen sich sicherer, wenn die Bösesten mitten aufs Meer verfrachtet werden. Da zählt nicht, ob man in der Luft fliegen, auf dem Wasser fahren kann und die Insel weniger als zehn Meilen von der Küste entfernt liegt. Die Leute sitzen zu Hause und stellen sich vor, wie tief das Meer ist, und dass die Bösesten dort draußen sind und nie mehr zurückkommen werden. Sie sehen das Foto von den Klippen und dem kahlen Berg, kein einziger Baum, der Gipfel nebelverhangen. Es gab sogar Olivenbäume am Osthang, und sie wuchsen fast bis ans Meer hinunter. Aber niemand durfte die Insel fotografieren. Und auf den Fotos, die Comandante aussuchte, waren die Olivenbäume nie zu sehen.

Mit dem Essen machten sie uns auf der Insel reichlich Druck.

Jedes Mal, wenn ein neuer Schub Gefangener vom Festland ankam, nahmen sie ihnen als erstes das Gebiss weg. Dann gaben sie ihnen wenig, sie bekamen kaum Wasser und Schweinefraß. Innerhalb einer Woche wurde aus den Anführern, die fast alle nicht mehr jung waren, ein Haufen alter Männer. Das konnte man den anderen, den jungen Männern, Toro, von den Augen ablesen: Noch am Vortag hatten sie aus Angst gehorcht, und jetzt waren sie schlagartig nur noch peinlich berührt. Die Angst hatte sich von den Anführern auf die Insel selbst verlagert: Was ist das, diese Insel, die die Männer in nur einer Woche so zurichten kann? Es hatte genügt, sie nicht mehr zu gießen, schon fielen alle Blätter ab. Die Jungen fragten sich: Können wir zahnlosen Männern noch gehorchen? Und die Anführer magerten ab. Wenn man gezwungen ist, sich das Essen zu Brei zerquetschen zu lassen, vergeht einem der Appetit noch mehr als bei Schweinefraß. Und auch wenn sie dir das Gebiss später wiedergeben, ist es nicht mehr das Gleiche, denn du weißt, dass sie es dir unter jedem beliebigen Vorwand jeden Augenblick wieder wegnehmen und zertrümmern können.

Mir haben sie alle Zähne ausgeschlagen, doch um ein Gebiss habe ich nicht gebeten, es gibt nichts, was ich nicht essen kann. Das Zahnfleisch reicht völlig aus. Man braucht nur Zeit. Die Zeit härtet alles.

Gebisse sind eine Waffe in den Händen der Gefängnisverwaltung. Ohne ist man unabhängiger. Sicher, mit Zähnen klingt die Stimme besser, sie gibt dir das Gefühl, klar zu denken. Innerlich höre ich meine Stimme immer noch wie mit Zähnen. Doch von außen klingt sie nicht so, das weiß ich. Wie wenn man seine Stimme auf einem Tonband hört und nicht als die eigene wiedererkennt.

Nach dem Ausbruchsversuch fingen die Wärter an, in die Kochtöpfe zu pissen.

Ich sah sie nicht, weil ich im Keller saß, aber die anderen sahen sie jeden Tag. Sie stellten sich gut sichtbar vor den Küchenfenstern auf. Holten ihn raus aus ihren ekelhaften groben Stoffhosen in der Farbe von Packpapier. Und pissten in unser Essen.

In dieser Zeit blieb der Gefängnisladen geschlossen, die Campingkocher wurden einkassiert. Alle mussten das mit Pisse vermischte Essen vom Wagen essen, um nicht zu verhungern. Als das auf dem Festland bekannt wurde und es einen Skandal gab, hörten sie mit dem Reinpissen auf. In den Zeitungen wurde viel über die Insel geschrieben; immer zu spät, aber Artikel gab es. Sie hörten auf zu pissen und taten etwas Schlimmeres. Sie holten einen Ernährungsfachmann, einen Spezialisten, der diesen Idioten beibrachte, wie man Gefängnisbrot macht, Nutraloaf, wie im Ausland. Ich sage Idioten, weil die Wärter damals noch dümmer waren als wir. Und tatsächlich brach ein Aufstand aus. Alles hatten wir ertragen: die vorgetäuschten Erschießungen und das Besuchsverbot, die Schläge mit Gummiknüppeln und die Pisse in der Suppe. Aber das Gefängnisbrot nicht.

Gefängnisbrot ist ein Brot, das kein Brot ist, es riecht nicht nach Brot, nicht mal, wenn es frisch aus dem Ofen kommt. Entwickelt, um am Leben zu halten, ohne den geringsten Genuss zu bereiten. Denn noch das trockenste und völlig verschimmelte Brot aus dem Abfall gibt dir etwas, wenn du Hunger hast. Du kannst es beiseitelegen, verschenken, verkaufen. Alles auf einmal essen oder nach und nach. Das Gefängnisbrot nicht. Zwischen den Zellen wird alles getauscht. Sogar eine Fliege kann ihren Wert bekommen, wenn es jemanden gibt, der Spinnen züchtet. Egal, ob er am Ende des Flurs oder auf einem anderen Stockwerk sitzt: Die Fliege wird von Zelle zu Zelle weitergereicht, von Hand zu Hand, bis dahin, wo sie gebraucht wird. Dieses Brot nicht. Das Zeug war nicht menschlich. Oder vielleicht auf bösartige Weise menschlich. Es stand für die Fähigkeit, das Schlechteste aus Zutaten herauszuholen, die, jede für sich genommen, unschuldig sind: Milchpulver, Kartoffeln, Karotten, Tomatensoße, Hackfleisch, Speck, Mehl, Sellerie und Bohnen. Doch kunstgerecht vermischt, kunstgerecht zusammengekocht, verwandelt sich das alles in eine weiche Masse, rostrot wie Ziegelstein, die nach Kotze riecht, nach Kotze schmeckt, die gleichzeitig fade und fettig, zerkocht und roh ist. Ein Brot, das man essen muss wie Vieh, stehend, weit weg vom Tisch.

Im Ausland geben sie Gefängnisbrot nur denen, die in Isolationshaft sitzen. Und auch da müssen sie es zu dritt hinbringen, im Kampfanzug, mit Schutzschilden.

Einem ganzen Gefängnis dieses Brot zu geben ist, als würde man es anzünden.

Ich hege trotzdem keinen Groll gegen den Mann, der versucht hat, uns die Freude am Brot zu nehmen. Möglich, dass er noch lebt, irgendwo, als Pensionär. Ich würde ihn begrüßen, wenn er mir über den Weg liefe. Mir selbst kann ich nicht verzeihen. All den Dreck, den ich draußen gegessen habe, freiwillig … warmer Wein im Pappkarton.

Denn ich habe schon schlecht gegessen, bevor ich ins Gefängnis kam, in meinen fünfundzwanzig Jahren als freier Mann.

Vor allem während der Entführung.

Das steht alles geschrieben.

Die Liste der Gegenstände, die sie zu den Prozessakten gaben. Die Polizei hat alles aufgezählt, was sie im Versteck fand, auch das, was draußen lag, in den Plastikbeuteln, die ich zuschnürte und weit wegwarf, denn ich dachte, der Wald ist groß, und um die ganze Böschung zu füllen, hätten wir für immer dort bleiben müssen. Die Vorstellung gefiel mir. Dort bleiben, bis wir diese dunkle Erdspalte in eine Ebene aus Plastik und Müll verwandelt hatten. Ein flaches Meer aus Plastik und Müll. Unser Geruch. Nicht biologisch abbaubar.

Ich glaube, sie suchten vor allem nach Beweisen, dass wir Verkehr hatten. Denn das ist das Erste, was alle sich fragen, wenn eine Frau entführt wurde. Haben sie Verkehr gehabt?

Es ist richtig, dass sie fragen. Denn fast immer gibt es welchen.

Bei uns aber fanden sie vor allem Scheiße, Plastikteller und Plastikbesteck und gebrauchte Teebeutel, weil es so verflucht kalt gewesen war. Und in Streifen gerissene Handtücher, die sie als Monatsbinden benutzt hat, weil ich vergessen hatte, welche besorgen zu lassen. Und Dosen. Einen Berg Dosen. Wie im Gefängnis, nur dass sie dort sichtbar waren.

Es hätte ein schöner Sommer werden können. Stattdessen hatten wir fast immer Sodbrennen. Wir putzten uns die Zähne mit den Händen und die Hände mit Zeitungspapier.

Das Versteck voller Ameisen. Die ganze schöne Jahreszeit auf diese Weise vergeudet. Warum?

Erst im September habe ich angefangen, sie zu fragen: Was willst du essen?

Hier fragen sie mich das nie, und sie tun gut daran, denn ich habe die Frage zu selten gestellt.

Es gab Entführungen in der Stadt, wo die Entführer in seidener Bettwäsche Liebe gemacht haben, in warmen Wohnungen, bei Champagner. Wir haben uns nur ein einziges Mal umarmt. Wie die Ratten, versteckt unter Baumwurzeln.

In diesen zwanzig Jahren Gefängnis habe ich eine Menge Leute kennengelernt. Männer, die nur vorübergehend drin waren, und Männer mit lebenslänglichen Strafen.

Fast alle haben mir erzählt: Ich habe auch mal einen Sommer vertan und kann mir nicht erklären, warum. Um uns zu bestrafen? Wofür?

Außer denen, die zu jung im Bau gelandet sind, vielleicht sogar als Minderjährige, doch wenn einer es geschafft hat, als Erwachsener fünf oder sechs Jahre draußen zu leben ... Immer wenn ich erzähle, wie ich diesen Sommer vergeudet habe, sagt mein Gegenüber: Ich auch. Alles war perfekt, aber ich hab ihn vertan.

Anfangs wollte ich nicht mal Wasser holen gehen.

In Gegenden, die für Entführungen bekannt sind, ist das Wasserholen gefährlich, die Polizisten wissen, wo die Quellen sind. Es gibt nur wenige, denn meistens sind das karge Landstriche, menschenleer, also suchen sich die Polizisten manchmal einen Brunnen aus und warten dort auf den Flüchtigen. Ein Gebiet kann riesengroß sein, aber wenn es nur drei Brunnen gibt, ist es leicht zu überwachen. Unsere Gegend aber war nicht typisch für Entführungen. Sie war nicht mal karg. Unzugänglich, das ja, und steinig. Wenn du eine Handvoll Erde aufheben wolltest, bist du gleich auf Steine gestoßen. Vielleicht beackerte darum niemand den Boden. Er war voller Würmer und Schimmel. Wälder und Böschungen. Welke Blätter zu jeder Jahreszeit. Man rutschte aus. Der Wald wurde zu Böschungen, und unten am Grund der Böschungen gab es Wasserläufe. Ohne Polizisten.

Die anderen hatten mir gesagt: Geh niemals raus, lass sie nicht allein.

Sie kontrollierten mich von weitem, da bin ich sicher. Sie hatten Angst, ich könnte mich verlieben und sie freilassen. Doch um nicht noch jemand bezahlen zu müssen, ließen sie mich allein mit ihr. Vielleicht haben sie auch fast sofort aufgehört, an diese Entführung zu glauben, und wollten jetzt nur noch so wenig wie möglich damit zu tun haben.

Einmal in der Woche ging ich in einen alten Stall, zehn Minuten Fußweg vom Versteck entfernt, und wartete dort. Manchmal kamen sie, manchmal nicht. Ein kleiner Stall, vielleicht war er mal für einen Esel bestimmt gewesen, vielleicht für ein paar Schafe, als auf diesen Böschungen noch Tiere weideten. Wenn die anderen kamen, brachten sie zwei Zwanzig-Liter-Kanister. Für alles. Wenn wir uns gründlicher waschen wollten, hatten wir weniger zum Trinken und Kochen.

Wasser wiegt schwer. Fast drei Monate lang habe ich mich mit dem begnügt, was man uns brachte. Ich konnte sie nicht allein lassen. Und hatte Angst, mich zu verlaufen.

Meistens nehmen sie als Bewacher jemanden aus der Gegend. Ich war aber noch nie da gewesen. Es ist verrückt, eine der vielen Verrücktheiten jener Zeit. Sie trauten niemandem, darum hatten sie mich gefragt, obwohl ich noch nie bei Entführungen mitgemacht hatte und eigentlich nur den Transport übernehmen sollte. Es gab eine Schnellstraße und ein Netz von Landstraßen und mittendrin ein großes leeres Loch. Etwa hundert Quadratkilometer ohne Häuser und Menschen. Und da waren wir, weit weg von der Straße, im Wald.

An die Natur war ich gewöhnt. Vom Lastwagen aus siehst du viele Stunden lang den Himmel, die Wolken, hörst den Regen aufs Dach trommeln. Es gibt wenige Berufe, wo du so von der Natur umzingelt wirst. Du siehst die Straßenpfleger andauernd zurückstutzen und neu asphaltieren, damit die Büsche und die Erde die Autobahn nicht auffressen. Du siehst die Bäume ringsum voller Vogelnester, riesige Dinger, alle hundert Meter eins. In Wäldern gibt es nicht viele Nester, glaube ich. Jedenfalls nicht da, wo wir waren. Vielleicht mögen Vögel Autobahnen lieber: ein freier Raum, eine breite Straße statt eines Gewirrs aus Ästen, eine Abflugschneise, wo sie ihre Jungen, die gerade Geborenen fliegen lassen können.

Als die Hitze kam, habe ich nicht mehr gehorcht. Wenn ein Kanister leer war, habe ich ihn in einen weißen Plastikbeutel gewickelt und bin raus, denn der Kanister war blau, den hätte man zu leicht bemerkt in diesem Wald, wo das Grün ins Grau spielte und die Baumstämme fast weiß waren, und auch der Boden war hell.

Die Namen der Bäume kenne ich nicht, ich verstehe mich nicht aufs Landleben. Ich weiß, dass alle kräftigen Farben im Versteck waren.

Wir schliefen auf Luftmatratzen, aufblasbar, aus rotem und blauem Leinen. Die einzigen, die es damals gab. Prall gefüllt, wenn die Nacht begann, am Morgen fast ohne Luft.

Als Fußboden hatten wir Planen aus blauem Plastik. Die hatten wir sogar an die Erde über unseren Köpfen geheftet, damit es nicht reinregnete und uns keine ekligen Tiere auf den Kopf fielen. Eine olivgrüne Plane verschloss den Eingang.

Das Versteck war ein in den Hang gegrabenes und mit Plastik ausgekleidetes Loch. Es roch nach Plastik, der gleiche Geruch, den ich als Kind am Meer in der Nase hatte, wenn ich das Schlauchboot in der Umkleidekabine verstaute.

Kam ich vom Fluss zurück, roch ich das Plastik schon, bevor ich reinging. Und unseren Geruch natürlich auch.

Wenn man von draußen kam, verschlug es einem den Atem, kaum hatte man die Plane am Eingang angehoben.

Aber es war in Ordnung so. Es zählte nur, dass sie noch da war, auf mich wartete.

Ich brachte Wasser, dann drehte ich mich um, wenn sie sich wusch.

Sie bat mich, den Kopf wegzudrehen, und das tat ich.

Ich hätte mir die Füße waschen lassen können.

Erst Jahre später ist mir das eingefallen, als ich ein Buch las, das Tagebuch eines Adeligen, vor Jahrhunderten geschrieben, der den ganzen Tag lang spazieren ging. Der schönste Moment kam für ihn am Abend: Dann wusch die Magd ihm die Füße. Da habe ich begriffen, wie dumm ich war. Ich habe mein Glück versäumt. Es gibt kein Gesetz, das verbietet, sich die Füße waschen zu lassen. Man hätte mir keinen einzigen Tag Gefängnis mehr verpasst, wenn ich sie jeden Abend freundlich gebeten hätte, ein bisschen Wasser aufzuwärmen und mir die Füße zu waschen. Es gibt unendlich viele legale Dinge, die nichts kosten und einem das Leben verschönern. Wir hätten uns stundenlang massieren können. Wir hatten beide Schmerzen am ganzen Körper. Das Versteck war feucht. Ich habe in Zellen unterhalb des Meeresspiegels gesessen, aber keine ist jemals so nass gewesen. Wenn wir aufwachten, troffen die Planen von unserem Dampf. Buchstäblich. Dicke Tropfen. Auf uns tropfte die Feuchtigkeit runter, die wir mit unserem Atem, meiner und ihrer vermischt, nachts absonderten. Dieser Atem, den du nicht siehst, während er dich leben lässt, hing jetzt da oben, an der Decke, zwanzig Zentimeter über uns, in Form von Tropfen, größer als alle natürlichen Regentropfen. Und kam wieder zu uns zurück. Durchtränkte uns und die Schlafsäcke. Wir wussten, dass die wenigen Sonnentage es nicht schaffen würden, uns zu trocknen, denn die Sonnenstrahlen drangen kaum durch das Laub der Bäume. Wir zitterten, bis wir keine Luft mehr bekamen, und dann fragte sie, ob ich nicht die Plane vor dem Eingang zur Seite schieben könne, bitte, um frische Luft hereinzulassen.

Denn sie selbst kam nicht bis dahin.

Die Kette war so abgemessen, dass sie nicht bis zum Eingang kam. Es gab diese Idee, dass eine Geisel nichts von der Welt draußen sehen darf, weil sie später die Polizei zum Versteck führen könnte. Und im Versteck findet die Polizei immer irgendwas. An einem Ort, wo man lange Zeit gelebt hat, bleiben immer eine Menge Spuren, die beim Prozess vorgezeigt werden können. Am Tag der Befreiung kannst du kein Feuer anzünden und alles verbrennen. Du musst dich vorsichtig davonmachen, leise. Darum ist es wichtig, dass die Geisel nicht erkennt, wo sie ist.

Ich habe nie viel darauf gegeben.

Durch die Öffnung zum Versteck sah man nur die Böschung und den Wald, mehr nicht. Ein Stückchen Gebirge. Aber es war ein Gebirge ohne besondere Kennzeichen. Nicht mal ich wusste, wie es hieß. Selbst wenn man ihr nach der Befreiung Fotos von Gebirgen gezeigt hätte, dieses wäre nicht dabei gewesen. Es war keine Gegend für Entführungen. Es war kein wichtiges Gebirge. Ein nicht vorbestraftes Gebirge, sozusagen. Vielleicht war es nicht mal ein richtiges Gebirge.

Die Gegend, wo wir waren, war zwar unbewohnt, aber es gab da nichts Wildes. Nichts Erhabenes. Nichts, was weit weg von den Menschen war. Es hätte ein Stück Wald in einer Reihenhaussiedlung sein können, von den Baggern bloß deshalb nicht angerührt, weil es zu abschüssig war.

Jedenfalls habe ich sie anfangs nicht rausgucken lassen.

Ich selbst bin auf allen vieren, noch im Schlafsack, zum Eingang gekrochen. Hab die Plane weggeschoben und mit einem Stein beschwert. Und draußen war es meistens dunkel, neblig.

Wir schliefen in unseren Kleidern. Bis etwa Mai, Juni. Es ist kalt in den Wäldern, fernab von Städten und Dörfern. Weit entfernt liegen die Weiden der Hirten, die Wege der Jäger.

Von da an schlief ich in Unterhose. Aber meine Hose behielt ich bei mir im Schlafsack, und bevor ich rauskroch, zog ich sie über.

Als die Hitze kam, beschlossen wir, die Plane am Eingang immer aufzulassen, obwohl es früh hell wurde und das Licht uns weckte. Auch die Geräusche der Tiere weckten uns.

Die Tiere machten peinliche Geräusche. Der ganze Wald fickte, und wir saßen stumm da und dachten an das Gleiche: an all die namenlosen Tiere, die uns belagerten und am Sprechen hinderten, aber unbefangen schweigen ließen sie einen auch nicht.

Sie hatte noch nie in einem Zelt geschlafen. Sie war eins von diesen Mädchen gewesen, die mit siebzehn, wenn sie zum ersten Mal ohne Eltern Ferien machen, mit einer Freundin ins Hotel gehen. Wie zwei alte Frauen.

Sie bat mich um Ohrenstöpsel. Ich hatte welche. Ein Entführer hat immer Ohrenstöpsel für die Geisel. Doch nach einer Stunde hat sie sie rausgenommen, denn auch mit den Stöpseln konnte sie den Lärm nicht vergessen, der draußen weiterging.

Eine windige Nacht befreite die Plane von dem Stein, sie legte sich über den Eingang. Der Wind ließ nach, und wir wachten eingeschlossen und schweißgebadet auf. Da bin ich in der Unterhose zum Eingang und habe die Plane aufgerissen. Es war noch dunkel. Sie ist auch aus dem Schlafsack gekrochen und hat gesagt: Man erstickt hier drin. Und so sind wir auf den Schlafsäcken sitzen geblieben. Im Schneidersitz haben wir auf die Sonne gewartet. Haben gefrühstückt und so getan, als wäre nichts dabei. Sie in Unterhose mit Kette. Ich in Unterhose mit Sturmhaube.

Und ich habe sie weiter unter meiner Maske aus schwarzer Wolle beobachtet.

Die Sturmhaube ist das einzige Kleidungsstück, das man nicht ausziehen darf, niemals, auf keinen Fall.

Wenn du sie aus Versehen verlierst, musst du jeden töten, der in deiner Nähe ist. Die Geiseln wissen das. Sie wissen, dass eine vom Gesicht gerutschte Sturmhaube wie ein Pistolenschuss ist. Darum sind sie die Ersten, die dich bitten, sie richtig aufzusetzen.

Der einzige Unterschied zwischen den Kapuzen für Entführer und denen für Geiseln ist, dass die für Geiseln keine Augenlöcher haben.

Eine Geisel kannst du immer im Dunkeln sitzen lassen. Immer mit Kapuze und Ohrenstöpseln. Du kannst ihr Wachs in die Ohren träufeln, ihr die Trommelfelle durchstoßen. Sie in einen fensterlosen Keller sperren. Du kannst aber auch was riskieren und dich selbst vermummen, aufpassen, was du redest. Und sie im Licht lassen, in den Jahreszeiten, im Leben. Das ist ein Unterschied wie Paradies und Hölle. Auch wenn sie nicht mehr sieht als eine Felswand, auch wenn du sagst: Dreh dich nie zum Ausgang um, auf keinen Fall, sonst töte ich dich ... nun ... sie hat trotzdem eine ganze Welt für sich. Da passiert allerhand. Ameisen, Spinnen, Fliegen, Feuchtigkeitsflecken; Dinge ändern sich, dehnen sich aus, trocknen, sind in Bewegung. Vor allem die Sonne. Die Zeit läuft weiter. Du kannst dich anpassen. Es kann *deine* Welt, *deine* Sicherheit werden. Du kannst leben. Man gewöhnt sich an alles. Nur nicht an Dunkelheit und Stille. Die gehören nicht zu uns, werden niemals zu uns gehören. Wie der Weltraum oder ein Sarg.

Ich habe als Bewacher niemals Dunkelheit auferlegt.

Eine von den Entscheidungen, auf die ich besonders stolz bin.

Sie gehört zu den Dingen, die dir Strafmilderung garantieren sollten. Aber bei Prozessen wird nie danach gefragt. Es zählt nur, wie gut du mitarbeitest, nicht, was du getan hast. Wenn du bereust, wenn du jemanden verrätst ... dann kannst du alles bekommen. Wenn nicht, lassen sie dich im Bau verfaulen. Auch den Anwälten, den Richtern, denen, die die Gesetze machen, fällt es nicht ein. Nicht mal der Geisel fällt es ein. Nur dem, der die Dunkelheit erfahren hat, fällt es ein.

Vor ein paar Jahren habe ich mich hier im Gefängnis mit jemandem unterhalten, der bei der Entführung eines alten Mannes mitgemacht hat.

Nach einer Weile endet jede Unterhaltung unweigerlich bei Straftaten und Prozessen.

Er hat mir erzählt, dass sie den Alten in einem Kellerraum ohne Fenster gefangen hielten. Das einzige Licht kam von einer Glühbirne, die sie an eine Autobatterie angeschlossen hatten. Solange die Batterie Saft hatte, brannte die Glühbirne ununterbrochen. Einmal in der Woche kamen sie vorbei. Wenn die Batterie vorher schon leer war, saß die Geisel im Dunkeln. Nach fünf Monaten passiert eines Tages ein Wunder. Anders kann ich es nicht nennen. Ein kleiner Vogel schafft es bis dort unten rein, in das Grab des Alten. Der Typ, der mir das erzählt hat, konnte einfach nicht verstehen, wie der Vogel das fertiggebracht hat. Vielleicht war er bei ihrem wöchentlichen Besuch durchgeschlüpft, aber immerhin waren es zwei Türen ... Egal, das ist nicht so wichtig. Da saß also plötzlich dieser Vogel auf seiner Schulter. Als der Alte ihm das erzählte, war der Vogel schon tot. Ich musste ihn töten, hat der Alte gesagt. Ich durfte nicht riskieren, dass er in die Glühbirne hackt oder sie runterfallen lässt. Beim letzten Mal habe ich drei Tage im Dunkeln gesessen, bevor ihr gekommen seid. Ich konnte nicht anders.

Ich meine, man stellt sich eine wunderbare Geschichte über Freundschaft vor, der Vogel, der dem Alten aus der Hand frisst und für ihn singt, solche Sachen. Aber nein, der Alte hat ihn fast sofort getötet. Ohne Bedauern. Er hat ihm den Hals umgedreht. Nur, um nichts zu riskieren.

Dunkelheit und Stille aufzwingen, das tun nur Feiglinge.

Der wahre Unterschied zwischen Grausamkeit und Menschlichkeit liegt genau hier. Aber vielleicht habe ich gar keine Verdienste. Wenn wir einen alten Mann entführt hätten, hätte ich ihn vielleicht auch mit Kapuze, im Dunkeln, unter der Erde gefangengehalten.

Aber sie wollte ich ansehen. Ich war bereit zu ertragen, dass mir die Augen vom Schweiß brennen würden, von meinem Salz, nur um ihr ganzes Gesicht zu sehen. Immer.

Außer wenn sie mich bat, mich umzudrehen, damit sie sich waschen konnte, dann drehte ich mich um, wie ein Idiot.

Ein einziges Mal nur kamen die Hubschrauber.

Sie kamen noch vor Tagesanbruch und kreisten bis tief in die Nacht am Himmel.

Auf der anderen Seite des Tals hörten wir die Polizeihunde bellen. Wir beide schmutzig, mit unserem Geruch. Und wenn sie hierherkommen?, fragte sie. Dann schieße ich, habe ich geantwortet. Und die Pistole entsichert. Ich wusste nicht, wie man schießt, ich weiß nicht, wie man schießt, ich habe nie geschossen. Aber man muss immer sagen: Wenn sie kommen, werden wir alle sterben. Weil die Geisel dann nicht schreit, nicht ruft. Sie wird klein und still. Dadurch entsteht Vertrautheit. Es stimmt nicht, dass die Geisel gar nichts tun kann, um euch zusammenzuschweißen, und du alles. Im Gegenteil. Die Geisel weiß, dass der Entführer in mancher Hinsicht schwächer ist als sie. Sie weiß, dass die erste Kugel, wenn die Polizei ankommt, dem Entführer gilt. Aber sie weiß auch, dass Kugeln manchmal da landen, wo sie wollen. Das bringt einander näher. Die ungeheure Macht der Angst, draußen. Und wir, schwach, hier drinnen.

Als die Hubschrauber wegflogen, hat sie meine Hand gewollt. Das hat sie vor Gericht nicht gesagt, gut so, denn niemand hätte es verstanden. Sie, Ehefrau und Mutter, ist das Risiko eingegangen, meine Hand zu halten. Und sie hatte es richtig eingeschätzt, denn ich habe wirklich nur ihre Hand angefasst, auch dann noch, als sie schon eingeschlafen war und ich das Trommeln des Bluts in meinen Ohren so laut hörte, dass ich Angst bekam: Werden es auch die Polizisten dort oben in den Hubschraubern hören? So laut, dass sie umkehren.

Von dieser Nacht an haben wir nicht mehr aufgehört zu reden. Berührt haben wir uns aber fast nie. Je kleiner ein Raum ist, desto seltener streift man sich unabsichtlich. Man lernt, den Platz des anderen zu respektieren, wie hier. Wenn dich jemand streift, dann, weil er es will. Wir haben einander in der Nacht der Hubschrauber berührt, außerdem in den letzten Tagen, als ich ihr half, wieder gehen zu lernen. Am ersten Tag auch, als sie plötzlich mit einer Hand an ihre Kapuze fasste und ich sie am Handgelenk festgehalten habe, aus Angst, sie würde sich die Kapuze abziehen. Sie musste mich um Erlaubnis bitten, ihre Haare wegzustreichen. Ich entschied, dass sie es durfte, mit ihrer Hand.

Manchmal redeten wir die ganze Nacht, wie die Menschen im Gefängnis. Je leerer ein Ort ist, desto mehr füllt man ihn mit Worten.

Am Anfang musste ich ihr das sagen, was man immer sagt, vor allem dann, wenn die Geisel keine Kapuze trägt: Du musst versuchen, so wenig wie möglich zu hören und zu sehen. Denn später wird die Polizei dich tagelang verhören, sie werden dir keine Ruhe geben. Die sind erbarmungslos.

Wie ihr, hat sie gesagt.

Wie wir. Und wenn du etwas zu sagen hast und es sagst, sind wir gezwungen, nach dir und deiner Familie zu suchen. Das wirst du dir niemals verzeihen. Dann habe ich hinzugefügt: Ich arbeite mit Leuten, die vor nichts haltmachen. Diesen Satz habe ich gesagt, weil ich den Verdacht hatte, dass sie schon nicht mehr genug Angst vor mir hatte.

Und so hat sie bis zum Tag der Hubschrauber wenig gesprochen.

Hinterher war ich derjenige, der sich bemühte zuzuhören, nur das. Einmal, als sie besonders guter Laune war, beklagte sie sich zum Spaß: Eigentlich seltsam, wir leben jetzt seit fast drei Monaten zusammen, und ich weiß noch immer nichts über dich ... Als sie begriff, was sie gesagt hatte, bedeckte sie ihren Mund rasch mit der Hand. Sie war erschrocken. Denn die harmlosen Dinge, die man in einem Wald sagt, können in der Stadt, während des Gerichtsverfahrens, wiederholt werden. Oder dich zwingen zu töten, damit das nicht passiert.

Unsere Leben hingen davon ab, dass sie nichts über mich wusste.

Als ich einfach nicht mehr still sein konnte, erfand ich Geschichten. Ich erfand mir eine Familie. Du hast schon einen Sohn?, fragte sie erstaunt. Ich hatte geglaubt, sie hätte noch nicht gemerkt, wie jung ich war, und wurde rot unter der Sturmhaube. Von Kindern wusste ich gar nichts. Nur die Tochter meiner Schwester hatte ich mal gesehen, als sie gerade geboren war. Jetzt weiß ich noch weniger von ihnen. Wenn ich jetzt einem Kind begegnete, ich würde es ansehen wie einen Außerirdischen. Denn sogar hier, im Loch des Isolationstrakts, sieht man manchmal eine Frau. Aber kein Kind, niemals, nur bei den Besuchen. Mit fünfundzwanzig wurde ich verhaftet. Die N haben mit fünfundzwanzig schon viele Kinder. Wer aus einer Familie, aus einer Straße, einem Viertel kommt, wo man ans Gefängnis gewöhnt ist, rechnet mit der Möglichkeit, lebenslänglich zu kriegen, und zeugt sofort Kinder, damit seine Sippe nicht ausstirbt und die Kinder zu den Besuchszeiten kommen und mit dir am Telefon sprechen können. Wer das Gefängnis kennt, weiß, dass Kinder früh gezeugt werden müssen, zwischen einem Urteil und dem nächsten, solange die Haftstrafen noch kurz sind. Und man muss viele zeugen, weil sie dir ein paar davon umbringen werden.

Bei mir war das anders.

Ich habe nie einen Verwandten im Gefängnis gehabt.

Als ich verhaftet und dann zu dreißig Jahren verurteilt wurde, dachte ich: Bei leidlich guter Führung bin ich in zwanzig Jahren draußen, und mit fünfundvierzig kann man noch viele Kinder machen, wenn man will ... Dann habe ich den Wärter umgebracht und sie haben mir lebenslänglich ohne Haftaussetzung zur Bewährung gegeben. In die Computer schreiben sie 99/99/9999, denn Computer brauchen ein genaues Datum für das Ende. Lebenslänglich ist etwas, was ein Computer nicht verstehen kann. Kinder sind etwas, was ich nicht verstehen kann.

Als ich während der Entführung sagte, mein erfundener Sohn würde mir fehlen, war das gelogen, doch als ich sagte, meine erfundene Frau würde mir fehlen, war das die Wahrheit, denn ich stellte mir sie, die Frau, die nie gezeltet hatte, als meine Frau vor.

Wenn man redet, sagt man am Ende immer irgendetwas Wahres. Wer grundsätzlich nicht mit den Geiseln spricht, hat seine guten Gründe. Aber es ist auch schon vorgekommen, dass alle erdenklichen Vorsichtsmaßen getroffen wurden, und dann hört die Geisel ein Flugzeug vorüberfliegen, und während das Flugzeug vorüberfliegt, läuten Glocken, und zufällig interessiert sich die Geisel für Luftfahrt und kann Flugzeuge am Motorengeräusch erkennen, und dieser besondere Typ Militärflugzeug hebt nur von einem einzigen Flughafen im ganzen Land ab. Und mit Hilfe der Uhrzeiten, die die Glocken läuten, und der Flugpläne können sie hinterher die genaue Entfernung zwischen dem Versteck und dem Flughafen errechnen und finden das Versteck.

Das ist natürlich Pech, aber es ist schon vorgekommen. Wie willst du alles vorhersehen?

Im Grunde heißt das doch: Entweder steckst du die Leute vollgepumpt mit Schlafmitteln in einen Brunnen oder nicht, und dann kannst du ebenso gut reden.

Aber wer eine Geisel mit Schlafmitteln vollpumpt, riskiert, dass sie stirbt.

Ich habe im umgekehrten Sinn übertrieben, aber ich habe es nicht bereut.

Irgendwann schwitzte ich so sehr unter der Sturmhaube, dass die Haut sich löste, wenn ich mich kratzte.

Da hat sie gesagt: Wir wechseln uns nachts ab. Jede zweite Nacht setzt du mir die Kapuze auf und kannst atmen. Sie war freundlich.

Ich habe abgelehnt.

Wenn es am dunkelsten war, habe ich die Haube ein paar Stunden lang abgesetzt.

In diesen Stunden darf man sich keine Zigarette anzünden.

Man muss warten, bis der Mond verschwindet.

Ich saß in einer Ecke.

Aber von Zeit zu Zeit kam trotzdem ein schwacher Lichtschimmer an.

Man ahnte das Weiß der Unterwäsche und der Augen.

Auch eines der Bücher, die ich ihr gebracht hatte, ein Buch mit einem weißen Einband, sah man manchmal.

Und ich riskierte einzuschlafen. Sie versprach, dass sie mich warnen würde. Sie versprach, wenn sie aufwachte und durch die geschlossenen Lider Helligkeit wahrnahm, würde sie mich fragen: Bist du vermummt? Darf ich die Augen aufmachen? Ein paar Mal tat sie das. Und ich glaube, dass sie ehrlich ist.

Aber wenn du gerade aus dem Schlaf, aus Träumen kommst, wie willst du dich da sofort erinnern, wo du bist und mit wem, wie willst du dich erinnern, dass du neben einem Menschen schläfst, den du nicht anschauen darfst?

Mindestens ein paar Mal bin ich aufgewacht, als es schon hell war, und sie schlief. Oder tat so, als schliefe sie.

Es ist mir egal. So wie es dann ausgegangen ist, hätte ich die Sturmhaube ebenso gut weglassen können, immer. Einander ins Gesicht sehen. Ihr alles von mir erzählen.

Scham ist etwas Seltsames.

Auf der Insel entdeckten sie, dass Verlegungen innerhalb des Gebäudes reibungsloser liefen, wenn sie uns nackt auszogen. Ein nackter Gefangener hat grundsätzlich weniger Lust, für einen Plausch stehenzubleiben oder sich mit den Wärtern anzulegen. Er hat es eiliger, ans Ziel zu kommen. Und wir reden von demselben Gefangenen, der in seiner Zelle in ein Stehklo scheißt, vor allen anderen. Aber da ist nichts zu machen, an manche Dinge gewöhnt man sich nie. Bei manchen Dingen kann selbst die Zeit nichts ausrichten.

Eigentlich dürfte man keine Vorhänge vor dem Stehklo anbringen, weil sie den Wärtern die Sichtkontrolle nehmen. Auf der Insel zum Beispiel haben sie das nicht zugelassen. Hier schon. Doch ob Vorhang oder nicht Vorhang, du scheißt auf jeden Fall mitten in einem Raum voller Menschen. Jedes Mal, wenn jemand aufs Klo geht und jemand anderes zuhören muss, werden alle daran erinnert, dass sie keine vollwertigen Menschen mehr sind, dass sie nicht frei sind. Dieses Stehklo mitten im Raum macht den einen zum Folterknecht des anderen, jedes Mal. Vielleicht schläft man darum im Pyjama, auch wenn es heiß ist. Und duscht in der Unterhose.

Nur die Wärter gehen nackt duschen. Die Wärter kennen keine Scham, keine Würde. Dieses Gefängnis ist ein zusammengedrücktes Rechteck aus zwei langen, einander gegenüberliegenden Seiten: Wärterflügel, Gefangenenflügel. Und die beiden kurzen Seiten sind Übergänge. Außerdem ein Loch in der Mitte, der Hof, lang und eng wie ein drittes Gebäude ohne Dach. In den neuen Gefängnissen beobachten die Wärter die Gefangenen, wann immer sie wollen, mit Kameras, und die Gefangenen sehen die Wärter fast nie. Hier dagegen könnte man Wäscheleinen von einem Gebäude zum anderen spannen, wie in einer Gasse. Und alle sehen die Wärter nackt in den Flur rauskommen, kotzen, hintereinander herlaufen. Ohne Vorhänge. Sie leben im Dreck. Ihre Unterkunft ist der dreckigste Ort im ganzen Gefängnis. Jeder von den Hausarbeitern kann dir das bestätigen: Es ist angenehmer, die Duschen der Junkies sauberzumachen als die Schlafräume der Wärter.

Allerdings achte auch ich nicht besonders auf Sauberkeit.

Ich versuche nicht zu vergessen, dass dies hier kein Zuhause ist, sondern eine Zelle. Nicht mal meine eigene, es ist bloß eine Zelle. Sie bleibt bei mir immer ein bisschen schmutzig. Nicht so schmutzig wie bei den Wärtern, aber auch nicht richtig sauber. Ich hätte Anrecht auf einen Plastikspiegel und ein Rasiermesser, weil ich nicht als gefährdet gelte, aber ich wollte sie nicht. Die Duschen haben kein warmes Wasser, und ich übertreibe beim Waschen nicht, genauso, wie ich auch die Zelle nicht pflege. Das hier ist nicht mein Zuhause, das hier ist nicht mehr mein Körper. Ich wasche mich nicht besonders gründlich und betrachte mich so wenig wie möglich. Damit ich nicht durcheinanderkomme. Wenn ich einmal am Tag mit einer Krankenschwester rede, will ich nicht daran denken, dass ich mit einer Frau rede. Dass ich eine Frau berühre, wenn ich einer Anwältin die Hand gebe. Es ist nicht dasselbe. Es ist nicht mehr meine Hand.

Die Frage, ob du irgendwo noch einen Rest Schönheit besitzt, kann dir die Ruhe nehmen.

Wenig, aber etwas nimmt sie dir. Einmal hat mich sogar ein Wärter auf dem Weg zur Dusche gefragt: Warum bittest du nicht darum, mal rauszudürfen, du bist noch immer ein schöner Mann. Warum lässt du dir kein Gebiss machen?

Die Sorge, dass man etwas unversucht gelassen hat ... Darum verstecke ich mich jedes Mal unter der Decke, wenn jemand an der Panzertür vorbeikommt.

Als sie anfing, mich nach dem Lösegeld zu fragen, hab ich gesagt: Zwecklos, ich weiß es nicht. Das ist nicht mein Job. Aber ich habe das in einem unnormalen Ton gesagt, wie einer, der etwas weiß und es nicht sagen will. Darum glaubte sie mir nicht, und das hat mich gefreut.

Dann, eines Abends, einer der ersten, an dem wir wieder im Dunkeln essen mussten, der Sommer war vorbei und wir saßen am Eingang des Unterschlupfs wie auf einer kleinen Terrasse, habe ich mich zu ihr hinübergebeugt und geflüstert: Zwanzig Milliarden haben wir für dich gefordert.

Ich habe geflüstert, weil es einem die Sprache verschlug.

Eine nie da gewesene Summe. Das heißt, anfangs hat es einer mit fünfzig Milliarden versucht, ist aber sofort auf sieben runtergegangen. Denn manchmal sind die Leute, die Entführungen machen, arme Schweine, die keine Ahnung haben und unüberlegt drauflosreden. Zwanzig Milliarden habe ich gesagt, weil sie für mich so viel wert war. Für weniger hätte ich sie diesen beiden Kindern, von denen sie dauernd sprach, und diesem Mann, von dem sie nie sprach, nicht zurückgegeben. Das war meine Art, ihr ein Kompliment zu machen. Wie viel bist du wert? Viel. Du bist sehr viel wert, mehr als alle Menschen, die je entführt wurden. Du bist mein Schatz. Wie lang muss man normalerweise arbeiten, um zwanzig Milliarden zu verdienen? Zehn Leben? Hundert? Für mich bist du sie alle wert.

Ich war jung, ein ziemlicher Aufschneider. Es war, wie ihr einen Riesenstrauß Blumen zu bringen.

Aber sie wurde bleich.

Und sagte: So eine Familie sind wir nicht. So weit reichen unsere Möglichkeiten nicht. Ihr habt euch geirrt.

Ich erwiderte: Dein Vater ist der Kaffeekönig.

Gleich nach der Entführung brachten die Zeitungen Schlagzeilen wie: »Tochter des Kaffeekönigs entführt«. Die Familie schäumte vor Wut und verlangte Stillschweigen von der Presse, denn solche Überschriften lassen das Lösegeld ansteigen. Doch ich wusste nichts vom Nachrichtenverbot. Für mich blieb sie die Kaffeeprinzessin.

Bis vor fünfzehn Jahren hatten wir nur eine große Rösterei, sagte sie. Jetzt haben wir dreißig Angestellte, doch unseren Kaffee vertreiben wir weiterhin nur regional. Ein bisschen in der Provinzhauptstadt ... Wenn du hundert Kilometer weiter fährst, findest du kein einziges Café mehr mit unserer Marke.

Dann senkte sie den Kopf, die Schultern, rollte sich zusammen wie ein vertrocknetes Blatt und sagte wieder: Diese Art Leute sind wir nicht.

Ich hätte ihr gern erzählt: Aha, also darum habe ich deinen Kaffee nicht gefunden, als ich in den Ort gegangen bin. Ich wollte dir am nächsten Morgen deinen Kaffee kochen, um dich zu überraschen. Ich wusste nicht, dass ihr nur Cafés beliefert. Und nur weit weg von hier.

Ich hätte gern zugegeben, dass es nur ein Scherz war: Ich weiß gar nichts über das Lösegeld, glaub mir.

Hätte gern gesagt: Du denkst, ich bin allmächtig, weil ich immer in deiner Nähe bin und eine Pistole habe und dir diktiere, was du nach Hause schreiben sollst. Aber das lese ich bloß von einem Blatt Papier ab, das die anderen für mich geschrieben haben. Und mit der Pistole kann ich gar nicht schießen.

Stattdessen habe ich bloß stur wiederholt: Solange sie nicht zahlen, behalten wir dich hier.

Entweder Geld oder Zeit.

So ist es immer: Geld oder Zeit.

Wenn du nicht mit Geld bezahlst, zahlst du mit Zeit. Oder mit dem Leben, was dasselbe ist.

Hier drinnen bemessen sie dein Fluchtrisiko danach, wie viel Geld du draußen ihrer Meinung nach beiseiteschaffen konntest. Auch danach, ob du schon mal versucht hast auszubrechen, danach, wie geschickt du bist, wie einfallsreich, mutig oder verzweifelt. Aber vor allem nach dem Geld. Wenn du Geld hast, wird es einen Haufen Leute geben, die dich liebend gern befreien würden, um mit dir zu teilen.

Hier drinnen haben sie nicht mal ein Gitter über dem Spazierweg im Hof angebracht.

Für sie steht fest, dass niemals jemand kommen wird, um uns zu retten. Da irren sie sich, meiner Meinung nach, denn ein Gefangener kann zwar arm sein, aber wie will man ausschließen, dass eine Frau sich verliebt und den Pilotenschein macht, eine Waffe zieht, einen Hubschrauber entführt, alles im Alleingang unternimmt? Sie fliegt Hunderte von Kilometern, riskiert hundert Jahre Knast, um einen Gefangenen aus dem Nichts zu holen ... Ihn vom Himmel aus zu retten. So was ist schon vorgekommen, woanders, es könnte auch hier passieren.

Nachdem die Kaffeeprinzessin so reagiert hatte, habe ich, als ich im alten Stall die Lebensmittel abholen ging, zu den anderen gesagt: Wir haben alles falsch gemacht. Der Ausspäher hat uns reingelegt. Ich möchte mal wissen, was der gesehen hat und was er sich da ausgedacht hat. Von Milliarden hat diese Frau noch nie was gehört! Für die sind Milliarden genau dasselbe wie für mich oder für dich, etwas total Verrücktes, gar nicht vorstellbar. Milliarden sind, was Nationen besitzen, oder wie Schneeflocken in einem ganzen Gebirge. Sie werden nicht zahlen können. Sie werden nie zahlen können.

Und damit meinte ich nicht nur die zwanzig Milliarden, die ich mir ausgedacht hatte, sondern auch die, die sie forderten.

Was weißt du denn davon?, hat der Vorratsbeschaffer gefragt.

Dann drohte er mir. Er sagte, ich war zu lang allein mit ihr. Ich könne nicht mehr klar denken, und er würde das berichten. Vielleicht würde man mich auswechseln.

Von da an blieb ich still.

Sie leugnen alle, immer!, sagte er noch. Du könntest den reichsten Mann der Welt entführen, sowohl er als auch seine Familie würden dir weinend schwören, dass du dich geirrt hast. Aber am Ende zahlen sie immer. Auch der Kaffeekönig wird zahlen. Jetzt geh zurück und schneid ihr ein Ohr ab.

Da habe ich begriffen, dass der Mann mehr war als der Vorratsbeschaffer. Er musste wichtig sein, um solche Befehle geben zu können.

Glaub doch nicht, dass die so ticken wie du, sagte er weiter. Wenn ihr Kopf so funktionieren würde wie deiner, hätten sie nämlich kein Geld. Die verhandeln, verhandeln bis zum Tod. Versuchen, Rabatt zu kriegen. Wenn die Familie sofort zahlt, ist der Entführte der Erste, der ihnen das krummnimmt, denn damit schmeißen sie ja auch sein eigenes Geld zum Fenster raus, sie belasten die Zukunft mit Hypotheken. Und wofür? Für einen beschissenen Monat weniger weg von zu Hause.

Abgeschnittene Ohren machen Eindruck auf die Leute, hat er zum Schluss gesagt. Dabei sind das bloß Knorpel ohne Nerven. Das tut so weh, wie sich Ohrlöcher stechen lassen. Wichtig ist, die Stelle vorher und nachher gut zu desinfizieren. Gib ihr Antibiotika. Wechsel den Verband. Wenn sie dann freikommt und sich nicht gefällt, wird sie sich das Ohr wieder richten lassen. Das Geld, das sie uns nicht geben wollte, gibt sie einem Chirurgen.

Er hatte recht. Das heißt, ich weiß nicht, ob sie sich das Ohr hat richten lassen, aber dieser Schnitt hat gewirkt, er hat ihre Gefangenschaft verkürzt. Ohrenabschneiden gehört zu den wenigen intelligenten Dingen bei Entführungen. Sie hat das verstanden und war nicht beleidigt.

Es gab eine Zeit, da hätte ich mir auch gern ein Glied abgeschnitten, um früher rauszukommen.

Oder ich hätte mir was spritzen lassen, um schlagartig alt zu werden, wie diese Kinder, die mit acht Jahren aussehen wie siebzig, und mit dreizehn sind sie schon tot. Denn wenn die Strafe darin besteht, alt zu werden, dann lieber schnell. So ersparen wir uns Kosten, Langeweile und Schmerzen. Wie viel ist eine Hand wert? Ich hätte eingewilligt. Mit einem Stumpf, aber draußen. Doch bei lebenslänglich ohne Haftaussetzung gibt es nicht genug Gliedmaßen, um zu bezahlen. Du musst deine Arme und Beine behalten, obwohl sie hier drinnen gar nichts nützen und fast eine Verarschung sind.

Sie hasste es, ihrer Familie zu schreiben.

Hinterher weinte sie stundenlang.

Zu mir sagten sie: Sorg dafür, dass sie dies schreibt und jenes, und dann soll sie noch was Eigenes dazusetzen, irgendeine Erinnerung. Aber warne sie, wenn sie eine verschlüsselte Botschaft schreibt, bringen wir sie um und verstreuen ihre Leiche im Wald.

Von der Idee waren viele besessen, die Überreste in den Wald zu schmeißen.

Manche taten es wirklich, sogar wenn das Lösegeld gezahlt worden war. Sie dachten: Ein Toter redet nicht, sollen ihn doch die Wildschweine fressen!

Damit hätten sie uns fast ruiniert, denn die Leute sind nicht blöd, vor allem die Reichen nicht. Wenn sie ein paar Mal gezahlt haben und es ist nichts passiert, denken sie, dann lieber auf die harte Tour, die Konten sperren und alles die Polizei machen lassen.

Natürlich verhielten sich nur wenige Banden so, aber geschadet hat es allen. Sie konnten nicht weiter sehen als bis zu ihrer Geisel, ihrem Prozess. Typen, die Entführungen organisierten und dabei schon ans Danach dachten, wenn man sie verhaften würde, und nur das beschäftigte sie.

Der Mann, der mich in die Bande geholt hatte, war nicht so. Er drohte, er würde sie den Wildschweinen zum Fraß vorwerfen, weil er ihr damit Angst einjagen wollte, aber ich habe das nicht mal an sie weitergegeben. Im Gegenteil, ich sagte: Hab keine Angst, wenn du nicht versuchst zu fliehen, tun wir dir nichts. Ich sagte ihr, sie solle sich einen zuverlässigen Freund einfallen lassen, an den der Brief adressiert werden konnte. Natürlich kein zu naher, offensichtlicher Freund. Jemand, den die Polizei nicht schon überwachte. Der klassische Freund, den du seit Jahren nicht gesehen hast, aber wenn ihr euch begegnet, scheint erst ein Tag vergangen zu sein. Dieser Freund oder diese Freundin müssen schlau sein und mutig, denn sie müssen es schaffen, den Brief unbemerkt deinem Vater zuzuspielen. Großzügig außerdem, denn du bringst sie auf jeden Fall in Schwierigkeiten.

Denk an dein Adressbuch, aber anders als sonst, wenn du jemandem eine solche Verantwortung übertragen musst. Geh deine Freundschaften durch, eine nach der anderen. Irgendwann hellte sich die Miene der Prinzessin auf, und sie sagte: Ja, sie ist es! Natürlich, wer sonst? Wieso hab ich nicht gleich an sie gedacht? Und sie erzählte mir von dieser Freundin, wie sie sich kennengelernt hatten und wie dumm es von ihnen war, sich nicht mehr zu treffen.

Drei verschiedene Zwischenträger haben wir in diesen zweihunderteinundzwanzig Tagen benutzt. Zwei Freundinnen und einen Freund. Alle drei sind sofort zur Polizei gegangen, wie wir später erfahren haben.

Das ist normal. Sie hatte sie in ihren Briefen angefleht, es nicht zu tun. Aber die drei konnten ihre Stimme nicht von unserer unterscheiden. Und genau das hat die Prinzessin zum Weinen gebracht. Dieses Blatt Papier ist der einzige Spalt zu einer Welt, die einmal deine Welt war, und jetzt ist sie Lichtjahre entfernt, aber in diesen Spalt müssen wir alle reinpassen: die Geisel und die Entführer, ineinander verknäult. Und die Augen der Polizei. Denn am Ende oder schon von Anfang an landet alles bei der Polizei. Nicht mal die Geiseln oder ihre Familien bekommen die Briefe zurück: höchstens eine zensierte Kopie, nach Jahren, wenn das Gerichtsverfahren abgeschlossen ist.

Wenigstens konnte die Prinzessin mit mir sprechen. Für Geiseln, die zum Stummsein verdammt sind, ist es schlimmer. Sie stellen sich ihre Briefe vor, Tag für Tag. Wochenlang schreiben sie innerlich daran, es sind die einzigen Worte, die sie haben. Wenn es dann endlich so weit ist, werden die Briefe von den Entführern verfälscht oder gar nicht abgeschickt. Oder die Familie glaubt ihnen nicht. Die aufrichtigsten Worte, wichtiger als das eigene Leben, werden für Worte der Entführer gehalten.

Von Polizeibeamten seziert.

In all diesen Jahren habe ich immer an meine Mutter geschrieben, solange sie noch lebte. Es gibt Mütter, die erst Lesen und Schreiben lernen, wenn ein Sohn ins Gefängnis kommt, damit sie aus den Zeitungen, den Briefen, den Akten erfahren, was mit ihm ist. Meine Mutter nicht. Meine Mutter war nahezu genial: Beileidsschreiben und Glückwunschkarten hat immer nur sie geschrieben, für die ganze Familie. Doch wenn sie mir ins Gefängnis schrieb, ließ ihr Genie sie im Stich. Immer dieselben Sachen. Ich wusste, was diese Höflichkeitsfloskeln sie kosteten. Wie viel Scham, wie viel Vertrautheit. Sie musste sie sich gewaltsam aus den Eingeweiden reißen. Einem Gefangenen Frohe Ostern zu wünschen ist schwieriger, als die eigenen Träume für jemand x-Beliebigen aufzuschreiben. Sie wurde rot. Meine Mutter wurde rot, wenn sie schreiben musste: Alle lassen dich grüßen, oder: Deine kleine Nichte wächst heran.

Ich sah die Schamesröte hinter den Worten, noch bevor sie bei mir ankamen.

Geantwortet habe ich vor allem, um sie zu beruhigen. Mir geht es gut.

Und ich wusste, dass dieselben Hände, die mich hier festhielten, diesen Brief als Erste öffnen würden.

Die Kaffeeprinzessin schrieb nicht, um zu beruhigen.

Sie musste beunruhigen.

Mach ihnen die Hölle heiß! Sie sollen sich schuldig fühlen, mach deinem Vater begreiflich, wie schlecht es dir geht, und dass nicht mehr viel Zeit bleibt: Etwas zerbricht, in dir, und es wird sich nicht wieder kitten lassen. Auch wenn du nach Hause zurückkommst, wirst du nicht mehr dieselbe sein. Schreib, dass du sie nicht mehr lieben kannst.

Und das hoffte ich.

Schreib ihnen Einzelheiten, damit sie bei dir zu Hause leiden. Das ist in deinem Interesse. Und in unserem.

Schreib, wie sehr sie dir fehlen. Schreib, dass du stolz auf die Kinder bist, aber enttäuscht von deinem Vater, und dass du nicht glauben kannst, dass sie dich im Stich gelassen haben. Sprich von einer Familientradition, irgendeinem Brauch. Etwas Banales, was ihr jedes Jahr macht, seit du klein warst, aber dieses Jahr womöglich nicht machen könnt. Und vielleicht nie wieder. Denn wenn sie weiter mit der Polizei zusammenarbeiten, bringst du dich entweder selbst um – oder wir tun es.

Wirklich?, fragte sie mich.

Nein, ich hab's dir doch gesagt. Wenn du nicht wegläufst, bist du früher oder später wieder zu Hause.

Doppeldeutige Worte zu schreiben machte sie rasend.

Sie weinte. Sagte: Das stimmt nicht. Sagte: Wenn ihr mich zum Lügen zwingt, nehmt ihr mir den letzten Rest Freiheit.

Da dachte ich: Aha, dann geht es dir also nicht so schlecht! Sag's mir. Du brauchst es nicht zu schreiben. Sag es nur mir, in diesem Loch in der Erde auf halber Höhe der Böschung. Sag: Mir geht es gut hier, mit dir, im Versteck. Wenn ich meiner Familie schreibe, dass es mir schlechtgeht, ist das eine Lüge.

Außerdem war da diese Eile.

Nicht einmal ich wurde vorher benachrichtigt. Ich wusste nichts von den Lösegeldverhandlungen. Wenn sie einen Brief wollten, warteten sie nicht auf den Tag, an dem ein Treffen vereinbart war. Sie kamen zum Versteck, urplötzlich, riefen mich raus, und dann warteten sie im Wald, bis der Brief so geschrieben war, wie sie ihn wollten.

Das war eine Qual für sie und auch für mich.

Sie wollte ihn noch mal lesen. Das konnte ich ihr nicht erlauben. Wir standen beide unter Druck. Sie war verzweifelt. Ich glaubte zu verstehen, doch erst nachher, im Gefängnis, habe ich angefangen, es wirklich zu verstehen.

Ich bin einer, der nie viel lügen musste, vorher. Als Lastwagenfahrer bist du fast immer still. Auch später, nachdem ich zum Verbrecher geworden war, habe ich wenig mit den Organisationen zu tun gehabt. Lügen muss man vor allem in den Organisationen. Du bist vielleicht mit einem engen Freund in der Bar, einem, mit dem du zusammengearbeitet hast, zusammen im Gefängnis gesessen hast, gemeinsame Ferien, eure Familien besuchen sich oft. Aber du weißt bereits, dass sie beschlossen haben, ihn zu töten. Und kannst es ihm nicht sagen. Vielleicht bist du sogar derjenige, der es tun muss.

Das alles ist mir erspart geblieben.

Während der Entführung habe ich, hin und wieder, eher erfunden als gelogen. Und sie wusste davon, es war beinahe ein stillschweigendes Einverständnis.

Als ich klein war, wurde in der Familie immer sehr viel Wert auf Ehrlichkeit gelegt.

Alles konnten sie mir verzeihen, eine Lüge nicht. Es galt sogar als hässlich, etwas Wahres zu sagen, wenn man es nicht wirklich selbst empfand. Du fühlst dich besser, wenn die Worte genau zu dir passen, sagte meine Mutter.

Im Gefängnis habe ich nie falsche Anklagen unterschrieben. Nicht mal wahre.

Vielleicht ist es draußen einfacher zu lügen. Du sagst etwas, was du nicht selbst empfindest, dann denkst du an etwas anderes. Du hast viel Ablenkung. Läufst viel herum. Hier nicht. Du bleibst allein mit dieser fremden Stimme. Du hast nichts mehr, und irgendwann erkennst du nicht mal deine eigene Stimme wieder.

Sie sagten, eine Geisel im Büstenhalter zu fotografieren, bringt nichts, denn wenn sie jung ist, steht sowieso für alle fest, dass du sie fickst. Alte Frauen aber wurden halbnackt fotografiert. Die schmutzige Pritsche, die ungekämmten Haare, und die Frauen nur mit Büstenhalter. Damit alle kapierten, dass sie geschlagen wurden, dass sie jeden Tag ein bisschen mehr starben. Dann schickten sie die Fotos an die Zeitungen. Eine reiche Alte im Büstenhalter macht ordentlich Eindruck. Eine reiche Alte, die gedemütigt wird, macht ordentlich Eindruck. Die Zeitungen druckten das nicht, denn damals hatte man noch Respekt vor den Reichen. Doch die Fotos machten trotzdem die Runde. Und meistens entschloss sich die Familie dann zu zahlen. Sie begriffen, dass sie sie da rausholen mussten, sofort, um jeden Preis, bevor die Fotos der Alten ihr ganzes restliches Leben raubten und an ihrer Stelle durch die Welt gingen.

Die Kaffeeprinzessin habe ich bekleidet fotografiert.

Einmal mussten wir das Foto wiederholen, weil sie ein bisschen gelächelt hatte.

Nicht, dass sie glücklich war. In vielen Dingen täusche ich mich, aber ich glaube nicht, dass sie glücklich war. Sie hat nur vor dem Objektiv gelächelt, automatisch. Von klein auf lernt man, vor dem Apparat zu lächeln, und sie hat gelächelt.

Bei einer Entführung dienen Fotos dazu, zwei Sachen mitzuteilen: Ich lebe noch, also hat es Sinn, zu zahlen; und: Es geht mir schlecht, beeilt euch.

In diesem zweiten Punkt waren die Kaffeeprinzessin und

ich eine Katastrophe. Sie kriegte zwar eine finstere, wütende Miene hin, aber keine verzweifelte. Ihr kam das Gesicht von jemandem, der sich verraten fühlt, von der Familie verlassen wie ein Kind, das in der Schule vergessen wird … Aber gleichzeitig verriet sie, dass sie Kraft genug hatte, es ihnen heimzuzahlen.

Vielleicht hätte ich sie fotografieren sollen, während sie die Briefe schrieb. Als sie nicht mehr wusste, wer sie war, und die Hoffnung verlor. Aber das ist mir nicht eingefallen.

Sie fragte mich immer, ob man die Fotos veröffentlicht hatte, und wie sie geworden waren.

Der Kaffeeprinzessin lag viel daran, gut auszusehen. Ich bin ihr dankbar dafür. Für all die Male, in denen ich mir später diese Zeitungsausschnitte angesehen habe und es wirklich ein bisschen Schönheit gab, trotz allem.

Dafür wurde ich verhaftet. Aber das wäre sowieso passiert, nur ein bisschen später.

Während der Entführung haben sie mir nur zensierte Zeitungen gegeben, alles, was die Geiselnahme betraf, war weg. Sie trauten mir nicht. Auch im Gefängnis bekam ich nur Zeitungen mit Löchern. Immer war jemand der Meinung, dass es Dinge gibt, die ich nicht wissen darf.

Alle Geiseln wollen lesen. Egal, was. Eine Zeitung lesen sie von Anfang bis Ende durch, sogar die Anzeigen. Sie kosten sie ganz aus, wie jemand, der nur einen Teebeutel hat und ihn wieder und wieder verwendet, bis er nur noch heißes Wasser trinkt.

Sie las auch die jahrealten Zeitungen, die eigentlich für einen anderen Zweck gedacht waren … Und manche Artikel las sie mehrmals laut. Da habe auch ich angefangen, auf das Papier zu achten, um herauszufinden, was daran für sie so wichtig war. Zeitungen waren ihr lieber als Zeitschriften, Zeitschriften lieber als Bücher. Das ist normal. Am Anfang einer Gefangenschaft scheint dir alles umso wichtiger, je aktueller es ist. Darum sehen sie oben in den Stockwerken lieber Nachrichtensendungen als Filme. Sie denken, dass sie keine erfundenen Geschichten mehr brauchen. Für sie ist alles, was draußen passiert, an sich schon außergewöhnlich, unglaublich, bloß weil es draußen passiert.

Was ich zu lesen hatte, habe ich auf der Insel gelesen, bevor ich getötet habe. Auch nachts, vor der Panzertür liegend, um das bisschen Licht vom Flur zu nutzen. Die Stunden reichten nie aus. Ich hatte wenig Zeit. Ich saß im Gefängnis, aber ich hatte wenig Zeit. Manche Bücher habe ich so oft wiedergelesen, dass ich sie jetzt, wenn ich nur ein normales Gedächtnis hätte, innerlich aufsagen könnte. Mit geschlossenen Augen.

Die Zeitungen, die sie mir für die Tochter des Kaffeekönigs gaben, waren voller Löcher, denn die Geisel muss über alles im Dunkeln bleiben. Das ist die beste Methode, damit sie sich ruhig verhält. Die Welt muss am Versteck enden. Die Welt ist das, was wir ihr erzählen.

Wie bei den Verhören: Gewisse Dinge von dir würdest du nur einem Gott erzählen. Und wer dich verhört, muss dich im Ungewissen lassen, um Gott zu werden.

Mich hat das nie wirklich überzeugt. Das heißt, bei den Verhören stimmt es. Aber wir haben die Prinzessin nicht verhört, was wäre so falsch daran gewesen, wenn sie ein Foto von sich in der Zeitung gesehen hätte?

Ich konnte aber nicht viel machen, denn die Zeitungen,

die sie mir brachten, waren schon zerschnitten, und alt. Einmal gaben sie mir eine Zeitung mit einem Riesenloch, und die war vom selben Tag. In der Woche davor hatten wir die Fotos gemacht. So wurde mir klar, dass dort ein Foto gewesen sein musste. Unser Foto. Meine Aufnahme und ihr Gesicht.

Und da habe ich etwas getan, was mich mein Leben kosten konnte: Statt ins Versteck zurückzugehen, bin ich in den Ort gegangen, zwei Stunden Fußweg, und habe diese Zeitung gekauft.

Ich habe auch eine Zahnbürste gekauft. Keine Zahnbürste zu haben war eine Qual für sie. Sie wollten ihr keine geben, sie dachten: In einem Moment der Verzweiflung stößt sie sich die in die Kehle. Aber ich wusste, dass sie nicht verzweifelt war. Sie war nicht glücklich, aber auch nicht verzweifelt. Und sich eine Zahnbürste in die Kehle zu stoßen ist nicht jedermanns Sache. Als ich darauf bestand, ihr eine Zahnbürste zu geben, sagten sie: Ist dir wohl unangenehm, sie so zu küssen? Von da an habe ich nicht mehr gefragt.

An dem Tag aber habe ich die Zeitung ohne Schnitte, eine Zahnbürste, saubere Unterwäsche, einen Kamm und zwei Pizzen gekauft. Ein Wahnsinn. In einem kleinen Ort, wo alle sich kennen. Zum Glück war das keine Gegend für Entführungen. Sie haben mir nachgeschaut, bis ich den Bus nahm, dann haben sie mich vergessen. Zwei Dörfer weiter bin ich ausgestiegen, habe einen langen Umweg gemacht und im Wald die Zeitung aufgeschlagen. Es gab zwei Fotos. Eins von ihr als Zwanzigjährige, bevor sie heiratete, Kinder bekam und entführt wurde. Und das Foto, das ich gemacht hatte. Auf meinem wirkte sie jünger, ohne Schminke und Ohrringe. Die Kaffeeprinzessin war auch mit zwanzig ein lebendiger, aufrichtiger, großzügiger Mensch. Aber sie hatte sich eine Dauerwelle machen lassen. Darum habe ich das Gefangenenfoto behalten und die Zwanzigjährige zusammen mit der Zeitung vergraben.

Als ich am Versteck ankam, war es schon fast dunkel, die Pizzen natürlich kalt, und sie war verzweifelt.

Sie hatte gekotzt vor Angst. Ich hatte Angst, allein in diesem Loch zu sterben, sagte sie, zu verhungern, zu verdursten. Sie schluchzte. Konnte nicht aufhören. Sie sagte: Sie haben ihn umgebracht, habe ich gedacht, und ich werde hier sterben, allein, an der Kette. Sie sagte, dass es ihr lieber wäre, wenn ich oder ein anderer von der Bande sie umbringen würde, als hier allein zu sterben, angebunden und vergessen.

Ich. Oder ein anderer von der Bande. Das hat mich verletzt. Von mir oder von einem anderen, das konnte doch nicht das Gleiche sein. Dann begriff ich, dass sie mich mit dieser bösen Bemerkung vielleicht nur bestrafen wollte, weil ich sie allein gelassen hatte, und ich verzieh ihr. Ich zeigte ihr das Foto, schenkte ihr die Zahnbürste, die Unterwäsche und den Kamm, und wir aßen die Pizzen. Die Zahnbürste genügte, um sie schlagartig wieder glücklich zu machen. Ja, wirklich glücklich. Gefangene sind verrückt nach Geschenken. Im Gefängnis habe ich gesehen, wie Aufstände mit Bonbons abgewendet wurden. Ungelogen: mit Bonbons. Als Gefangener hast du jähe Stimmungswechsel wie ein Kind, denn alles, und sei es auch noch so unbedeutend, nimmt sofort dein ganzes Blickfeld ein.

Auf den Pappkartons standen der Name des Ortes und die Adresse der Pizzeria. Es war dunkel. Wir aßen bei Kerzenlicht, die olivgrüne Plane angehoben und mit Steinen befestigt. Sie schien die Kartons nicht bemerkt zu haben. Ich nahm sie und warf sie die Böschung hinunter, weiter weg als sonst.

Ich bin froh, dass ich sie wegen der blöden Kartons nicht umgebracht habe. Es war meine Schuld, ich hatte nicht darauf geachtet.

Das Foto habe ich danach immer bei mir getragen, obwohl es war, als hätte ich etwas Gestohlenes behalten. Nach der Verhaftung habe ich versucht, es zurückzubekommen, aber das war aussichtslos. Schließlich habe ich meinen Anwalt gebeten, eine Kopie der Zeitung von damals zu besorgen und es mir auszuschneiden. Nachdem ich den Wärter umgebracht hatte, haben sie das Foto verbrannt. Jetzt versuche ich nicht mehr, es wiederzubekommen. Ich weiß von Leuten, die sich das Foto ihres Opfers neben das Kopfkissen hängen und es jeden Morgen und Abend grüßen. Es ist das Letzte, was sie vor der Dunkelheit sehen. Und das Erste danach.

Ich nicht. Ich verkläre nichts.

Wer in einem kahlen Raum eingeschlossen ist, neigt dazu, sich leicht zu verlieben, wie ein Kind zu reden, wie ein Kind zu träumen, bei beschissener Musik rührselig zu werden. Ich nicht.

Sie schreiben Briefe an die Ehefrau, die sie getötet haben, an die Kinder, die sie nicht aufgezogen haben. Der Zement hallt wider, weil er diese Seufzer zur falschen Zeit, diese verspäteten Gefühle nicht aufsaugen will.

Nur in der ersten Nacht, als Piscio wieder zu sich kam und bis zum Morgen ununterbrochen brüllte, nur dieses eine Mal konnte der Zement sich nicht entziehen.

Nach der Geschichte mit den Pizzen beschloss ich, sie nie mehr allein und angekettet zu lassen.

In der Woche danach nahm ich ihr die Kette ab, bevor ich zum Stall ging, und sagte: Ich komme heute Abend zurück. Wenn ich aber nicht zurückkomme, wartest du noch diese Nacht auf mich und den nächsten Tag und die Nacht danach. Wenn du bis zum Morgen des zweiten Tages niemanden siehst, dann geh.

Sie war verwirrt.

Du legst mir keine Handschellen an? Nicht mal die Kapuze?

Wenn ich deine Hände fessele und dir die Kapuze überziehe, ist es, als hätte ich dich angekettet. Du würdest die Böschung hinunterstürzen und dort sterben. Ich könnte dich knebeln, das ja. Aber dazu habe ich keine Lust.

Ich erinnerte sie daran, dass dort unten im Wald der zweite Wächter stand. Der böse Wächter. Und wenn sie vor dem zweiten Tag versuchte, das Versteck zu verlassen oder zu schreien, würde er ohne Erbarmen schießen, denn er glaubte inzwischen nicht mehr an die Sache und konnte es nicht erwarten, nach Hause zu kommen.

Die Geschichte vom zweiten Wächter erzählt man immer.

Bei ihr hatte ich nach der ersten Zeit drauf verzichtet.

Und auch jetzt war ich ohne rechte Überzeugung wieder mit dieser Geschichte gekommen. Die Gefangenen hören gern, dass es einen bösen Entführer gibt, dass das Böse von einer ganz bestimmten Stelle kommt. Leider kann der gute Entführer nichts gegen ihn tun, er ist wie sie ein Opfer.

Danke, hat sie gesagt und sich die Fußgelenke massiert.

Lass mindestens eine Stunde vergehen, dann kannst du ruhig mal rausgucken, aber verlass das Versteck nicht, auf keinen Fall.

Und ich bin los, mit meinem Rucksack, wie an einem beliebigen Tag mit vereinbartem Treffen. Ich habe einen weiten Umweg gemacht und sie dann von oben, hinter einem Felsen versteckt, beobachtet.

Ich hatte ein Fernglas im Rucksack, aber das nützte nichts, denn der Wald war zu dicht. Um das Versteck sehen zu können, musste man nah dran sein. Auch darum hatten sie diesen Platz ausgesucht.

Wenn man bedenkt, dass die Prinzessin und ich das Fernglas hätten benutzen können, um die Sterne zu beobachten. Ein paar Abende so zu verbringen.

Jedenfalls starrte ich auf den Eingang zum Versteck, und nach einer halben Stunde ist sie herausgekommen. Sie hatte keine Uhr, sie konnte nicht wissen, dass noch keine Stunde vergangen war. Sie blickte lange in die Tiefe, den Abhang hinunter. Sah die Plastiktüten, die wir weggeworfen hatten. Die Farnkräuter und Brennnesseln. Dann ging sie wieder hinein und kam nicht mehr heraus.

Ich blieb den ganzen Tag hinter diesem Felsen, um sie zu kontrollieren. Gegen Abend ging ich wieder zurück.

Und es hat nie mehr Probleme gegeben.

Die Kette hatte nur Sinn, wenn ich bei ihr war.

Denn wenn ich dort war, gab es da in einer Ecke der Höhle auch meine Pistole. Sie hätte sie nehmen können. Es gab eine Karte von der Umgebung. Es gab die Taschenlampe, für die Nacht. Das alles wäre eine ständige Versuchung gewesen. Vor allem aber fühlte sie sich optimistischer, mutiger, stärker, wenn ich bei ihr war. Wenn ich wegging, verschwanden alle Dinge und alle Energie mit mir. Und sie blieb allein. Wünschte sich nur noch, dass ich bald zurückkam. Wir brauchten die Kette nicht mehr. Auch sie fühlte sich nur dort drinnen wirklich sicher. In diesem ekelhaften Loch. Zusammen mit mir. In dieser Höhle. Es gibt keine Wunder ohne Höhlen, ohne Erde und Steine ringsherum.

Wenn der Wind wehte, betrachteten wir die Bäume. Das ist immer beeindruckend, denn jeder Zweig bewegt sich auf seine eigene Weise, darum erscheint es dir unmöglich, dass derselbe Wind sie alle bewegt, du meinst, sie sind von sich aus unruhig und zappeln.

Bevor ich sie freiließ, musste ich ihr von neuem beibringen zu laufen.

Jeden Tag waren wir eine Stunde draußen, um Gymnastik zu machen. Das hatten sie mir befohlen. Ihre Muskeln verkümmerten zusehends, aber sie musste auf den Waldwegen bis zur Straße gehen können.

Gehen. Ich bin es, der dir Essen bringt, Kleidung, Wasser zum Trinken und zum Waschen. Also muss ich auch derjenige sein, der dich wieder gehen lehrt.

Damit du von mir weggehen kannst.

Das tat mir ein bisschen weh. Ein Riss, im Herzen, der größer wurde.

Nur Gymnastikübungen auf der Stelle, denn direkt vor dem Versteck begann der Abhang. Doch man konnte wenigstens aufrecht stehen. Sie klammerte sich an mich, nicht zum ersten Mal.

Geiseln klammern sich oft an dich, denn meistens können sie nichts sehen. Sie tragen Augenbinden, und du musst sie über Geröll, nasse Wiesen, durch steinige Flussbetten führen.

Manchmal drücken sie so fest zu, dass dein Blut sich staut. Denn sie haben Angst.

Als wir am ersten Tag der Entführung am Versteck angekommen waren, ließen wir sie eine Weile allein. Sie war müde, die Wirkung des Betäubungsmittels musste nachlassen. Nach ein paar Stunden habe ich mich am Eingang gezeigt und sie hat sinnloserweise gefragt: Wer bist du?

Ich bin der, der im Wald deine Hand gehalten hat.

Und ich dachte, ihr würdet mich aus dem Auto steigen lassen, um mich zu töten.

Nein, die Straße war nur zu Ende.

Monate später sagte sie, dass der Geruch meiner Jacke sich ihr an diesem Tag am stärksten eingeprägt habe. Heimlich nannte sie mich Büffel, weil ich ihr groß und dick vorgekommen war, als ihre Augen verbunden waren, und freundlicher als die anderen, und diesen Geruch nach Leder hatte. Und sie hatte gehofft, ich wäre immer dabei.

Bei Entführungen werden eine Menge Namen erfunden.

Alle tun das: Männer und Frauen, Junge und Alte. Die Mutigen und die Verzweifelten. Und oft sind es Namen von Tieren. Namen aus Märchen. Denn schlagartig ist alles anders. Ein Zauber hat dich zum Gefangenen gemacht. Wann das Essen und der Schmerz kommen, weißt du nicht. Die Schöne ist die Gefangene der Bestien und weiß nicht, wie viele sie sind, sie sprechen wenig und sind fast immer weit weg.

Als sie beschlossen, nur mich zu ihrer Bewachung im Versteck zu lassen, hat sie aufgehört, mich Büffel zu nennen, und ich, sie Prinzessin zu nennen. Namen dienen dazu, jemanden zu benennen, der nicht da ist. Wir waren immer dort. Wir mussten uns nicht von anderen unterscheiden: Wenn ich es nicht war, war sie gemeint. Wenn du auf diesen fünf Quadratmetern sprechen wolltest, brauchtest du nur anzufangen. Nachts genügte ein Flüstern: Bist du wach? Es ist leichter, im Dunkeln zu sprechen. Man ist aufmerksamer, scheint besser zu verstehen.

Auch am letzten Tag hat die Prinzessin sich an mich geklammert.

Wir waren im Frühling in diesen Wald gekommen, weggegangen sind wir im Herbst. Eine Jahreszeit hat uns gefehlt. In gewisser Weise war das der Grund, warum wir hinkten, trotz der Gymnastik. Weil uns ein vollständiges Jahr fehlte.

Manchmal legte sie ihren Kopf auf meine Schulter. Das hatte sie beim ersten Weg durch den Wald nicht getan. In dem Moment bildete ich mir ein, es wäre etwas anderes als Angst und der holprige Pfad und der Bach im Tal und die Dornbüsche, die ihr die Beine zerkratzten. Die Illusion, dass sie mich zurückhalten wollte.

Dann habe ich sie im Fernsehen gesehen, sechs Stunden später, und begriffen, dass ich nichts bin. Dass ich für sie dort erledigt war, wo der Wald endete. Verschwunden, zusammen mit der Kälte.

Im Fernsehen war sie wunderschön, wie fast alle Befreiten. Schön durch die Angst, die sich in Freude verwandelt. Für die Freigekommenen ist es ein großes Fest. Taufe und Hochzeit in einem. Die Polizeiautos, die hupen. Die Fotografen, die Fernsehkameras. Unbekannte applaudieren dir und weinen vor Freude. Das ganze Viertel empfängt dich wie sein eigenes Kind. Leute, die dich nicht kannten, halten dich jetzt auf der Straße an, begrüßen dich mit Namen, umarmen dich. So sind die Menschen. Wenn jemand an einem Ort gefangengehalten wird, und sei es nur für ein paar Monate, regt das ihre Phantasie an. Vor allem die der Armen. Manche armen Leute weinen, wenn sie erfahren, dass ein Reicher gezwungen wird, ein paar Monate lang ein miserables Leben zu führen, weil sie denken, dass er nicht daran gewöhnt ist. Sie weinen um die Prinzessinnen. Sie weinen, weil sie glauben, es sei wichtig, dass jemand von Anfang bis Ende ein gutes Leben hat.

Alle entführten Frauen sind Prinzessinnen. Wehe dem, der die Märchen anrührt.

Die Polizei wäscht die Entführungsopfer, bevor sie den Fernsehkameras vorgeführt werden. Auf den Polizeiwachen steht dafür immer eine Badewanne bereit.

Eine Zeitlang sind die Entführten allen dankbar, die ihnen begegnen. Die Welt ist wie neu, soeben erschaffen, eigens für sie. Und gleichzeitig ist sie dieselbe wie immer, die beruhigend vertraute Welt, die sie im letzten Moment zurückbekommen haben, kurz bevor sie sie vergessen hatten. Sie sind dreißigjährige Neugeborene. Du siehst sie im Fernsehen und kriegst Lust, sie abermals zu entführen. Du bereust es. Denkst: Ich hätte dich in Stücke schneiden, dich essen, dich den Wildschweinen vorwerfen sollen. Dich nicht gehenlassen, um dich dann so strahlend zu sehen, so glücklich darüber, dass du mich nicht mehr siehst.

Aber du kannst denken, was du willst, inzwischen ist sie weit weg, und du musst versteckt bleiben, allein. Für dich hat der schlimmste Teil gerade erst begonnen. Während in ihr das ganze unterdrückte Leben herausbricht und sie weit wegträgt. Eine Zeitlang wird sie sich freier fühlen. Freier als jemand, der nie Gefangener war. Wie jemand, der einen schweren Koffer abstellt und spürt, wie seine Hände federleicht werden. Sie wird sagen: Ich habe Dinge gelernt, die zählen, den Rest habe ich abgeschüttelt. Für eine Weile wenigstens. Die Hände frei, um andere Hände zu schütteln.

Wenn wir aus dem Gefängnis freikommen, sind wir nicht so schön.

Vielleicht weil man länger eingeschlossen ist. Oder weil die Todesangst fehlt, die die Geiseln im letzten Moment überfällt: Bringen sie mich weg, um mich zu befreien oder um mich zu töten?

Sie haben die Drogenkanäle verstopft und beschlossen, beim Gärobst ein Auge zuzudrücken. Sogar ein bisschen Medizin extra zu kaufen ist schwierig geworden. Überall im Gefängnis sieht man jetzt durchsichtige Plastiktüten mit zwei, drei Litern Wasser, Zucker, Hefe und Fruchtstücken. Man sieht den violetten Gärschaum, man riecht den Geruch auf den Fluren, faulig und süß. Als hätte sich so viel Müll vor dem Gebäude aufgehäuft, dass er bis hinauf zu den Stockwerken reicht. Doch Müll zu trinken verbittert. Die Betrunkenen stehlen, streiten, lassen dich nicht schlafen. Je mehr Jahre du eingeschlossen verbringst, desto schwieriger wird es zu schlafen. Andauernd fragst du nach der Uhrzeit, wie die Leute in Altersheimen oder überall da, wo Zeit das Wichtigste ist. Hier gibt es Frühstück um fünf, um zwölf Mittagessen, Abendessen um fünf. Vielleicht sind das bequeme Uhrzeiten für den Schichtdienst, keine Ahnung, uns verlängern sie jedenfalls die Nacht. In den Stockwerken, wo sie auf kleinen Öfen kochen dürfen, bilden sie sich ein, dass sie ein anderes Leben führen, bloß weil sie selbst entscheiden, wann sie essen. Doch auch wenn du um acht Uhr abends isst, bleiben deine Zeitzonen die des Gefängnisses. Und um neun stellst du dich für die Medikamente an die Tür, wie alle anderen. Um elf wärst du gern schon eingeschlafen, aber du kannst nicht, und würdest gern noch einmal den Medikamentenwagen hören, das Geräusch von leerem Blech. Vom großen, glänzenden Wagen, wie er hüpft, leer und leicht. Das Geräusch vibrierender Luft. Wie eine weiße Galeere. Er ist so groß wie der Wagen mit dem Essen, doch er enthält nur Fläschchen, die leise klirren und beim Einschlafen helfen. Er rollt über Fußböden ohne Fliesen: bemalter Zement, ein glänzender, waschbarer Anstrich, rutschig, wenn er nass ist. Nussbraun, wie hier, oder dunkelrot, wie auf den Stockwerken. Mit schwarzen Spuren von den Rädern der Essenswagen, den schwarzen Stiefelsohlen der Wärter, den Sohlen der Turnschuhe, die weiß sind, aber schwarze Spuren hinterlassen. Nur der Medikamentenwagen hinterlässt keine Spuren.

Die Unmengen Medikamente, die sie Piscio brachten ...

Wir alle klauten Medikamente. Nur wer neu angekommen ist, braucht sie nicht. An einem Ort, wo du nichts entscheiden musst, schläfst du in den ersten Monaten auch mal sechzehn Stunden am Stück. Aber das ist gefährlich. Wer nur eine kurze Haftstrafe hat, denkt: Diese Haft sitze ich doch im Schlaf ab. Ich schlafe, und in drei Jahren wache ich als freier Mann auf. Doch wenn die anderen das merken, besetzen sie den Lebensraum, den du nicht mehr ausfüllst, weil dir die Lust oder die Kraft dazu fehlt. Du riskierst, mitten in der Nacht aufzuschrecken, und dann ist es zu spät.

Auch ich habe am Anfang gedacht: Endlich kann ich schlafen. Als Fernfahrer bist du ohne gesetzliche Pausen unterwegs, ohne Fahrtenschreiber auch mal dreißig Stunden am Stück ... Als sie mich verhaftet haben, dachte ich: All den Schlaf, den ich wegen der Fahrerei nicht gehabt habe, werde ich jetzt in der Zelle nachholen. Ich stellte es mir wie ein Führerhaus vor: ein ruhiges Plätzchen, klein, abgeschlossen, wo du allein bist. Doch in der Zelle bist du nie wirklich allein, in Sicherheit. Nicht mal hier unten. Und auch wenn du allein bist, ist es nicht still.

Nach einer Entführung ist es ganz normal, sich zu fragen: Werden wir uns noch einmal begegnen? Wirst du mich wiedersehen wollen, wenn du nicht dazu gezwungen bist? Kann man wirklich wochenlang, monatelang, manchmal Jahre ununterbrochen zusammen sein ... und sich dann von heute auf morgen nie wiedersehen?

Viele Entführer rufen an, wenn es vorbei ist, und fast alle Geiseln sprechen mit ihnen, treffen sie. Egal, ob Männer oder Frauen. Die Zeitungen schreiben nicht darüber, aber die Polizei weiß es: Wenn sie nicht die ganze Bande sofort verhaften können, beschatten sie die Geisel. Fliegt das Treffen auf, wird die Geisel sagen, sie habe nur aus Angst eingewilligt.

Ich hatte geplant, ein Jahr zu warten und dann anzurufen. Dafür blieb mir keine Zeit, drei Monate später haben sie mich verhaftet, auf der Autobahn. Mein Laster war vollgepackt mit gefälschten Markensachen. Denn eine Entführung genügt nicht, um dich vom Arbeiten zu befreien, vor allem wenn du sie nicht selbst organisiert hast.

Vorher denkt man viel über die Verhaftung nach. Fragt sich: Wie wird es sein? Werde ich es vorher merken, werde ich sie kommen hören? An die Verhaftung zu denken ist ein bisschen, wie an den Tod zu denken. Ich habe schon immer an den Tod gedacht, das liegt bei uns in der Familie: Meine Großmutter dachte von klein auf ans Sterben und mein Vater mit ihr. Du versuchst dir den Tod vorzustellen, hoffst, dass er weniger Angst macht, wenn der Moment gekommen ist. Werde ich um mich herum irgendwelche Anzeichen sehen? Werde ich genug Zeit haben, mich vorzubereiten?

Als die Polizisten mich wegbrachten, sagten sie: Mach dir keine Sorgen, du bist nicht vorbestraft, uns interessiert nur, wer dich mit dem Transport beauftragt hat … Aber ich wusste, dass dieser Tag für mich so bedeutend war wie ein Geburtstag. Verstehen wir uns recht, es gibt natürlich Leute, die werden so oft verhaftet, dass sie sich nicht an jedes einzelne Mal erinnern können, doch für mich war es die einzige, DIE VERHAFTUNG, in Großbuchstaben. Die, die das Leben anhält. Der versiegelte Lastwagen in der Nothaltebucht. So sieht meine Erinnerung aus: ein fast neuer Truck, der Laderaum vollgepackt mit Waren, die ausgeliefert werden müssen, vom Luftzug der anderen vorüberfahrenden Transporter geschüttelt, und all diese Taschen und Schuhe, gefälscht, aber schön, dort drinnen eingeschlossen. Im Dunkeln.

Auf der Fahrt zur Polizeiwache betrachtet man gewöhnlich die Mädchen, die Fahrräder, die Berge. Schaufenster. Hausmeisterinnen, die vor dem Eingang fegen. Ganz normale Dinge werden plötzlich außergewöhnlich. Doch ich war auf der Autobahn. Also habe ich den Laster betrachtet. Dann die Namen der Städte, vor Ausfahrten mit weißer Farbe auf die Straße und oben auf die Schilder geschrieben. Und diese Namen kamen mir sofort leer vor, falsch, ohne eine Stadt dahinter. Ich dachte: Für wie lange, wie lange werde ich nicht mehr selbst entscheiden können, wo ich abbiege?

Auf der Polizeiwache habe ich meine Hände betrachtet. Comandante hat mir einmal gesagt: Mittlerweile könnten sie deine Pupillen mit Laser aufnehmen und die Daten im Computer speichern. Aber nein, lieber beschmutzen sie dich, pressen deine Finger auf die Tinte. Reiben, Waschen, alles zwecklos, du machst nur die Seife schmutzig. Du musst warten, bis die Farbe in die Haut einzieht. Nach ein paar Tagen dringt der Fleck dir ins Blut, und von außen sieht man nichts mehr. Während ich meine Hände betrachtete, fand der Beamte, der den Inhalt meiner Brieftasche auflistete, das Foto der Prinzessin. Ein anderer hätte vielleicht »Zeitungsausschnitt« notiert und weitergemacht, doch ich geriet an einen, der aufsah und fragte: Warum hast du das bei dir? Und seinen Vorgesetzten informierte. Der Vorgesetzte erstattete Bericht an den Ermittlungsrichter, weil er keine Scherereien haben wollte. Und der Richter, der offenbar weder ein noch aus wusste, stattete mir einen Besuch ab.

Beim nächsten Mal brachte er die Prinzessin mit.

Hinter einer dunklen Glasscheibe hörte sie mir zu. Und erkannte mich. Anders durfte es nicht sein. Ich wäre beleidigt gewesen, glaube ich. Diese Wiedererkennung war vor Gericht nicht verwertbar, doch das war dem Richter egal. Er sagte: Du hast Glück, der Erste hat nur die Qual der Wahl. Du warst ein einfacher Bewacher und hast die Geisel menschlich behandelt. Wenn du mitarbeitest, verschaffen wir dir nach drei Jahren Arbeit im Freigang. Bring uns zum Unterschlupf. Gib uns Namen.

Aber ich habe nicht geredet.

Überleg es dir gut, innerhalb eines Jahres schnappen wir sowieso ein paar von ihnen, sagte der Richter, und die anderen werden reden, glaub mir, und du wirst nichts mehr zu verkaufen haben. Hilf uns, die Waffen zu finden.

Ich habe nicht geredet.

Wo ist das Geld?

Dann hat der Richter mich auf die Insel geschickt, mit einem Hubschrauber. Die Insel war wie ein einziges riesiges Zimmer für Verhöre. Aber ich habe geschwiegen.

Auf der Insel gab es einen Jungen, der im Schlaf sprach. Irgendwann haben die Wärter das bemerkt und ihn so lange auf Tonband aufgenommen, bis etwas Nützliches für den Prozess dabei herauskam.

Als sie es ihm sagten, hat er sich die Kehle durchgeschnitten. So war der Ehrenkodex. Auch wenn du im Schlaf geredet hast, du bist doch ein Verräter. Du stirbst zu Recht. Solange deine Worte etwas wert sind, musst du den Mund halten.

Heute ist es anders. Verräter werden gehasst, das schon, aber sie gelten auch als schlau. Leute, die ihre Interessen durchsetzen können. Die man respektieren muss. Zu denen man sich in der Bar an den Tisch setzt.

Weil ich seit zwanzig Jahren im Bau bin, bringt man mir großen Respekt entgegen, oberflächlich. Im Grunde aber halten sie mich für einen verblödeten, alten Sack.

Doch ich würde alles wieder genauso tun.

Jeder, der andere verraten hat, hat es bereut, sogar der, dem die verdiente Strafe erspart blieb. Er hat es bereut, weil ein Moment kommt, wo er erlebt, dass die Polizisten, wenn sie ihn vor den Richter führen, plötzlich nett zu ihm sind, ihm die Hand schütteln, sagen, dass es mutig von ihm war, dass dieser Schritt Leben retten wird. Sie sagen, was sie denken, denn am Anfang werden immer irgendwelche jungen Idioten eingesetzt, um Verräter zu begleiten ... Aber vor dem Richter wird dann von Geld gesprochen. Von Geld und von Zeit. Was dasselbe ist. Der Richter sieht ihn, wie er wirklich ist: einer, der sich hat kaufen lassen. Und der junge Idiot, der ihn in die Zelle zurückbringt, sagt, dass er für ihn beten wird, und wenn doch alle so wären wie er ... In dem Moment kapierst du, dass du verloren hast. Du kapierst, dass du ein gezähmtes Tier bist. Dass du erst ein Ausgestoßener warst, aber jetzt zum Ausgestoßenen der Ausgestoßenen geworden bist. Deine Tätowierungen, die früher etwas bedeutet haben, sind schlagartig nur noch Kritzeleien. Du hast eine Familie verlassen, wo andauernd Pläne geschmiedet wurden, um jemanden zu töten, und du hast immer in der Angst gelebt, der Nächste zu sein, aber wenigstens kannten sie dich. Sie riefen dich beim Namen, auf der Straße, damit du dich umdrehst und sie auf dich schießen konnten, aber sie riefen dich beim Namen. Jetzt, nach ein paar Monaten Verhör, hast du Anrecht auf einen falschen Namen. Darauf, die Tattoos mit Laser entfernen zu lassen.

Denn dazu sind die Tätowierungen letztlich da: um zu garantieren, dass du nicht abtrünnig wirst.

Nur die N tätowieren sich noch. Im Gesicht, auf den Augenlidern, den Fingern, um zu sagen: Die werde ich nie verstecken können.

Unsere Leute haben kapiert, dass die Polizei sich an Tätowierungen nicht stört, solange du redest.

Tattoos, bestimmte Tattoos, sind nur für den ein Problem, der sein Leben ändern will, ohne andere zu verraten, und der sich eine Arbeit suchen, die Kinder von der Schule abholen muss. Dann kann es passieren, dass er sich eines Nachts, wenn er betrunkener und verzweifelter ist als sonst, das Gesicht mit Säure spült. Und trotzdem der Dumme bleibt, denn wer wird schon einen anstellen, dessen Gesicht von Säure zerfressen ist?

Meine einzige Tätowierung ist eine Kaffeebohne auf dem rechten Handgelenk.

Die Sachen, die man im Gefängnis benutzt, um Tinte herzustellen, fand ich immer schon widerlich, die improvisierten Nadeln ekelten mich an.

Die N enthaupten Verräter noch immer. Aber sie haben ein Problem, das wir nicht mehr haben: Sie sind jung. Sie leiden stärker unter dem Alleinsein.

Auf der Insel habe ich einmal wochenlang nicht gegessen, bis sie mich auf die Krankenstation bringen mussten und der Arzt mich gefragt hat: Was ist passiert? Da konnte ich endlich reden.

Oder ich wartete auf die Verhöre, obwohl ich wusste, was sie mit mir machen würden, und dass ich nicht antworten würde. Aber ich würde wenigstens ihre Stimmen hören.

Sogar mit Piscio reden, sogar das habe ich getan ... Du musst jemanden haben, dein Kopf kann nicht stumm bleiben.

Wir nannten ihn Piscio, weil er sich vollpisste. Sein Ding weint wegen dem, was er damit gemacht hat, sagten sie. Doch die Wahrheit ist, dass hier viele an Inkontinenz leiden. Wer jahrelang nicht mehr als zwei Meter vom Klo entfernt lebt und nichts Besseres zu tun hat, als auf seine körperlichen Reize zu achten, dessen Muskeln werden entwöhnt. Das ist unvermeidlich. Bei den Verlegungen muss man dann dafür bezahlen. Der Unterschied war, dass Piscio sich nicht mal in der Zelle zurückhalten konnte. Und er war unfähig, in der Krankenstube um die Windeln zu bitten, die ihm zustanden, oder sie sich nicht klauen zu lassen, wenn man ihm welche brachte. Er wusch sich nie. Er war zu nichts fähig. Auf demselben Flur wie Piscio zu sein war eine Tortur für alle: Wärter und Gefangene.

Darum quälten wir ihn.

Für so einen Mitleid zu empfinden ist schwer. Ich konnte es nur in den ersten zwei Nächten der Woche, in der er ununterbrochen brüllte. Und das hatte nichts mit dem zu tun, was er draußen getan hatte, wenigstens für mich nicht. Es interessierte mich nicht. Je erbitterter sie hier um die frisch angekommenen, nach Freiheit riechenden Jungen streiten, desto mehr verachten sie Pädophile. Meiner Meinung nach liegt das daran, dass man manchmal das Bedürfnis hat, auf der richtigen – der unbestreitbar richtigen – Seite zu stehen. Sogar ein Verräter darf sich Piscio überlegen fühlen. Darum steckten sie ihm Besen rein und bewarfen ihn mit Seifenstücken, wenn sie duschen gingen. Einen Pädophilen kann jeder anhauen, er selbst darf niemanden ansprechen. Und Piscio war an sich schon widerwärtig, ob pädophil oder nicht.

Er hatte Diabetes. Und weil eine unserer Schikanen darin bestand, ihm das Insulin wegzunehmen, war er inzwischen fast blind. Und weil zu den vielen Dingen, die wir ihm antaten, auch gehörte, systematisch seine Brillen kaputtzumachen, sah er wirklich nichts mehr. Er verbrachte seine Zeit in der Zelle wie ein verkrusteter rosa Maulwurf, nur von seiner Schmutzschicht beschützt.

Wie ich dachte auch Comandante, dass das nicht recht war. Aber auch Comandante konnte nicht darauf verzichten, wie ich.

Es gab nur einen Moment, in dem Piscio sehen konnte und sauber war und manchmal etwas verstand, nämlich wenn er einmal im Monat zu den Ärzten hochging. Drei Tage vorher achteten die Wärter und die Krankenschwester darauf, dass er vor ihren Augen alle Medikamente nahm. Kurz bevor er nach oben ging, kamen sie, um ihn mit Wasserschläuchen abzuspritzen. Sie zogen ihn wieder an. Sie setzten ihm eine Brille auf, die sie für diesen Anlass parat hatten, denn wenn er hinaufging, musste er sehen können. Die Ärzte projizierten Fotos und Zeichnungen an die Wand. Auch Videos. Und maßen seine Reaktionen. Unter dem Vorwand der Sicherheit saß immer ein Wärter bei ihm. Die Wahrheit ist, dass die Vorführung Gratisporno war. Und vor allem: Hinterher konnte der Wärter davon erzählen und das ganze Gefängnis zum Lachen bringen. Sie zeigten Piscio nackte Frauen und Kinder im Schwimmbad. Gemälde von Putten und nackten Frauen. Spielende Kinder und Erwachsene, die stritten. Kinder, die in eine Frucht beißen. Nackte Kinder. Einvernehmlichen Sex zwischen Erwachsenen. In Schwarzweiß oder Farbe.

Piscios Erregung kam wahllos. Hier drinnen sind alle wahllos erregt oder gar nicht mehr.

Dann brachten sie ihn wieder nach unten, nahmen ihm die Brille ab, und wir fingen wieder an, ihn mit Seife zu bewerfen. Weil er angeblich suizidgefährdet war, musste seine Zelle völlig leer sein. Sie enthielt absolut nichts. In Wahrheit war er es nicht, wenigstens damals nicht, doch die Wärter mögen leere Räume, sie sind leichter zu kontrollieren. Und zu putzen. Darum hätte Piscio ohnehin nirgendwo Schutz suchen können, selbst wenn er hätte sehen können und den Reflex gehabt hätte, sich zu verstecken. Er musste sich bewerfen lassen. Manchmal jammerte er, aber er blieb stehen. Er legte nur die Hände vors Gesicht, egal, wer vorbeikam, einschließlich der freiwilligen Helfer. Denn damals gab es noch Freiwillige, und sie machten ihre Runden im ganzen Gefängnis. Mit Piscio befassten sie sich nicht: Er war zu blind, zu schmutzig und verwirrt. Dann schrieben sie an Comandante. Fingen an, draußen über den Fall zu sprechen. Das war ihre Weise, auf den Ekel zu reagieren, auf den Gestank, der dich überfiel, wenn du bei ihm vorbeigingst. Bis Comandante entschied, dass es reichte: Man durfte nichts riskieren. Von jetzt an würde Piscio jeden Tag vor den Augen der Wärter seine Medikamente nehmen. Wehe dem, der ihm was klaute. Und wenn man seine Seife auf ihn warf, bekam man sie nicht zurück und hatte keine mehr. Darum ist dann die Tragödie passiert. Schuld daran waren letztlich diese Freiwilligen. Denn nachdem Piscio einen Monat lang seine Medikamente genommen hatte, fing er wieder an, etwas zu kapieren. Nicht viel, aber etwas. Sie ließen ihm die Brille in der Zelle, die er für die Arztbesuche brauchte. Und sie hielten ihn sauber, immer, darum kamen die Freiwilligen ihn jetzt besuchen. Er fragte, sie holten Informationen ein, dann beantworteten sie seine Fragen. So entdeckte er, dass er seit siebzehn Jahren im Gefängnis war, und dass seine Mutter ihm neun Jahre lang geschrieben hatte, aber das hatte er nicht gemerkt. Sie war auch gekommen, um ihn zu besuchen, aber er war nicht im Besuchsraum gewesen. Er hatte es nicht verstanden oder man hatte es ihm nicht gesagt. Seit acht Jahren gab es keine Nachricht von ihr. Die Freiwilligen forschten nach ihr, und so erfuhr Piscio, dass sie gestorben war. In der ersten Nacht brüllte er nicht, weil sie tot war, sondern weil er es nicht gewusst hatte. In dieser Nacht und in der folgenden hatten wir Mitleid mit ihm. Wir und die Wärter auch, zum ersten Mal. In diesen Schreien war etwas Entsetzliches, etwas Unheilbares. Und wenn er schrie, dass er sterben wollte, riefen wir ihm um die Wette zu, nein, nicht, ausgerechnet jetzt, wo du wieder zu leben beginnst …

Von der dritten Nacht an sagten wir: Tu es. Bring dich um. Tu's sofort, hör auf zu heulen. Lass uns schlafen.

Sie nahmen ihm die Brille weg, um keinen Ärger zu kriegen.

Wenn sich heute jemand erhängen will, wartet er, bis der Wärter am Ende des Flurs ist, oder die anderen noch nicht ganz wach, dann tritt er gegen den Schemel. Der Wärter kommt gelaufen, umarmt ihn, rettet ihn. Er hebt den Körper an, damit der Mann nicht erstickt, er hält ihn fest, während die Zellengenossen schreien, gegen das Gitter schlagen, um Hilfe rufen.

Manche sind zu allem bereit, bloß um sich umarmen zu lassen. Und wenn der Selbstmörder von der Krankenstation zurückkommt, geht der ganze Rummel von vorne los. Herzlich willkommen. Du hast mir das Leben gerettet! Mach das nie wieder!

Aber niemand hat irgendwas gerettet. Es gibt kein Leben, es gibt nichts. Es gibt keinen Ernst.

Wer sich wirklich erhängen will, zieht einen nassen Bademantel an, um mehr zu wiegen. Er seift die Laken ein, damit sie besser gleiten. Dann fesselt er sich die Hände, um der Versuchung zu entgehen, sich im letzten Moment zu befreien. Und vor allem: Er wartet, bis wirklich niemand da ist. Es gibt immer einen Moment, auch in der überfülltesten Zelle, es gibt immer einen Moment, in dem dich niemand retten kann. Wenn du lieber eine Klinge benutzt, wirst du sie in Knoblauchwasser legen, damit die Wunde sich nicht schließt. Du wirst die Kehle nehmen, nicht die Pulsadern, wenn du es ernst meinst und wenig Zeit hast. Du wirst die Beine hochlegen, damit das Blut schneller zum Ausgang fließt. Wenn du einen Schnitt machst, bei dem es länger als eine halbe Stunde dauert, bis du verblutest, wolltest du nicht wirklich sterben.

Piscio ließen sie nackt in der Zelle, ohne Brille, ohne Klinge und ohne Laken. Er hat es trotzdem geschafft, sich umzubringen, indem er sich die Adern durchgebissen hat.

Das ist das Einzige, wofür er ein bisschen Respekt verdient.

Heutzutage schneiden sie sich und werden gerettet, sie

schneiden sich und werden gerettet, so lange, bis die Haut auf ihren Armen, am Rücken, auf der Brust dermaßen mit Narbenstreifen bedeckt ist, dass sie aussehen wie Zebras. Dumme Tiere, eingesperrt in einem Zoo.

Sie schneiden sich, sie hängen sich auf … jedes Mal mehr schlecht als recht.

Anders bei den Wärtern. Auch darin sind sie im Vorteil. Sie gehen in die Waffenkammer, nehmen eine Pistole, und alles ist vorbei.

Es ist kalt.

Ich habe gefroren, heute Nacht, und dann den ganzen Tag lang, und jetzt, wo es wieder dunkel ist, noch mehr.

Der Wachmann oben auf der Außenmauer ist vom Regen völlig durchnässt. Seine Jacke ist so alt wie das Gefängnis: Stahlplatten und Baumwolltaschen; sie nützt gar nichts und im Regen wiegt sie noch mehr. Aber das ist allen egal, denn auf die Mauerkrone schicken sie die Verblödeten, solche, die keine Kraft mehr haben zu streiten, Lügen zu hören, selber zu lügen. Sie lassen sie dort oben allein, mit Fernglas und Maschinengewehr. Früher war der Job fast ein Hauptgewinn: Stuhl, Öfchen, Radio, Zeitungen. Wenn sich jetzt einer im Wachhäuschen vor dem Regen unterstellt, kriegt er eine schriftliche Abmahnung, und wenn er es noch mal tut, ziehen sie sein Gehalt ein. Solche Sachen dürften wir eigentlich nicht wissen, der Traum der Wärter ist, dass sie alles von uns wissen und wir nichts von ihnen. Aber auf so engem Raum ist das unmöglich. Man hört sie reden, sich beklagen. Verlängerte Schichten, keine Ferien, Überstunden, die noch nicht bezahlt wurden ... Vom Kontrollraum aus rufen sie jeden Tag die Krankgeschriebenen an, drohen und betteln, aber die lassen sich vom Arzt attestieren, dass sie an Depressionen leiden. Und meistens ist das nicht mal gelogen, denn bei Regen nach unten schauen, in einen leeren Hof, ist deprimierend.

Heute sind nur die N rausgekommen.

Bei Nieselregen zu laufen erfordert Disziplin, bei Platzregen schaffen das sogar die Junkies. Die N können auch dann laufen, wenn das einzige Geräusch das ihrer Sohlen auf dem nassen Beton ist, und der Lärm von denen, die im Spieleraum geblieben sind, was auch immer sie da treiben. Heute regnet es auf alle Gefängnisse der Welt. Tonnen nutzloser Männer, aufgehäuft, um zu verfaulen. Und am Sonntag bei Regen sind sie noch eingeschlossener: die Gittertüren, die Panzertür, der Zwinger, die Außenmauer, der Gang auf der Außenmauer, und dann wieder der Regen. Die Gitterstäbe des Regens, gegen die man nicht schlagen kann, und die mit einem lauten Geräusch am Boden auftreffen. Die Gitterstäbe des Sonntags, die das Austeilen der Post verhindern, den Transport zu Gerichtsverhandlungen oder ins Krankenhaus. Keine Papiere, die man mit der Geschäftsstelle besprechen kann. Manche haben Besuch, andere warten auf den Abend, der für alle gleich ist. Kein Hofgang mehr bis morgen.

Also trinken sie, auf den Fluren und in der Kaserne. Sehen fern.

Wenn die Wärter frisch aus dem Urlaub kommen, entkorken sie selbstgebrannten Schnaps aus ihrem Dorf, werden sentimental und machen keinen Ärger. Doch wenn sie Urlaubssperre haben, kaufen sie billige Flaschen in der Bar fürs Personal und trinken das Zeug lauwarm, auch wenn es eisgekühlt sein müsste. Wer Schichtdienst hat, trinkt, wer keinen hat, auch. Die Jungen von der Uni, promoviert, trinken zusammen mit den Alten, die Grundschulabschluss haben, Leuten, die sich schon betrunken haben einstellen lassen, irrtümlich, vor vierzig Jahren.

Die Gefangenen müssen sich mit fermentiertem Obst und Fernsehen begnügen. Im Fernsehen regnet es nicht. Es gibt

Studios voller Licht und afrikanische Tiere. Es ist warm im Fernsehen. Alle versuchen, die Hände hineinzustecken, sich ihren Teil herauszureißen. Und wenn es draußen eine große Katastrophe gegeben hat, ist das noch besser, denn dann denken sie: Was da gerade passiert, ist so unglaublich wichtig, dass jetzt sicher auch die Freien vor dem Fernseher sitzen, alle, ohne Ausnahme. Sie spielen nicht mit ihren Kindern, sie umarmen sich nicht, sie fahren nicht ans Meer oder gehen Geld verdienen. Bei so was spürst du, dass du am richtigen Ort bist, live dabei. In einer Zelle fernzusehen gilt dann genauso viel wie im Wohnzimmer zu Hause.

Es hatte ein Erdbeben gegeben, und auf der Insel hatten sie so viel über die Hilfsmaßnahmen gesehen, dass sie beschlossen, Geld zu sammeln. Sie, die Glück gehabt hatten, wollten denen etwas geben, die gar nichts mehr besaßen, nicht mal ein Gefängnisdach, das vor Regen schützt. Einmal die sein, die mehr Glück hatten … es war berauschend. Comandante verbot die Kollekte. Er sagte, die schwächeren Häftlinge würden sich verpflichtet fühlen, teilzunehmen, und Schulden machen, und Schulden führen zu Messerstichen. Und das würde ein Sicherheitsproblem geben.

Natürlich stimmte das nicht. In Wahrheit durfte seiner Meinung nach aus einem Gefängnis, wie aus einem Schwarzen Loch, absolut nichts herauskommen. Jedenfalls wurde kein Geld gesammelt. Und nach ein paar Tagen guckten nur noch die Gefangenen, die Wärter und ein paar alte Leute zu Hause, Gescheiterte, die Nachrichten über das Erdbeben. Immer kürzer, zu immer abwegigeren Zeiten.

Auf der Insel ließen die Wärter in manchen Nächten den Fernseher laufen und gingen raus, um zu schießen, weil sie gemerkt hatten, dass wir und sie verrückterweise genau dieselben Programme sahen. In den Zellen und in den Unterkünften der Wärter wurde dasselbe Zebra gesendet, das im selben Moment vom selben Löwen getötet wurde … Dasselbe für uns und für sie und für niemanden sonst, denn die Freien hatten den Fernseher schon seit Stunden ausgeschaltet.

Sie schossen so lange, bis ihre Arme gefühllos wurden, dann ging es los mit Gesängen, Durchsuchungen und Gitterrasseln.

Dieselben Lieder, die sie heute singen. In diesem Gefängnis hier können sie nicht draußen schießen gehen, aber wenn sie besoffen sind und an die Kollegen geklammert über den Flur wanken, singen sie immer dieselben Sachen. Unter tausend möglichen Beschimpfungen immer dieselben Ausdrücke. Sie werfen die leeren Flaschen an die Wände und rattern mit ihren Schlüsseln an den Gitterstäben entlang. Es ist Jahre her, dass sie einen solchen Radau gemacht haben. Bis zum letzten Jahr schoben sie mit einer Hand die Vorhänge beiseite, dann klopften sie leise, fast als würden sie um Entschuldigung bitten. Uns war das unangenehm: Habt ihr Angst, die Farbe zu zerkratzen? Immer frisch gestrichen, das Gefängnis, bis letztes Jahr. Es gab Momente, da schienen die Wärter nicht mal mehr Wärter zu sein, dann wussten auch wir nicht mehr, wer wir waren, und wurden böse: Ihr könnt ja gar kein richtiges Gitterrasseln mehr veranstalten … So eins wie dieses jetzt, um am Klang zu hören, ob die Stäbe noch intakt sind oder ob jemand sie heimlich angesägt hat und sie nur noch scheinbar gerade stehen, bereit, dem Ausbrecher Platz zu machen.

Wenn man eine Campinggasflasche mit einem ölgetränkten Lappen umwickelt und sie anzündet, erzeugt die Hitze Druck, und die Flasche explodiert. Großen Schaden richtet sie nicht an, aber sie macht Lärm: der dröhnend widerhallt, verwirrt. Mit ein bisschen Glück kann er Trommelfelle zerfetzen. Oder man bohrt ein Loch in die Flasche und benutzt sie als Schweißbrenner. Bringt Öl zum Kochen und wirft. Wenn man es vorher mit Marmelade vermischt, wird es klebrig, das gibt schwerere Verbrennungen. Der Griff einer Zahnbürste, über der Gasflamme erhitzt, in kaltem Wasser gehärtet und dann auf rohem Zement gehobelt, wird zu einer Ahle. Wenn das Gefängnis seine Waffen schärft, hört man ein Krr-krr wie von Zikaden, als wäre der Sommer gekommen, und auch die Stimmung ist wie beim Anbruch einer neuen Jahreszeit. Die Zeitungen verschwinden. Man kann sie so zusammenrollen, dass sie härter werden als Holz. Die geschriebenen Worte sind dann bedeutungslos. Du siehst keine Seiten mehr, du hast eine Waffe in der Hand. Und wer aus Zeitungspapier keine Schlagstöcke macht, steckt es sich unters T-Shirt, um Messerstiche abzudämpfen.

Aus einem Stück Seife in einem Strumpf wird eine Schleuder, die Schläfen zertrümmert. Das Gefängnis ist voll unschuldiger Dinge, die töten können, und man hat sie uns alle gelassen.

Papier, Seife, eine Zahnbürste können töten.

Warum haben sie die Mückengitter einkassiert und uns die Gasflaschen gelassen?

Wo die Wärter etwas Weißes sehen, machen sie es schmutzig. Sie haben auf der Zahnpasta herumgetrampelt. Jetzt ist Schlamm auf dem Boden. Sie haben die Tuben ausgedrückt und mit ihren Stiefeln draufgetreten. Die Zahnpasta, die man in der Werbung auf den Zähnen von Frauen und Kindern sieht.

Den Klopapierrollen haben sie das Herz aus Pappe herausgerissen.

Thermoskannen wurden wegen des doppelten Bodens beschlagnahmt. Daunenjacken wurden beschlagnahmt, ob gesteppt oder gefüttert. Erlaubt ist nur eine einzige Wollmütze, ohne Krempe. Pullover mit hohem Rollkragen und Sweatshirts mit Kapuze sind verboten: Das Gesicht muss gut sichtbar sein, auch von oben oder von weitem.

Hosen mit Metallknöpfen sind verboten. Uhren sind verboten. Nur ein Paar Handschuhe ist erlaubt.

Mir haben sie wenig weggenommen, denn ich habe immer nur wenig besessen. In der Isolationshaft muss alles, was du besitzt, in eine einzige Pappschachtel passen. Du musst auswählen, es gibt nichts Überflüssiges. Auf den Stockwerken dagegen gab es bis heute Nacht keine Grenzen. Bei manchen war der Spind so vollgestopft wie die Wohnungen von alten Menschen, und sie hatten Schachteln auf dem Spind, unterm Bett, neben dem Waschbecken. Die von oben bitten ständig um irgendwas: ihre Verwandten, die Anwälte, die Priester, die kurz hereinschauen, brieflich oder im Gespräch. Sie stopfen sich den Kopf so voll mit den Dingen, die sie haben wollen, dass sie während der Besuchszeit nicht mal mehr verstehen, was geredet wird, sie hören gedämpfte Geräusche, als wären sie erkältet. Und sie möchten dem

Idioten an die Gurgel springen, der sie besuchen kommt, der vor drei Stunden noch draußen war und in einer Stunde wieder draußen sein wird, in einer Welt, die vor Dingen überquillt, während er ihnen nur drei oder vier mitgebracht hat … obendrein nicht die richtigen.

Doch ab heute Nacht werden sie auch auf den Stockwerken lernen müssen, alles in drei Schachteln zu packen. Den Rest haben die Wärter auf die Flure geworfen, und die Hausarbeiter schleifen das Zeug weg. Fotos von Frauenschenkeln und Prozessunterlagen, die eigentlich nicht beschlagnahmt werden dürften, aber sie bringen sie trotzdem weg. Alle Dokumente aus Gerichtsverfahren, die Zeugenaussagen und die Urteile, alles wild durcheinander. Sie haben sogar die kleinen, aus Zigarettenpäckchen gebastelten Regale kaputtgemacht, damit die Wände kahl bleiben, problemlos zu inspizieren sind, wie vorgeschrieben. Seit Jahren haben sie die nicht mehr heruntergerissen. Dazu sind Durchsuchungen da, sie sollen dich daran erinnern, dass alles, was du hast, was du dir erobert, dir gebaut hast, was du als deinen Besitz empfindest, heute da ist und morgen nicht mehr.

Unterdessen ziehen die starken Scheinwerfer vor dem Gefängnis die Mücken aus den Wäldern hinterm Gebirge an. Sie kommen sogar vom Meer. Die kleineren Lichter locken sie dann in die Zellen. Sie riechen unser Blut, unseren Geruch, dass wir uns nicht bewegen können. Am Morgen findest du dich voller Schwellungen wieder, entstellt, ohne Nachtruhe und Blut. Das eine sind die Insekten, die aus den Wänden kommen, aus Löchern, die du mit Zahnpasta verschließen kannst, wenn du Glück hast, etwas anderes sind die, die von weit her kommen, aus dem Raum jenseits der Fenster. Wenn Comandante jetzt herunterkommen würde, ich würde vor ihm auf die Knie fallen und ihn im Namen all der gemeinsam verbrachten Jahre anflehen: Gebt uns die Mückengitter noch vor dem Sommer zurück.

Die Hausarbeiter spüren ihre Arme nicht mehr vor Erschöpfung, aber sie achten nicht drauf, denn wichtig ist jetzt einzig und allein, über den Jungen zu reden.

Das heißt, wichtig ist es für die im dritten Stock, dem von Toro, und dem ersten, wo die N sind. Alle anderen haben vollauf damit zu tun, nicht durchzudrehen, jetzt, wo der letzte Rest Drogen beschlagnahmt wurde und es Tage braucht, bis das Obst wieder gärt, und Medikamente erst in sechzehn Stunden rumgehen werden, und nur das Gas der Campingkocher bleibt, um auf Schlaf hoffen zu können.

Für Toro und für die N aber ist es wichtig, und wie.

Die N fragen sich, was Toro alles noch zu ertragen bereit ist, was man ihm ungestraft antun kann. Offenbar hat ein Wärter, als er bei der Zellendurchsuchung die Matratze des Jungen aufriss, einen Umschlag gefunden. Und in dem Umschlag waren Briefe und Fotos. Der betrunkene Wärter hat ein Foto genommen und es angeleckt. Da hat sich der Junge auf ihn gestürzt.

Toro hat sie getrennt, aber der Schaden war angerichtet.

Sie werden den Jungen noch heute Nacht verprügeln, in den wenigen Stunden, die bleiben.

Sie könnten es aufschieben, aber sie werden es sofort tun, um zu zeigen, dass sie keine Tricks brauchen. Sie haben ihn nicht hier unten in die Isolation gesteckt, weil sie ihn oben prügeln wollen. Vor Toro. In Hörweite der N.

Von einem in der Matratze versteckten Foto erwartest du mindestens, dass das Mädchen nackt ist, aber nein, sie war im Badeanzug. Alle sagen: Der Junge lässt sich massakrieren wegen eines Fotos im Badeanzug, das im Gefängnis aufgenommen wurde. Es gibt haufenweise Fotos, die drinnen aufgenommen wurden, um drinnen angeschaut und aufbewahrt zu werden. Fotos, die mit draußen nichts zu tun haben. Meistens Gruppenaufnahmen, im Hof gemacht, wie Klassenfotos, um sich zu erinnern, mit wem du gesessen hast. Aber es gibt auch Fotos für Verliebte, die von einem Gefängnis ins andere geschickt werden, wie dieses hier. Früher hat man sich vor eine Wand mit einem Waldposter oder einem Bild vom Meer gestellt, jetzt werden die Hintergründe nachträglich eingebaut, am Computer. Jemand setzt sich auf einen Eimer, daraus wird dann ein Motorrad. Sie verwandeln den Gefängnishof in alles, was du willst: Wohnhäuser, das Meer, die Berge. Man muss nur zahlen. Gefängnisfotograf ist ein begehrter Posten. Du darfst dich frei bewegen, etwas Geld verdienen, darfst einen Fotoapparat und einen Computer haben. Meistens geben sie diesen Job den Verrätern. In großen Gefängnissen, wo es viele Verräter gibt, darum auch zwei oder drei Fotografen, suchen die Kunden sie sich nach den Hintergründen aus, die sie anzubieten haben. Wie vor hundert Jahren. Die Freundin des Jungen hat ein Strandbad genommen, nicht die üblichen weißen Strände in den Tropen, menschenleer und endlos, die alle wollen. Sie hat ein Strandbad in der Nähe ausgesucht, für Familien, wo man leicht hinkommt und wenig ausgibt.

Daran sieht man, dass sie ein ernsthaftes Mädchen ist. Man sieht, dass ihr so etwas vorschwebt, für den Tag, an dem sie freikommt.

Sie hat sich im Badeanzug fotografieren lassen, einem,

wie er nicht mehr getragen wird. Ein Badeanzug wie vor fünfzig Jahren, eine Schamhaftigkeit wie vor fünfzig Jahren. Ihre Augen strahlen, und ihr Blick richtet sich an einen einzigen Menschen, einen, der in einem anderen Gefängnis sitzt: ihn.

Die beiden sind schön.

Schade, dass ihre Haftzeiten nicht übereinstimmen, und seit heute Nacht noch weniger.

Seit der Junge verliebt ist, hängen bei ihm keine Bilder von nackten Frauen mehr an der Wand. Er hat angefangen zu zeichnen. Seit über einem Jahr zeichnet er Büffel und Wälder, riesige Vollmonde, Wölfe, Gebirgsbäche, Pferde, Lagerfeuer. Alles Dinge, die er nie gesehen hat, und die sie ihm heute Nacht weggenommen haben. Toros Zellengenosse hat keine Verweise mehr bekommen, seit er verliebt ist, denn jede Haftverkürzung ist kostbar geworden, dann muss sie weniger lang warten. Doch nach heute Nacht wird er noch später freikommen, ist noch weiter von ihr entfernt.

So wie ich Comandante kenne, hat er wahrscheinlich einen Augenblick überlegt, als sie ihm das halb zerrissene Foto zeigten. Warum das Foto in der Matratze verstecken, warum so weit gehen, einen Wärter anzugreifen? Gibt es da etwas, was ich nicht verstehe, einen Handel, der mir entgeht, einen geheimen Code?

Auch das ist der Fluch des Gefängnisses. Nichts und niemandem trauen können.

Sich nicht zu fragen: Was ist das?, sondern: Was verbirgt sich dahinter?

Vor allem die Wärter werden umso tüchtiger, je weniger Vertrauen sie haben. Doch Vertrauen ist ein Sekret, das sich nicht zurückhalten lässt, es bei sich zu behalten tut nach einer Weile weh.

Ich vermute, Comandante hat das Foto einem Fachmann für kriminelle Symbolik gezeigt. Ein Mädchen im schwarzen Badeanzug, das auf einem Tretboot sitzt, bedeutet das etwas? Warum lächelt sie? Warum diese drei Sonnenschirme hinter ihr? Warum hat sie die Beine übereinandergeschlagen, die Arme auf die Beine gelegt, als wäre sie nackt, wo sie doch einen Badeanzug trägt? Warum ist der Badeanzug schwarz, obwohl sie jung ist und nicht schlanker erscheinen muss?

Comandante wird in der Hauptstadt angerufen und mit einem Spezialisten gesprochen haben, obwohl er die Antwort schon wusste.

Und der Fachmann für kriminelle Symbolik wird es ihm bestätigt haben: Es ist nur Schamhaftigkeit.

Wie ich ihn kenne, wird Comandante dann wohl die Augen geschlossen und traurig an dem Foto geleckt haben. Denn der Junge hat die Beherrschung verloren, als der Wärter an dem Foto geleckt hat. Vielleicht hat das nichts mit den Symbolen zu tun und auch nichts mit der Ehre. Vielleicht geht es, wie meistens, um Drogen, diesmal unter den Lack des Fotopapiers gemischt. Doch ich bin sicher, dass Comandante, als er leckte, nur ein Foto geschmeckt hat, das zu lange in einer Matratze versteckt gewesen war und dann, bevor er es tat, von einem betrunkenen Vollzugsbeamten abgeleckt wurde.

Man braucht Knieschützer, einen Integralhelm auf dem Kopf, an den Händen Handschuhe, vor den Augen ein Visier. Schaumgummi, Cordura, Kevlar. Über der Brust, vor dem Herz, schusssichere Keramikplatten.

Als könnte der Junge eine Pistole haben.

Sie bereiten sich vor. Schienbeinschützer, Armschützer. Gummiknüppel, Schutzschild, Spray. Wir werden zu verwundbar geboren. Der Klettverschluss, der geöffnet und geschlossen, wieder geöffnet und geschlossen wird, damit er fester zieht, Luft wegdrückt, den Raum zwischen Rüstung und Haut verringert. Im Schwarz verschwinden. Die Uniformen der Wärter sind blau, aber die Ausrüstung, die sie zum Prügeln benutzen, ist schwarz. Das hat nichts mit Tarnung oder den Vorschriften zu tun, Schwarz ist nicht leichter zu waschen oder widerstandsfähiger. Schwarz saugt die Angst seines Trägers auf und projiziert sie nach außen.

Der Ausrüstungsraum im Keller des Personaltrakts ist wie ein Skiverleih, ein Hinterzimmer, wo jedermann Stiefel anprobiert, ein paar unbeholfene Schritte macht, sich beim Zuschnüren helfen lässt. Um dann zu sagen: Hier erstickt man, ich geh raus. Doch den Ausrüstungsraum darf niemand ohne Befehl verlassen.

Ich höre sie.

Ich höre ihre Rattenbeinchen, die sich auf den Weg machen, zum Prügeln. Die Tür wird wieder geschlossen. Ich höre sie marschieren, dann fast unwillkürlich in Laufschritt verfallen. Durch die lange Zeit hier unten habe ich Wurzeln im Zement geschlagen, mir sind Nerven für das ganze Gefängnis gewachsen. Wenn einer durch den Gang unterm Hof geht, ist es, als ginge er über meinen linken Arm.

Nur Licht kann ich nicht fühlen.

Doch in Toros Zelle haben sie es vor kurzem ausgemacht, das weiß ich. Ich stelle es mir vor.

Auch hier bereiten sie sich vor, auf ihre Weise.

Toro wird versucht haben, die Schaumgummiflocken der vom Wärter zerschnittenen Matratze wieder zusammenzuballen, um etwas zwischen den Jungen und die Pritsche zu legen. Damit er sich ein bisschen ausruhen kann in den Minuten oder Stunden, bevor er verprügelt wird.

Er wird ihm gesagt haben: Wenn sie kommen, springst du sofort aus dem Bett. Wickel dich nicht in die Decken. Geh angezogen schlafen, aber ohne zu übertreiben, sonst werden sie sauer und ziehen dich nackt aus. Lass den Trainingsanzug an, darunter ein leichtes T-Shirt. Wenn dir was fehlt, leihe ich es dir. Wickel dich nicht in die Decken, du musst selbst vom Bett springen, wenn sie dich runterholen, ist es schlimmer. Steck dir diese Rasierklinge in den Mund, wird er ihm gesagt haben, du musst damit schlafen, denn sie kommen schnell rein, dann wirst du keine Zeit mehr haben. Wenn sie kommen, schneidest du dich sofort. Du musst die Zunge bewegen und das Blut im Mund behalten. Dein Blut ist das Einzige, wovor sie Angst haben. Vor dir haben sie keine Angst, vor deinen Keimen ja. Außerdem können sie Angst kriegen, dass sie dich zu stark verwundet haben, dass sie Spuren hinterlassen haben, die zu lange sichtbar bleiben. Auf der Insel haben sie uns mit Blutergüssen übersät, sie wussten, dass die Ärzte ihnen gehörten, dass die Zeit ihnen gehörte. Im äußersten Fall konnten sie dich in der Zelle erhängen, aber sogar auf der Insel haben sie versucht, Knochenbrüche und Narben zu vermeiden.

Angst vor der Autopsie.

Angst davor, was die Toten im Gerichtssaal erzählen können.

Toro erklärt: Es ist wichtig, dass sie das Blut sehen. Du darfst es nicht auf sie spucken, sonst laufen sie sofort weg, aber dann bist du erledigt. Respekt ist wichtig, auch beim Bluten. Du lässt es dir aus dem Mund tropfen, dann verschmierst du es mit den Händen auf deinem Körper, während du dich weiter vor den Schlägen schützt. Und erst dann, erst wenn du überall mit viel Blut bedeckt bist, fängst du an zu schreien. Auch ich werde dann schreien, wird Toro gesagt haben. Der ganze Stock wird schreien. Und der Übergang von der Stille zum Geschrei wird sie zwingen, einen Augenblick lang anzuhalten. Dann hörst du auf, dich zu schützen und lässt sie das Blut sehen. Es ist gefährlich, aber es muss sein. Nur so werden sie sich wirklich beruhigen. Sie werden noch ein paar Mal zuschlagen und dann gehen. Mach dich auf die letzten Schläge gefasst. Es gibt immer einen, der zurückkommt, um dir den letzten Schlag zu geben, den stärksten. Aber eigentlich müsstest du mit ein paar Tagen auf der Krankenstation davonkommen. Wichtig ist, dass sie sich nicht verarscht fühlen, dass sie zufrieden sind, sagen können: Dem haben wir eine Lektion verpasst.

Was für eine Stille.

Erst wenn gleich was passieren wird, ist es in einem Gefängnis wirklich still.

Bei dieser Stille kann keiner schlafen. Man kann nur reglos im Bett liegen und zuhören. Auch der Junge wird zuhören, mit seiner Klinge im Mund. Seinem Schnuller aus scharf geschliffenem Stahl. Er hat aufgehört zu atmen. Das ganze Stockwerk hat aufgehört zu atmen. Sie kommen. Wie eine schwarze Lokomotive. Eine Hand umklammert den Schild, die andere liegt auf der Schulter des Vordermanns. Bei ihrem Durchmarsch öffnen sich sperrangelweit die Gitter, die Lungen. Jedes Stockwerk wird durch eine Lunge mit vier Gittern in zwei Hälften geteilt: eins im Osten, eins im Westen, eins vor der Treppe nach oben, eins vor der nach unten. In der Lunge befinden sich der Fahrstuhl, ein Schreibtisch und zwei Stühle für die Wachen. Die Lungen sind die Gelenke des Gefängnisses. Aber sie dienen nicht dazu, Bewegung zu übertragen, sie unterbrechen sie. Wie ein ständig geschwollenes Knie. Sie hindern die im Ostteil daran, in den Westen zu gehen, die, die unten sind, nach oben zu gehen. Oft bleiben die Lungen leer, vor allem in der Nachtschicht, denn es gibt nicht genug Gefängniswärter, um alle zu besetzen. Heute Nacht aber öffnen sich alle Lungen vor der schwarzen Lokomotive. Das Gefängnis atmet.

Sie kommen die Treppe herauf, denn der Fahrstuhl ist zu klein, um sie alle aufzunehmen.

Als sie im dritten Stock ankommen, ist ihr Nackenschutz schweißgetränkt und ihr Atem geht schwer unter dem Helm, aber das ist egal: Sie sind euphorisch. Sie haben den Sonntag vergessen, das sterbende Gefängnis. Sie sind das Gefängnis, das lebt, jetzt, das rennt.

Noch fünfzig Meter.

Vor Toros Zelle reißt der diensthabende Wachmann die Panzertür und das Gitter auf, dann presst er sich gegen die

Wand, um sie vorbeizulassen, um nicht überrannt zu werden.

Höchstens zwei werden in dieser Zelle, klein wie ein Abstellraum, richtig zuschlagen können. Die anderen sind nur dazu da, sie anzutreiben, das Ausholen und Treffen der Vorderen unwiderruflich zu machen.

Das ist das Geräusch eines Schemels.

Wehe, man schützt sich mit einem Schemel: ein Hieb mit dem Schlagstock reißt ihn dir aus der Hand, ein Tritt lässt ihn weit wegrollen, so weit, wie er in einer Zelle kommt. Der Schemel ist gegen die Kochtöpfe gestoßen und unter dem Waschbecken gelandet. Das Geräusch von Töpfen. Aber jetzt, das hier ist das Geräusch von Wärtern, die schwer arbeiten, auf und nieder mit dem Knüppel, auf und nieder, Kolben in einem schwarzen Motor. Sie schuften. Ihr Visier ist beschlagen. Ihr Dampf ist warm, die Zelle kalt. Sie keuchen.

Toro gibt keinen Laut von sich. Er hört zu. In einem engen Raum gibt es vieles, was man zu überhören lernen muss. Nicht hören, wenn einer sich anfasst, einer schnarcht oder wenn es einem schlechtgeht, dem du nicht helfen kannst. Nicht hören, wenn sie zuschlagen, ist schwieriger. Sich nicht rühren, wie Toro, während die Zelle vom Lärm widerhallt und seine Pritsche bebt, und er dem ganzen Gefängnis zeigt, dass er den Jungen nicht beschützen kann, genau wie er damals seinen Sohn nicht beschützen konnte …

Da, der Moment ist gekommen: Er schreit. Sie schreien. Los, wir alle schreien!

Der Junge wird die Arme ausgebreitet haben, er zeigt das Blut.

Sie schreien lauter. Sie schreien immer weiter. Warum?

Vielleicht hat das Blut sie nicht aufgehalten. Sie schlagen weiter in das Blut hinein, schön ist das, wie mit den Füßen in Pfützen planschen. Endlich wirklich reinschlagen können, jetzt, wo der Junge die Arme geöffnet hat und die Hülle sich nicht wieder schließen kann. Er kann sich zusammenkrümmen wie ein brennendes Blatt, das ja. Doch nicht, um sich zu schützen, wenn es nichts mehr zu schützen gibt. Es ist nur der Körper, der, sich selbst überlassen, danach strebt, weniger Raum einzunehmen.

Jetzt rufen sie, brauchen Hilfe.

Sie sind wohl endlich gegangen.

Diesmal haben sie wirklich zugeschlagen. Keine Schläge für die Krankenstation, Schläge fürs Krankenhaus.

Die Wärter kehren um, gehen langsam. Im Gang unterm Hof nehmen sie ihre Helme ab.

Manch einer wird sich beklagen, wie schwer es ist, die Blutflecken auszuwaschen, denn die Spezialausrüstungen können nicht, wie die Uniformen, in die Gefangenenwäscherei gegeben werden … Und ein anderer wird sagen, denn irgendjemand sagt das immer, dass er sich lieber eine neue Jacke gekauft hat, von seinem Gehalt, als über dem Wegschrubben der Flecken verrückt zu werden … Und jemand wird antworten: Bravo, machst der Verwaltung auch noch Geschenke, bei dem bisschen Geld, das sie uns geben! … Und weiter: Blut geht ganz leicht raus, kaltes Wasser und eine harte Bürste genügen völlig.

Sie werden Durst haben. Einen anderen Durst als den verzweifelten der Sonntagnachmittage. Hunger. Lust, sich die Welt anzueignen. Weiter was zusammen mit den Kollegen zu machen, Rücken an Rücken, egal, was passiert.

Sie werden laut sprechen müssen, denn jetzt sind wir an der Reihe mit Schlagen: Schemel gegen Schränke, Töpfe gegen Panzertüren, Löffel gegen Gitter, bis wir uns die Handgelenke auskugeln. Auf diese Weise erinnern wir die Wärter daran, wie viele wir sind. Wenn sie das Gitterrasseln machen, treffen sie immer nur ein Gitter, eine Zelle nach der anderen. Ohne Eile: Stille–Lärm, Stille–Lärm. So eine Stille verstärkt den Lärm, wie bei tropfenden Wasserhähnen. Die Wärter gehen langsam voran, um uns so lange wie möglich zu quälen. Doch wenn die Gefangenen ihr Trommelkonzert veranstalten, gibt es keine Unterbrechung zwischen zwei Schlägen, denn wenn ein Arm ausruht, macht von den vielen anderen immer mindestens einer weiter. Es ist berauschend. Lauter als Kirchenglocken, als jede Hupe oder Alarmsirene, lauter als das Stadion oder der Karneval. Beim Trommeln rüttelst du an den Dingen in deinem Inneren, die dich wütend machen. Sie sind nicht am richtigen Platz. Du genießt es, die Leute im Ort aufzuwecken. Ruft doch, wen ihr wollt! Telefoniert mit dem Präfekten, dem Militär, den Zeitungen ... Das Gefängnis existiert. Und heute Nacht seid ihr gezwungen, euch seinen Lärm anzuhören, der aus dem geschlossenen Raum aufsteigt und widerhallt. Das Gefängnis existiert! Aber wenn jemand nicht mitmacht, ist es wie ein Ballon, aus dem langsam die Luft entweicht. Heute trommelt nur der dritte Stock, und aus dem zweiten kommen ein paar vereinzelte Schläge.

Schikanen erlaubte Comandante auf der Insel nur, um zu vermeiden, dass seine Männer krank wurden, dass sie die ungeheure Wut, die die Insel so natürlich erzeugte wie Schimmel, gegen sich selbst richteten. Darum zwangen sie uns, Theater zu spielen. Stell dir vor, du bist ein Kind: Du hast Puppen und langweilst dich, was tust du nach einer Weile? Du lässt sie kämpfen, lässt sie sich küssen. So endet es immer. Die Schwachen zwingst du, lächerliche Sachen anzuziehen und sich vor allen anzufassen. Die Starken lässt du gegeneinander kämpfen, bis einer der beiden sich nicht mehr rührt. Du kannst auch einen Starken und einen Schwachen nehmen ... Es gibt unendlich viele Kombinationen. Das war das wahre Fernsehen auf der Insel. Auch uns gefiel es, wenn wir bloß Zuschauer waren.

Comandante ließ sie gewähren, hat aber nie mitgemacht.

Nach dem Aufstand luden sie uns zu zwölft auf die offenen Pritschen ihrer Mannschaftswagen. Sie fuhren stundenlang, nachts, schüttelten uns auf diesen unmöglichen Maultierpfaden durch. Die Bänke aus Holz, der Wind eiskalt, keiner kann sich festhalten, wir fallen übereinander. Der Motor immer auf Hochtouren, sie zahlen den Diesel ja nicht. Ich dachte: Warum schalten sie nicht runter? An so etwas dachte ich. Die Kälte spürte ich nicht, denn in der Zelle war mir ständig kalt. Aber an Lärm gewöhnt man sich schwer.

Noch heute jagen mir Geräusche einen grundlosen Schreck ein. Im Flur fällt der Krankenschwester ein Fläschchen hin, und mir gefriert das Blut, ich kann mich stundenlang nicht bewegen … Dann haben sie uns mitten im Nichts aussteigen lassen und gesagt: Jetzt erschießen wir euch. Ich hab's geglaubt. Auch die anderen, die bei mir waren, haben es geglaubt. Auf der Insel konnte wirklich alles passieren. Dass mit diesen Scheinerschießungen die Insel enden würde, nicht wir, konnten wir nicht voraussehen. Sie haben den Abzug gedrückt. Das Geräusch von Maschinenpistolen ohne Kugel im Lauf hinterlässt ein Zeichen, das nicht mehr weggeht. Es ist, als würde sich eine Adrenalinwelle, eine riesige Flutwelle über deinem Gehirn brechen. Solche Sachen können die Wärter nur ein einziges Mal machen, denn dann wird darüber geredet, und keiner fällt mehr drauf rein. Doch dieses einzige Mal ist verheerend. Es prägt sich ein, für immer. Wie bei denen, die mit Granatsplittern im Kopf überleben. Ich überlebe mit dem Splitter einer nicht abgeschossenen Kugel im Kopf. Trotzdem bin ich Comandante nicht böse. Zu jener Zeit, nach der Geschichte mit Martini, zählte er schon nichts mehr, doch auch vorher, als er die Schikanen der Wärter hätte verhindern können und es nicht getan hat, war es kein Sadismus.

Vielleicht sollte man einen Wärter nie verteidigen, nie versuchen, ihn zu rechtfertigen.

Zwischen dem, der die Schlüssel hat, und dem, der sie nicht hat, kann es keine wahre Freundschaft geben. Sie werden dafür bezahlt, uns die Freiheit zu nehmen. Wenn du versuchst, dich in sie hineinzuversetzen, musst du gute Gründe dafür haben. Du bemühst dich zu verstehen, wie sie die Welt sehen, damit sie dich nicht mehr sehen. Verstehen, was sie fühlen, um sie zu manipulieren. Sonst bist du bloß jämmerlich. Du bist ein Bettler. Ein armseliger Idiot, der sich für jemanden hält, der er in Wirklichkeit nicht ist ... Ich habe nie geglaubt, Comandantes Freund zu sein. Von mir aus kann er auch aufhören, zu mir herunterzukommen. Manche erfinden sich eingebildete Freunde, bloß um reden zu können, ich nicht. Ich kann diese Stille ertragen. Aber eins kann man mit Recht sagen: Comandante ist kein Sadist. Und es ist auch nicht wahr, dass er jedes Mal den Kopf verliert, wenn es um die Frau eines Häftlings geht. Wenn du zulässt, dass ein Junge einen Wärter angreift und ungeschoren davonkommt, hast du verloren, nur darum geht es doch. Da könnte man ebenso gut die Zellen aufmachen und weggehen. Einem Wärter muss man gehorchen, auch wenn er sich irrt, auch wenn er betrunken ist und an einem Foto leckt; nur Comandante kann ihn bestrafen. Den Jungen zu verprügeln hat den Wärtern gutgetan und uns im Grunde auch. Es ist eine Form von Respekt: Der Junge hat provoziert, sie haben reagiert. Es bedeutet, dass wir existieren. Comandante hat den Jungen nicht aus Bosheit zusammenschlagen lassen, und auch nicht aus Neid.

Es gibt Gefängnisse, weit weg von hier, wo die Wärter das Recht haben, die Frauen der Häftlinge zu ficken. Gefängnisse, wo ein Wärter sagen darf: Willst du, dass dein Mann isst? Mach deinen Mund an meinem Mund auf. Willst du, dass er ein paar Stunden ohne Angst verbringt? Umarme mich, geh mit mir ins Bett und ich werde ihm eine Matratze zum Schlafen geben. Ich werde ihn von dem Fensterplatz wegholen, wo er nass wird, er kriegt eine Decke von mir. Zieh dich aus, dann werde ich ihm was zum Anziehen geben.

Bei uns nicht.

Hier kann ein Wärter die Frauen höchstens stundenlang in der Schlange warten lassen, wenn Besuchstag ist, und das Tor nicht aufmachen, wenn es regnet. Nicht mal das hat Comandante je getan. Einmal, vor achtzehn Jahren, hat er sich in die Frau eines Häftlings verliebt und das Nachsehen gehabt. Das war alles. Was auch immer er vorher und nachher getan hat, damals ist er das Opfer gewesen, nicht der Schlächter. Tatsächlich können sich vor allem die Wärter nicht damit abfinden. Rekruten, die damals noch nicht geboren waren, hören sich die Geschichte von Comandante und der Lehrerin an, und danach blicken sie arrogant auf ihn herab, als hätte er in siebenunddreißig Dienstjahren nichts anderes gemacht. Als wäre er nie in den Hof runtergegangen, mitten zwischen die Aufstände, während die anderen sich im Personaltrakt verbarrikadiert hatten. Es ist immer die Insel, die zurückkehrt. Sie ist unverdaulich.

Auch heute Nacht in der Umkleide, wo die Wärter sich über ihre Prügelei freuten, wird einer von ihnen gesagt haben: Jedes Mal, wenn die Frau eines Häftlings im Spiel ist, dreht Comandante durch …

Denn es gibt immer jemanden, der das sagt. Und es ist nicht recht. Es ist nicht wahr. Sie erinnern sich an dich wegen der schlimmsten Sache, die du gemacht hast. Wie bei Mördern: Du hast vielleicht einmal getötet, aber du bist für immer ein Mörder. Ein Augenblick gibt deinem ganzen Leben einen Namen. Aber das erträgt keiner, wenn man von ihm nur das Böseste erinnert, was er getan hat.

Was den Sex betrifft, sind die Wärter so übel dran wie wir. Sogar schlechter. Polizisten und Verbrecher sieht man oft im Fernsehen, die Wärter nie, sie bleiben im Dunkeln: Sie sind der Schrank, wo die Polizisten die Verbrecher zwischen zwei Sendungen abstellen. Und das wissen die Wärter. Die Mädchen wissen es. Die Uniform zieht bei ihnen nicht. Die Mädchen wissen, dass einer Gefängniswärter wird, weil er die Prüfung für den Polizeidienst nicht bestanden hat. Niemals wird er das Abzeichen *Gefängnispolizei* auf seine Windschutzscheibe kleben, an Feiertagen nie in Uniform Hand in Hand mit ihnen spazieren gehen.

Für die Welt sind die Gefängniswärter Angestellte des Bösen. Darum lassen die Wärter sich nicht die Zähne machen, auch wenn sie das Geld dafür hätten.

Beim Gehen schlurfen sie mit den Füßen. Wie wir.

Die wenigen, die Familie haben, bleiben stumm oder schreien, wenn sie abends nach Hause kommen, und sobald sie können, gehen sie wieder raus, mit Kollegen, und schließen die Haustür ab.

Die Bestechlichen verderben am Ende auch ihre Familien. Die Ehrlichen nehmen ihre Verzweiflung mit nach Hause, da kotzen sie die unversöhnlichen und richtigen Worte aus, die sie im Gefängnis nicht sagen konnten oder durften.

Ihre Ehen halten nur, wenn sie untereinander geheiratet haben. Manchmal heiraten sie in Uniform, der Uniform, die die anderen verachten, und hoffen, dass die Uniform ihnen in den kommenden Jahren Halt geben wird. Und weil die Wärter sich fortwährend untereinander paaren, sind sie sonderbar geworden, wie ein Volk von Gebirgsbewohnern.

Leicht zu erkennen.

Auf der Insel ließen sich viele die Haare wachsen und trugen Ohrringe. Comandante ließ sie gewähren, weil auf der Insel alles anders war. Ein neuangekommener Häftling dachte: In vielen Jahren Gefängnis habe ich noch nie einen Wärter mit langen Haaren gesehen; wenn sie diese Regeln hier übertreten dürfen, dürfen sie auch andere übertreten. Es machte Angst. Und das war es, was Comandante beabsichtigte. Die Wärter dagegen bildeten sich ein, wenn sie einmal im Monat das Schiff nahmen, um in diesem Aufzug aufs Festland zu fahren, würde man sie für Touristen halten, oder wenigstens für Leute mit einer normalen Arbeit. Doch unter dem Pullover trugen sie ihre Pistolen, und sie bewegten sich nur in Gruppen, denn letztendlich fühlt sich ein Wärter niemals sicher. Und trotz des Pullovers, der langen Haare und der Ohrringe wurden sie von den Mädchen erkannt. Immer. Wir merkten das daran, wie sie uns nach ihrer Rückkehr schlugen. Daran, wie verzweifelt betrunken sie waren. Sie hatten ihren freien Tag in der Hoffnung begonnen, ein Mädchen zum Verlieben zu finden oder wenigstens ein bisschen mit einem Mädchen reden zu können, denn durch ihre Einsamkeit waren sie sentimental geworden, wie wir. Und am Ende waren sie zu Nutten gegangen, in großer Eile, alle zusammen, eine Stunde bevor die Fähre zurückfuhr.

Comandante war nicht der Typ, der sich die Haare wachsen ließ oder hoffte, auf dem Festland würde ein Wunder passieren. Das Gefängnis genügte ihm.

Er beschloss, sich persönlich ums Zensieren zu kümmern,

denn diese Aufgabe schien ihm damals zu heikel, um sie einem einfachen Wärter zu überlassen. Der Briefwechsel ist der Atem des Gefängnisses, und er wollte alle Kontaktstellen zwischen dem Drinnen und dem Draußen persönlich überwachen. Und auch nachts arbeiten, um sich nicht zu lange im Bett hin- und herzuwerfen.

Die Post zu lesen nahm viele Stunden Zeit in Anspruch. Es ist schwierig herauszufinden, wo sich ein Code, eine Botschaft verstecken kann. Ob es wirklich eine Tante gibt, die grüßen lässt. Ob der Waffenschieber seinem Sohn für den Tag, an dem er gelernt hat, ohne Schwimmflügel zu schwimmen, wirklich eine Tauchermaske versprochen hat.

Man muss lernen zu lesen, ohne zu viel drüber nachzudenken.

Die Frauen der politischen Gefangenen schickten Nacktfotos und Schamhaare. Sie schrieben: Hallo Zensor, ich hoffe, meine Haare bleiben dir im Hals stecken. Die Frauen der Politischen provozierten gern, aber Comandante konnte das gut wegstecken. Die Frauen der Politischen gingen ihn nichts an, sie kamen aus einer anderen Welt. Denn auch die politischen Häftlinge kamen aus einer anderen Welt. Vor den Politischen wurden die Wärter ein Nichts. Sie bewegten sich ungeschickt, sogar wenn sie sie schlugen. Sie pinkelten die Politischen an und wussten, dass das nicht normal war, dass sie gegen die Schwerkraft anpinkelten, gegen den Wind, gegen alle und alles, und dass ihnen diese Pisse früher oder später wieder entgegenschlagen würde.

Sie pinkelten eher aus Staunen darüber, dass sie es überhaupt tun konnten, als aus Verachtung.

Nur wenn sie uns anpissten, waren sie entspannt. Wir, die

Normalen. Leute, wie es viele gibt. Daran gewöhnt, alle Wärter mit dem höchsten Dienstgrad anzureden, auch den letzten der Auszubildenden.

Jedenfalls bereiteten die wenigen frechen Frauen der Politischen oder die vielen verlegenen Frauen der Normalen Comandante keine großen Probleme.

Die Probleme begannen, als eine gebildete Frau, eine Lehrerin, sich in Martini verliebte.

Ein Freund hatte sie ihm vorgestellt, brieflich, genauso wie Toro es bei dem Jungen gemacht hat. Das kommt oft vor. Dieser Freund wusste, dass es Frauen gibt, die zu freien Männern passen, und dass es Frauen für Gefangene gibt, und äußerst selten handelt es sich dabei um ein und dieselbe Person. Der beste Weg, eine Frau zu finden, die dich liebt und dir treu bleibt, wenn du im Gefängnis sitzt, ist, sich eine dieser Frauen für Gefangene auszusuchen. Eine Frau, der es gefällt, jemanden zu haben, an den sie immerzu denken kann, vom Aufwachen bis zum Einschlafen. Ein in der Zelle eingeschlossener Mensch ist das, was einem Menschen in der Gebärmutter am Nächsten kommt. Oder einem imaginären Freund, der dich nie verlässt. Einem Gott. Dem machtlosen Gott, der nichts mit seinem Leben anfangen kann, oder mit deinem. Er kann dir nur zuhören. Oder reden. Ein machtloser, aber auch gefährlicher Gott – weil er kriminell ist.

Die Frauen, die perfekte Traummänner haben wollen, gefährlich und harmlos zugleich, stürzen sich auf Gefangene wie auf Honig.

Martini nannten sie so, weil er einer von denen war, die dir andauernd von ihrem schönen Leben vorher erzählen: Autos, Frauen, Hotels, Restaurants, Cocktails, alles Luxusklasse.

Und von dem schönen Leben, das sie hinterher unverändert vorfinden werden.

Martini sagte: Ich habe gelacht, wenn ich Banken überfallen habe, und ich lache im Gefängnis. Es hat mir immer großen Spaß gemacht, in die Decke zu schießen, wenn ich eine Bank gestürmt habe, und zu rufen: Jetzt wird getanzt!, und zu sehen, wie alle sich auf den Boden werfen. Schießen ist das Gegenteil von Sichverstecken. Das Gegenteil vom Weckerstellen und morgens früh aufstehen. Die Fremden, also die Unorganisierten oder Typen wie die N, mögen Messer, weil sie Angst vor dem Knall haben, aber Waffen *müssen* knallen. Waffen sagen: Ich bin hier, na und?

Martini, der den Körper eines Basketballspielers hatte, hielt die Beine immer ein wenig gespreizt und angewinkelt und die Arme vom Oberkörper weg. Trat auf wie jemand, der eine Maschinenpistole mit einer Hand halten kann. Im Gefängnis wird mehr gelacht als in vielen normalen Leben, sagte Martini. Wir haben mal ein Schließfach aufgebrochen, und was war drin? Pornohefte und Linsen. Mehr nicht. Das ist das Leben der Gesetzestreuen! Sie verbringen mehr Stunden draußen, okay, aber fast alle bloß, um zu arbeiten oder sich einen runterzuholen. Lieber eine Nacht mit drei Nutten in einem Luxushotel als zwanzig Jahre mit derselben Frau in einem Haus, das noch abbezahlt werden muss. Noch besser ist es, mit einer Maschinenpistole in der Hand eine Bank zu betreten. Ein Orgasmus, aber stärker. Verschafft dir frisches Blut wie eine Transfusion.

Wenn wir die wirklich freien Stunden zählen, hab ich mehr davon gelebt, sagte Martini.

Es gibt immer welche, die dir sagen, dass die Welt draußen ein schlimmeres Gefängnis ist als dieses hier. Denen hört man gern zu. Du widersprichst nicht mal, wenn einer wie Martini so was sagt, von dem alle wissen, dass er im Leben vor allem zu Wucherzinsen Geld verliehen und mit Drogen gedealt hat. Raubüberfälle hat er, wenn überhaupt, höchstens zwei oder drei gemacht, als junger Mann, wenn er Lieferanten bezahlen musste. In der restlichen Zeit saß er entweder im Gefängnis oder in der Bar, pünktlich, jeden Tag, um Geld zu verleihen oder einzutreiben, zu verkaufen oder zu kaufen, wie die Banken, die er angeblich ausgeraubt hat. Du kannst behaupten, dass du hier freier bist, aber ebenso gut kannst du behaupten, dass es Glück bringt, in einen Scheißhaufen zu treten. Allerdings ist draußen eindeutig mehr Platz.

Auch die Lehrerin schätzte Platz. Sie hatte sich eine Wohnung vor der Stadt gekauft, um nicht zu ersticken, um nicht zehn Meter Luftlinie von ihrem Fenster entfernt ein anderes Fenster zu sehen. Doch nun musste sie den Wecker auf sechs Uhr stellen, um in die Schule zu fahren. Sie verbrachte viele Stunden im Auto, und als ihr Vater krank wurde, musste sie jeden Tag in die engen Gassen der Altstadt zurück, aus denen sie geflohen war.

Seit Martini und sie sich Briefe schrieben, bereitete sie

sich schlechter auf den Unterricht vor und korrigierte die Aufgaben weniger sorgfältig. Ihren Vater fertigte sie eiliger ab.

Auf zehn Briefe, die sie schrieb, antwortete Martini mit einem. Ich habe keine Zeit, sagte er ihr. Und das war einigermaßen wahr. Wahrer als vieles andere jedenfalls. Die da draußen können das nur schwer verstehen, aber im Gefängnis gibt es einen Haufen Leute, die viel zu tun haben und wenig Zeit.

Nach einer Weile fand die Lehrerin sich damit ab. Wichtig ist nur, dass er mir zuhört, dachte sie.

Wer sich bewegt, braucht immer etwas, was stillsteht. Öfter stillsteht als er selbst. Das ist der Grund, warum ich denen auf den Stockwerken so sympathisch bin. Ich bin immer da. Ich werde nie im Hof sein, wenn sie mich in der Zelle suchen. Oder unter der Dusche, wenn ich eine Verabredung im Sportraum habe. Ich bin der Gefangene der Gefangenen.

Die Lehrerin besuchte Orte, wo sie noch nie gewesen war, nur um Martini davon erzählen zu können. Manchmal suchte er das Ziel aus, manchmal überraschte sie ihn. Sie fing an, ihre Eindrücke auf Tonband aufzunehmen, um beim Gehen reden zu können, ohne anhalten zu müssen.

Martini ließ ihre Briefe, Tonbänder, Fotos rumgehen. Er zensierte nur die Sätze, in denen sie wiederholte, was er geschrieben hatte.

Auf den Fotos der Lehrerin sah man hauptsächlich ihre Wohnung. Sie hatte die Zwischenwände einreißen lassen und den Flur, das Wohnzimmer und ihr Arbeitszimmer in einen einzigen großen Raum verwandelt, weil sie allein lebte. Doch das Ergebnis war unschön, überall Mauerecken und

Säulen, denn so war die Wohnung nicht gedacht gewesen. Die Küche mit Spülmaschine immer leer, sauber und nach jeder Mahlzeit aufgeräumt. Die Lehrerin putzte auch die Terrasse, sie hob die Blumentöpfe an, um den Dreckrand darunter zu entfernen, den Erde und Wasser hinterlassen hatten. Sie, die immer still war, musste jedes Geräusch der Nachbarn hören. Lärm machte sie nur, wenn sie spät, nach dem Abendessen, staubsaugte. Die Gefangenen vergötterten sie deswegen. Zu der Zeit bekam man auf der Insel keine Putzlappen und Desinfektionsmittel, nicht mal kaufen konnte man sie. Die Gefangenen stellten sich vor, sie wären bei ihr, würden bohnern und staubwischen in dieser Wohnung, die aussah wie das Schaufenster eines Möbelgeschäfts. Hundert einsame Männer in der Wohnung der Lehrerin.

Sie baten Martini um Fotos vom Badezimmer und vom Schlafzimmer. Er beschloss, ihnen den Gefallen zu tun. Und sie tat ihm den Gefallen.

Blass war sie, die Lehrerin, wie ausgebleicht, aber stark. Die Gefangenen wussten von den schwierigen Aufgaben, die sie spielend erledigte, und von den sehr leichten, die sie falsch machte. Einmal klemmte ihr Lichtschalter im Bad, und sie ließ das Licht tagelang brennen. Auf den Eigentümerversammlungen kämpfte sie wie eine Löwin, damit ihre Tausendstel Anteil als alleinstehende Frau so viel galten wie die der anderen. Doch sie war unfähig, die Uhrzeit des Radioweckers einzustellen. Die Gefangenen zwangen Martini, ihr mit gutem Rat zu helfen. Sie baten Leute draußen, ihr Werkzeug und Dichtungen zu schicken. Sie brachten ihr bei, wie man Regalbretter anbringt und die Rollläden einfettet. Als die Telefongesellschaft zu Unrecht Geld von ihr forderte, schrieb einer von ihnen auf geklautem Papier mit dem Briefkopf einer Anwaltskanzlei einen bösen Brief, der die Gesellschaft wieder zur Vernunft brachte.

Sie konnte gar nicht fassen, wozu Martini alles fähig war. Bis er ihr sagte: Das bin ich nicht allein, wir sind zu hundert.

Das war keine Ehrlichkeit. Martini war durch und durch unehrlich. Er log auch, wenn es ihm nichts nützte, oder im Glauben, die Wahrheit zu sagen. Er hatte es ihr verraten, um die Messlatte höher zu hängen. Weißt du, dass das ganze Gefängnis wütend wird, wenn Sturm herrscht und die Post nicht ausgeliefert werden kann? Comandante muss den Schichtdienst verstärken, deinetwegen. Sie warten nicht auf Briefe von ihren Frauen, sondern auf deine. Du bist hier so was wie eine Göttin geworden.

Er sagte ihr, dass manche sich anfassten, dass es hier viele gab, die sich anfassten, wenn sie ihre Stimme hörten, und darüber müsse sie sich freuen. Dass er eines Tages rauskommen würde und sie ungestört ihre Liebe leben würden. Wie alle. Besser als alle. Doch jetzt könne man nicht so tun, als wären die anderen nicht da. Jetzt sei er seinen Freunden verpflichtet und sie darum auch, wenn sie ihn wirklich liebte.

Er stellte es als eine Frage von Großzügigkeit und Kameradschaft dar.

Er, der nicht großzügig war und fast keine Freunde hatte.

Es amüsierte ihn, auszuprobieren, wie weit sie gehen würde.

Eine Zeitlang hörte sie auf zu schreiben. Doch dann fing sie wieder an, als wäre nichts geschehen, ohne uns je zu erwähnen oder auf das Thema zurückzukommen. Doch jetzt wusste sie, in welche Ohren ihre Stimme tropfte. Keine

Ahnung, ob sie das erregte. Meiner Meinung nach nicht. Ich glaube, sie tat es wirklich nur für ihn. Aber viele waren vom Gegenteil überzeugt. Sie sagten die schlimmsten Dinge über sie und onanierten noch mehr.

Martini hätte sie alle abstechen sollen.

Wer in sie verliebt war, ärgerte sich, wenn andere auch onanierten. Nur Martini schien das nicht zu interessieren. Eines Tages lauerten ihm im Hof ein paar von den Verliebten auf und verprügelten ihn, so unerträglich war es für sie, dass ihm alles so egal war. Drei Tage Krankenstation.

Manchmal schien er Gewissensbisse zu kriegen.

Er sagte: Ich wurde wegen Lappalien verurteilt. Und für das hier, den größten Scheiß, den ich je gebaut habe, gibt es keine Gesetze. Er sagte: Man verbüßt immer die falsche Strafe.

Aber das dauerte nie lange.

Dann fing er wieder an zu lachen.

Als er erfuhr, dass sie sich beim Singen schämte, sogar allein, unter der Dusche, bat er sie, es für ihn zu tun. Wieder verhielt sich die Lehrerin ein paar Tage lang so, als wäre nichts gewesen. Dann kamen Tonbänder an, wo sie beim Staubsaugen sang. Nimm meine unsichere Stimme, die immer kurz davor ist, zu brechen, schrieb sie, nimm sie als das Intimste, was ich dir geben kann, vorerst. Diese Stimme lieferte sie stärker aus als tausend Nacktfotos. Ihm. Uns.

Sie wollte Dinge mit ihm teilen. Er verkaufte sie weiter. Kopierte die Tonbänder. Ihre Stimme gegen Zigaretten. Bänder, wo sie sang und wo sie nur sprach. Sogar solche, wo sie die Nachrichten las. Wer die Bänder kaufte, wollte keine Worte, er wollte ihre Lippen, die sich bewegten, die Luft, die in ihren Lungen war. Damals verschlechterte sich die Qualität auf Kopien, der Ton wurde schwächer, das Rauschen stärker. Sie kauften trotzdem. Je weniger Geld man hatte, desto weiter weg vom Original landete man.

Auf ihren Tonbändern erzählte die Lehrerin das Märchen von einem verzauberten Schloss, wo ein böser Fluch die Zeit eingefroren hatte und alle von einer Dornenhecke überwuchert wurden, die sie unter sich begraben und unsichtbar gemacht hatte. Bis ein Held kommt, der sehen kann, was hinter der Dornenhecke ist. Sie war die Frau, die sich einen Weg ins Innere des Schlosses bahnen würde, sie würde den Zauber brechen und die Zeit auftauen, die Martini gefangen hielt.

Doch damit taute das ganze Schloss auf. Die Wärme dieser Frau weckte auch Comandante.

Er hätte die Briefzensur einem anderen anvertrauen können, aber das wurde ihm zu spät klar, als er schon nicht mehr auf sie verzichten konnte. Er musste weiterhin jeden Tag Worte lesen und hören, die an ein Du gerichtet waren, doch dieses Du war nicht er. Jetzt setzte er den Stempel nicht mehr zufällig auf irgendeine Stelle der Seite, sondern suchte die Worte aus, die ihn am stärksten berührten. Die er selbst gern gesagt hätte. Der Zensurvermerk wurde seine Unterschrift, seine Weise, mit der Lehrerin zu kommunizieren. Das haben wir natürlich erst später erfahren, denn damals bemerkte das niemand. Am allerwenigsten die Lehrerin.

Sie bat Martini, dieselben Bücher zu lesen, die sie las, gleichzeitig. Doch man konnte nur fünf Kilo Paketsendungen im Monat bekommen, und Martini zog Essen und Kleidung vor. Schließlich einigten sie sich aufs Fernsehen. Dieselben Sendungen zu sehen, sich vorzustellen, sie säßen nebeneinander, und das Programm am nächsten Tag brieflich zu kommentieren.

Das ganze Gefängnis sah fern, einmütig. Es gab keinen Streit mehr um die Auswahl der Programme. Ich spreche natürlich von den Normalen, die Politischen blieben bei dieser ganzen Geschichte außen vor. Die Politischen gehörten nicht zum Gefängnis.

Und ich saß in der dunklen Zelle.

Eines Abends wurden die Fernseher eine Viertelstunde vor der üblichen Zeit abgestellt. Eine Viertelstunde vor dem Ende des Films.

Es war, als müsste das Gefängnis einstürzen.

Beweisen kann ich es nicht, aber ich glaube, Comandante hatte das angeordnet.

Vermutlich hat er diese Gemeinheit später bereut. Doch ich nehme an, dass er an jenem Abend beschlossen hatte, das Ende des Films allein zu sehen, zusammen mit der Lehrerin. Denn wir alle hatten vergessen, dass die Augen und Ohren von Comandante dieselben Dinge lasen und hörten, die bei uns ankamen. Bei ihnen.

Fast jeder, der zum ersten Mal ins Gefängnis kommt, ist wild aufs Telefonieren.

Vom Telefonieren wird man krank, denn du kannst dir noch so sehr darüber im Klaren sein, dass dieser schmierige, graue Hörer von allen umklammert und geküsst wird – am Beginn des Telefonats hältst du ihn noch weit weg, aber am Ende wirst auch du ihn küssen.

Das Telefonat wird auf jedem Fall zehn Minuten dauern und der Wärter wird bei dir zu Hause anrufen. Der Mensch, den du liebst, wird als erstes die Stimme des Wärters hören, dann deine. Und ist der Mensch, den du liebst, nicht zu Hause oder die Leitung ist gestört, dann ist das dein Pech. Euer Pech.

Mit der Zeit verinnerlichst du diese zehn Minuten, anfangs bleibt immer ein Satz nur halb ausgesprochen. Mein Vater wusste nie, was er am Telefon sagen sollte. Wenn er allein zu Hause war, dauerten die zehn Minuten eine Ewigkeit, es war, als hätte der Wärter vergessen, die Leitung zu kappen. Aber das ist unmöglich, die Leitung wird automatisch unterbrochen, sie dauert nicht eine Sekunde länger. Erst herrschte Stille wegen der Dinge, die wir nicht sagen konnten, am Ende herrschte einfach nur noch Stille.

Bei guter Führung gibt es Telefonate zur Belohnung, aber man verlässt sich besser nicht drauf. Gewöhnlich kriegt sie der übelste Verräter oder, wer besonders schlecht dran ist. Zum Beispiel wenn seine Verwandten weit weg wohnen und niemals zu Besuch kommen können. Die N kriegen fast alle

Belohnungstelefonate, aber am Besuchstag schäumen sie vor Wut ... Wahrscheinlich sind die N sowieso nicht besonders an Telefonaten interessiert, wenn es stimmt, dass sie Handys einschmuggeln konnten.

Zur Zeit der Insel gab es noch keine Handys. Und die Lehrerin konnte keine Anrufe bekommen, denn Besuche und Telefonate waren nur mit Verwandten erlaubt. Sie schlug Martini vor, sie zu heiraten: Dann könnten wir uns endlich hören und sehen. Er tat, als würde er einen Antrag stellen, schickte das Schreiben aber nie ab. Sie musste sich damit begnügen, ihn bei seinen Gerichtsverhandlungen zu sehen. Doch Martini saß schon seit vielen Jahren, er hatte kaum noch Prozesse.

Es schien, als müsste es ewig so weitergehen.

Doch eines Tages tat sie das Verrückte, sie rief an.

Der diensthabende Beamte leitete den Anruf an Comandante weiter, und Comandante freute sich so sehr, sie zu hören, dass er den Anruf an Martini weitergab.

In dem Moment dämmerte es Martini, dass aus diesem Zeitvertreib vielleicht etwas anderes werden konnte. Er überredete die Lehrerin, freundlicher zu Comandante zu sein: Ruf ihn an, um nur mit ihm zu sprechen. Erzähl ihm von deinem Kummer, deiner Einsamkeit. Lass manchmal Sätze fallen wie: Martini kann ich das nicht sagen, er würde es nicht verstehen. In die Briefe an mich legst du zusätzliche Seiten, die nur für ihn bestimmt sind.

Das alles schrieb Martini der Lehrerin auf Zettel, die er heimlich nach draußen schmuggeln ließ. Denn etwas entgeht ihnen immer, den Augen der Zensur, den Augen eines Gefängnisdirektors, wenn sie gegen ihren Willen Tausenden

Worten von Gefangenen ausgesetzt sind, die den Zensor nicht interessieren, aber auch den Worten der Lehrerin, die ihm die Haut abziehen, und wenn sie sich vor den wichtigsten Worten verschließen, den Worten, die ihn betrügen.

Martini überredete die Lehrerin, Comandante eine Abmachung vorzuschlagen. Sie würde sich ein Jahr beurlauben lassen und auf die Insel kommen, um bei Comandante zu wohnen. Dafür sollte er Martini eine Außenbeschäftigung verschaffen, so dass sie ihn manchmal vom Fenster der Wohnung aus sehen konnte.

Mehr nicht.

Kein direkter Kontakt.

Martini und die Lehrerin würden sich weiterhin nur Briefe schreiben, die Comandante weiterhin lesen würde. Keine Telefonate.

Beim ersten Versuch der beiden, sich zu treffen, könnte Comandante die Lehrerin nach Hause zurückschicken und Martini ans andere Ende der Welt.

Die Gefangenen sagten: Du bist verrückt, Martini, das wird Comandante niemals akzeptieren, er ist nicht blöd. Außerdem hat die Lehrerin einen kranken Vater.

Aber als Geldverleiher wusste Martini, dass Wünsche blind machen. Er wusste, dass einer glaubt, dir in einem Monat das Doppelte des Geldes zurückzahlen zu können, das ihm jetzt fehlt, weil das Begehren dazu treibt, alles und jedem zu glauben. Und wer einem Menschen dabei hilft, ein Bedürfnis zu befriedigen, schlägt eine Bresche. Martini wusste, wie man diese Bresche Tag für Tag größer macht, bis der Mensch keinen Raum mehr für seine eigenen Wünsche, seine eigene Zeit hat. Bis er dein Zombie wird.

Als Geldverleiher hat Martini nie selbständig gearbeitet. Er arbeitete für eine Organisation. Seine Aufgabe bestand weniger darin, Geld zu verdienen als Menschen. Er sollte sie dazu bringen, sich so stark zu verschulden, dass sie gezwungen waren, alles Mögliche zu tun, zu sagen oder nicht zu sagen, zu transportieren oder zu verstecken. Für eine Organisation kann auch der unbedeutendste Gerichtsdiener wertvoll werden. Das war Martinis Job: aus Menschen wandelnde, leere Hüllen zu machen.

Es funktionierte.

Comandante fing an sich vorzustellen, wie er mit dieser Frau zusammenleben würde, und begriff gar nichts mehr.

Er beantragte die Genehmigung bei der Verwaltung und erhielt sie.

Meiner Meinung nach schöpfte in der Verwaltung schon damals jemand Verdacht. Ahnte, welche Grube Comandante sich selbst grub, und war nur allzu gern bereit, ihm das Hineinfallen zu erleichtern.

Tatsache ist, dass die Lehrerin auf der Insel ankam. Mit Comandante abends auf den Serpentinen spazieren ging, die vom kleinen Hafen zur Kanone führen. Die alte Kanone war das einzige Denkmal auf der Insel. Alle freien Inselbewohner trafen und verabschiedeten sich dort. Comandante erfüllte es mit Stolz, diese Frau an seiner Seite zu haben, ihm schwindelte vor Glück. Der knirschende Kies unter den Füßen, vier Füße, zwei Schritte, die sich abwechseln. Sie trug ein Kleid aus Seide. Nichts Obszönes, im Gegenteil. Aber aus Seide. Keine der wenigen Ehefrauen auf der Insel besaß ein Seidenkleid. Die einzige Seide, die die Wärter berührten, waren die mit Sand gefüllten Wursthäute, mit denen sie uns schlugen, wenn sie keine blauen Flecken hinterlassen wollten, was selten vorkam.

Comandante hielt die Abmachung ein und versetzte Martini auf den begehrtesten Posten überhaupt: ins neue Gästehaus. Am Meer gebaut für illustre Besucher, Journalisten, Ermittlungsrichter, leitende Beamte der Verwaltung. Im Gästehaus wurde das Beste gekocht, was die Insel erzeugte oder einkaufte. Martini nutzte seine Stellung nicht, um zum König der Schmuggler zu werden. Das ist unmöglich, sagte er uns. Im Nachhinein betrachtet, hätte allein das uns schon misstrauisch machen sollen.

Im Gästehaus zu arbeiten erlaubte ihm, jeden Tag ins Dorf zu gehen, und ihr wiederum, ihn von Comandantes Wohnung aus durchs Fenster zu beobachten. Das schien ihnen zu genügen.

Comandantes Autorität war mittlerweile unter null gesunken. Alle wussten, dass er für jemanden lebte, der wiederum für einen von uns lebte. Es war berauschend. Einer von uns war mehr wert als ein Gefängnisdirektor und die Lehrerin zusammen.

Und obendrein las Comandante jetzt Bücher.

Wer Brot backen ging oder Lebensmittel am Hafen abladen oder den Rasen in den Gärten der Wärter mähen, sah ihn auf der Bank sitzen, manchmal auf einem Felsen.

Comandante las, weil er verliebt war.

Und er war verliebt, weil er las.

Doch wie die Briefe der Lehrerin waren auch die Bücher nicht für ihn bestimmt.

Auch ein Gefangener täuscht sich, wenn er mit Büchern lernt, denn draußen riskiert er, dass ihm Böses geschieht.

Doch solange er im Gefängnis ist, respektieren ihn die anderen. Jedenfalls war das früher so. Bei einem Wärter aber ist das anders. Niemand wird ihn respektieren, weil er liest.

Comandante trug in jenen Tagen sogar eine Brille.

Null Dioptrien haben im Gefängnis noch nie jemandem genutzt.

Vielleicht denen, die oben auf der Mauer stehen. Alle anderen leben und arbeiten in kleinen Räumen, wo drei Dioptrien mehr als genug sind. Im Gefängnis ist es viel sicherer, wenig zu sehen, aber keine Brille zu tragen, falls du dir einen Schlag ins Gesicht einfängst. Sogar heute, wo sie nur noch Wärter mit Studienabschluss einstellen und kaum noch geschlagen wird, sogar heute tragen die, die wirklich eine Brille brauchen, lieber Kontaktlinsen.

Brillen trugen nur die Politischen oder die sehr alten Gefangenen.

Comandante trug in dem Jahr eine Brille. Er brauchte sie eigentlich nicht, er war noch blutjung. Jung zumindest im Vergleich zu dem, was wir jetzt geworden sind. Er trug die Brille, weil er sie mit der Lektüre verband, mit seinem Wunsch, ein anderer Mensch zu werden.

Das war eine merkwürdige Zeit für Comandante. Er tat Dinge, die ihm nicht zustanden. Er war ein Gefängnis, das renoviert wird. Nichts ist so verletzlich wie ein Gefängnis, wo Renovierungsarbeiten stattfinden. Fliehen ist leicht, überall liegen vergessene Werkzeuge herum, stehen Gerüste. Sicher, morgen werden sie die Mauern verstärken, aber heute machen sie es leichter, über diese Mauern zu klettern.

Als ihm die Bücher der Lehrerin nicht mehr genügten, bediente er sich aus der Gefängnisbibliothek in der alten Krankenstube, wo Bücher in Obstkisten mit schimmeligem Boden lagen. Es waren vor allem religiöse Sachen, aber auch ein paar zufällig dort gelandete Romane und Handbücher aus der Zeit, als die Insel noch eine landwirtschaftliche Kolonie war: Hygiene, Landvermessung, Bauwesen. Bücher, um die Welt zu verändern.

Wenn ein Buch ausgeliehen war, war es entweder bei ihm oder bei mir.

Heimlich nannte man uns »die Politischen«, um uns zu verspotten, denn damals waren die Politischen die einzigen, die lasen.

Und das war ein gefährlicher Spott. Einem Gefangenen und einem Wärter denselben Spitznamen zu geben war damals beileibe kein Kompliment, und es konnte nicht ohne Folgen bleiben, es hätte uns gezwungen zu reagieren. Zum Glück haben wir erst später davon erfahren.

Wenn einer ausbricht, werden die Wärter verrückt vor Wut. Es ist, als vergewaltigte man ihre Frau vor ihrer Nase. Sie fühlen sich verarscht und betrogen. Und dann die Insel: das perfekte Gefängnis, wenige Ausbrecher, alle im Meer umgekommen.

An dem Tag, als Martini nicht in seine Zelle zurückkam, fühlte Comandante sich doppelt verarscht und betrogen.

Er dachte: Heute ist mit meiner Arbeit Schluss.

Schon auf der Polizeischule bringt man ihnen bei, dass sie beim Abschließen im Gefängnis niemals einen Fehler machen dürfen. Vergisst jemand, seinen Spind abzuschließen, wird der ganze Jahrgang mit Ausgangssperre bestraft. Denn sie müssen lernen, dass der Mensch im Dienst des Vorhängeschlosses steht, es ist der Anhang, der das Funktionieren der Türschlösser ermöglicht. Und sollte der Tag kommen, an dem sämtliche Schlösser kaputtgehen, werden die Wärter ihre Arme um die Gittertüren schlingen müssen, werden sich versteifen, Schlägen und Schnitten standhalten müssen. Wie in der Geschichte von dem kleinen Jungen, der seinen Finger in den Staudamm steckt und widersteht, sein Finger erfriert, und er widersteht, denn wenn er das nicht tut, werden alle Länder unterhalb des Meeresspiegels, alle Mühlen, Bauernhöfe, Tiere und die blonden Frauen mit Kopftuch weggerissen werden.

Comandante war entschlossen, dieser Junge zu sein. Der edelste Teil seiner Arbeit, hart und gerecht sein können, gleichgültig gegenüber Drohungen wie gegenüber Schmeicheleien, demütig wie ein Vorhängeschloss. Unerlässlich für alle, die auf der anderen Seite einer Tür stehen, die nicht geöffnet werden darf. Denn das Böse existiert, Comandante hat es mir oft genug gesagt. Es geht über die Erde, mitten zwischen uns. Man kann es nicht auslöschen, man muss es einzäunen, um zu verhindern, dass es überallhin gelangt. Und wenn du es irgendwann nicht mehr vom Guten unterscheiden kannst, ist das allein deine Schuld: das Böse wird weiterhin existieren, sich weiterhin vom Guten unterscheiden, über die Erde gehen und zuschlagen.

Man braucht Orte, um das Böse darin zu fassen.

Schlüssel, um diese Orte abzuschließen.

Männer, die das Glühen dieser Schlüssel ertragen.

Das Problem ist, dass es kein Vorhängeschloss gibt, wie raffiniert auch immer konstruiert, das nicht aufgebrochen werden kann. Und das Schlimmste ist, dass ein geöffnetes und wieder geschlossenes Vorhängeschloss sich nicht von einem unterscheidet, das stets geschlossen war. Eine Mauer kann faulen, zerbröckeln, aber sie wird dich niemals verraten. Einer Mauer kannst du vertrauen, Vorhängeschlössern und Menschen nicht. Sie sind der Schwachpunkt des Gefängnisses, die Karies des Zements.

Am Tag des Ausbruchs reichte Comandante seinen Rücktritt ein, doch die Verwaltung lehnte ab.

Sie fanden Martini noch am selben Abend, in einer Höhle versteckt, mit genügend Lebensmitteln, um so lange durchzuhalten, bis man ihn für tot erklärt hätte. Bis jemand sich vom Meer aus hätte nähern können, um ihn in seinem Boot mitzunehmen.

Wer diese Höhle gesehen hat, vier Stunden Fußmarsch

vom Gefängnis entfernt, schwört, dass man sie unmöglich entdecken konnte, egal mit wie vielen Männern, Hunden und Hubschraubern. Offenbar hatte jemand die Lehrerin weiterhin beschattet, auch nachdem Comandante damit aufgehört hatte. Im Jahr vor dem Ausbruch verbrachte sie immer weniger Zeit am Fenster und immer mehr mit Spazierengehen und Schwimmen, so lange, bis niemand mehr Notiz davon nahm. Man sah sie als Teil der Landschaft. Wenigstens glaubte sie das.

Sie sagen, es hat dazu beigetragen, Comandante blind zu machen, dass er sie ficken durfte.

Da wäre ich nicht so sicher. Ich weiß, dass man monatelang Seite an Seite leben kann und nichts passiert.

Sicher ist, dass die Lehrerin im Januar aufs Festland fuhr, um ihren Vater zu besuchen. Und Martini brach aus.

Comandante rechnete damit, dass er mindestens versetzt würde. Doch die interne Untersuchung ergab, dass alles vom Meer aus in die Höhle gebracht worden war, was zweifellos zutraf, und damit wurde die Untersuchung abgeschlossen. Dabei hat ohne Hilfe von der Insel noch nie jemand etwas vom Meer aus hereinschaffen können.

Das wusste die Verwaltung, trotzdem behielten sie Comandante auf der Insel. Wo alle es wussten und sich erinnerten. Wo er bis in alle Ewigkeit schamrot werden würde.

Vielleicht wollte die Verwaltung lieber einen geschwächten, willenlosen Direktor, vielleicht hatten sie beschlossen, da weiterzumachen, wo Martini aufgehört hatte: Sie wollten den Zombie erben.

Und als die Insel geschlossen wurde, haben sie ihn hierher versetzt.

Das ist es, was mir Sorgen macht.

Wir leben in einem Gefängnis, das von einem verschuldeten Mann geleitet wird.

Hier gibt es ein Zimmer, fünf mal sechs Meter, mit acht Tischen aus weißem Plastik und um jeden Tisch vier Stühle, drei weiße und ein roter. Stell dir die Terrasse eines sehr schlichten Cafés vor. Nur, dass das Zimmer verschlossen ist. Durch die Fenster sieht man den Gefängnishof.

Die Besucher kommen rein und setzen sich auf die weißen Stühle. Die leeren roten Stühle warten auf die Gefangenen.

Auf den weißen Stühlen sitzen Frauen und Kinder. Väter oder Brüder nicht, bei ihnen ist es wahrscheinlicher, dass sie nicht verstanden oder nicht verziehen haben. Vielleicht sitzen sie auch im Gefängnis. Oder sind krank, tot. Das ist eine Tatsache, sie halten weniger lange durch. Als ich verhaftet wurde, habe ich gedacht: Wenigstens werde ich meinen Vater wiederbekommen. Denn so war er, er war einer von denen, die ihre Bekannten häufiger besuchen, wenn sie krank werden. Er mochte es, neben einem zu sitzen, der im Bett liegt. Ihm Wasser zu reichen. Freunde hatte er nicht, aber er hat vielen Leuten beigestanden. Doch bei mir hat er das nicht fertiggebracht. Er kam ein paar Mal, auf der Fähre kotzte er sich die Seele aus dem Leib, auch wenn das Meer ruhig war. Dann wurde er krank. Brauchte fünf Jahre, um zu sterben. Andere Väter haben irgendwann einfach die Nase voll. Warum so viel Zeit verlieren, Geld ausgeben, bloß um sich eine Stunde lang verlegen gegenüberzusitzen?

Und so kommen die Männerstimmen im Besuchsraum alle auf einmal an, mit den Gefangenen.

Bis sie kommen, herrscht dort ein Lärm wie in der Vorschule.

Die Kinder sind überdreht, denn sie warten seit Tagen, seit Wochen auf den Besuch.

Meine kleine Nichte wartete auf den Besuch, wie Kinder in anderen Familien auf einen Ausflug oder ein Spielzeug warten. Für Kinder ist es wichtig, ein klares Ziel, ein Versprechen für die Zukunft zu haben. Ein paar Tage vorher gingen sie auf den Markt: meine Mutter, meine Schwester und die Kleine, um Lebensmittel für mich zu kaufen. Eine ganze Abteilung im Kühlschrank füllte sich mit den besten Sachen für mich. Rühr diesen Käse nicht an, der ist für den Onkel. Und ich war nur ein Onkel – stellt euch vor, es geht um einen Vater. Wochenlang horten die Kinder Sachen um die Wette. Denn dieses Stück Kühlschrank *ist* Papa. Dort Lebensmittel abzustellen ist, als würde man ihm zu essen geben. Und je mehr du Papa fütterst, desto größer wird er, der Käfig kann ihn nicht mehr halten, und man kann ihn leichter erkennen, sogar von weitem. Aber es gibt auch Wochen voller Langeweile und Wut, am liebsten würden sie alles aufessen und nicht mehr dran denken, und erst wenn sich auf dem Sofa die gewaschene und gebügelte Kleidung anhäuft, begreifen sie, ja, morgen geht es los. Die Sachen eines Gefangenen sind entweder alle schmutzig und stecken nach dem Besuch in einer großen Tasche, oder sie sind alle sauber und liegen am Tag vor der Abfahrt auf dem Sofa. Nie sind sie halb schmutzig und halb sauber, nie liegen sie verstreut in der Wohnung herum.

Die Wärter sind sexuell frustrierter als wir. Sie dürfen nur leere Kleidungsstücke zerknittern, nicht die mit Frauen darin. Sie fassen die Sachen an, schütteln sie, krempeln die Hemden um, weil in einem steifen Kragen alles Mögliche stecken kann. Sie lassen ihre Fingerabdrücke zwischen der Frau und dem Gefangenen. Doch die Frauen lernen bald, die Hemden noch einmal zu bügeln, gleich danach, mit den Händen, und den Duft ihrer Hände auf den Sachen zu lassen, damit der Gefangene nichts bemerkt.

Warum erzähle ich das eigentlich? Ich habe keine Kinder, und meine Nichte wird nicht mehr kommen. Aber ich weiß alles vom Gefängnis, auch das, was ich nicht selbst erlebt habe. Denn im Gefängnis gibt es Zeit, viel mehr Zeit, als es Dinge zum Erzählen gibt. Ich weiß, dass die Kinder auf dem Boden hocken und malen, während die Mütter vor dem Eingang Schlange stehen, draußen, vor der Außenmauer. Dann malen sie im Besuchsraum weiter, bis sie beim besten Willen nicht mehr können, sie werfen die Stifte weg, zerreißen das Blatt und wollen wieder nach Hause.

Sie fallen um vor Müdigkeit, weil man sie weckt, wenn es noch Nacht ist, um vier, fünf Uhr morgens.

Die Frauen sammeln die Stifte ein und bewahren die nicht zerrissenen Zeichnungen auf.

Die Männer haben ihren großen Auftritt, wenn sie hereinkommen, wie bei einer Parade. Sie werden so gründlich überwacht, Tag und Nacht, dass einige glauben, ein Publikum zu verdienen. Interessant zu sein, wenn sie scheißen, wenn sie schlafen und wenn sie gehen.

Die Frauen bleiben sitzen, denn sie wissen, dass es verboten ist, aufzustehen.

Die meisten Kinder hören nicht auf, herumzurennen.

Die Männer sind nervös. Man hat sie aufgerufen, also

muss jemand für sie gekommen sein. Trotzdem blicken sie sich im Raum um, fürchten, ein anderer, Schnellerer, hat sich schon auf ihren roten Stuhl gesetzt.

Dann findet jeder Mann langsam seinen Platz.

Manche Kinder wollen sich nicht auf Papas Schoß setzen, weil sie glauben, dass jemand, der gefangen ist, absichtlich dort bleibt und nicht zurückkommt. Doch das ist leicht zu klären. Man braucht ihnen nur zu sagen: Versuch mal, die Tür aufzumachen. Die Kinder stehen auf, hantieren an der Tür herum, hämmern dagegen und begreifen schließlich, dass es unmöglich ist, die Tür des Gefängnisses aufzumachen. Das können nur die Wärter. Wärter sind dort drinnen die einzigen wirklichen Erwachsenen.

Die Kinder weinen und gehen zum Tisch zurück.

Die Frauen, blasse Frauen, streicheln die Kinder.

Diese Blässe soll die Gefangenen beruhigen: Ich gehe nicht aus, ich sehe niemanden, ich sehe die Sonne nicht und die Sonne sieht mich nicht. Als würden die Dinge, die die Männer am meisten fürchten, nicht im Dunkeln passieren ... Die Wahrheit ist, dass diese Blässe nicht die Eifersucht, sondern den Neid dämpft. Mir geht es auch nicht gut, glaub mir, sagt diese Blässe. Auch mein Leben steht still. Ich gönne mir nichts, ich warte auf dich. Leide.

Sie tragen schlichte Kleider. Um keine Bemerkungen zu provozieren, um die Männer nicht zu einem Kampf zu zwingen, beim nächsten Hofgang. Wenigstens war das früher so.

Doch schlechter gekleidet als alle anderen, blasser als alle anderen sind die Wärter. Sie stehen neben den Türen. Ein Wärter an der Tür, die in die Außenwelt führt, einer an der Tür, die ins Herz des Gefängnisses zurückstößt. Früher erkannte man die Gefangenen daran, dass sie alle gleich schlecht angezogen waren. Heute sind es die Wärter, die schlecht angezogen sind, alle gleich. Uniformen aus kratzender Wolle, die Knöpfe zu groß, zu stark versilbert, zu abgestoßen. Schwarze Sicherheitsschuhe mit rutschfesten Sohlen, die man in keinem Geschäft findet und die keine Einlage bequemer machen kann. Schuhe, die niemand je kaufen würde, weil sie dazu dienen, im Gefängnis herumzugehen. Kilometer um Kilometer um Kilometer in den Eingeweiden der Welt.

Die Wärter leiden unter den Frauen.

Sie beobachten sie, ohne zu verstehen.

Warum sind sie hergekommen, was wollen sie hier, all diese Frauen?

Warum stehen sie in den großen Städten auf den Bahnsteigen, wenn es noch Nacht ist?

Was suchen sie bei diesen Männern, die sie alleingelassen haben?

Schöne Frauen, sie warten Stunden, um die Männer einen Augenblick lang zu umarmen.

Und sie kommen zurück, kommen zurück, immer wieder.

Männer, die nie genug Geld haben werden, um ihnen den Lebensunterhalt zu sichern. Doch diesen Frauen scheint die Zukunft oder die Vergangenheit gleichgültig zu sein. Ebenso gleichgültig wie die anderen Väter, Kinder, Mütter und Frauen, die von ihren Männern ruiniert oder umgebracht wurden.

Von den Opfern können die Wärter gar nicht genug reden.

Manche sind ehrlich. Sind von den Opfern besessen. Sie sehen ihn wirklich, den zusätzlichen Stuhl bei den Besuchen. Einen durchsichtigen Stuhl und immer leer.

Von einem Nebenzimmer aus betrachtet ein Wärter durch eine verdunkelte Scheibe die Fehlenden im Besuchsraum, die Toten.

Und die Frauen. Was jetzt zählt, ist, sich an der Hand zu halten.

Die Frauen reichen den Männern die Zeichnungen der Kinder und sagen: Das hat sie für dich gemalt. Falsch, sie hat es aus Langeweile gemalt. Aber das ist egal, die Bilder werden auf jeden Fall in der Zelle an die Wand gehängt. Immer die gleichen Zeichnungen, in allen Gefängnissen der Welt. Häuser, daneben die komplette Familie und Pfeile mit Namen. Denn sonst würden sie sich nicht erkennen, ohne Pfeile und Namen würde man nicht wissen, wer der Vater, die Mutter, das Kind und die Großmutter ist. Sie sind alle klein. Manchmal ist der Vater kleiner gezeichnet als die Kinder. Weil er machtlos ist, gefesselt, bedürftig.

Die Männer sammeln die Zeichnungen ein und holen andere hervor. Fast alle Gefangenen zeichnen. Die Wärter denken: Wann hast du draußen je gezeichnet? Jetzt zeichnen sie. Schreiben jeden Tag nach Hause. Fühlen sich darum als Eltern. Jetzt sagen sie zu Frauen und Kindern: Liebe meines Lebens. Statt niederzuknien und zu sagen: Vergib mir, vergebt mir, dass ich euch gezwungen habe, hierherzukommen, um mich in diesem Zustand zu sehen, wie ein Hund an der Kette ... Sie ermahnen die Kinder, in der Schule aufzupassen, schreien, um den Lärm der anderen zu übertönen, spielen Familienoberhaupt. Die Wärter denken: Ich weiß, was du von morgens bis abends in der Zelle machst, du guckst ja nicht mal die Fernsehnachrichten … aber hier sitzt du jetzt, stolz, ermahnst die Kinder, zu lernen. Der Mama immer zu gehorchen.

Der Frau zu gehorchen, die du alleingelassen hast.

Um nicht mehr denken zu müssen, mustern die Wärter die Hände der Gefangenen.

Wenn der Besuch beginnt und wenn er endet, darf man sich umarmen und auf die Wangen küssen. Währenddessen: sich an der Hand halten.

Und über die Hände läuft der Schmuggel.

Doch nicht nur die Wärter, auch die Liebenden konzentrieren sich auf die Hände. Mit der Zeit werden Hände sehr empfindlich, wenn man sich nur damit berühren darf. Und Hände, auf die unentwegt gestarrt wird, teilen noch mehr mit. Sie sind nackt und dürfen sich nach Belieben umarmen. Umarmungen im Namen des ganzen Körpers.

Ich habe Besuche immer nur am Tisch mit der Trennscheibe gehabt. Wie auf dem Postamt. Mir ist es nie schwergefallen, die Vorschriften einzuhalten. Ich hätte es schön gefunden, wenn die Kleine mein Gesicht berührt hätte, das ja. Aber andere Versuchungen hatte ich nicht. Für Liebende hingegen ist es eine Qual, wenn es keine Trennscheibe gibt. Bei der anfänglichen Umarmung verhalten sie sich meist korrekt, um den Besuch nicht zu gefährden, und weil es am Anfang immer ein bisschen Verlegenheit gibt. Man sieht den anderen, braucht aber eine Weile, um zu begreifen, dass er es wirklich ist, dass er wirklich da ist … Bei der abschließenden Umarmung jedoch setzen sie alles aufs Spiel, denn sie hatten Zeit, sich wiederzuerkennen. Manchmal küssen sie sich auf den Mund. Denken: Wir sind hier acht Familien, sie werden sich nicht ausgerechnet auf uns stürzen. Alle acht Paare küssen sich auf den Mund.

Die Wärter rasten aus. Klopfen mit den Schlüsseln aufs Mikrophon. Zwanzig Zentimeter lange Schlüssel, schwer wie Steine, goldfarben, damit man auf den ersten Blick sieht, wie kostbar sie sind, voller Freiheit. Aber sie sind aus Blech. Unbequem zu tragen, hochzuheben, im Schlüsselloch zu drehen. Taugen nur, um damit gegen die Gitterstäbe oder auf ein Mikrophon zu schlagen. Sie machen einen Höllenlärm. Als würde einem direkt aufs Trommelfell geschlagen. Aber es wird weitergeküsst.

Die Wärter sind beunruhigt, weil eine Menge Dinge von einem Mund in den anderen gehen und leicht zu verschlucken sind.

Wenn einer küsst, rufen die Wärter seinen Namen durch den Lautsprecher: Martini! Was machen wir denn da? Willst du Besuchsverbot kriegen? Verhaltet euch anständig ...

Denn dort, wohin Martini verlegt wurde, auf dem Festland, waren Besuche von Dritten erlaubt, und der Richter genehmigte die Lehrerin. Anders konnte es nicht sein. Sie tauchte in keinem Untersuchungsbericht auf. Ihren Namen zu nennen hätte bedeutet, Comandantes Namen zu nennen. Also existierte sie nicht für die Verwaltung. Und durfte jede Woche zur Besuchszeit erscheinen.

Sie tranken Limonade, hielten sich an den Händen und sangen.

Gemeinsam sangen sie die Lieder, die sie vor langer Zeit für uns auf Tonband aufgenommen hatte.

Wer Martini nicht kennt, kann nicht verstehen, was das

heißt: sich vorzustellen, wie er bei den Besuchen singt und ihre Hand hält.

Viele dachten: Er benutzt sie nur. Wer weiß, was er diesmal ausbrütet ...

Doch diesmal ließ Martini niemanden seine Briefe lesen.

Er erwähnte sie nie. Sagte nur: Ich habe Glück, ich habe großes Glück.

Manchmal behandelte er sie schlecht: Ich bin es gründlich leid, dir ständig dankbar sein zu müssen. Dir alles zu verdanken. Das ist furchtbar. So was vernichtet einen Mann.

Er wurde laut.

Früher stritten sie nie, weil sie ihm gleichgültig war.

Doch jetzt mussten sie sich manchmal sofort nach dem Besuch schreiben. Sie wutschäumend im Bus, der sie zum Bahnhof zurückbrachte, die Worte vom Schaukeln über den Schlaglöchern verunstaltet. Er auf seine Pritsche geworfen, um Entschuldigung bittend.

Das ist normal. Wenn ein Besuch gelingen soll, braucht man viele geschriebene Worte, vorher und nachher. Martini und die Lehrerin waren allerdings im Vorteil: Sie hatten keine Zweisamkeit zu betrauern, die das Gefängnis ihnen entrissen hatte. Für sie war alles neu, alles lag noch vor ihnen.

Am Ende jedes Besuchs küssten sie sich auf den Mund, ohne sich um den Wärter zu kümmern.

Ich kannte einen Jungen, der nach seiner Freilassung eine ganze Zeitlang jedes Mal, wenn er eine Frau küsste, fürchtete, sofort würde jemand von hinten, von oben, von unten, von drinnen mit den Schlüsseln einen Höllenlärm veranstalten und seinen Nachnamen rufen: He, jetzt übertreibst du aber!

Und einen anderen, der, umgekehrt, nur im Hotel Liebe machen konnte, bei angelehnter Tür, weil die Gefahr eines Verweises für ihn inzwischen zur Liebe dazugehörte.

Scham ist etwas Seltsames.

Martini und die Lehrerin waren fröhlich.

Es gibt Gefängnisse, wo sie dich nach einem unerlaubten Kuss ohne Vorwarnung ans andere Ende der Welt schicken. Am Besuchstag macht sich der Wachtposten vor dem Eingang einen Spaß daraus, zu deiner Großmutter zu sagen: Der ist nicht mehr hier, er wurde verlegt. Wohin? Weiß ich nicht.

Doch in Martinis Gefängnis kam das nicht vor. Er und die Lehrerin küssten sich weiterhin, bei jedem Besuch.

Und hörten die Stimmen der Kinder ringsum.

Martini hatte keinen Schüttelfrost mehr und musste nicht mehr im Bett bleiben, wenn sie ihm alle zwei Wochen Interferon spritzten, gegen Hepatitis. Er war den ganzen Winter lang nicht erkältet, und im Frühling bat er die Lehrerin, ihn zu heiraten.

Sie war einverstanden.

Viele sagten: Aha, also darauf hatte er es abgesehen! Er hatte schon über die Hälfte seiner Strafe abgesessen, darum würde es mit einer Frau und einem Zuhause, die draußen auf ihn warteten, leichter sein, den Rest auf Bewährung ausgesetzt zu bekommen ... Eine Frau und ein Zuhause würden, jedenfalls im Kopf des Richters, den früheren Fluchtversuch ausgleichen.

Doch ich sage: Ihm blieben nur noch vier Jahre abzusitzen, warum dieses ganze Theater inszenieren? Vier Jahre vergehen wie im Flug. Das Gefängnis kann für den, der dran gewöhnt ist, ein bequemer Ort sein. Freiheit auf Bewährung kann dagegen sehr, sehr kompliziert werden. Und das wusste Martini.

Vor allem, wenn du dann mit einer Frau zusammen bist, die immer allein gelebt hat.

Lohnte sich das?

Ich glaube, Martini war ehrlich.

Sie heirateten.

Eine Feier von der Art, wie sie im Gefängnis stattfinden, und nicht mal an diesem Tag lassen sie dich Alkohol trinken. Martini bestellte eine prächtige Torte, doch im letzten Moment sagten sie, die Torte dürfe nicht rein, obwohl er Monate vorher alle Anträge ausgefüllt und um die erforderlichen Genehmigungen gebeten hatte. Die Verwaltung beschloss, dass es Aufgabe des Gefängnisses war, für die Torte zu sorgen. Vielleicht taten sie das in gutem Glauben. Sicher ist, dass sie Martini einmal mehr daran erinnerten, dass er dort drinnen nichts selbst entscheiden konnte, nicht einmal die Form seiner Hochzeitstorte. Und sie erlaubten ihm einen einzigen, langen Kuss ohne Schlüsselschlagen. Dann brachten sie ihn in die Zelle zurück. Sie, noch im Hochzeitskleid, kein klassisches Brautkleid, aber immerhin ein für diesen Anlass gekauftes Kleid, das sie nie wieder tragen würde, sie ging, als Braut gekleidet, die verbotene Torte abholen. Und schenkte sie einer Gemeinde in der Nähe.

Die Zeugen hatten Reis geworfen. All die Reiskörner auf dem Zementfußboden. Die Plätze vor Rathäusern oder Kirchen sind immer voller Gullys, Fugen zwischen den Pflastersteinen, Stufen, wo der Reis sich verstecken kann. Auf dem Zementboden des Gefängnisses aber prallt er ab, dann wartet er darauf, von Schuhen zertreten oder weggefegt zu werden.

Martini besaß jedenfalls genug gesunden Menschenverstand, um sich nicht zu beklagen.

Früher oder später würde er rauskommen. Eher früher als später.

Es gibt welche, die lebenslänglich hatten und mit der Trennscheibe geheiratet haben. Ein Zimmerchen für ihn, eins für sie, dazwischen dieses Fenster, das nicht einmal Geräusche durchlässt. Wie ein Probenraum oder eine Regiekabine. Die Reflexe auf dem Glas: Der Bräutigam sieht sein durchsichtiges Abbild über dem Gesicht der Braut liegen. Sie sprechen über ein Telefon miteinander. Sagen ja, weinen, und von der anderen Seite kommt eine künstliche Stimme an, ohne hohe und tiefe Töne. Das Telefon ist noch schlimmer, als sich nicht berühren können. Trotzdem heiraten sie weiter durch die Glasscheiben. Die Braut kleidet sich wie eine Zuckerpuppe, denn alles muss stark betont werden, wenn es eine Trennscheibe überwinden soll. Sie küssen sich durch das Glas und legen die Hände aneinander. Sie weinen wie Lämmchen, jedes auf seiner Seite. Es wird mehr geweint, mehr Reis geworfen als bei normalen Hochzeiten. Die Reiskörner schlagen gegen das Glas. Wie Fliegen, sie stoßen gegen etwas, was sie nicht sehen. Eine Kraft, die schadet, die abweist, die man nicht versteht, und trotzdem machen sie damit weiter.

Das sind Dinge, die in der Welt geschehen. Sie sind geschehen und sie werden geschehen. Es gibt Zehntausende

Menschen, die nur sechs Stunden im Monat miteinander sprechen, durch eine Glasscheibe. Und es gibt noch viel mehr Menschen, die nicht wüssten, mit wem sie diese sechs Stunden füllen sollten. Darum haben auch diejenigen, die durch eine Glasscheibe heiraten, genug gesunden Menschenverstand, um sich nicht zu beklagen. Ich kenne eine Menge Leute hier drinnen, die sich eine Hand abschneiden lassen würden, im Ernst, nur um sie sechs Stunden im Monat an die Hand eines Menschen auf der anderen Seite der Scheibe legen zu können. Wer sagt, Besuche sind eine Qual, redet Scheiß und weiß das. Mich eingeschlossen. Das darf man nicht vergessen, denn wenn du dich zu oft beklagst, riskierst du Streit mit jemandem, dessen Kinder sich womöglich seit zehn Jahren weigern, auf seine Anrufe zu antworten. Zehn Jahre, in denen er die Sachen isst, die andere von zu Hause geschickt bekommen, ohne sich je revanchieren zu können. Wer Besuche kriegt und telefoniert, gehört auf jeden Fall zu einer Elite. Du magst leiden, wenn der Besuch vorbei ist. Aber niemals darfst du die vergessen, nicht einen Augenblick lang, die dieses Leiden nie kennengelernt haben.

Ein Gerücht geht um. Toro soll heute Nacht, beim Abzählen um vier Uhr, aufgeblickt haben. Nicht um zu provozieren, nur aus Zerstreutheit. Es war das erste Mal nach vielen Jahren, dass sie ihn wegen einer Zählung weckten. Wenn sie dich zählen wollen, können sie das auch tun, während du schläfst. Wenn sie beschließen, dass alle vorher bereitstehen müssen, Hände auf dem Rücken und die Augen gesenkt, dann wollen sie dich brechen. Sie wollen ein vor Wut kochendes Gefängnis voller Männer, die nicht geschlafen, und Wärter, die zu viel gearbeitet haben.

Toro hatte vergessen, die Augen am Boden zu lassen. Also ging der Wärter zu ihm. Er sah ihn an, ohne zu verstehen. Und einen Augenblick später bekommt er die Ohrfeige. Was gibt's da zu gucken?, hat der Wärter ihn gefragt.

Als wäre er der letzte Dreck.

Natürlich ist das alles nicht wahr. Kein Wärter gäbe Toro eine Ohrfeige, einfach so, leichten Herzens. Vieles mag sich geändert haben, aber so viel dann doch nicht. Hinter Toro schließen die Wärter das Gitter leise, um nicht zu stören. Toro hat diese Ohrfeige nicht bekommen, und sie haben beim Abzählen um acht Uhr keine Tränen auf seinem Kissen gefunden. Das ist absoluter Unsinn. Alle wissen, dass es Unsinn ist. Aber das ändert nichts, Bedeutung hat nur das Gerücht, das umgeht. Es gibt Gefängnisse, wo die Wärter verpflichtet sind zu kontrollieren, ob Tränen auf dem Kissen sind, und dann Bericht zu erstatten, denn wenn einer zu oft weint, wird er unter besondere Bewachung gestellt, um zu verhindern, dass er sich umbringt. Oder sie schlagen ihm vor, Verräter zu werden. Oder beides. Das läuft aufs Gleiche raus. Bei uns ist es Gott sei Dank nicht so. Tränen kontrollieren bei uns nur die Zellengenossen. Wenn sie echte Freunde sind, machen sie sich Sorgen um dich, wenn sie Arschlöcher sind, erzählen sie es dem ganzen Gefängnis. Doch der Junge, der mit Toro zusammenlebt, ist kein Arschloch. Eine unglaubwürdigere Geschichte als die mit der Ohrfeige und den Tränen hat man noch nie gehört ... Trotzdem wird Toro etwas tun müssen. Er hat keine andere Wahl. Der Ruf ist alles. Je kleiner der Ort, desto mehr Gewicht hat dein Ruf. Hier kannst du nichts umgehen, einen Bogen drum machen, mit Verachtung strafen. Ein einziges Mal etwas ignoriert, an einem geschlossenen Ort, und du hast für immer verloren. Auch ich habe damals für meinen Ruf getötet.

Heute Morgen ist Toro zusammen mit dem Jungen runter in den Hof, und er musste ihn stützen, denn er kann noch immer nicht allein gehen.

Toros Blick macht Angst. Je mehr Angst er macht, desto weniger Gewalt ist nötig, der Blick ist sein Arbeitswerkzeug: Wenn er nach Hause zurückkehrte und vergaß, eine andere Miene aufzusetzen, fing sein kleiner Sohn an zu weinen. Doch heute ist Toro ohne furchterregende Maske runtergekommen. Konzentriert, fast ohne aufzublicken, wie in Situationen, wo es nichts mehr zu entscheiden gibt und das Beschlossene nur noch ordentlich erledigt werden muss. Toro und der Junge haben eine Runde im Hof gedreht, dann hat er den Wärter gebeten, wieder nach oben gehen zu dürfen. Diese Runde hat Toro eine halbe Stunde Anstrengung und den Jungen eine halbe Stunde Schmerzen gekostet. Im Abstand von ein paar Metern sind ihnen alle Männer des zweiten Stocks gefolgt, miteinander flüsternd. Wie bei einer Beerdigung. Als er seinen Sohn begrub, verbot Toro, mit Autos und Mofas Korso zu fahren. Er verbot, die Waffen zu zeigen oder, schlimmer noch, in die Luft zu schießen. Er wollte ein stilles Begräbnis, zu Fuß in Richtung aufs offene Land, zwischen Weinreben, die schlecht gepflegt und noch schlechter gelesen wurden. Der Wein kam auf knapp elf Prozent, und man schoss miserabel in Toros Heimatort. Dort konnte es dir passieren, dass du lebenslang ins Gefängnis kamst, weil du einen Mörder erschossen hattest, der unwissentlich einen anderen Mörder beleidigt hatte. Jetzt hat der Wein vierzehn Prozent, wird von Önologen kontrolliert und in die ganze Welt verkauft. Fast niemand stirbt mehr eines gewaltsamen Todes. Dabei sind erst so wenige Jahre vergangen, seit jenem Nachmittag, als Toro seinen Sohn nahm und sich auf den Rücken lud. Das Gewicht eines Menschen, der nicht mehr lebt, sollte Sache der Väter sein. Das Blut können die Straßenfeger wegwischen oder der Regen. Doch das Gewicht sollte der tragen, der das nicht zum ersten Mal tut und weiß, wie er es halten, ablegen, so zusammenfügen muss, dass wieder Ähnlichkeit entsteht. Hinter den geschlossenen Fenstern sahen die Leute zu, wie heute die N zusehen. Die N nennen den Jungen mittlerweile auch vor allen anderen »Kuh«. Wie heißt die Frau des *toro*, des Stiers? Kuh.

Bis jetzt hat Toro noch nicht reagiert. Vielleicht wartet er auf Befehle, in den Organisationen muss man warten können.

Er hat sich darauf beschränkt, die Hausarbeiter um eine neue Matratze zu bitten, und zusammen mit dem Jungen wieder begonnen, das Stanniolpapier der Zigarettenpackungen an die Wände zu hängen, damit das Licht reflektiert wird und die Zelle größer erscheint.

Wenn sie jemanden verprügeln, wie sie den Jungen verprügelt haben, wird er meistens woandershin verlegt. Vielleicht kann Toro einfach nur nicht fassen, dass er ihn noch bei sich hat.

Wer wird an Comandantes Beerdigung teilnehmen?

Wenn ein Gefängniswärter in Pension geht, lebt er im Durchschnitt noch zwei bis fünf Jahre. Weniger als ein Minenarbeiter. Wenn er rauskommt, steht dort selten jemand, der auf ihn wartet. Er und die Kollegen sind unzertrennlich, ihr Zusammenhalt mindert die Angst, verlangsamt den Herzschlag, als tauchte man unter Wasser. Doch das Gefängnis vergisst den schnell, der es verlässt. Und im Unterschied zu uns können die Beamten nicht zurückkehren. Wenigstens nicht als Beamte. Eine Feier, ein Geschenk und Schluss. Comandante wird das in drei Jahren erfahren. Er hat sein Leben damit verbracht, die da draußen zu schützen, auch nachdem er begriffen hatte, dass es für ihn dort nichts gab. Mit dem Geld für die Überstunden, die nicht genommenen Urlaubs- und Feiertage hätte er sich eine Wohnung in der Stadt kaufen können. Eine kleine Wohnung, maßgeschneidert für einen alleinstehenden Mann, ohne leere Zimmer. Aber Comandante ist an Dinge im rechten Maß nicht gewöhnt. Er ist an das gewöhnt, was die Verwaltung durchgibt. Es ist der Mensch, der sich anpassen muss. Die Wände können sich nicht bewegen, nur weil in der Wohnung des Gefängnisdirektors jahrzehntelang ein Mann ohne Familie geschlafen hat.

Jeden Abend geht er raus, um mit dem Motorrad herumzurasen, aber dann kehrt er ins Gefängnis zurück.

Das ist besser, als morgens zurückzukommen und unsicher vor dem Tor zu stehen. Comandante sieht sie von seinen Fenstern aus, die wenigen Wärter, die in der Stadt wohnen und jeden Morgen eine Ewigkeit brauchen, um den Zwinger zu durchqueren. Ein Gefängnis zu betreten und zu verlassen ist so schwierig, wie die Zeitzonen zu wechseln. Von seinen Fenstern zum Hof sieht Comandante nach vierzig Metern Leere ein Stockwerk wie seins, bestückt mit Zellen. Wenn er nachts nicht schlafen kann, weiß er, dass auf jeden seiner Schritte ein Mann kommt, der drüben auf seiner Pritsche liegt. Und darunter, in den Unterkünften der Wärter, liegt auf jeden Schritt noch einer. Comandantes Wohnzimmer ist so groß wie eine Zwölfmannzelle. Es enthält einen Schreibtisch und einen Stuhl, mehr nicht. Er sitzt nie dort.

Jede Nacht gibt es im Gefängnis einen, der Liebe macht. Und jemanden, der draußen Liebe macht. Dort, wo Comandante ist, auf der Grenze dazwischen, geschieht nichts. Das Stockwerk mit den Dienstwohnungen ist leer. Ein stellvertretender Direktor wurde nie ernannt, und der Oberbuchhalter zog es vor, in der Stadt zu wohnen.

Besser, er geht spazieren.

Zieht den Pyjama aus und die Uniform an. Oder schläft vielleicht in Uniform. Das Gute daran, als alleinstehender Mann ein Gefängnis zu leiten, das Gute daran, in einem Gefängnis zu schlafen, ist, dass dich am nächsten Tag jemand suchen wird, wenn du im Schlaf gestorben bist. Wachst du aber auf und die Nacht ist noch nicht vorüber, kannst du aus dem Bett steigen und dir jemanden suchen, mit dem du reden kannst.

Die Wärter müssen mit dir reden, du hast einen höheren Dienstgrad.

Und oft tun sie das gern, denn Einsamkeit ist in einem Gefängnis die Regel, und auch das ist gut für einen alleinstehenden Mann.

Du kannst stundenlang spazieren gehen, immer unter einem Dach, die beleuchteten Flure enden nie.

Im Kontrollraum erscheint auf einem der Bildschirme ein Schatten, verschwindet fünf Minuten lang, dann taucht er auf einem anderen wieder auf. Oder taucht nicht wieder auf. Gespenster. Bei uns hat es immer nur wenige Kameras gegeben. Und Schwarzweißbildschirme, trüb, vernebelt, erschöpft wie die Augen alter Menschen. Zwischen diesen Nebeln und Gespenstern hat das Gefängnis schon immer gelebt. Farben, die scharfen Bilder moderner Kameras würden hier verfehlt wirken. Sie täuschen dir vor, das ganze Gefängnis sei plötzlich aufgetaucht, ans Licht, an die Sonne. Und das kann nicht wahr sein. Es wäre gefährlich, so was zu glauben.

Wenn der Schatten ein Wärter wäre, hätte Comandante ihn schon auf den Mauerring gestellt.

Aber ein Gefängnisdirektor kann nicht auf dem Mauerring stehen. Er kann sich in seinem Büro einschließen, an einem Schreibtisch sitzen, vor Fahnen, die nie im Wind wehten, oder die Zeit nutzen, um nachts ein bisschen zu arbeiten, denn das Gefängnis hat Türen aus Fleisch, Schwäche und Heimweh, die sich zu ungewöhnlichen Zeiten öffnen. Das Gefährliche an dem Wunsch zu reden ist, dass du das, was du denen nicht gesagt hast, die dich im Salzwasser untergetaucht haben, womöglich demjenigen erzählst, der sich an die Klappe deiner Panzertür lehnt und dir in dem Moment eine Zigarette anbietet, wenn du sie am meisten brauchst. Comandante hat immer auch mit mir geredet, obwohl er wusste, dass ich bei Verhören nie mitgearbeitet und einen seiner Leute getötet hatte. Obwohl er genau wusste, dass ein Wärter, der ohne bestimmte Absichten mit einem Gefangenen spricht, Gefahr läuft, als Häftlingsliebchen zu gelten. Und dieses Etikett wird er nie wieder los. In der Personalkantine wird sich niemand neben ihn setzen. Niemand wird ihm ein Bier ausgeben. Auch die Gefangenen werden ihn schlecht behandeln, weil sie wissen, dass sie freie Hand haben. Es ist, als hätte ein Wärter, der als Häftlingsliebchen gilt, keine Kollegen mehr: Niemand wird zu seiner Verteidigung einen Finger rühren, man kann mit ihm machen, was man will.

Doch Comandantes Ruf ist zu gut und gleichzeitig zu schlecht, als dass er sich um so etwas kümmern würde.

Er kann noch ewig nachts mit geschlossenen Augen durch die Flure seines Gefängnisses irren.

Verirrt hat er sich nie, bis vor zwei Monaten.

Da hatte er vergessen, wo er war.

Ob er Treppen hinauf- oder runtersteigen sollte. Nach vorn oder zurückgehen. Nur ich weiß das. Die Kameras haben nichts bemerkt. Denn wenn ein Gefängnisdirektor durch sein Gefängnis geht und irgendwann stehenbleibt und zurückgeht und plötzlich wieder umkehrt, lässt sich nicht entscheiden, ob er sich verirrt hat oder einfach einen weiteren Kontrollgang macht.

Vielleicht dürfte ich das nicht sagen. Es ist ein bisschen gemein. Aber seit einem Monat sehe ich ihn nicht mehr. Irgendwann wird man misstrauisch, das ist unvermeidlich. Und diese Hunde hören nicht auf zu bellen. Der Essenswagen kommt verspätet, nicht mal ein Hausarbeiter, den man fragen kann, was hier vor sich geht …

Ich erkenne Comandante an seinen Schritten. Ich wusste, wann er durch den Behandlungsraum, die Krankenstation und den Verbindungsweg ging. Bis zur Gittertür, die in den Isolationstrakt führt. Oder wann er in die Stockwerke hinaufging. Jetzt höre ich nichts mehr, Schritte, die sich nähern oder entfernen.

Wenn er nachts durch das Gefängnis wanderte, trat Comandante mit seinen Stiefeln so auf, dass er Schlafende nicht weckte, sich aber bei denen ankündigte, die wach waren. Alle anständigen oder einfach nur faulen Wärter machen das so. Die Schweine, die Perversen, die mit leisen Schritten ankommen und im letzten Moment schneller gehen, sind selten. Die meisten Wärter sind erleichtert, wenn sie beim Näherkommen ein Rascheln hören, angehaltenen Atem, ein vorgetäuschtes Schnarchen, und ein Dutzend Zellen hinter sich dann wieder das Rascheln. Denn wenn sie etwas bemerken, was nicht in Ordnung ist, müssen sie einschreiten, und meistens lohnt es sich nicht.

Comandante denkt immer noch daran.

Er hat es mir nie gesagt, trotzdem bin ich mir sicher. Wir sind alle mal hintergangen worden, aber er ist einer von denen, die sich nicht damit abfinden können.

In diesem Moment, während die Gitter und Panzertüren des ganzen Gefängnisses sinnlos auf- und zuschlagen, ist Martini mit ihr zu Hause. Öffnet und schließt Türen, wann er will, Türen aus Holz, nicht aus Stahl. Vorausgesetzt, er ist inzwischen nicht gestorben, denn solange man sitzt, egal wo, und sei es am anderen Ende der Welt, kommen immer Nachrichten an, alle Gefängnisse stehen miteinander in Verbindung, sie sind Bäume ohne Blätter, aber mit tief reichenden Wurzeln, und diese Wurzeln kommunizieren untereinander und machen die Welt zerbrechlich, diese Kanäle, die aufeinandertreffen und sich umarmen, überall unter der Erde, unter dem Asphalt der Autobahnen, dem Marmorboden der Büros, dem leeren Grund der Schwimmbecken ... Wer frei ist, ahnt nichts davon, aber er lebt auf einer dünnen Schicht aus durchlöcherter, bröckeliger Erde. Auch er kann jeden Moment von ihr verschlungen werden, in der Welt dort draußen. Martini nicht, glaube ich. Er ist zu alt. Ich glaube, er wird seine Tage wirklich gemeinsam mit ihr beschließen, ohne Straftaten. Er, der nie etwas besaß, was auf seinen Namen lief. Kein Auto, keine Wohnung. War sein Leben lang steuerflüchtig, hat nie gewählt. Jetzt hat er eine Adresse.

Um den Richter zu bewegen, ihn freizulassen, hat die Lehrerin den Bewohnern ihres Viertels erklärt, wer er war, und wieviel er schon abgebüßt hatte, und was sie beide noch vom Leben erwarteten. Mit allen hat sie geredet, nun gebt euch einen Ruck, los doch, immer wieder, bis das Viertel eine Petition unterschrieb: Wir sind bereit, ihn aufzunehmen. Mit Namen und Nachnamen auf dem Klingelschild. Martini hat im Einwohnermeldeamt Schlange gestanden, um Ausweispapiere zu bekommen, und die Angestellte konnte nicht fassen, dass dieser sechzigjährige Mann keinen einzigen alten Ausweis besaß, nicht einmal einen abgelaufenen. Wie soeben geboren, das Entlassungspapier vom Gefängnis statt der Geburtsurkunde vom Krankenhaus.

Hier wird ziemlich viel Aufhebens vom schönen Tod gemacht. Viele sind davon besessen, vor allem die, die versucht haben, ein schönes Leben zu führen, und es nicht geschafft haben. Das lodernde Feuer des schönen Todes statt des Lämpchens, das verlöscht ... Darum sagen manche, dass Martini mit der Waffe in der Hand hätte sterben sollen, selbst wenn es ein spitz gefeilter Löffel gewesen wäre. Auf der Außenmauer sterben, während er drüberklettert, in der Gewissheit, dass er es nicht schaffen wird.

Hier ist man vom schönen Tod besessen, um nicht an den hässlichen zu denken, den in der Krankenstation, wo sie allen diese riesigen Brillen geben, die aussehen wie Schutzbrillen, aber es sind bloß Brillen für Arme. Jeder hat eine andere Krankheit, aber alle kriegen die gleiche Brille, und alle werden mit demselben Kamm gekämmt, damit es schneller geht. Dann schieben junge Häftlinge die, die noch im Rollstuhl sitzen können, an die Gitterfenster, damit sie Licht bekommen. Sie versuchen, draußen etwas zu erkennen, aber es ist zu spät. Sie können kaum mehr scharf sehen. Solange du noch zu Gerichtsverhandlungen gehst, solltest du in die Ferne blicken, man sagt, das sei gut für die Augen, nicht auf das achten, was direkt neben dir passiert und was du nie siehst, sondern den Horizont fixieren. Sehen üben. Niemand tut das. Die Alten hier werden blind, Albinos und durchsichtig. Wie manche Schneckenarten, die im Dunkeln am Grund von Höhlen leben und denen an der Oberfläche aufs Haar gleichen, bis auf die Haut, die wie Gel aussieht. Man kann sehen, was sie essen, den Verdauungsvorgang beobachten. Alle inneren Organe sind sichtbar, denn es ist sowieso dunkel und niemand sieht sie.

War da ein Geräusch?

Mir ist, als wäre da ein Geräusch gewesen, aber als ich aufwachte, war es schon vorbei.

Zum Glück ist das Gefängnis hier, und es erwartet uns. Wenn du mit Herzklopfen aufwachst, weil du vielleicht geträumt hast, dass du verfolgt wirst oder mit jemandem zusammen bist, der längst gestorben ist, steht dir das Gefängnis bei, bis dein Atem sich wieder beruhigt. Es hebt dich hoch, hält dich über dem Boden, mit deiner Pritsche an die Wand genagelt. Es spürt deine Bewegungen. Wenn du schläfst, fragt sich das Gefängnis: Ob es ihm gutgeht? Das Gefängnis hält die Luft an, um deinen Atem zu hören.

Auf der Insel habe ich die Wärter mit Fäkalien beworfen, wie es alle tun, damit sie mich schlagen kommen. Doch die Wärter kommen immer spät. Du kannst dich schneiden, du kannst schreien, sie kommen, wann es ihnen passt. Wenn ich Kleidungsstücke hatte, füllte ich sie mit Papier und stopfte sie in die Kloschüssel. Den Spalt unter der Tür verschloss ich mit Socken. Dann ziehst du die Wasserspülung, ziehst immer wieder ... Nach und nach überschwemmt das Wasser die Zelle. Es steigt langsam, wie die Zeit. Wie der Regen. Wie ein Nachmittag, der Jahre dauert, ohne Nacht und ohne Morgen. Bis zu den Fußknöcheln. Mehr ist kaum möglich, irgendwann fängt das Wasser an, in den Flur durchzusickern. Doch bis zu den Fußknöcheln, das ist schon viel, sehr viel Wasser, auch in einer kleinen Zelle. Wenn du die Socken mit einem Ruck rausziehst, überschwemmt es den ganzen Stock. Aber nicht einmal dann kannst du sicher sein, dass die Wärter sofort kommen. Du rufst sie mit dem Wasser. Dein flüssiger Botschafter. Und hinzu kommen die anderen Gefangenen, die sie rufen, indem sie gegen die Gitter schlagen und schreien, weil das ausströmende Wasser und die nahenden Prügel sie erregen. Aber es ist nicht gesagt, dass sie kommen werden. Nur das Gefängnis ist immer da. Mit seinen Felsbrocken und Ziegelsteinen im Zement. Lehm. Das alte Gefängnis, bevor sie es in den Käfig sperrten. Mir wird warm ums Herz bei dem Gedanken an diese Felsbrocken und die Jungen, die sie den Berg hinaufgeschleppt haben, um hier oben die Besserungsanstalt zu bauen, in der man sie einschließen würde. Man sagt, ein Gefängnis, das von Gefangenen erbaut wurde, müsse notwendig ein Geheimnis haben. Es sei undenkbar, dass alle eifrig an ihrer zukünftigen, perfekten Gefangenschaft arbeiten. Man sagt, unter dem Gitterrost am Rand des großen Hofs gebe es einen Fluchtweg ... Das sagen sie, aber keiner hat es je versucht. Sie werfen Steinchen hinunter, dann haben sie Angst vor dem Echo. Sie sagen: Keiner hat es je versucht, weil es nicht geht. Das stimmt nicht. Keiner hat es je versucht, weil alle Angst hatten. Vor der Dunkelheit, der Enge, den Insekten, der Einsamkeit und dem Tod. Mit diesen Ängsten habe ich jahrelang zusammengelebt. Wenn ich mich nicht in das Loch unter dem Rost zwänge, dann nur deshalb, weil ich nicht dran glaube. Die Jungen haben das gebaut, was man ihnen zu bauen befahl, Schluss. Das Einzige, was sie uns vererbt haben, ist die Wärme der zwischen den Mauern begrabenen Steine. Steine, die sie vom Steinbruch hochgetragen haben, auf ihren Armen, schwankend, manche stürzten, verschwanden als Totgewicht im Meer. Holz oder Wolle geben dir sofort das Gefühl von Wärme … doch nur Stein bewahrt sie.

Wie still die Wasserleitungen jetzt sind. Das ist eigentlich unmöglich in einem Gefängnis mit hundert Wärtern und vierhundert Häftlingen. Auf der Insel habe ich, nachdem ich getötet hatte, die Wasserspülung so oft ziehen hören, dass ich irgendwann sicher war, sie machten das absichtlich. Zu jener Zeit ließen die Wärter stundenlang ein Telefon vor meiner Zelle klingeln. Ich war kurz davor, den Verstand zu verlieren. Ich hörte das Wasser und dachte: Das tun sie für mich. Sie tun es *gegen* mich, und ich kann nicht reagieren. Denn damals saß ich in einer leeren Zelle mit konkavem Boden und einem Loch in der Mitte, Wasser brachten sie mir in einem Eimer, zusammen mit dem Essen. Du kannst versuchen, um ein bisschen mehr zu betteln, aber das ist zwecklos, du riskierst bloß, dass sie es über dir ausschütten.

Hier dagegen glaubst du nach einer Weile, das Wasser zu beherrschen.

Aber du täuschst dich.

Du beherrschst es nicht mehr als den Regen, der draußen fällt. Auf der Insel sagte Comandante: In einem funktionierenden Gefängnis entscheiden die Häftlinge gar nichts. Wenn du den Hahn aufdrehst, drehst du ihn nicht wirklich auf, du bettelst um Wasser. Und wenn du ein Nein zur Antwort kriegst, fällt dir wieder ein, dass es irgendwo einen Absperrschieber gibt, der dich vom Wasser aus den Bergen trennt.

Gewöhnlich drehen sie das Wasser ab, wenn eine richtige Durchsuchung bevorsteht, mit Hunden und Polizisten von draußen, nicht der plötzliche Wutanfall sonntagnachts. Oft merkst du es daran: Du willst dir die Hände waschen, und es kommt kein Wasser. Und einen Augenblick später ist der Flur voll brüllender Wärter. Du versuchst, all die Sachen wegzuwerfen, die du nicht haben dürftest, doch genau deswegen haben sie das Wasser abgestellt, damit du das Zeug nicht im Abflussrohr verschwinden lassen kannst.

Manchmal zieht sich die Durchsuchung über Tage hin und verändert den Geruch des Gefängnisses.

Wenn Hunde von draußen kommen, bellen unsere Hunde zwischen den Mauern sich die Kehle aus dem Leib. Uns und die Ratten bellen sie nicht an, sie knurren nur, denn sie kennen uns, geraten nicht in Aufregung, wollen nur töten. Sehen sie aber die Drogenhunde vorüberlaufen, springen sie gegen das Gitter an der Toreinfahrt, zerbrechen sich die Zähne, manchmal bleiben sie im Gitter hängen, geifern, bluten, bellen immer weiter. Je beharrlicher die Drogenhunde sie ignorieren, desto lauter bellen sie.

Ich mag die Drogenhunde. Ihre Arbeit ist überflüssig, denn wer eine Durchsuchung anordnet, weiß gewöhnlich schon, wo die Drogen sind, und stellt das Gefängnis nur auf den Kopf, um den Verräter, der es ihm gesagt hat, nicht zu gefährden. Im Grunde sind sie Verräter-Schutzhunde, aber ich mag sie trotzdem, denn nach einem Stockwerk sind sie schon müde und verwirrt. Gelangweilt. Es stimmt nicht, dass man ihnen Drogen gibt, um sie zu trainieren, man lässt sie spielen. Drogenfinden ist ein Spiel mit dem Trainer. Doch ein ganzes Gefängnis abzusuchen, Zelle für Zelle, Stockwerk für Stockwerk ... Sie zerren an der Leine, wollen weg. Sie sind so gelangweilt, dass sie sich sogar von uns streicheln lassen würden. Das verhindern die Polizisten. Es gibt eine Grenze zwischen Häftlingen und Hunden, die nur die Hunde überschreiten dürfen. Du musst warten, bis sie ihre Arbeit tun, an dir schnüffeln. Wenn ich eine Durchsuchung kommen höre, möchte ich einerseits Kleidung tragen, um mich vor den Schlägen der Menschen zu schützen, und andererseits nackt bleiben, um den Atem der Hunde auf meinen Beinen zu spüren.

Martini war einer von denen, die nach der Rückkehr aus dem Krankenhaus jedes Mal erzählten, wie hübsch die Krankenschwestern waren, und dass er einen Steifen kriegte, wenn sie den Katheter wechselten. Ich habe ihm das nie geglaubt. Sie berühren dich nur mit sterilen Handschuhen. Und mit Spritzen oder mit dem Skalpell, das im Grunde ein Messer ist. Wir sind es gewöhnt, mit Messern zu tun zu haben, nur in der Jugendstrafanstalt schlagen sie sich noch mit Fäusten. Hier drinnen ist für dich von Anfang an klar, dass du deine Hände kaum brauchen wirst, aber wenn du nach draußen kommst, erwartest du, dass sie nun wieder eine große Rolle spielen, vor allem wenn du schwach und krank bist. Falsch, das stimmt nicht, die Krankenschwestern können noch so nett sein, sie müssen Handschuhe tragen, so will es die Vorschrift. Rittlings auf dem Wärter zu sitzen, während ich ihn umbrachte, war auch deshalb so überwältigend: wegen des körperlichen Kontakts, den das schlagartig mit sich brachte. Seit über zwei Jahren hatten sie mich nur berührt, um mir Handschellen anzulegen. Mit Handschuhen. Auch wenn sie mir den weißen Plastikbecher mit Wasser und Medizin oder einen Brief hinhielten, trugen sie Gummihandschuhe.

Als Kind habe ich mal einen Hund mit einem Gummihandschuh gestreichelt. Daran erinnere ich mich, es ist eine meiner vielen nutzlosen Erinnerungen. Ich hatte ihn auf der Straße gefunden, er konnte die Krätze haben, keine Ahnung, sein Fell war räudig. Wir haben ihn nur einen Nachmittag im Haus behalten. An dem Nachmittag sagte meine Mutter: Du darfst ihn nur mit Handschuhen anfassen. Ich zog diese hauchdünnen Küchenhandschuhe an, und der Hund, der ganz wild auf mein Streicheln gewesen war, als ich ihn mitgenommen hatte, schaute mich plötzlich nicht mehr an. Ihn mit Handschuhen zu streicheln oder ihm mit einem Rechen über den Rücken zu fahren lief aufs Gleiche hinaus.

Nachdem ich auf der Insel getötet hatte, vergingen zwei Jahre, in denen mich einzig der Barbier mit bloßen Händen streifte, weil auch er ein Gefangener war. Doch ich mochte es nicht, im Gegenteil, es war mir unangenehm. Oder vielmehr: es ängstigte mich. Er berührte mich mit dem Kamm und der Schere, doch manchmal streifte er mich mit seinen Fingern, und das war eine Qual, denn du brauchst nicht lang, um dir körperlichen Kontakt abzugewöhnen. Bei einem Hund würde es mich trotzdem freuen. Es ist schön, die Nähe eines Hundes zu spüren, der dich nicht zerfleischen will. Wenn unsere Hunde zwischen den Mauern die Augen schließen, träumen sie, dass die Männer von der Wartung vergessen haben, die Tür zur Einfahrt zu schließen. Sie träumen, dass sie loslaufen und auch das innere Tor sperrangelweit offen vorfinden und sie mit einem unendlichen Sprung in der Zementwanne des Hofgangs landen, die trotz des Dunkels der Nacht mit uns gefüllt ist, damit sie endlich, nach vielen Tagen, Monaten, Jahren des Heißhungers ihre Zähne in das Leben in uns schlagen können.

Ich verstehe die Hunde zwischen den Mauern.

Sie leben in einem fünf Meter breiten Gang, eingezwängt zwischen einer fünfzehn Meter hohen Mauer und einer zehn Meter hohen Hausfassade. Sie laufen in einem leeren Spalt herum. Klar, dass ihr sehnlichster Wunsch ist, etwas erscheinen zu sehen, was all diesem Laufen einen Sinn verleiht, etwas zum Töten.

Futter und Wasser nehmen sie nur an, wenn es von der Mauer herabgelassen wird.

Von draußen.

Diese Hunde scheinen zu wissen, dass es keine Möglichkeit gibt, vom Gefängnis aus auf die Mauer zu steigen, nicht einmal für die Wärter. Der einzige Zugang zur Mauerkrone befindet sich in einem Türmchen außerhalb des Gefängnisses. Darum sind auch die Waffen dort: Weil wir niemals an sie herankämen. Und darum nehmen die Hunde Futter nur an, wenn es von der Mauer herabfällt, denn sie wissen, dass viele hier drinnen sie tot sehen möchten. Sie wissen, dass sie an einem Ort eingesperrt sind, wo niemand sie will, und das ist sicher nicht leicht. Aber es ist auch nicht leicht, auf eine Durchsuchung warten zu müssen, um einem Hund nahe zu sein. Vor allem wenn die Durchsuchung doch nicht kommt, wie heute Nacht.

Der Wärter war gekommen, um mich nach zwei Jahren und zwei Monaten Isolationshaft abzuholen.

Naiv wie ich bin, habe ich gedacht: Sie lassen mich frei, weil sie eingesehen haben, dass ich nicht reden werde. Sie lassen mich in dem Sinne frei, dass sie mich zu den anderen verlegen, frei, im großen Hof an der Luft spazieren zu gehen. Die Sonne schien. Ich habe gedacht: Sie hätten mir die kleine Gemeinheit antun können, einen Regentag abzuwarten, aber nein, sieh mal, was für ein Blau, wie klar die Luft. Der Hof riesig und strahlend. Der Himmel sehr hoch und die Wolken noch höher. Und all die Menschen hinter den Gittern, die mich begrüßen und in die Hände klatschen.

Ich atmete tief ein. Blickte in die Ferne, bis ans Ende des Fußballplatzes, und mir wurde schwindelig. Aus den Fenstern, hintern den Gittern, wurde applaudiert. Die Jungs, die in der Wäscherei arbeiteten, waren alle rausgekommen, und auch sie applaudierten. Ich ging weiter, folgte dem Wärter. Stolz. Sie haben mich in die Isolation gesteckt, um mich zu brechen, und jetzt holen sie mich raus, weil sie aufgeben. Nicht ich, sie haben sich gebeugt.

Ich war siebenundzwanzig Jahre alt. Vierundzwanzig davon in der Welt. Dann sieben Monate im Berghang mit der Kaffeeprinzessin. Drei Monate lang wieder draußen, Sachen transportieren, dann zwei Jahre und zwei Monate allein. Und jetzt die Belohnung dieses weiten, grenzenlosen Hofs ... Doch plötzlich hörte der Applaus auf. Ich brauchte eine Weile, um es zu bemerken. Es war windig, ich dachte:

Der Wind weht in eine andere Richtung. Er weht die Geräusche weg, doch die Hände klatschen noch immer. Nein, es herrschte Stille. Absolute Stille. Und das ist im Gefängnis nie ein gutes Zeichen. Da habe ich mich umgeblickt und gesehen, dass wir auf den Südausgang des Hofs zugingen, wo die Krankenstation und der Trakt der Schützlinge liegen, nicht auf den Nordausgang, wo alle anderen waren.

Ich bin stehengeblieben.

Solche Spielchen machten sie damals. Wenn du nicht redest, streuen sie das Gerücht, dass du geredet hast. Oder sie verlegen dich gleich zu den Schützlingen, was auf dasselbe hinausläuft. Auf diese Weise sagen sie allen: Er ist ein Verräter, er hat Angst, zu den Normalen zurückzukehren. Und zu dir: Jetzt kannst du ebenso gut wirklich ein Verräter werden, denn durch die Tür der Schützlinge zu gehen zeichnet dich für immer, da gibt es kein Zurück. Hier würde keinem einfallen, das zu bestreiten: Was du sagst, zählt wenig, es ist Luft. Die Mauern, wo sie dich hineinstecken, nicht. Du sitzt hinter den Mauern der Verräter, du bist ein Verräter.

Als ich sah, wohin wir gehen würden, habe ich mich zu Boden geworfen. Habe angefangen zu weinen.

Ich bin vor denen niedergekniet, die mich von den Stockwerken aus beobachteten.

Habe geschrien, dass alles eine Lüge war.

Der Wärter war in Verlegenheit. Das schien er nicht erwartet zu haben.

Ist das möglich?

Vor allem: Ihm schien nicht bewusst zu sein, dass dieser Hof, wo ich nie einen Fuß hingesetzt hatte, trotz allem mehr mein Hof war als seiner. Denn ein Gefängnis, außer es ist nagelneu, gehört den Gefangenen. Jeder Wärter mit einem Minimum an Erfahrung weiß das: Gefängnisse saugen Geschmuggeltes auf wie Schwämme. In einem alten Gefängnis kannst du jeden Einzelnen vor und nach jeder Art Verlegung noch so sorgfältig bis auf die Haut durchsuchen und wirst nie wirklich sicher sein können, ob er nicht doch etwas am Körper trägt, denn je älter Gefängnisse werden, desto poröser werden sie, sind voller Löcher, Heimlichkeiten, Verstecke. Je älter sie werden, desto mehr Mitleid haben sie mit uns, ihren Kindern. Ein Gefangener hat die Karte der versteckten Messer immer im Kopf. Ich wusste, dass in den hohlen Beinen der Bank am Hofrand gewöhnlich eins steckte. Solche Informationen machen die Runde. Schreiend und weinend bin ich zu dieser Bank gekrochen und habe das Messer genommen, während der Beamte mich weiter beobachtete, ohne sich zu rühren. Sorgen schien ihm vor allem mein Geschrei zu machen. Er fürchtete, dass Comandante ihn, wenn er es hörte, für unfähig halten würde, einen so banalen Befehl auszuführen, wie jemanden von einem Teil des Gefängnisses in einen anderen zu bringen. Und dass ihm das später Scherereien eintragen würde. Aber nur einer, der frisch von draußen kommt, kann es für selbstverständlich halten, dass eine interne Verlegung etwas Einfaches ist. Kann für selbstverständlich halten, dass es ein *Nachher* gibt.

Fünfunddreißig Mal. Das ganze Gefängnis hat sich gewundert. Sie wussten, dass ich nie jemanden getötet hatte. Nicht mal verletzt. Vor allem: Ich war nie geschlagen worden. Wer nie geschlagen wurde, bleibt ängstlich. Von meinen Eltern nie mehr als einen Klaps auf den Hintern. In der Schule ist es mir immer auf die eine oder andere Weise gelungen, mich einer richtigen Tracht Prügel zu entziehen. Auf die Straße bin ich selten runtergegangen.

Das macht dich verwundbar.

Nie erlebt zu haben, dass sie dich bis zur totalen Erschöpfung schlagen können, und dass trotzdem nichts Schwerwiegendes passiert, macht dich zu einem Schwächling, einem, der sich lieber zurückzieht. Das lesen dir die anderen von den Augen ab. Darum staunten sie über die Art, wie ich den Wärter angegriffen und getötet habe, getötet und wieder getötet habe, fünfunddreißig Mal.

Wer oben auf den Stockwerken sitzt, ahnt nicht, wie viel Wut man in Isolationshaft ansammelt. Sie plaudern, spielen Karten, treffen sich, um zusammen zu essen ... Bevor ich im Hof tötete, hatte ich schon hundertmal im Kopf getötet. Ich war randvoll, zum Bersten gefüllt, überquellend: Ich versprühte Tod. Ich habe getötet, wie ein ausbrechender Geysir töten kann. Mancher tut es, weil er sich leer fühlt, ein Gespenst unter Gespenstern, und weil er hofft, durch das Töten endlich auf einen Widerstand zu stoßen. Ich nicht. Jeder Stich war, als würde ich mich ausdehnen. Ich wurde breiter und länger unter dem Himmel, und das Messer half mir, immer weiter vorzudringen, mir mehr Raum zu verschaffen. Dass ich einen Vorwand dafür hatte, begeisterte mich. Ein Leben auslöschen, um meins zu vergrößern, meinem Leben mehr Raum geben, indem ich ein anderes daraus entferne. Seit Monaten hatte ich buchstäblich von nichts anderem geträumt. Die Klinge glitt hinein wie in ein Kissen, wie in etwas Weiches, das fast nur Luft enthält.

Anders beim Herausziehen.

Vor allem, als er aufhörte zu kämpfen und sein Körper,

sein ganzes Gewicht an der Klinge hing. Da spürte ich die Mühe, die Schwere. Den brodelnden Körper. Du zerbrichst ein Leben, mit deinen Händen. Du meinst, etwas müsste an dir kleben bleiben wie flimmernder Blütenstaub, nachdem du Blumen ausgerissen hast. Stattdessen nur Dreck. Außerdem die Angst, die Klinge könnte zerbrechen. Die Gewissheit, dass sie von der Mauer auf mich schießen würden, bevor die Arbeit beendet war. Nein, sie ließen es mich zu Ende bringen. Keine Ahnung, wie lange ich gebraucht habe. Minuten bestimmt. Ich stieß immer wieder zu. Denn obwohl ich nie jemanden getötet hatte, wusste ich doch, man hatte es mir erzählt, wie schwer das Sterben ist, und dass es nie genug Messerstiche sein können. Der menschliche Körper ist etwas, was nichts vom Tod wissen will, wenn sein Moment noch nicht gekommen ist. Manche haben zwanzig, vierzig Messerstiche überlebt. Ich habe ihm fünfunddreißig versetzt.

Von den Fenstern schrien sie wie vom Teufel besessen, lüstern. Wie Haie im Blut.

Anfangs wehrte er sich heftig. Das lag natürlich in meinem Interesse. Je mehr er sich anstrengte, desto schneller floss das Blut aus den Schnitten. Das Gute an Schnittwunden ist, dass sie nicht schmerzen. Was erst verbunden war, wird jetzt von einer unsichtbaren Mauer aus Luft getrennt, und wer diese Mauer im Körper trägt, spürt keinen Schmerz. Er weiß, dass er sich bewegen muss, etwas tun muss, sonst wird er sterben. Doch jede Bewegung gibt dem Blut Kraft, der Leere Gewicht …

Irgendwann bin ich aufgestanden, um mich zu recken. Denn ich habe in der Isolation zwar immer Liegestützen gemacht, aber die Muskeln werden doch etwas schwächer. Und dann die Anspannung: am ganzen Körper verhärtete Nerven. Ich spürte kleine Krämpfe in den Armen, im Rücken, um die Leisten. Denn ich saß rittlings auf ihm, hielt ihn zwischen meinen Beinen fest. Also stand ich auf, wartete. Nichts geschah, die Wärter kamen immer noch nicht. Ich machte ein paar Schritte, ging im Kreis. Hörte, wie sie aus den Zellen brüllten. Darum hockte ich mich wieder über den Wärter, um sie zufriedenzustellen. Zweimal bin ich aufgestanden, zweimal habe ich mich wieder über ihn gebeugt. Obwohl inzwischen nur ich noch übrig war. Nur ich und Fleisch am Boden.

Von den Zellen brüllten sie immer noch. Also bückte ich mich wieder, um zuzustoßen, lustlos, wie man mit dem Zahnstocher eine Wurst einsticht, damit beim Braten das Fett herausläuft.

Als die Wärter kamen, war es eine Befreiung.

Ich konnte nicht mehr, wusste nicht mehr, was ich tun sollte. Auch hinter den Gittern warteten sie mittlerweile gelangweilt.

Ich dachte, sie würden mich sofort erschießen, auf der Stelle. Aber sie haben mich gepackt und zurück in den Isolationstrakt gebracht. Und in den Tagen darauf haben sie die Mauer gebaut und mich ins Dunkel gesteckt. Aber das ist unwichtig. Was zählt und mir keine Ruhe gibt, ist, wie lange es gedauert hat, bis sie ankamen, während ich ihn erstach.

Ich habe versucht, danach so wenig wie möglich an ihn zu denken. Ich kannte ihn nicht, es ist schlimmer für jemanden, der seine Frau umbringt. Doch wenn du in deinem Leben nur einen Menschen getötet hast und das auf diese

Weise, im Nahkampf, ihn umschlingend, ist die Gefahr, dass er in deiner Erinnerung ungeheure Dimensionen annimmt, auf jeden Fall sehr groß. Wie bei Einzelkindern, der einzigen Liebe, allen einzigartigen Dingen ... den einzigen Morden. Toro weiß nicht mal, wie viele er umgebracht hat oder umbringen ließ, da ist es leichter, ein ausgeglichenes Verhalten an den Tag zu legen. Ich habe nur diesen einen Wärter getötet, und ich habe ihn getötet, während ich auf ihm saß. Ich habe jede einzelne seiner Bewegungen gespürt. Musste mit meiner Körperkraft antworten, wenn seine Kraft, sein verschwindendes Leben sich aufbäumte. Aber ich habe mich nicht reinlegen lassen: In den Nächten darauf habe ich nicht von ihm geträumt. Es war notwendig, ich würde es wieder tun. Das ist alles. Er war sehr jung, doch auch ich war ziemlich jung, und ihn zu töten hat mir das Leben verschlossen. Entweder er oder ich. Je kleiner der Ort, desto weniger Alternativen hast du. Was nicht aufhört, mich zu quälen, ist der Gedanke, dass sie mich gewähren ließen. Ich verstehe nicht, warum. Warum hat niemand geschossen? Comandante zu fragen wäre zwecklos. Er ist ein ernsthafter, zurückhaltender Mensch, nie fällt er aus der Rolle, auch wenn er mitten in der Nacht durch die Klappe für die Essensausgabe mit dir spricht. Außerdem hatte er zu jener Zeit, nach der Geschichte mit Martini und der Lehrerin, faktisch keine Befugnisse mehr und stand unter Aufsicht. Vielleicht weiß er selbst nicht, warum sie so lange gebraucht haben. Jemanden aus der Isolationshaft zu holen ist gefährlich, immer, es ist, wie den Arm in einen dunklen Spalt zu stecken. Wenn sie wussten, dass sie mir diesen bösen Streich spielen würden, mich zu den Schützlingen zu verlegen, warum haben sie dann nur einen einzigen Wärter geschickt? Und ihm nicht befohlen, mir Handschellen anzulegen? Sie haben nicht mal angeordnet, mich vorher zu durchsuchen. Einer, der gerade von der Polizeischule kam … völlig ahnungslos. Er wusste nicht mal, was das *bedeutet*, eine Verlegung zu den Schützlingen.

Je länger ich drüber nachgedacht habe, in all den Jahren, desto mehr bin ich zu der Überzeugung gekommen, dass sie mir erlaubt haben, ihn zu töten.

Aus mysteriösen Gründen wollen die Wärter von Zeit zu Zeit einen aus ihren Reihen töten. Und sie versuchen, das von uns erledigen zu lassen.

Das ist es, was ich bedauere.

Es sollte mein Triumph sein. Gott sein, ein paar Minuten lang. So wie ich es mir tausendmal vorgestellt hatte, vorher und nachher. Tausendmal erzählt bekommen hatte. Wenn du jemanden töten wirst, fällt er auf die Knie, fleht dich an, bepisst sich, scheißt sich voll. Er hört dir zu. Für ihn bist du in diesem Moment wichtiger als seine Mutter. Dann nimmst du ihm das Leben. Das sind heilige Momente, ungelogen, im Ernst. Die Zeit bleibt stehen. Das Licht ändert sich. Natürlich nur beim ersten Mal, dann wird es Routine, doch beim ersten Mal seid ihr beide allein, du und das Opfer, und die Welt bleibt stehen. Und es ändert nichts, wenn er dich nicht laut schreiend anfleht, du weißt, dass er innerlich betet. Sein Gebet entschädigt dich für all die Male, wo du um eine Zigarette bitten musstest, oder um frische Unterwäsche, einen Bleistift zum Schreiben …

Denn das Schönste an Waffen ist letztendlich das Drohen. Das Geräusch, wenn du sie lädst, das Gefühl, dass große

Dinge passieren werden. Aber ich habe niemanden bedroht. Ich habe nie mit der Pistole auf die Prinzessin gezielt, nie das Messer gegen einen Wärter erhoben. Es ist sofort ins Fleisch eingedrungen, war sofort Mühe.

Von Waffen träume ich oft. Manch einer wächst in Familien auf, wo sie ihm irgendwann eine Pistole schenken, und er ist nicht wirklich erwachsen, wenn er sie nicht immer bei sich trägt, direkt auf der Haut. Man gewöhnt sich so sehr daran, dass man sie nach einer Weile nicht mehr spürt, weder ihr Gewicht noch ihre Kälte, und auch dort bewaffnet hingeht, wo man es nicht dürfte, und sich womöglich verhaften lässt wie ein Idiot. Ich nicht. Früher habe ich nie an Waffen gedacht, sie haben mir nie was bedeutet.

Ich hatte eine normale Kindheit. Meine Eltern unterschrieben regelmäßig das Merkheft für die Schule, kontrollierten die Hausaufgaben. Packten mir das Pausenbrot in den Schulranzen. Erst im Gefängnis habe ich angefangen, von Waffen zu träumen und im Traum um die zu weinen, die ich nicht mehr habe oder nie hatte.

Wenn ich im Traum schieße, drücke ich den Abzug und mache das Schussgeräusch nach. Und bitte das Opfer, umzufallen. Wie Kinder es tun. Auch sie müssen sich einigen, sonst sterben sie nicht, bleiben stehen. Sie zeigen dir, dass deine Waffe nichts wert ist, greifen zu und laufen weg. Ich versuche, ihnen den Weg zu versperren, hoffe, dass sie nicht durch mich hindurchlaufen, mich nicht ignorieren, wie sie die Waffe ignoriert haben. Und mache wieder das Schussgeräusch, lauter. Zeige dabei die Waffe.

An die Waffe muss geglaubt werden. Darum kaufen sich manche auch größere Waffen als nötig. An die Waffe muss geglaubt werden und dem Mann muss geglaubt werden.

Denn das Urteil über die Waffe ist immer auch ein Urteil über den Menschen, den ganzen Menschen. Wenn sie dir nicht glauben, musst du schießen. Andernfalls nicht: Statt der Schüsse gibt es dann Schweigen oder sogar Worte. Und Respekt. Sie werden dich hinterher größer beschreiben, als du bist. Und alles, was du sagst, wird schön sein. Sie werden nicht müde werden, dir zuzuhören.

Man hat mir von einer Entführung erzählt, man erzählt mir immer von Entführungen, eine Frau in einem Bauernhaus, die gut behandelt wurde. Wenn sie klopften, um das Essen zu bringen, sagte die Frau: Herein!, als wären es Kellner. Also sind sie eines Tages zu ihr hereingekommen, haben ihr die Pistole an den Kopf gesetzt und gesagt: Du bist hier nicht im Hotel, wir klopfen, um dir Zeit zu geben, die Kapuze aufzusetzen und dich zur Wand umzudrehen. Wenn du damit fertig bist, musst du sagen: Ich bin bereit! Nicht: Herein! Denn nicht du gibst uns die Erlaubnis einzutreten. Du gehorchst den Befehlen, die wir dir durch das Klopfen geben, und wenn du sie befolgt hast, sagst du: Ich bin bereit.

Und von da an veränderte sie sich.

Die Pistole glich das Geld der Frau aus.

Irgendwann bat sie die Entführer sogar, nach dem Abendessen zu bleiben, um sich mit ihr zu unterhalten. Das brauchte ich bei der Prinzessin nicht, aber es gibt Fälle, in denen Waffen beim Reden helfen. Darum stecken gewisse Familien sie ihren Kindern in die Schultasche. Und darum werden manche bei Entführungen redselig und freundlich. Sagen: Entschuldigen Sie die Störung, niemandem wird ein Leid geschehen, wir machen das jetzt so und so, Sie werden gebeten, dies und das zu tun ... Wem gehört denn dieses Geld?

Gehört es noch der Bank oder schon Ihnen? Wenn Sie nämlich die Quittung schon unterschrieben haben, wollen wir es nicht …

Und alle denken: Wie kaltblütig! Was für eine Art zu sprechen, *während einer Entführung*! Sie verstehen nicht, dass er gestottert hätte, wenn es keine Entführung gewesen wäre. Es ist die Entführung, die dir erlaubt, Worte sorgfältig zu betonen, Sprechpausen zu machen vor einem Gegenüber, das dich sonst unterbrechen würde. Wenn ich jetzt eine Pistole hätte, könnte ich ewig reden. Aber als ich den Wärter tötete, war ich nur das Werkzeug eines anderen. Ich selbst bin die Waffe gewesen, habe sie nicht in der Hand gehabt. Der Gedanke quält mich. Ja, das bedaure ich. Dieser Verdacht, dass ich den Wärtern einen Gefallen getan habe.

Du kannst draußen alles Mögliche getan haben: vergewaltigt, gedealt, vorsätzlich getötet ... Ernsthaft bestrafen dich die Wärter nur, wenn du einen von ihnen angerührt hast.

Oder wenn du versucht hast auszubrechen, was darauf hinausläuft, dass du einen von ihnen angerührt hast, denn für sie ist das Gefängnis einer von ihnen.

Das ist verständlich. Die Welt interessiert kaum, was hier drinnen passiert. Hier interessiert kaum, was draußen passiert. Erst wenn du einen Wärter tötest, fühlen die anderen sich verpflichtet, dich zu bestrafen. Das ist eine Form, sich zu schützen, die Kollegen zu ehren. Wenn sie der Witwe begegnen oder den Waisen, wollen sie sagen können: Wir kümmern uns darum.

Um mich zu bestrafen, bauten sie eine Mauer. Die Zellen im Isolationstrakt waren ungefähr so groß wie diese hier, drei mal zwei Meter. Meine halbierten sie. Ich schlief nicht mehr im rechten Winkel, sondern parallel zur Tür. Lichtschacht und Abort blieben auf der anderen Seite der Tür, unerreichbar. Auf meiner Seite gab es gar nichts mehr. Weder Licht noch Luft von draußen. Nicht mal die Pritsche aus Zement. Absolut nichts. Es gab nur mich, nackt, und ein Loch mitten im Boden. Und eine Glühbirne oben an der Decke, abgeschirmt und ausgestellt. Und die Dunkelheit. Eine Schwärze, dass du deine Hand nicht sehen kannst. Dass du deine Augen berühren musst, um herauszufinden, ob sie geöffnet sind. Eine Schwärze, dass du nicht einmal mehr Angst haben kannst, denn es gibt keine Schatten, keine Geräusche, keine Ungeheuer. Nur Essen und Wasser, das dir von Zeit zu Zeit unangekündigt zugeworfen wird. Essen. Du musst es schnell vom Boden aufsammeln, bevor es im Loch verschwindet. Dunkelheit. Das ganze unendliche Dunkel, bevor man geboren wird. Das ganze unendliche Dunkel danach. Irgendwann kommen dann Farbkaskaden an, flüssig wie ein Feuerwerk. Denn dein Körper erträgt es nicht, zu lange ohne Sinnenreize zu sein. Es genügt, mit dem Finger auf die Lider zu drücken, schon explodieren deine Augen. Du siehst Dinge, die es nicht gibt. Vielleicht erhaschst du auch winzige Teilchen, die von irgendwoher, irgendwann einmal hereingekommen sind. Denn im Grunde sind wir auf barmherzige Weise geschaffen. Auf die richtige Weise. Was dir genommen wird, kommt immer irgendwie zurück. So intensive Farben hatte ich nie zuvor gesehen. Kein Himmel im Gebirge, egal, wie hell die Sonne schien, wie stark der Wind wehte und wie glühend der Sommeranfang auch sein mochte. Vielleicht nur gewisse Bilder, als Kind, mit Tuschfarben gemalt. Nicht mal das Bild, allein schon die Farbe auf der Pinselspitze, noch alkoholgetränkt, bevor sie aufs Papier übergeht.

Das Problem ist, dass die Wärter es wissen.

Wenn die Farbkaskaden kommen, machen sie das Licht an. Und lassen es für immer brennen. Die Farben verschwinden. Die Leere deiner Zelle tritt hervor, mit der abgeschirmten Glühbirne dort oben. Und das Loch in der Mitte, der leicht abfallende Boden, aus Zement wie die Wände. Der ganze Raum, dein Sarg, strebt diesem Loch zu. Dort ist der einzige Ausgang. Du beneidest deine Scheiße. Fängst an, damit um dich zu werfen, denn sie ist das Einzige, was es gibt, das Einzige, was du machst, und die Glühbirne brennt in den Augen. Wie viel Scheiße habe ich auf dieses Licht geworfen, um es ein wenig schwächer zu machen, wärmer. Menschlicher. Doch das nützt nichts. Also setzt du dich, presst die Beine an die Brust und den Kopf gegen die Knie. Umarmst dich. Hältst dich fest. Und hoffst, dass die Zelle dich umarmt und das Gefängnis die Zelle umarmt und die Insel das Gefängnis und das Meer ringsum mit seinem Dunkel. Du suchst ein bisschen Dunkelheit. Wer hätte das gedacht: Dein schlimmster Feind, bis gestern, und jetzt flehst du ihn herbei, ein paar Stunden lang, gegen das Licht, gegen die Wärter, die bezahlt werden, um dich zu beobachten. Du schließt die Augen und hoffst wie ein Kind, dass du unsichtbar wirst. Doch die richtige Dunkelheit kommt nicht zurück. Hinter den Lidern bleibt ein roter Schimmer. Du bräuchtest ein paar Stunden Dunkelheit und ein paar Stunden Licht, abwechselnd. Das brauchst du, daran ist nicht zu rütteln. Aber sie geben dir Tage der Dunkelheit und Jahrhunderte des Lichts.

Und fesseln dich, wenn du zu oft mit Scheiße wirfst.

Sie bringen ein Bett, endlich, aber nur, um dich darauf zu fesseln. Ein durchlöchertes Bett. Was herauskommt, fällt direkt auf den Boden und rollt zur Mitte. Aus deinen Löchern in die des Gefängnisses. Alles, was du tun kannst, ist, Unanständiges zu schreien, das Essen auszuspucken oder die Hand zu beißen, die dich füttert. Du bist ein Säugling. Doch dann können sie dir den Mund verschließen und dir die Nadel mit der Zwangsernährung legen. Dann bist du ein Greis. Du bist wieder Dunkelheit, du bist nichts. Sie können dir nichts mehr antun, denn du kannst gar nichts mehr tun.

Aber das stimmt nicht.

Es gibt noch die Zeit. Mit der bezahlst du.

Wenn ein Zustand nicht schlimmer werden kann, können sie ihn immer noch verlängern. Auch als Blinder, gefesselt und stumm, zahlst du mit dem, was die Zeit dir antut. Du schöpfst aus einem Vorrat, dessen Größe du nicht kennst. Du zahlst einen Monat und weißt nicht, ob du ein Tausendstel Leben gezahlt hast oder sehr viel mehr.

Mich hat gerettet, dass sie irgendwann andere Leute runtergebracht haben.

Die Insel kochte, sie hatten angefangen, das Gefängnisbrot auszuteilen, fast jeden Tag schickten sie jemanden nach unten. Mit den Neuangekommenen zu sprechen war unmöglich, zu weit weg, am anderen Ende des Flurs, aber ich hörte sie schreien, wenn sie zusammenbrachen. Zu wissen, dass jemand es nicht geschafft hat, verleiht sehr viel Kraft. Er hat weniger lang durchgehalten als du. Plötzlich fühlst du, dass du etwas wert bist. Es gibt etwas, darin bist du besser als die anderen: standhalten, nicht wahnsinnig werden. Und als die Wärter sahen, dass ich standhielt, dass die Leere und das Licht mich nicht umbringen würden, haben sie angefangen, mich zu schlagen. Und im Flur das Telefon stundenlang klingeln zu lassen. Sie hörten Musik in voller Lautstärke. Aber sie täuschten sich wieder einmal, diese Idioten. Denn der Widerhall der Musik erinnerte mich daran, dass nicht alle Zellen am anderen Ende des Flurs leer waren.

Sie schlugen mich, ohne ihr Gesicht zu verbergen, sie trugen die gewohnte Arbeitsuniform, denn mich zu schlagen musste etwas Normales sein. Nichts, wovor man Angst haben musste. Sie liefen nicht Gefahr, mir später in einem

Gefängnishof zu begegnen. Oder schlimmer: draußen. Ich würde für immer eingeschlossen bleiben. Für immer allein. Für immer in ihrer Gewalt. Also brauchten sie keine Mannschaft zusammenzustellen, keine Uhrzeit festlegen, um mich zu schlagen. Sie mussten bloß vom Schreibtisch aufstehen, wann immer sie Lust dazu hatten, als würden sie sich einen Kaffee holen gehen.

Viele gegen einen. Stock gegen Knochen. Stiefel gegen Haut. Wenn du nackt bist und sie tragen Stiefel, ist es fast unvermeidlich, dass sie dich treten. Der Fuß, die Stiefel holen von allein aus.

Manchmal kriegte ich einen Steifen, wenn sie gingen.

Ich schäme mich nicht, ich weiß, dass es auch anderen passiert ist, es ist kein Masochismus, es ist die Erleichterung. Du kriegst eine Erektion und onanierst, ohne Bilder, ohne Phantasien, du versuchst lautlos, Leere zu schaffen innerhalb und außerhalb deines Kopfes. Lautlos, weil sie bei einem Geräusch zurückkehren könnten.

Ich habe Hunger.

Vor zwanzig Jahren, im Wald, zusammen mit der Kaffeeprinzessin, hatte ich zum ersten Mal Angst und fror.

Auf der Insel fror ich noch mehr und hatte noch mehr Angst.

Ich riss einen Knopf ab, warf ihn auf den Boden, bückte mich und hob ihn auf. Warf ihn wieder. So bist du beschäftigt und schläfst weniger. Denn im Winter auf Zement zu schlafen macht dich kaputt. Wenn ich aber nackt war und es ein Loch am Boden gab, konnte ich nichts tun. Nur frieren.

Hunger jedoch, richtigen Hunger, hatte ich nie.

Die Angst ist mit den Jahren verschwunden. Das Frieren ist geblieben. Jetzt ist die Angst zurückgekehrt, zusammen mit dem Hunger. Was ist los mit dem Wagen ... ich kann mich nicht bewegen, rufe, und das Essen kommt nicht. Ich schreie, aber das Gefängnis hat aufgehört, mich zu ernähren. Wo ist es hingegangen? Man hört das Meer. Vielleicht hat das Gefängnis sich umgebracht, hat sich ins Meer gestürzt und uns allein gelassen. Wie lange geben sie uns schon nichts mehr? Zwei Tage, drei? Wie messe ich die Zeit, ohne Essen ... Auch draußen leben viele Menschen für die Mahlzeiten. Sie reden vom Einkaufen, kochen, decken den Tisch, essen, decken ab, spülen das Geschirr, decken wieder auf, essen wieder ... Sie essen langsam, um mit dem Essen Zeit totzuschlagen. Aber hier spürt man das stärker. Hier misst du die Zeit mit dem Verpflegungswagen, auch wenn du in der Zelle kochen oder eine Uhr haben darfst. Jetzt geht das nicht mehr.

Ich habe Angst. Ich schäme mich, das zuzugeben. Doch wenn ich es nicht zugäbe, würde ich mich noch mehr schämen. Ich habe Angst, weil ich Hoffnung habe. Denn unsinnigerweise fühle ich, dass ich noch etwas zu verlieren habe. Es stimmt, dass ich Lebenslänglich ohne Bewährung habe, doch Gesetze ändern sich … Außerdem gibt es immer noch die Begnadigung. Ich hatte gesagt: Ich weiß, dass mein Leben vorbei ist … nun, das war falsch. Keiner hat mehr Hoffnung als einer, der seit langer Zeit gefangen ist; wenn du dich nicht umbringst, häufst du Vertrauen auf ein Danach an. Das ist unvermeidlich. Wie eine Höhle im Erdinneren, wo Hoffnung tropft. Ein geheimes Reservoir. Es ist kein Regen, weil die Höhle keine Verbindung zur Welt hat. Doch nicht mal die Sonne oder der Wind können das wenige austrocknen, das sich langsam ansammelt. Träufelt. Ein Tropfen pro Stunde. Tausende Liter in Dutzenden Jahren. Ein See ohne Himmel, aber voller Hoffnung. Ich schäme mich mehr für die Hoffnung als für die Angst. Als ich vor zehn Jahren mit dem Rauchen aufgehört habe, haben die Wärter sich über mich lustig gemacht. Wozu willst du dein Leben verlängern, fragten sie. Ich habe geantwortet: Ich höre auf, weil ich nicht länger Geld für Zigaretten brauchen will. Ich will mich nicht eines Tages dafür verkaufen müssen. Und sie haben mir geglaubt, mich respektiert. Sie haben mich nicht mehr verspottet. Dabei hätten sie ruhig weitermachen können, denn die Wahrheit ist, dass ich das Rauchen aufgegeben habe, um länger zu leben. Wer sagt, dass man im Gefängnis wie im Hotel lebt, irrt sich, denn nichts trocknet Hoffnung so sehr aus wie ein

Hotel. Draußen gibt es eine Menge Leute, die sich mit fünfzig umbringen, denn sie haben begriffen, dass die Welt nichts mehr von ihnen erwartet. Abgesehen von der Erbschaft vielleicht. Hier dagegen glaubst du, wenn deine Haft mit sechzig verbüßt ist, dass du noch alles machen kannst. Dass du Astronaut, Tänzer, Unternehmer werden kannst. Denn hinter dir liegt wenig. Als steckten die Dinge des Lebens in einem Sack, in den du nicht hineinsehen kannst, aber du spürst, dass er etwas wiegt, und wenn du so wenig herausgeholt hast, muss doch noch etwas dringeblieben sein. All das unverbrauchte Leben muss sich irgendwo aufgespart haben. Es wird kommen, es muss kommen. Es kann sich nicht einfach so verflüchtigt haben, während man spazieren ging oder schlief. Bei einer Todesstrafe ist das vielleicht anders. Ich weiß es nicht, einen zum Tode Verurteilten habe ich nie kennengelernt. Im Radio habe ich mal eine Sendung über die Henkersmahlzeit gehört: Sie wollen alle denselben Mist wie immer. Sie nehmen das Feiertagsmenü, davon drei Portionen. Das Dreifache des Schmackhaftesten und Widerlichsten, was man als Eingeschlossener bekommen kann. Manche wollen Eis mit Keksen oder einen Korb Bonbons, mehr nicht. Ich dachte: Vielleicht haben sie vergessen, wie man draußen isst. Dann dachte ich: Vielleicht haben sie es ganz und gar nicht vergessen, erinnern sich nur zu gut … Sie erfüllen sich Wünsche, die von lang zurückliegenden Geburtstagen geblieben sind. Speisen für Kinder: kohlensäurehaltig, frittiert, süß, salzig. Pizza Sahne Orangenlimonade und Hamburger, bis man kotzt. Hundert Kilo Bonbons. Wie diese Alten, die die Krankenschwester Mama nennen, wenn sie sterben. Vielleicht erinnern sie sich aber auch weder zu gut noch überhaupt nicht – sie haben einfach nie etwas anderes kennengelernt. Als sie ins Gefängnis kamen, stanken sie schon nach verdorbenem Essen, von Frauen geboren, die nach verdorbenem Essen stanken. Fünf gebratene Hühnerschenkel!

Ich habe Hunger.

Bei Hunger kannst du an nichts anderes denken als ans Essen.

Erst am Ende der Sendung wurde gesagt, dass den Gefängnissen mittlerweile gestattet wird, nur sehr wenig für die Henkersmahlzeit auszugeben. Und viele haben sie ganz abgeschafft. Das heißt: Sie lassen einen nicht mehr auswählen. Das war ein Aberglaube, sagen sie. Ein Versuch, Frieden mit dem Todeskandidaten zu schließen, damit er hinterher nicht zurückkehrt, um die Lebenden zu quälen. Doch inzwischen haben die Wärter keine Angst mehr. Sie sagen: Du hast deinen Opfern keine Mahlzeit angeboten, wir werden dir auch keine anbieten. Verrecke und Schluss. Verschwinde ein für alle Mal, du hast uns gar nichts zu vergeben!

Die Wärter sind vom Gedanken an die Opfer besessen.

Sie stellen sich die Opfer mit Kreide auf den Boden gemalt vor. Auch wenn die gar nicht umgefallen sind, wenn es keine Schießerei gab, wenn sie nicht getötet wurden. Vielleicht wurden sie betrogen, entführt oder nur schlecht versorgt.

Der Umriss mit Kreide, darin die Leere, wie im Zentrum von Sternbildern.

Ich muss diesem Umriss die Treue halten, hat Comandante mir erklärt. Ihn sichtbar machen, auch nachdem der Regen ihn weggewaschen hat. Die Gefängnismauern sind die Fortsetzung dieses Umrisses, und mit dem Geräusch meiner Schritte in den Fluren bin ich die Fortsetzung der Mauern. Und ihr, die Schlächter, müsst leer bleiben wie dieser Umriss.

Je mehr sie uns wegnehmen, desto mehr glauben sie, die Opfer zu ehren. Und sie achten nicht darauf, ob sie in ihrem Eifer, uns etwas wegzunehmen, auch den Opfern etwas nehmen. Denn ich weiß, dass die Überlebenden viele Fragen haben, die nur wir ihnen beantworten können. Mit ihrem verkrüppelten, vom Blitz gezeichneten Leben kehren sie immer wieder an den Ort des Verbrechens zurück. Warum? Warum hast du ausgerechnet meinen Mann getötet, meinen Sohn, wusstest du denn nicht, dass es mich gibt, dass ich sie liebte? Und wenn ich es gewusst hätte, hätte das vielleicht etwas geändert?

Ich habe ein Opfer kennengelernt, das nicht meines war.

Er war im Gefängnis, weil er viele Verbrechen begangen hatte, aber er war auch ein Opfer, denn man hatte seinen minderjährigen Sohn erschossen. Ein anderer Minderjähriger hatte vor der Bar auf den Jungen gewartet und ihn mit diesem blinden Überschwang des Anfängers, der nichts falsch machen will, furchtbar zugerichtet.

Dieses Opfer, das ich kennengelernt habe ... Nun, diesem Opfer haben sie im Gefängnis irgendwann die Gelegenheit gegeben, auf den Mörder seines Sohnes zuzugehen. Das taten sie absichtlich. Dass er der Mörder war, war geheim. Nur das Opfer, der Richter und der Mörder wussten es. Noch heute weiß es keiner, nur ich, weil ich hier unten sitze und praktisch nicht existiere. Sie beschlossen, die beiden zusammenzubringen, mehr noch: sie gemeinsam in eine Zelle zu legen, obwohl sie sicher waren, dass sie sich gegenseitig umbringen würden und dann Racheakte, Aufruhr folgen mussten … Ich weiß nicht, warum. Offenbar passte es der Verwaltung aus irgendeinem Grund in den Kram. Manchmal freuen sie sich, wenn du jemanden umbringst. Wie auch immer: Sie servierten ihm den Mörder auf einem Silbertablett. Doch es kam anders, die beiden gingen von da an nicht mehr in den Hof, redeten stundenlang. Tagelang. Ununterbrochen. Von Mörder zu Mörder, denn auch das Opfer hatte getötet, hatte Morde befohlen. Sie machten sich gegenseitig Geschenke.

Solche Sachen sind unbegreiflich.

Keiner weiß, was sie einander gesagt haben.

Vielleicht hat er den anderen nach seinem Sohn gefragt, was er von seinem Sohn erinnerte. Manchmal muss man jemanden vorher beobachten, wenn man ihn töten will, muss Informationen sammeln. Immer in seiner Nähe sein. Und dieser Vater, dieses Opfer, war ins Gefängnis gekommen, als sein Sohn zehn Jahre alt war. Ein Sohn, der als Kind verlassen und getötet wurde, als er fast ein Mann war. Der Mörder konnte dem Vater etwas von diesem nicht geteilten Leben erzählen: mit wem der Junge Umgang hatte, was ihm gefiel, seine Gewohnheiten … Vielleicht hat der Mörder aber auch entgegnet: Von deinem Sohn kannte ich nur das Motorrad und die Bar. Ich hätte auf jeden geschossen, der an diesem Tag vor dieser Bar auf dieses Motorrad gestiegen wäre. So was passiert. Vielleicht hat er die Enttäuschung des Vaters bemerkt und angeboten, von sich zu erzählen, als Ersatz. Er und der Sohn waren ja ungefähr gleich alt, wahrscheinlich hatten sie mehr oder weniger das Gleiche gemacht … Ganz sicher hat das Opfer die Hand geschüttelt, die seinen Sohn getötet hatte. Sie sind Zellengenossen geblieben, er hat sich um den Jungen gekümmert, hat ihm ein Studium ermöglicht, eine Liebe für ihn gefunden. Zum Glück hatte dieser Mann, dieses Opfer, das ich kannte, sich schon von seiner Frau getrennt. Sonst hätte er die Mahlzeiten, die sie von zu Hause mitbrachte, mit dem Mörder geteilt. Und sie hätte sie gekocht, nichtsahnend. Ich will damit sagen: Auch zwischen Opfern, dem Vater-Opfer und dem Mutter-Opfer, kann das Reden schwierig sein. Es ist schwer zu verstehen, was der Schmerz bewirkt, was er anrichtet, wie er aushöhlt, wen er zusammenführt und wen er entzweit.

Aber ein Richter glaubt es zu wissen und fängt meine Briefe ab.

Die Prinzessin und ich haben eine sehr wichtige Erfahrung geteilt. Sie müsste entscheiden dürfen, ob sie noch einmal darüber sprechen will, ob sie sich das Erlebte mit mir zusammen in Erinnerung rufen will oder nicht. Wir sind Vertraute für immer. Vertrauter als irgendein beliebiger Ehemann, mit dem sie wahrscheinlich weiterhin Kinder zeugt, Kinder über Kinder, Berge von Kindern, Kinder, die ihr die Ohrringe abreißen und sie zu flachen Schuhen zwingen und damit vielleicht verhindert haben, dass sie zu früh zu damenhaft wurde.

Heute scheinen die Hunde näher.

Schwächer und näher zugleich.

Als hätten sie es zwar geschafft, ins Gefängnis hereinzukommen, aber der Wind hätte sie erschöpft. Dies ist ein Fallwind, der bis zu den Gipfeln der Berge aufsteigt und sich dann im Fallen erwärmt. Er kommt nur selten bis hier in den Keller. Doch man spürt ihn, er dringt durch die Panzertür, die niemand für die Nacht geschlossen hat, reißt den Dreck mit, den niemand weggefegt hat, und fährt durch den Gitterrost wieder nach oben, Richtung Hof. Wer eingeschlossen ist, liebt den Wind. Bei Wind hat auch einer, der stillhalten muss, den Eindruck, sich zu bewegen. Als sie mich zu den Gerichtsverhandlungen brachten, ging ich vor allen anderen von der Fähre, wie ein Minister. Ich stieg als letzter ein und als erster aus. Umringt von Polizisten, Autos, die über Funk miteinander sprachen, Hubschraubern, die am Himmel schwebten. Im Gefängnis war ich ein Mörder, im Gerichtssaal der Kerkermeister einer Mutter, doch hier, am Hafen, war alles nur für mich da: das dunkle Meer, der Wind, die Polizisten. Die Staatsgewalt. Wenn du den Verkehr aufhältst, schämst du dich nicht wegen der Handschellen. Du schämst dich auf der Autobahn, wenn man dich an der Raststätte zum Pinkeln aussteigen lässt, an vier andere Verzweifelte wie dich gefesselt. Ich kam euphorisch im Gerichtssaal an. Erst als ich bemerkte, dass sie nicht da war, dämpfte sich meine Stimmung ein wenig.

Viele von der Bande sah ich zum ersten Mal beim Prozess.

Ich sah auch Leute im Publikum, Unbekannte, die uns beschimpften. Manche kamen jeden Tag, um uns zu beschimpfen.

Die Einzige, die ich nicht sah, die Einzige, mit der ich nicht sprechen konnte, war sie.

Während der zweihunderteinundzwanzig Tage der Entführung gab es nur uns beide im Berghang. Der Gerichtssaal aber war voller Menschen, die schrien und gestikulierten, über ihnen eine zehn Meter hohe, mit Scheinwerfern gespickte Kuppel wie in einer Sportarena. Was konnte dieser Gerichtssaal von all dem wissen?

Ich bin mit wenigen Erinnerungen ins Gefängnis gegangen.

Draußen ist keine Zeit, sich umzudrehen, erst als Gefangener lernst du das Erinnern. Anfangs plünderst du wahllos, nimmst das, was du gerade im Moment brauchst, damit es dir bessergeht, oder schlechter. Die ersten Male, die letzten. Urlaub in exotischen Ländern, Unfälle. Doch eine Erinnerung ruft die nächste herbei, dann noch eine und noch eine … Wenn sie merken, dass Platz genug ist in dir, kommen sie in Massen. Sie sind Wilde, misstrauisch. Ergreifen schnell die Flucht. Doch wenn die Ersten, die Stärksten, Nahrung finden, ziehen sie auch die Schwächeren, die Schüchternen, nach sich. Der ganze riesige Schwarm von Erinnerungen kommt auf dich zu und bewohnt dich. Die Jahre des Gefängnisses sind mit denen gefüllt, die vor ihnen lagen.

Ich habe nie ein besonders gutes Gedächtnis gehabt. Ich erinnere mich an Wohnungen, Zimmer. Gerne würde ich mich erinnern, welche Schränke in welchen Zimmern standen, und welche Art Dinge in Zeitungspapier gewickelt auf oder unter einen bestimmten Schrank gelegt wurden, um dort zu verstauben. Vergessen zu werden. Wie sahen die Kacheln in der Küche aus, wo wir uns zum ersten Mal umarmt haben, beim Tanzen?

Es ist eine Arbeit, die draußen gewöhnlich die Alten verrichten.

Der Vorteil der Alten ist ein geschwächter Körper, besser geeignet, die Wirkung der Erinnerungen zu dämpfen. Bei ihnen ist es nur ein Zittern, sie bewegen sich nicht wirklich. Und wenn das Zittern nicht genügt, wird der Überschuss zu Tränen. Körper dagegen, die zu wenig benutzt wurden, stoßen sich überall, verletzen sich an allen Ecken und Enden, wenn eine Erinnerung sehr klar ist.

Würde ich heute wieder durch die Straßen meiner Heimatstadt gehen, die Leute würden schreien, wenn sie mich erblickten. Manchmal träume ich von Menschen aus meinem Bekanntenkreis, die einander nie begegneten, in meinem Traum aber Freunde geworden sind. Die Welt geht weiter, sogar in Träumen. Ihr sind Narben gewachsen, aber beruhigt hat sie sich nicht. Wer das Schild mit meinem Namen vom Briefkasten gerissen, wer mein Bett verbrannt hat, weiß, dass ich eines Tages zurückkommen könnte.

Darum träumen die anderen von mir, wie sie von Toten träumen.

Zu den Toten habe ich eine gute Beziehung. Ich verstehe ihre Ängste. Weiß, was sie leiden lässt. Ich versuche nur darum nicht, mit meiner Mutter zu sprechen, weil hier zu viele Menschen eingesperrt wurden, vor mir, und die würden sich einmischen. Menschen, die ihr ganzes Leben lang um etwas gebeten haben, und bei der ersten Gelegenheit wieder anfangen würden. Die bescheidenen Anfragen der Toten, diese mit Blockbuchstaben ausgefüllten Formulare.

Solange sie lebte, hat sie mir bei meinen Erinnerungen geholfen. Bei jedem Besuch brachte sie etwas mit. Das hat uns viele der Probleme erspart, die man sich einhandelt, wenn man unbedingt von der Gegenwart oder der Zukunft sprechen will und dem anderen schließlich vorwirft, dass er nicht mehr da ist. Von meinen ersten Jahren hatte ich natürlich nur wenig behalten. Kinder überlassen ihre Erinnerungen den Eltern und fordern sie als Erwachsene selten zurück. Stattdessen haben sie jetzt neue Erinnerungen, von neuen Kindern. Ich aber musste bitten, mit gesenktem Blick, und meine Mutter hat mir die Bitte nicht abgeschlagen. Und wo sie selbst nicht hinkam, hat sie herumgefragt. Die Leute wollten sich nicht an mich erinnern, doch je mehr sie versuchten, meiner Mutter auszuweichen, desto weniger kümmerte sie sich darum und forschte weiter.

Jetzt habe ich niemanden mehr.

Sie ist begraben, ich bin begraben.

Ich könnte Kontakt mit ihr aufnehmen, sicher. Das Licht der Toten, um die Ecken auszuleuchten, wo ich kaum mehr etwas erkenne. Die Toten können unparteiisch sein, auch wenn sie dich gerngehabt haben. Sie sagen nicht nur das, was du hören willst, und das ist wichtig fürs Erinnern. Wenn ich in fünf Jahren noch lebe, werde ich mehr Zeit drinnen als draußen verbracht haben. Vom Draußen habe ich mittlerweile abgekratzt, was es abzukratzen gab. Ich bin in den Müll gegangen, um darin zu wühlen. Stücke von Leben, die mir erst nutzlos oder ekelhaft erschienen sind, habe ich freudig wieder herausgefischt. Habe sie gesäubert, so gut ich konnte, und bei mir behalten.

Jetzt finde ich nichts mehr.

Die Kaffeeprinzessin lebt noch, glaube ich. Mit ihr wäre alles einfacher.

Von den Tagen zu sprechen, die wir in Gefangenschaft erlebt haben, zwischen Plastikplanen, am Berghang.

Meine Stimme hält mich wach. Ich spreche laut. Beklage mich über den Lärm und dann schreie ich, aber ich habe zu viele Jahre hinter der geschlossenen Panzertür verbracht, ich weiß, wenn du dir nicht die Kehle aus dem Leib brüllst, hört dich niemand, du musst immer wieder schreien, übertreiben … Vielleicht werde ich auch nur taub. Und das wäre ein Problem, denn ein blinder Gefangener kann noch hoffen zu überleben, als Taubem jedoch unterläuft dir früher oder später eine Respektlosigkeit. Du missverstehst den entscheidenden Befehl … oder das geflüsterte Losungswort, das dich retten könnte. Wenn ich Radio höre, setze ich Kopfhörer auf. Das macht mich noch tauber, doch ich mag die hauchdünne Stimme, die mir in die Ohren rinnt, vor allem nachts. Besonders gern höre ich Reportagen, aber im Grunde ist mir jede Sendung recht, Hauptsache sie besteht aus Worten. Es reicht, dass jemand zusammen mit mir wach ist und nachher wach bleibt, wenn ich eingeschlafen bin. Ich mag die Verkehrsnachrichten. Verkehr und Wetterbericht. Wolken, tausendmal größer als das Gefängnis. Autobahnen, Ausfahrten, Mautstellen. Wenn ich die Namen mancher Orte höre, erinnern sie mich an die Zeit als Lastwagenfahrer. Sie werden genannt, obwohl es nachts dort nie Verkehr gibt, nie Staus. Die Sprecher nennen die Orte, um zu sagen, dass nichts passiert. Wie in einem Kreislaufsystem ohne Blut. Du reist in einem schlafenden Gefängnis durch ein schlafendes Land. Leuchtest Tiere am Straßenrand an, die sofort wegspringen.

Mit meinem Hunger und dieser Stille träume ich viel mehr. Das heißt, ich wache öfter auf, schrecke hoch und behalte mehr Träume in Erinnerung. Wache mitten im Traum auf.

Ich träume, dass ich in ihrem Haus bin, im Wohnzimmer der Kaffeeprinzessin.

Als ich gesagt habe, dass man nach einer Weile nur noch vom Gefängnis träumt ... war das falsch.

Und ich denke auch nicht, dass der Welt Narben gewachsen sind. Ich hoffe, es gibt noch irgendwo eine Wunde, die an mich erinnert.

Auch wenn ich mit offenen Augen phantasiere, stelle ich mir vor, wie wir bei ihr zu Hause sind.

Mit ihrem Mann und den Kindern. Ich glaube nicht, dass es mit einer Umarmung zwischen uns enden wird. Eine unwiderstehliche Anziehung wie auf einem Gefälle. Nein. So sehr hat die Isolation mich dann doch nicht verblöden lassen. Sie war die letzte Frau an meiner Seite, zugegeben, aber ich weiß, dass ihr Leben weiterging. Ich stelle mir vor, wie wir Tee trinken, endlich auf einem Stuhl sitzen, wie es sich gehört, gut gekleidet, gewaschen, mit sauberen Tassen und Löffeln, im Warmen. Verrückterweise bei ihr zu Hause. Ich stelle mir eine dieser schönen einstöckigen Villen vor, die man in den Zeitschriften sieht, mit Designerkamin, das Wohnzimmer groß, halbleer, und hinter dem Kamin eine Fensterfront und hinter der Fensterfront ein dichter grüner Wald, ein Regenwald. Denn Geld hatten sie schließlich doch, vielleicht nicht die Reichtümer eines Kaffeekönigs, aber sie hatten Geld. Und mir ist es sicher nicht gelungen, ihnen etwas wegzunehmen. Ich stelle mir eins der Kinder vor, das manchmal aus einem anderen Zimmer kommt, aus dem Teil des Hauses, den ich nicht sehen kann, und unser Gespräch mit seinem Herumrennen unterbricht. Der Ehemann steht in einer Ecke wie ein Kellner, doch die Kinder laufen ständig durch das Zimmer, in dem wir uns unterhalten.

Ich vermisse Kinder. Besuche habe ich immer nur mit der Trennscheibe gehabt, es ist zwanzig Jahre her, dass ein Kind mein Gesicht berührt, mir die Finger in die Augen gesteckt hat.

Bis zum letzten Jahr, bevor sich alles änderte, gab es hier sogar einen kleinen Garten für Besucher mit kleinen Kindern. Im Niemandsland zwischen den Mauern. Immer zwei Familien gleichzeitig, im Sommer, weit weg vom Lärm, von den Schmerzen und Gerüchen der anderen. Ein vier Meter breiter, zehn Meter langer Streifen direkt neben der Toreinfahrt. Sie sprengten den Zement und legten dreißig Zentimeter tiefer eine neue Zementdecke, denn die Gartenerde darf keinerlei Verbindung mit der Erde in aller Welt haben, aus Sicherheitsgründen. Auch Bäume durfte es nicht geben, sie versperrten die Schussbahn von den Wachtürmen. Diese dreißig Zentimeter hatten die Graswurzeln zum Wachsen, aber es war genug: das Gras wuchs, wurde bewässert. Es war umzäunt, um es vor den Hunden zu schützen, die sonst in der Nacht alles zerstört hätten. Sie hätten die Tischchen und Stühle zerbissen. Wer Kinder unter zwölf Jahren hatte, durfte einen Antrag stellen, um seine Besucher im Sommer dort zu empfangen. Einige schafften es, sie erzählten mir, es sei wunderbar dort, ganz ohne Widerhall. Manchmal hörte man die Kinderstimmen auf der anderen Seite des Gefängnisses sogar bis hierher, unter der Erde. Denn diese Stimmen haben eine Frequenz, die Mauern durchdringt. Also stimmt es, dass dort die Sonne nicht hinkam, denn in den Streifen zwischen den Mauern fällt nie Sonne, doch sie fühlten sich wohl.

Bis zum letzten Jahr gab es hier auch eine Tischlerei, ein Theater ... Es war gar nicht wie ein Gefängnis. Es war wie ein Internat. Wenigstens stelle ich mir ein Internat so vor. Die auf den Stockwerken hatten im Winter acht Stunden Aufschluss, im Sommer zehn. Sie konnten ihre Zellen verlassen, herumgehen. Sie schrieben sich für alles Mögliche ein. Du hast einen Wärter gefragt: Wo ist der und der?, und er hat dir geantwortet: Ich weiß es nicht.

Dann haben sie alles wieder zugeschüttet, und man hörte das Geräusch der Hundekrallen auf dem Zement. Jetzt nicht einmal mehr das. Die Hunde genossen es, über den Zement zu laufen, rissen sich begeistert die Krallen daran auf, weil sie wussten, dass darunter früher Gras wuchs, das für sie verboten war. Im Zement blieb eine Narbe, die Hunde sahen sie, wir sahen sie. Ich sehe sie immer noch. Es ist nicht wahr, dass die Zeit alles wegwäscht. Nicht einmal im Gefängnis.

Unter dem Zement ist die Erde geblieben.

Erde, die sich eine Weile getäuscht hat, wie die Erde auf einer Autobahnbaustelle.

Erde, die schläft, seit das Gefängnis erbaut wurde, die ein Jahr lang geatmet hat und jetzt wieder hundert, tausend Jahre schlafen muss. Aber früher oder später wird sie an die Sonne und den Regen zurückkehren.

Auf geheimnisvolle Weise lebt sie trotzdem weiter. Im Dunkeln. Verlorene, vergrabene Plastiklöffel. Vergessene Spielsachen. Würmer. Und sie wartet. Geduldiger als wir oder die Hunde.

Das große orange Licht des Gefängnisses ist erloschen.

Nie zuvor ist das passiert.

Man wird es vom Dorf aus bemerken, von der ganzen Küste aus, kilometerweit. Am Ende des Luftschachts sehe ich den dunklen Zement. Der Strom ist schon oft ausgefallen, doch die Scheinwerfer oben auf den Pfählen sind niemals erloschen: Sie haben ein unabhängiges Stromnetz, eigene Generatoren. Denn ein dunkles Gefängnis ist ein unbeherrschbares Gefängnis. In einer einzelnen Zelle macht Dunkelheit die Mauern dicker, doch in einem ganzen Gefängnis löst sie Mauern auf. Hubschrauber müssten gerufen werden, sofort, um die Anlage aus der Höhe zu beleuchten. Hubschrauber, die aus den Städten herbeifliegen. Die Wärter müssten rennen und rufen: Schließen! Schließen! Sich in den Toiletten verbarrikadieren. Von der Außenmauer schießen. Die Hunde müssten bellen. Auch die Gefangenen müssten anfangen, einander zu rufen, zu randalieren. Nichts von alldem, Schweigen von Menschen und Tieren.

Man hört das Meer, man hört die Möwen, sie sind aufgeregt, wütend, als gäbe es keinen Müll mehr oder sehr viel davon, unbewacht.

Die Panzertüren, die seit Tagen planlos auf- und zuschlagen.

Die Stille, das Knarren.

Sie müssten im Radio darüber berichten, doch ohne Strom funktioniert das Radio nicht. Wasser gibt es Gott sei Dank noch.

Es wäre eine Gelegenheit, von den Fenstern in den Stockwerken die Sterne zu sehen, doch der Himmel ist mit Wolken bedeckt. Sonst wäre es nicht ganz so dunkel. Während des Aufstands auf der Insel war der Himmel bedeckt. Es hat auch geregnet, und ich habe keinen Schutz vor dem Regen gesucht. Dann kam das Militär, sie stellten die Scheinwerfer an, und vom Himmel hat man nichts mehr gesehen. Aber berauschend war es trotzdem.

Die Kinder der Prinzessin müssten ihr Studium inzwischen beendet haben. Je mehr Jahre vergehen, desto mehr strenge ich mich an, meine Phantasien auf den neuesten Stand zu bringen, mir eine gealterte Prinzessin vorzustellen. Aber das klappt nicht. Es ist wie in diesen Filmen, in denen der Hauptdarsteller für die letzten zehn Minuten geschminkt wird, damit er sich als alten Mann spielt und man sieht, wie die Geschichte zu Ende gegangen ist, aber du erkennst, dass er darunter noch derselbe ist, immer noch jung.

Der einzige Mensch, dessen Veränderungen über die Jahre ich miterlebt habe, war Comandante.

Ich kann mir noch so sehr den Kopf zerbrechen, ich schaffe es nicht, mir die Art Erfahrungen vorzustellen, die einen Menschen verändern. Die Entscheidungen, die Reue, die Erfolge, das Scheitern, die Begegnungen. Hier verfällt nur der Körper, langsam, wie ein undichter, tropfender Wasserhahn. Hier scheiterst du sofort auf ganzer Linie, hundertprozentig, wenn du reinkommst, und danach stellt sich das Problem nicht mehr. Das Gefängnis kümmert sich nicht um Details, es widerlegt dich nicht in einzelnen Dingen. Es sagt zu dir: Du bist nichts. Und lässt dich im Zweifel, ob du nicht doch alles sein kannst. Nachher. Es zwingt dich, immer wieder ans Nachher zu denken, auch wenn du keine Hoffnung hast, je wieder herauszukommen. Auch ich denke daran. Hier faseln viele von tropischen Stränden. Sie glauben fest daran, dass es genügt, sich im Hof zu sonnen, um nicht erkannt zu werden, wenn sie dort drüben ankommen. Sie haben kein Geld, sie haben geschwollene Beine voll geplatzter Gefäße, türkisfarben wie das Meer, und trotzdem malen sie sich aus, den Rest ihres Lebens in einer Art Ansichtskarte zu verbringen.

Sie wissen nicht, dass man dort draußen seit Jahren keine Ansichtskarten mehr verschickt.

Wer wird dir am Strand dein Interferon spritzen?

Ich habe mehr Respekt vor dem, der sagt: Ich werde ins Gebirge gehen, obwohl er nie dort war und nicht weiß, wie man das macht. Aber er sagt: Ich will in den Bergen leben, bis mein Kopf endlich frei wird von dem Lärm, den ich in all den Jahren angesammelt habe. Dann tut er es doch nicht, aber das ist unwichtig.

Für mich selbst denke ich an einen Mittelweg: Ich möchte ans Meer, aber im Norden.

Im Radio habe ich vor vielen Jahren von einem Land gehört, wo alle nackt sind, jeden Sommer, seit Generationen. Im Meer baden kann man nicht, aber das ist egal. Es gibt keine Insekten, und das Tageslicht schwindet sehr spät. Du kannst allein bleiben, wenn du willst, oder in Gesellschaft, wenn du willst. Die Menschen sind kleine schwarze Punkte auf dem Sand. Der Himmel ist hoch. Du kannst bis zum Himmel hinaufsteigen und wieder herunterkommen, dafür brauchst du sehr lange.

Nackt, aber nicht, um durchsucht oder verhört zu werden. Nackt aus eigenem, freiem Willen. Wenn jemand auf dich zukommt, musst du dich nicht fragen: Wer weiß, was er versteckt … Wer weiß, ob er etwas bei sich trägt, was mir wehtun kann. Nackt ohne Scham. Und ohne Schmerzen. Schauen, ohne die Augen abschirmen zu müssen. Wie weh es tut, während einer Verlegung Frauen zu sehen. An den

Straßenbahnhaltestellen, auf den Balkonen, sie treten aus den Geschäften, überqueren die Straße. Sie kommen aus der Erde hervor, fliegen durch die Luft wie Blütenstaub. Eine Schönheit, dass dir die Augen brennen. Sie blühen, ohne dich zu beachten. Aber du siehst sie trotzdem an. Du blickst nicht zum Horizont, du schaust auf sie. Und dankst den Geleitpolizisten. Dem Maschendraht vor den Fenstern, der es dir schwermacht, etwas scharf ins Auge zu fassen, und dir Übelkeit verursacht. Und der über deinem Kopf heulenden Sirene, mit der du sie eilig überholst.

Im Norden, wo alle nackt sind, wird das nicht nötig sein.

Das Einzige, was ich trage, wird mein Gebiss sein, denn an einem so schönen Ort will ich Zähne haben. Dort oben will ich alle Schönheit, die möglich ist. Es wird wunderschöne Mädchen geben, ungeschminkt, und ich werde sie sehen können, ich, ein Gespenst, werde sie genauso sehen können, wie die jungen Männer sie sehen, die, jünger als meine Haftzeit, neben ihnen sitzen.

Ein Ort voller Anmut. Ein Ort der unverdienten Herrlichkeit. Der Vergebung, zum Schluss.

Weiße Segel, an Stangen befestigt, um die Haut vor der Sonne zu schützen. Der Wind bewegt die Segel, derselbe Wind, der hier Panzertüren und Gitter schlagen lässt. Schritte, die man nicht hört, wegen des Sandes. Und unter dem Sand ein bisschen Wärme, auch an den kältesten Tagen. An klaren Tagen werde ich die Eisberge auf der anderen Seite des Meeres sehen, und im Winter werde ich es sogar überqueren. Denn es ist nicht wahr, dass es keine geeignete Arbeit für einen ehemaligen Lebenslänglichen gibt, es ist nicht wahr, dass die Welt verschlossen ist, verschlossener als das Gefängnis. Es gibt Arbeiten, die sind wie für uns gemacht. Im Land des ewigen Eises werden die Wissenschaftler verrückt, eingesperrt in ihre vier mal vier Meter großen Labore, und draußen ewige Kälte und Dunkelheit. In der Polarnacht werden sie aggressiv, paranoid, sie phantasieren und haben Depressionen. Wenn der Wind abflaut, hören sie das Geräusch des Eises. Es hört sich an wie Schritte, aber es ist ein Knirschen: Es ist das Meer unter den Eisschollen, das sie bewegt. Denn auch wenn das Eis zweitausend Meter dick ist, das Meer darunter ist viertausend Meter tief. Und es bewegt sich. Das feste, süße Wasser ruht auf dem salzigen, wo Tiere wohnen, die keiner je gesehen hat, die keinen Namen haben. Sogar Roboter funktionieren bei bestimmten Temperaturen nicht mehr. Ich koste weniger als ein Roboter, und ich bin an die Kälte und die Dunkelheit gewöhnt. An die Einsamkeit. Die Wissenschaftler könnten in ihren Universitäten bleiben und mir sagen, was ich tun muss. Ich habe kein Problem damit, Befehle zu empfangen.

Ich habe Geduld.

Und wenn sie im ewigen Eis die Vergangenheit der Welt erforschen wollen, ihre Krankheiten, gewisse Viren, die überwintert haben, dann bin ich der Richtige für sie und kann ihnen helfen. Ich weiß, was eine Infektion bedeutet, die zehn, zehntausend Jahre andauert. Und wenn das schmelzende Eis die zukünftige Erde freigeben wird, bin ich der Richtige. Vergangenheit und Zukunft. Auf die Gegenwart verzichten können. Ich habe nicht einmal mehr Hunger. Wichtig ist nur, dass sie mich in jedem Frühling an den Strand auf der anderen Seite des Meeres zurückkehren lassen.

Die Feuer. Vielleicht ist jemand dageblieben.

Brennende Kissenbezüge, Handtücher, T-Shirts, Stoffstreifen, auf die Gitterroste gelegt, wie zum Trocknen. Es ist kein Brand, man sieht keine Arme, nur Feuer. Sie haben Feuer angezündet. Flackernder Widerschein, bis hier unten. Keine Flamme höher als die Außenmauer. Von außen, vom Dorf nicht zu sehen.

Wenn es eine Protestaktion wäre, wären die Stockwerke entweder alle erleuchtet oder alle dunkel. Stattdessen scheint jede einzelne Zelle nach eigenem Gutdünken gehandelt zu haben. Und dann diese Stille, unerklärlicher noch als das Erlöschen des großen Lichts und das Brennen der kleinen Lichter. Die Grabnischen des Gefängnisses mit ihren Öllämpchen. Die Sucht nach dem Feuer. Denn ein Brand lässt die Kälte vergessen, das Gefühl der Leere in deinem Inneren, wie leere, feuchte Zellen, die ihre Kälte auf dich übertragen. Ein Freudenfeuer: Ich verbrenne zehn Jahre meines Lebens. Ich verbrenne die Zeit, die mich vom Nachher trennt, vom Draußen. Es gibt keinen Aufstand ohne ein Feuer, denn die Häftlinge überschätzen das Gefängnis, sie halten es für stärker als es ist: Es erdrückt mich, es demütigt mich, ich bin nichts vor ihm, weil es unbesiegbar ist. Ich kann ihm alles Erdenkliche antun, ohne dass es wirklich etwas spürt – legen wir also Feuer!

Aber das stimmt nicht.

Ich weiß von einem Gefängnis, wo sie in der Weihnachtszeit bei Besuchen Kerzen in der Mitte des Tisches erlaubten, doch niemand bemerkte, dass sie auf Papier standen. Sie wurden brennend zurückgelassen! Vielleicht mochte niemand sie auspusten. Vielleicht erschien es ihnen wie ein böses Omen, die Kerzen zu löschen, wenn sie den Besuchsraum verließen. Als gäbe es nichts mehr zu bewachen. Weder die Gefangenen noch ihre Bewacher haben sie gelöscht. Sie haben den Raum verlassen, ohne sich umzudrehen, und die herunterbrennenden Kerzen haben das Papier entzündet. Die Plastiktische sind geschmolzen, haben sich zusammengerollt. Das Plastik der weißen und der roten Stühle. Das unergründliche Material der Stühle für die Abwesenden. Das Gift im Schaumgummi der Matratzen, die so dünn sind, dass man sie draußen nicht mal als Verpackungsmaterial benutzen würde. Gift, in vielen Nächten herausgetropft. Schon ist die Luft mit Qualm und Gestank gesättigt, alte Gefängnisse sind nicht dafür ausgerüstet, Rauch und Hitze auszuscheiden. Es gibt Panzertüren und vergitterte Lungen, um den Lebenden ihre Bewegungsfreiheit zu nehmen, aber keine Feuertüren. Die Feuerlöscher sind leer, die elektrische Anlage nicht mehr normgerecht, die Wasserleitungen hängen von der Stadt ab. Und wenn die Stadt, aus welchem Grund auch immer, das Wasser abstellt, verbrennt das Gefängnis. Es gibt nicht einmal eine Notbeleuchtung. Jetzt müsste sie eingeschaltet sein, aber der Flur ist schwarz, blind. Ein brennendes Gefängnis im Dunkeln zu evakuieren ist die Hölle. Die Hölle auf Erden. Comandante schrieb an die Verwaltung, doch soweit ich weiß, hat niemand je geantwortet. Comandante sprach auch mit Toro und der Familie des Nordens darüber: Sagt euren Leuten, sie sollen aufpassen, wenn dieses Gefängnis brennt, kann keiner das Feuer löschen. Denn durch die Hitze schmelzen die Türschlösser. Bei der Hitze können die Wärter euch nicht aufmachen, selbst wenn sie es wollten …

Ich hoffe, dass es so weitergeht, kleine offene Feuer unter dem Himmel.

Bei allen Aufständen werden Feuer gelegt, aber das hier ist kein Aufstand. Es wäre eine seltsame Uhrzeit dafür. Aufstände beginnen während des Hofgangs oder bei den Mahlzeiten, jedenfalls nicht in den letzten Nachtstunden, wenn alle eingeschlossen sind und nur in Notfällen aufgemacht wird, einem nach dem anderen.

Das hier ist kein Aufstand.

Es ist nichts. Absolut nichts. Als wäre das Gefängnis schon völlig heruntergebrannt und diese kleinen Feuer die letzte Glut.

Bei einem Aufstand gehen die Gefangenen herum. Verbringen Stunden mit Gehen. Sie suchen jemanden und finden ihn nicht, denn alle sind unterwegs. Du genießt es so sehr, dich zu bewegen, dass du nicht mehr an Flucht denkst. Du gehst, demolierst, du isst, manche machen Liebe, andere stechen sich gegenseitig nieder, der größte Teil aber geht die Flure auf und ab, mit Lappen auf dem Kopf, um nicht erkannt zu werden. Als wäre das Gefängnis plötzlich so groß geworden wie die Welt, und man wüsste nicht mehr, wer dort wohnt und wer nicht. Du gehst auf die Krankenstation, um Alkohol für die Brandflaschen zu holen, oder du trinkst ihn und füllst dir die Taschen mit einem Vorrat Psychopharmaka. Manche, viele laufen zu den Vorratslagern und stehlen mehr Lebensmittel, als sie jemals essen könnten. Alle reißen Kabel aus den Wänden, Rohre aus den Wänden, suchen im Zement nach den Adern des Gefängnisses und werfen sie auf den Flur. Sie reißen Waschbecken und Steckdosen aus der Wand, Pritschen aus dem Boden. Das Gefängnis füllt sich mit tropfendem Wasser und brennendem Stoff. Sie werfen mit Schränken. Es ist dein Haus, du zerstörst es und leidest dabei. Das macht dich noch wütender. Du weißt genau, wenn die Wärter sich das Gefängnis zurückholen, wirst du auf dem Boden schlafen, nichts zu essen bekommen und dann stundenlang fahren, ohne zu wissen, wohin sie dich bringen. Trotzdem zertrümmerst du alles. Jemand anderes wird es wieder aufbauen und daran verdienen, du zertrümmerst und verlierst dabei. Jede Zelle findet in ihrem Inneren die Werkzeuge, um sich selbst in Stücke zu schlagen. Nur wer die Wut nicht kennt, kann sich darüber wundern, wie leicht Panzertüren und Gitter nachgeben. Die Wut, die du ansammelst, wenn du jahrelang eingeschlossen neben anderen schläfst, die wütend schlafen. Der Strom der Wut, der reinigt, die Gedanken wegfegt, den Kreislauf wieder in Schwung bringt. Der Strom der Wut, den man reiten muss wie eine Welle, so lange wie möglich ganz oben, bevor man fortgerissen wird.

Nur neue Gefängnisse können sich selbst verteidigen, in den alten halten sie uns gefangen, weil wir es akzeptieren. Wenn man aufhört, mit ihnen zu kollaborieren, wälzt ein reißender Fluss alles mit sich. Im Hof stößt du auf Menschen und Dinge, die noch einen Augenblick zuvor oben in den Stockwerken waren. Auf der Insel kam dieser Fluss bis hinunter zu mir, 1532 Tage, nachdem ich den Wärter getötet hatte. Zehn Tage ununterbrochene Dunkelheit, 1522 Tage ununterbrochen brennendes Licht, ohne dass ich sie hätte zählen können, denn das Essen wurde mir unregelmäßig, zu irregulären Zeiten gebracht. Um sieben Uhr abends kamen sie, um mich zu befreien, und ich war sicher, es müsste morgens sein. Plötzlich frei. Im Gefängnis, auf der Insel, aber frei.

Als die anderen aufs Dach stiegen, bin ich im Hof geblieben.

Sie stiegen aufs Dach, weil man das damals so machte. Bei niedrigen Dächern und Leere ringsum hatte es nicht viel Sinn. In der Stadt hat es Sinn: Du kletterst hinauf, und unten auf der Straße applaudieren alle. Von den Nachbarhäusern machen Fotografen Bilder mit Teleobjektiven, lang wie Kanonenrohre. Sogar wer maskiert herumläuft, zeigt auf den Dächern sein Gesicht. Er denkt: Sie können mich nicht kaltmachen, solange mich jemand sieht. Bei Aufständen in Stadtgefängnissen verlangen sie, mit Richtern und Journalisten zu sprechen, aber vor allem wollen sie Fotografen. Früher war es leicht, auf die Dächer zu kommen. Es gab Bodendielen, die man mit den Händen zerbröseln konnte. Die haben sie jetzt verstärkt, überall. Sie sind es leid, Leute da oben zu haben. Auf der Insel gab es keine Journalisten, keine Richter, keine Häuser, keine Plätze. Sie saßen rittlings auf dem Dach, einfach weil es schön war. Hatten keine Transparente aufzuhängen oder Ziegel zu werfen. Rittlings: ein Bein im Norden, eins im Süden. Eins im Osten, eins im Westen. Eins zum Meer hin, eins zu den Bergen hin, eins oben, eins unten, eins eingesperrt, eins frei … der Horizont verhundertfacht sich. Du spürst, dass das Gefängnis bereit ist. Es bebt. Es hat keine Lust mehr, vor sich hin zu faulen. Wenn du es reizt, kann es losschnellen. Du kannst es dazu bringen, über die Mauer zu springen, das ganze Gebäude mit seinen Stockwerken, seinen Kellern, seinen sternförmig verlaufenden Flügeln. Nur die Geschäftsstelle und der Personaltrakt werden zurückbleiben, denn sie haben niemanden, der auf ihnen reitet. Was eigentlich nicht stimmt ... denn auch die Wärter steigen gern auf die Dächer. Sie beobachten uns durch ihre Zielfernrohre oder kommen in Kampfuniform hoch, um die Aufständischen herunterzuholen. Nach beendeter Arbeit bleiben sie länger als nötig oben. Auch sie bleiben mit gespreizten Beinen sitzen wie bei einem Ausflug ins Gebirge; da gibt es das Panorama und die Befriedigung, sich die Stiefel auszuziehen und auf dem Gipfel auszuruhen.

Während eines Aufstands gehen Gerüchte um.

Am zweiten Tag sagten sie, dass eine Truppe Scharfschützen vom Festland gekommen sei, mit Präzisions-MGs, die aus kilometerweiter Distanz treffen. Und dass die politischen Gefangenen schon über die Kapitulation verhandelten, für die als Gegenleistung eine Verlautbarung in allen Zeitungen erscheinen müsse. Es hieß auch, dem Verräter sei der Kopf abgeschnitten worden, und sie hätten damit Fußball gespielt, bevor sie ihn über die Mauer warfen. Doch als ich ihn sah, war der Kopf noch dran. Ein Kopf ist hart wie ein Stein und rollt schlecht. Seine Bahnen sind unvorhersehbar, er selbst entscheidet, ob er geradeaus bis ins Tor rollen wird oder im letzten Moment abtreibt, kreiselnd.

Den Körper dieses Verräters hat niemand mehr gesehen. Außerdem war er nicht mal der schlimmste Verräter von allen auf dieser Insel der Verräter. Er war nur der Unsympathischste. Sie schickten ihn für die Autopsie aufs Festland, und seine Spur verlor sich. Früher gehörten die Leichen der Gefangenen dem Staat, er konnte sie als Tote verschicken, wie er sie als Lebende verlegt hatte, sie einer Universität schenken oder verbrennen, ohne irgendjemanden um Erlaubnis fragen zu müssen. Wenn der Staat sie nicht wollte, waren sie Sache der Verwandten. Und wenn auch die Verwandten sich nicht für sie interessierten, wurden sie in der Nähe des Gefängnisses auf einem Friedhof für Tote begraben, die niemals Besuche bekommen.

Piscio haben sie so begraben, denn auch hier gab es früher einen Friedhof. Vor zehn Jahren haben sie ihn abgetragen, um den Parkplatz für die Wärter zu vergrößern. Er war schön gelegen, hatte Luft von allen Seiten, wie fast alle Friedhöfe am Meer. Besser als der Dorfplatz. Die Wärter hatten nie einen eigenen Friedhof, und meiner Meinung nach haben sie es genossen, unseren zu zerstören.

Am dritten Tag einigten sie sich darauf, mich zu verkaufen, und fingen an, mich zu wiegen.

Wiegen ist ein spezieller Ausdruck, den man damals nicht benutzte. Heute benutzen ihn die N, wenn einer der ihren das Opfer ist und man es mit Gefälligkeiten überschütten muss, damit seine Wachsamkeit nachlässt. Damit es nicht abhaut, nicht schreit, sich zur Schlachtbank führen lässt, ohne Ärger zu machen.

Die humanste Methode, Tiere zu schlachten, die außerdem garantiert, dass das Fleisch nicht ungenießbar und beim Schneiden dunkel oder schlaff wird, besteht darin, sie durch einen engen, gewundenen Gang zu führen. Ohne Pfiffe oder Schreie, und der Boden muss eben sein, ohne glitzernde Wasserpfützen oder an den Wänden vergessene Lappen. Der Durchgang muss die Sicht einschränken und das Gefühl vermitteln, in Gesellschaft zu sein. Vor allem: den Eindruck erwecken, dass es an den Ausgangspunkt zurückgeht. Tiere bewegen sich gern, wenn sie glauben, dass es in den Transportwagen zurückgeht, aus dem sie ausgestiegen sind. Sie wechseln gern vom Dunkel ins Helle, vorausgesetzt, die Sonne scheint ihnen nicht in die Augen. Ein diffuses, indirektes Licht muss das Schlachthaus einhüllen. Fleisch ohne Stress.

Die N wiegen den, den sie töten müssen.

Und wer könnte das besser als die eigenen Freunde? Das Schlimme an den Organisationen ist unter anderem, dass du gezwungen bist, Menschen zu töten, mit denen du aufgewachsen bist. Aber das hat auch sein Gutes. Ich weiß von einem Verräter bei den N, einem Jungen, den sie zu seinem Schutz in ein Hotel brachten, weit weg von allen anderen, mit Bewachern, die einmal am Tag fünf Minuten lang vorbeikamen, nur um ihm den Kühlschrank zu füllen. Es war ein Fehler. Der Prozess fand nicht mehr statt, und er rang sich schließlich dazu durch, seine alten Freunde anzurufen. Denn er wusste, dass sie ihn wiegen würden. Er hatte ein verzweifeltes Bedürfnis danach, sich zu amüsieren.

Ich hatte keine Freunde, also haben mich alle ein bisschen gewiegt. Auch Toro.

Sie haben mich gewiegt, obwohl das gar nicht nötig war. Wohin hätte ich fliehen können? Wen um Hilfe rufen? Wen interessierte die Qualität meines Fleisches? Sie haben mich gewiegt, weil ihnen nichts Besseres einfiel. Und weil der Aufstand inzwischen zu Ende ging, der Hof mit Müll bedeckt war, die Luft mit Tränengas geschwängert, Blitze wie von Millionen Kerzen, die ohrenbetäubenden Explosionen von Handgranaten, danach das gellende Pfeifen in den Ohren, und noch später, stundenlang, der Krach von den Generatoren des Militärs und das blendende Licht der Scheinwerfer. Sie haben mich eingeschläfert und auf der anderen Seite der Mauer herabgelassen, während ich schlief. Mitten zwischen den Wärtern bin ich aufgewacht, umringt von den Hunden.

Was sie dem versprochen haben, der mich verkauft hat, weiß ich nicht. Ich weiß, dass ich den Wärtern wichtiger war als jeder andere. Jeder konnte abhauen oder sterben, ich nicht. Sie wollten mich für immer, weil ich einen von ihnen getötet hatte. Sie schlugen mich nicht einmal. Unendlich viel mehr schlugen sie meine Kameraden, hinterher, all ihren Versprechen zum Trotz. Auf mich waren sie nicht böse. Ich war einfach nur ein zurückerstatteter Gegenstand.

Ein Gefängnis ist nur dann wirklich neu, wenn du dort alles aus der Ferne steuern kannst, erklärte mir Comandante. Wenn ich in die Hauptstadt komme, fragen sie mich: Hast du es nicht langsam satt, in alternde Ärsche reinzugucken? Denselben Gefangenen über die Jahre tausend-, hunderttausendmal zu durchsuchen? In neuen Gefängnissen geht man über asphaltierte Straßen, die fast immer leer sind. Kein Mauerring, nur Umzäunungen.

Hier sind die Mauern vermodert, sagte Comandante, man kann sie mit einem Löffel durchbohren, weil sie mit einem Löffel gebaut wurden, so knapp war die Erde. Dort gibt es nur Stacheldraht aus Stahl, spitz, elektrisch geladen, mit den Alarmsirenen verbunden. Gefängnisse neuester Bauart brauchen Platz, Grundstücke, die wenig kosten, und du kannst sie nicht mit einer Burg oder einem Kloster verwechseln, weil sie das nie waren. Von oben sehen diese Gefängnisse aus wie Kornkreiszeichen oder Flughäfen. Überall Kameras, Drähte, sonst nichts, keine Wachmänner, denn die brauchen Mauern, um darauf hin und her zu gehen, und diese neuen Gefängnisse sind so groß, dass Hunde sie nicht ganz ablaufen können. Hinter der Umzäunung liegen Wasser- und Treibstoffspeicher, eine Autobahnausfahrt. Der Parkplatz. Und dahinter nichts mehr. Wald, vielleicht, oder Wüste. Darüber: gesperrter Luftraum. In neuen Gefängnissen geht niemand auf und ab. Es gibt keine Fenster, die groß genug sind, um einen Körper hindurchzuzwängen, und die darum Gitter brauchen und Kontrollgänge, um durch Klopfen zu überprüfen, ob die Stäbe noch intakt sind. Die Fensterscheiben dienen dazu, Geräusche abzuhalten. Und wenn ein Häftling unbedingt in ein anderes Stockwerk muss, geht er allein, durch einen hermetisch verschlossenen Abschnitt des Gefängnisses, ohne dass er jemanden angreifen oder sprechen könnte, also muss er auch nicht durchsucht werden: Wenn er sich vernünftig verhält, öffnet sich der nächste Durchgang, andernfalls bleibt die Tür geschlossen, Gas wird eingeleitet, dann greift ein Trupp Wachmänner ein. Die schweren Schlüsselbunde am Gürtel, treppauf, treppab, werden nicht mehr gebraucht. Nur noch Magnetschlösser. Solange Strom durch sie fließt, ziehen sie sich so stark an, dass man sie nicht mehr trennen kann. Stellt man den Strom ab, öffnen sie sich.

Ein Gefängnis könnte so schön sein, flüsterte mir Comandante zu. Ein Ort der Stille, des Friedens.

Die Betten aus Zement, in die Wand eingebaut.

Die Regale aus Zement. Der Stuhl aus Zement, der Tisch aus Zement, das Fach für persönliche Gegenstände aus Zement. Unordnung ist nicht möglich, Zwietracht ist nicht möglich, wo nichts umgestellt werden kann.

Warum töten, warum opfern, wenn es keine Grenzsteine gibt?

Das Gefängnis dient nicht dazu, der Welt etwas zurückzugeben. Es ist gebaut, um wegzusperren, zu bedecken, vernarben zu lassen. Es kann auf eine schmutzige und chaotische oder auf eine sterile, gerechte Weise wegschließen. Die einzige wirklich bemitleidenswerte Stadt: Pompeji.

Bist du mal da gewesen?, fragte ich Comandante.

Wo?

In Pompeji.

Es gibt so viel mehr Frieden und Würde in den neuen Gefängnissen, beharrte er, an die Klappe meiner Panzertür gelehnt. Wärter müssen nicht mehr bestochen werden, Verräter nicht mehr umgarnt. Bei guter Führung wird dein Essen jeden Tag ein wenig besser, deine Telefonate werden häufiger. Die Luft in deiner Zelle hat einen frischeren Geruch, einen intensiveren, abwechslungsreicheren Geschmack. Du bist allein, aber du isst. Schluss mit der Willkür. Schluss mit der leeren Zeit, für alle gleich, die mit Schikanen gefüllt wird. Keine falschen Zeugenaussagen, weil es nichts mehr zu bezeugen gibt. Und das wenige zeichnen die Kameras auf.

In einigen Punkten gab ich ihm sogar recht. Doch ich fühlte, dass er anfing, müde zu werden. Wie ich.

Wo wirst du dann nachts herumgehen?, fragte ich ihn. Und woher wollen sie das Geld nehmen? Selbst wenn sie es bauen könnten, sie würden es doch, wie üblich, wieder mit Häftlingen vollstopfen, bis es erstickt.

Über so viel haben wir gesprochen in all diesen Nächten ... Ich habe Comandante nie ganz ernst genommen, wenn er mir von dem neuen Gefängnis erzählte. Erst als seltsame Dinge passierten, als ich aufhörte, das Gefängnis zu verstehen, und Comandante aufhörte, herunterzukommen, erst dann habe ich angefangen, darüber nachzudenken. Mich unwohl zu fühlen.

In einer der letzten Nächte, gegen Morgen, als auf den Stockwerken schon der Aufschluss begonnen hatte und wir die Hausarbeiter herunterkommen hörten, die Milcheimer durch die Küche schleiften und den Zement im Hof fegten, hat er zu mir gesagt: Als ich klein war, nahmen sie mich zum Angeln mit, und ich guckte vom Boot aus nach unten und träumte, alles Wasser würde verschwinden. Damit ich die Fische genau sehen konnte: verstehen, wohin sie zogen, wie sie sich verhielten, was sie vor mir versteckten.

Ich erinnere mich an einen Film, ein auf dem Grund des Ozeans gestrandetes Unterseeboot. Erst hörte die Mannschaft auf zu sprechen und zu kochen, um Sauerstoff zu sparen, dann, als sie eingesehen hatten, dass es wirklich keine Rettung mehr gab, zündeten sie alle Kerzen am Weihnachtsbaum wieder an und sangen gemeinsam. Es war einer von den Filmen, die während der Feiertage gezeigt werden, damit man sich vom Glück begünstigt fühlt. In einem anderen Film wacht ein Astronaut auf, als das Raumschiff erst die Hälfte der Strecke zurückgelegt hat. Ich erinnere mich nicht, ob es wegen eines technischen Schadens war oder jemand ihm etwas Böses antun wollte, jedenfalls hätte er eigentlich viele tausend Jahre schlafen sollen und wacht nun in dieser gewaltigen Leere ringsum auf. Seine Kollegen schlafen friedlich in ihren Kapseln. Ich weiß nicht, welche Geräusche man in einem Raumschiff der Zukunft hört, wahrscheinlich ist es still. Höchstens ein Brummen, eine Vibration. Auf der Insel herrschte manchmal eine solche Stille, dass ich mit dem Fingernagel am Bettgitter gekratzt habe, um zu überprüfen, ob ich taub geworden war. Entweder zu viel Lärm oder zu viel Stille. Ich erinnere mich auch nicht mehr daran, wie der Film ausging, ob der Astronaut verhungert ist oder sich vorher umbringen konnte, mit dem wenigen, was man in einem Raumschiff findet. Ob er für seine Freunde etwas an die Wände schrieb, wenn sie aufwachten. Oder für die Außerirdischen, für irgendwen. Oder ob er versucht hat, alle aufzuwecken, auch wenn er wusste, dass er sie damit zum sicheren Tod verdammte. Vielleicht gab er den Befehl im Computer ein und legte sich dann schnell in seine Kapsel, der Feigling, um so zu tun, als wäre auch er gerade aufgewacht. Oder er drückte die Knöpfe, einen nach dem anderen, sah den Kameraden in die Augen und sagte: Ich habe euch geweckt, weil ich nicht allein sein konnte.

So ist das mit dem Bedürfnis zu sprechen, denke ich. Wenn ich spreche, werden sie mich schlagen und mir eimerweise Wasser ins Dunkel schütten, damit ich nicht schlafen kann … Sie werden mich an den Boden fesseln, mit gespreizten Armen und Beinen. Aber das ist unwichtig, ich spreche trotzdem. Ich riskiere es. Und auch der, der in der Zelle nebenan sitzt, riskiert es meistens, den kleinen Brocken Worte verweigert er dir nicht.

Hier sind wir besser dran. Niemand tut uns weh, wenn wir reden. Es ist nur sozusagen eine Isolationshaft. Durch die Rohre läuft Wasser, und Luft zieht durch dieses schlecht abgedichtete Gefängnis. Es gibt auch Insekten, immer mehr, seit die Hausarbeiter verschwunden sind. Wenn ich das Wasser trinke, im Dunkeln, scheint es mir voller Insekten. Im Radio habe ich gehört, dass die Menschheit lernen müsse, sie zu essen, um zu überleben. Es sei nur ein dummes kulturelles Tabu. Nach jeder noch so großen Katastrophe findet man immer noch Insekten. Doch nachdem der Mensch von der Erde verschwunden ist, kann es eine Zeit dauern, bis sie kommen. Ich glaube nicht, dass es hier schon genug gibt, um davon satt zu werden. Und wenn wir anfangen, sie zu essen, könnten sie uns wieder verlassen. Kriechen, wenn sie nicht fliegen können. Sie kommen unter der Panzertür hindurch, ich kriege trotz der Ritzen nicht mal genug Luft. Auch in der schlimmsten Zeit der Isolation warf man mir manchmal Essen herein. Oder sie kamen, um mich zu schlagen. Vielleicht haben sie dieses alte, nicht zu erlösende Gefängnis verkauft und vergessen, uns wegzubringen. Bei einem Umzug wird immer etwas vergessen. Die Organisierten vergisst man nicht so leicht, oder die Wärter ... Vielleicht werden schon sehr bald Maurer geschickt, um an dem Gebäude zu arbeiten. In weniger als einem Jahr. Aber das ist nicht wenig genug. Vielleicht kommt auch einfach ein Hurrikan auf uns zu, über dieses so kleine und überall umgrenzte Meer. Sie haben alle evakuiert. Fast alle. Der Hurrikan wird die Steine wegwehen, die die Minderjährigen vor hundert Jahren herangeschleppt haben, und die Maurer, die danach kommen, werden sich ganz aufs Bauen konzentrieren können, dann wächst das Hotel auch leichter, weil der alte Grundriss des Gefängnisses nicht berücksichtigt werden muss.

Als Comandante mir vom neuen Gefängnis erzählte, habe ich gesagt: Hier wird nie Platz dafür sein, beim besten Willen nicht. Wenn wir das alte Gefängnis niederreißen, werden sie ein Hotel bauen. Möchtest du das? Möchtest du, dass Touristen durch die Flure gehen, wo wir gegangen sind?

Wer weiß, ob uns gerade jemand beobachtet.

Aus den Ecken, Kameras, die im Dunkeln sehen können.

Hat nicht wenigstens ein Satellit am Himmel bemerkt, dass das große orange Licht nicht mehr leuchtet?

Ich hoffe, dass es jemand bemerkt hat. Und zurückkommt.

Ich bete, dass Toro, die N, Comandante, die Wärter sich in diesem Moment gegenseitig suchen, im Dunkeln, bewaffnet, um einander Böses anzutun. Ich bete, dass sie deswegen so leise sind. Ich weiß, was die Prinzessin an dem Abend empfand, als ich verspätet zurückkehrte. Die Angst, angekettet zu sterben: nicht getötet, nein, zum Sterben vergessen zu werden. Denn wenn jemand dich sucht, bleibt dir immer noch die Hoffnung, abhauen, ihn besiegen oder zum Mitleid bewegen zu können. Das Gute an einem Tod, der von außen kommt, ist, dass er dir die Hoffnung lässt, ungeschoren davonzukommen. Du bildest dir sogar ein, wenn du dich vor dem gewaltsamen Tod rettest, wird der normale Tod dich vergessen. Doch wenn niemand dich sucht, musst du dich damit abfinden, dass du verschwinden wirst. Und die Häuser, in denen du gewohnt hast, werden zu Staub zerfallen. Sogar dieses, das stärkste Haus von allen, das Haus, das erbaut wurde, um zu überdauern. Und eines Tages wird ein Feuer die Verzeichnisse vernichten, in denen dein Name geschrieben stand, und dann wird wirklich nichts mehr übrig bleiben, nicht einmal deine Verbrechen; und dafür bin ich noch nicht bereit.

DANKSAGUNG

Ich danke Nino B., Ilaria Caretta, Lucia Castellano, Marta Costantino, Paola Gallo und Marco Peano.

Und außerdem: Jack Henry Abbot, Riccardo Arena, Libero Ballinari, Roberto Bezzi, Chris Blatchford, Alfredo Bozzi, Malcolm Braly, James H. Bruton, Edward Bunker, Don Carpenter, Cesare Casella, Stefania Chiusoli, Ted Conover, Daniela De Robert, Pete Earley, Ornella Favero, Bruce Franklin, Prospero Gallinari, Jack London, Norman Mailer, Gigi Moncalvo, Giuliano Naria, Charlie Norman, Giorgio Panizzari, Antonio Perrone, Manuel Puig, Emilio Quadrelli, Aldo Ricci, Giulio Salierno, Goliarda Sapienza, Pino Scaccia, Giuseppe Soffiantini, Donatella Tesi und William R. Wilkinson.